shiji
wenxue
60jia

世纪文学 60 家

刘心武著

刘心武精选集

北京燕山出版社

目 录

刘心武:穿越这个时代 ·················· 001

班主任 ············ 001
大眼猫 ············ 031
木变石戒指 ············ 091
黑墙 ············ 127
五一九长镜头 ············ 137
公共汽车咏叹调 ············ 165
白牙 ············ 207

目录

黄伞 …………………………………… 229

红蛙 …………………………………… 239

人面鱼 ………………………………… 291

护城河边的灰姑娘 …………………… 313

尘与汗 ………………………………… 359

站冰 …………………………………… 421

刘心武:穿越这个时代
邱华栋

1993年,我受一家杂志的委托,去采访刘心武,那是我第一次见到他。此前,我已经读过了他发表的大量作品,深受其影响,我是带着崇敬的心情,作为一个大学毕业刚刚参加工作的小记者,去采访他的。他的家在安定门外护城河边的一幢塔楼里。进门之后,我看到客厅不大,但是屋子里盆栽植物生机盎然,3只大花猫在跳上跳下地警觉地观察我。我记得那次采访很成功,因为我对他的作品耳熟能详,所以,我们聊得很愉快。第一次的印象里面,刘心武非常和蔼可亲,知识渊博,视野开阔,观点犀利但又待人宽厚。

那个时候我20多岁,在一家报社工作,精力旺盛,白天写新闻,晚上写小说,一年能够发表20多篇小说。一年后的某一天,他出其不意地给我打来了一个电话,问我,很多文学杂志上那个和我同名的写小说的,是不是我。我告诉他就是我。他很高兴,说,他正给华艺出版社主编一套"城市斑马丛书",希望我把那些小说编辑整理好给他,可以出一本小说集,就放到丛书里。他还告诉我,这套丛书还有朱文一本,张小波一本,都是第一次出版的小说集。并且,他主动说:"你的小说集的序言,我来写!"

我很高兴,确实有受宠若惊之感,也非常激动,于是赶紧整理好了一本小说集《城市中的马群》,交给了他和出版社。我18岁的时候出版过一本小说集,可是,毕竟那是少年写作,不值一提。而这本书,才是我迈上文坛真正意义的第一本书。我想当时不仅对我,对朱文和张小波应该也是如此。而他给我写的序言的题目叫《和当下共时空的文字》,准确地捕捉到了我的小说的意义和特点,给了我很大的鼓励。可以说我迈上文坛,很大程度就是依靠刘心武的"第一推动"。

从此,我们就经常联系了。10年间,我们还做了多次对话,对当下的文学和文化问题,对城市建筑和规划发表了看法。过去,我听一些作家说,他的脾气有些怪,可是,10多年的交往,我从来没有发现他的脾气古怪过。而且,他属于那种一旦接受了你,和你成了好朋友,关系就一直很好,很不容易改变的人。记得刘心武曾经给我讲过,10多年前的一天,他读到王小波的一些作品,非常喜欢,就想尽办法找到了王小波,请他吃饭聊天,写评论文章。本人也记得曾在刘先生组织的聚会上与王小波两次见面。不仅有王小波,他还约了另外的两个朋友,就在离他家不太远的一个餐馆里。都是刘老师做东,谈天说地,大家聊到很多与文学、文化有关的问题。我清楚地记得,席间,王小波有些话说得非常尖锐且很有意思。大家喝了不少酒,王小波很能喝酒,每当他轻微地醉了的时候,脸红红的,说了很多有趣的话。深夜,我们散场走出去,他曾问王小波:"你做自由撰稿人,稿费不够养活自己怎么办?"王小波笑了,说:"我还有个大货的车本,我当货运司机肯定没有问题！"没有想到不久之后，他就心脏病发作去世了。在电话里，刘老师和我叙谈起他，叹息和惋惜了很长时间。

刘心武经常给一些年轻的作家提供机会。某一天，他和法国大使馆文化专员吃饭，那个专员是一个汉学家，也是他的作品的翻译者和研究者，他就特意地带上我和祝勇参加，不遗余力地推荐我们。后来，我的几种法文本小说的翻译出版，也都是他牵线搭桥。有时候他显得很仗义，2004年中法文化年的举办中，他出版的作品法文翻译本在短时间就超过了6种，法国最有影响的报纸《世界报》《解放报》《费加罗报》都对刘心武的作品进行了热烈深入的评介。

刘心武总是对处于边缘地位的作家非常关注。我还记得，在王朔的小说遭到各种批评的时候，他能够写文章支持王朔，对王朔大为赞赏。我记得还有一年，作家协会开大会，他听说王朔、余华这些人既不是会员也不参加那个大会，就对我说："一个作家代表大会，连王朔和余华都不参加，还叫什么作家代表大会！"

作家王刚也是一个天马行空、独来独往的人物，前些时候出版了一本长篇小说《英格力士》，刘心武很喜欢，立即撰写了书评，还请王刚一起吃饭聊天。后来我见到王刚，他给我说起来这件事情，忽然就有些哽咽了。王刚是一个新疆出生的刚强汉子，他一直很少和文坛人士来往，因此，当一个前辈作家十分真诚地、充满了激情和喜悦地欣赏他的作品，不遗余力地推荐他的作品，从来都觉得自己是边缘化的王刚，当然会很感动,我很理解他的哽咽。一晃10多年过去了,这些年月,我们一些年轻的作家借着给他过生日的由头,喝了好几次酒,每一次场面都非常热闹,也非常令人难忘。1993年,8卷本《刘心武文集》出版,收录的都是他30年来最重要的作品,包括《钟鼓楼》《四牌楼》和《栖凤楼》3部长篇小说,还有中篇小说《如意》《木变石戒指》《小墩子》,短篇小说《班主任》《白牙》,纪实文学《五一九长镜头》,两部非虚构作品《私人照相簿》《树与林同在》,以及他的一本日记体散文集《人生非梦总难醒》,谈人生、友谊与爱情的散文集《献给命运的紫罗兰》。2012年,40卷的《刘心武文存》出版,更加全面地展示出他所种的"四棵树"(小说树、散文随笔树、建筑评论树、《红楼梦》研究树)的累累果实。

刘心武在1977年发表的短篇小说《班主任》,被文学史家认为是新时期文学的开端之作,尽管现在看来这篇小说显得有些简单化,可是,新时期文学的源头,就是从这里来的。这篇小说在当时影响非常大,直接引发了当代文学各个流派,比如伤痕文学、改革文学、反思文学等的产生。短篇小说《白牙》是刘心武后期小说的代表作,白描中透露着荒诞,精致简洁到了极点。中篇小说《如意》《小墩子》和《木变石戒指》大都创作于10多年前,它们大多是被称为"民俗现实主义"的代表作,有的被改编成了影视剧,产生了很大的社会影响。而谈起刘心武小说的扛鼎之作,当然是"三楼"系列:长篇小说《钟鼓楼》发表于1984年,这部小说在当时引起了巨大反响,获得了茅盾文学奖、《当代》文学奖、人民文学奖和北京市政府奖。这部小说的结构非常巧妙,用橘瓣式的结构,写了一天的事情,通过北京胡同里一家普通市民的婚礼,写到了几十个人物,从一天延伸到了几十年,有着大量的民俗的、社会学的信息。获得了上海市文学大奖的长篇小说《四牌楼》,以及后来的《栖凤楼》,继续延续着他对北京民俗与文化心理积淀和生存范式的探索,3部长篇构成了3座令人瞩目的小说山峰。这3部长篇小说构成的"三楼系列",我觉得和1988年获得了诺贝尔文学奖的埃及作家马哈福兹的代表作"三街系列"——《宫间街》《思宫街》《甘露街》相比,毫不逊色。对这3部小说的解读与评价、细读与研究也才刚刚开始。

他的《五一九长镜头》是当代纪实文学的先驱之作,通过对1985年一次北京的足球骚乱事件,透视了当时国人的普遍心理,在当时,引起了巨大的社会反响,人们争相传阅以为快事。而《私人照相簿》则是在《收获》杂志开设两年的专栏,通过对一些普通中国人家藏照片的解读,描绘了经历历史沧桑巨变的中国人及其家庭的命运。长篇非虚构作品《树与林同在》,仍旧是普通人的一曲漫长而温暖忧伤的命运歌谣,他为一个很普通的北京人任众,写下了一本图文传记,表达了他十分独特的文学观,那就是,中国人都是由"任众"这样的普通人组成,是他们构成了民族的森林。

刘心武的两册散文集《人生非梦总难醒》和《献给命运的紫罗兰》,是他200多万字散文随笔中的精华,表达了他历经岁月沧桑之后对人生、婚姻、爱情和命运的思考,也是一个作家对人生最真切的感悟,发表出版的当年都深受年轻的读者喜欢。

从1977年他发表短篇小说《班主任》开始,一直到《刘心武续〈红楼梦〉》,他在国内外出版的各种版本和翻译本的作品单行本,不算《文集》《文存》的数量,已经超过了140种。像他这样有着耐力和活力的长跑运动员般的作家,现在并不多见了。

一直到今天,无论在文坛的中心地带,还是边缘地带,无论在风口浪尖上,还是在波谷地带,刘心武都泰然处之,神情自若,只是拿作品不断地说话,不断地参与着当下的文学进程。因此,要了解近半个世纪中国当代作家的心路历程,刘心武是一个绕不过去的人物,他是一个不可抹杀的文化存在。

班 主 任

一

你愿意结识一个小流氓,并且每天同他相处吗?我想,你肯定不愿意,甚至会嗔怪我何以提出这么一个荒唐的问题。

但是,在光明中学党支部办公室里,当黑瘦而结实的支部书记老曹,用信任的眼光望着初三(3)班班主任张俊石老师,换一种方式向他提出这个问题时,张老师并不以为古怪荒唐。他只是极其严肃地考虑了一分钟左右,便断然回答说:"好吧!我愿意认识认识他……"

事情是这样的:前些日子,公安局从拘留所把小流氓宋宝琦放出来。他是因为卷进了一次集体犯罪活动被拘留的。在审讯过程中,面对着无产阶级专政的强大威力与政策感召,他浑身冒汗,嘴唇哆嗦,做了较为彻底的坦白交代,并且揭发检举了首犯的关键罪行。因此,公安局根据他的具体情况——情节较轻而坦白揭发较好,加上还不足十六岁——将他教育释放了。他的父母感到再也难在老邻居们面前抛头露面,便通过换房的办法搬了家,恰好搬到光明中学附近。根据这几年实行的"就近入学"办法,他父母来申请将宋宝琦转入光明中学上学。他该上初三,而初三(3)班又恰好有空位子,再加上张老师有十几年的班主任工作经验,又是这个年级班主任里唯一的党员,因此,党支部经过研究,接受了宋宝琦的转学要求,并且由老曹直接找到张老师,直截了当地摆出情况,问他说:"怎么样? 你把宋宝琦收下吧?"

正像你所知道的那样,张老师思忖的目光刚同老曹那饱含期待、鼓励的目光相遇,他便答应下来了。

二

张老师是个什么样的人呢?

趁他顶着春天的风沙,骑车去公安局了解宋宝琦情况的当口,我们可以仔细观察他一番。

张老师实在太平凡了。他今年三十六岁,中等身材,稍微有点发胖。他的衣裤都明显地旧了,但非常整洁,每一个纽扣都扣得规规矩矩,连制服外套的风纪扣,也一丝不苟地扣着。他脸庞长圆,额上有三条挺深的抬头纹,眼睛不算大,但能闪闪放光地看人,撒谎的学生最怕他这目光;不过,更让学生们敬畏的是张老师的那张嘴。人们都说薄嘴唇的人能说会道,张老师却是一对厚嘴唇,冬春常被风吹得暴出干皮儿。从这对厚嘴唇里迸出的话语,总是那么热情、生动、流畅,像一架永不生锈的播种机,不断在学生们的心田上播下革命思想和知识的种子,又像一把大笤帚,不停息地把学生心田上的灰尘无情地扫去……

一路上,张老师的表情似乎挺平淡。等到听完公安局同志的情况介绍、翻完卷宗以后,他的脸上才显露出强烈的表情来——很难形容,既不全是愤慨,也不排除厌恶与蔑视,似乎渐渐又下了决心,但忧虑与沉重也明显可见。

张老师从公安局回到学校时,已经是下午三点钟。他掏出叠得很整齐的手绢一边擦着脑门上的汗,一边走进年级组办公室。显然同组的老师们都已知道宋宝琦将于明天到他班上课的事了。教数学的尹达磊老师头一个迎上他,形成了关于宋宝琦的第一个波澜。

尹老师和张老师同岁,同是一个师范学院毕业,同时分配到光明中学任教,又经常同教一个年级。他们一贯推心置腹,就是吵嘴,也从不含沙射影、指桑骂槐,总是把想法倾巢倒出,一点"底儿"也不留。

三

尹老师身材细长,五官长得紧凑,这就使他永远摆脱不了"娃娃相",多亏鼻梁上架着副深度近视镜,才使他在学生们面前不致有失长者的尊严。

在这 1977 年的春天,尹老师感到心里一片灿烂的阳光。他对教育战线,对自己的学校、所教的课程和班级,都充满了闪动着光晕的憧憬。他觉得一切不合理的事物都应该而且能够迅速得到改进。他认为"四人帮"既已揪出,扫荡"四人帮"在教育战线的流毒,形成理想的境界应当不需要太多的时间。不过,最近这些天他有点儿沉不住气。他愿意一切都如春江放舟般顺利,不承想却仍要面临一些复杂的问题。

关于宋宝琦即将"驾到"的消息一入他的耳中,他就忍不住热血沸腾。张老师刚一迈进办公室,他便把满腔的"不理解"朝老战友发泄出来。他劈面责问张老师:"你为什么答应下来?眼下,全年级面临的形势是要狠抓教学质量,你弄个小流氓来,陷到做他个别工作的泥坑里去,哪还有精力抓教学质量?闹不好,还弄个'一粒耗子屎坏掉一锅粥'!你呀你,也不冷静地想想,就答应下来,真让人没法理解……"

办公室的其他老师,有的赞同尹老师的观点,却不赞同他那生硬的态度;有的不赞成他的观点,却又觉得他的确是出于一片好心;有的一时还拿不准该怎么看,只是为张老师凭空添了这么副重担子,滋生了同情与担忧……因此,虽然都或坐或站地望着张老师,却一时都没有说话。就连搁放在存物架上的生理卫生课教具——耳朵模型,仿佛也特意把自己拉成了一尺半长,在专注地等待着张老师作答。

张老师觉得尹老师的意见未免偏激,但并不认为尹老师的话毫无道理。他静静地考虑了一分钟,便答辩似的说:"现在,既没有道理把宋宝琦退回给公安局,也没有必要让他回原学校上学。我既然是个班主任老师,那么,他来了,我就开展工作吧……"

这真是几句淡而无味的话。倘若张老师咄咄逼人地反驳尹老师,也许会引起一场火爆的争论,而他竟出乎意料地这样作答,尹老师仿佛反被慑服了。别的老师也挺感动,有的还不禁低首自问:"要是把宋宝琦分到我的班上,我会怎么想呢?"

张老师的确必须立即开展工作,因为,就在这时,他班上的团支部书记谢惠敏找他来了。

四

谢惠敏的个头比一般男生还高,她腰板总挺得直直的,显得很健壮。有一回,她打业余体校栅栏墙外走过,一眼被里头的篮球教练看中。教练热情地把她请了进去,满心以为发现了个难得的培养对象。谁知让这位长圆脸、大眼睛的姑娘试着跑了几次篮后,竟格外地失望——原来,她弹跳力很差,手臂手腕的关节也显得过分僵硬,一问,她根本对任何球类活动都没有兴趣。

的确,谢惠敏除了随着大伙看看电影、唱唱每个阶段的推荐歌曲,几乎没有什么业余爱好。她功课中平,作业有时完不成,主要是由于社会工作占去的精力和时间太多了——因此倒也能获得老师和同学们的谅解。

头年夏天,张老师接任这个班的班主任时,谢惠敏已经是团支部书记了。张老师到任不久便轮到这个班下乡学农。返校的那天,队伍离村二里多了,谢惠敏突然发现有个男生手里转动着一根麦穗,她不禁又惊又气地跑过去批评说:"你怎么能带走贫下中农的麦子?给我!得送回去!"那个男生不服气地辩解说:"我要拿回家给家长看,让他们知道这儿的麦子长得有多棒!"结果引起一场争论,多数同学并不站在谢惠敏一边,有的说她"死心眼",有的说她"太过分"。最后自然轮到张老师表态。谢惠敏手里紧紧握着那根丰满的麦穗,微张着嘴唇,期待地望着张老师。出乎许多同学的意料,张老师同意了谢惠敏送回麦穗的请求。耳边响着一片扬声争论与喁喁低议交织成的音波,望着在雨后泥泞的大车道上奔回村庄的谢惠敏那独特的背影,张老师曾经感动地想:问题不在于小小的麦穗是否一定要这样来处理;看哪,这个仅仅只有三个月团龄的支部书记,正用全部纯洁而高尚的感情,在维护"绝不能让贫下中农损失一粒麦子"的信念——她的身上,有着多么可贵的闪光素质啊!

但是,这以后,直到"四人帮"被揪出来之前,浓郁的阴云笼罩着我们祖国的大地,阴云的暗影自然也投射到了小小的初三(3)班。被"四人帮"那个女黑干将控制的团市委,已经向光明中学派驻了联络员,据说是来培养某种"典型";是否在初三(3)班设点,已在他们考虑之中。谢惠敏自然常被他们找去谈话。谢惠敏对他们的"教诲"并不能心领神会,因为她没有丝毫的政治投机心理,她单纯而真诚。但是,打从这时候起,张老师同谢惠敏之间开始显露出某种似乎解释不清的矛盾。比如说,谢惠敏来告状,说团支部过组织生活时,五个团员竟有两个打瞌睡。张老师没有去责难那两个不像样子的团员,却向谢惠敏建议说:"为什么过组织生活总是念报纸呢?下回搞一次爬山比赛不成吗?保险他们不会打瞌睡!"谢惠敏瞪圆了双眼,几乎不相信自己的耳朵,隔了好一阵,才抗议地说:"爬山,那叫什么组织生活?我们读的是批宋江的文章啊……"再比如,那一天热得像被扣在了蒸笼里,下了课,女孩子们都跑拢窗口去透气,张老师把谢惠敏叫到一边,上下打量着她说:"你为什么还穿长袖衬衫呢?你该带头换上短袖才是,而且,你们女孩子该穿裙子才对啊!"谢惠敏虽然热得直喘气,却惊讶得满脸涨红,她简直不能理解张老师在提倡什么作风!班上只有宣传委员石红才穿带小碎花的短袖衬衫,还有那种带褶子的短裙,这在谢惠敏看来,乃是"沾染了资产阶级作风"的表现!

"四人帮"揪出来之后,张老师同谢惠敏之间的矛盾自然可以解释清楚了,但并没有完全消除。

现在,谢惠敏找到张老师,向他汇报说:"班上同学都知道宋宝琦要来了,有的男生说他原来是什么'菜市口老四',特别厉害;有些女生害怕了,说是明天宋宝琦真来,她们就不上学了!"

张老师一愣,他还没有来得及预料到这些情况。现在既然出现了这些情况,他感到格外需要团支部配合工作,便问谢惠敏:"你怕吗?你说该怎么办?"

谢惠敏晃晃小短辫说:"我怕什么?这是阶级斗争!他敢犯狂,我们就跟他斗!"

张老师心里一热。一霎时,那在泥泞的大车道上奔走的背影活跳在记忆的屏幕上。他亲热地对谢惠敏说:"你赶紧把团支部和班委会的人找齐,咱们到教室开个干部会!"

五

四点二十左右,干部会结束了。其他干部们都走了,教室里剩下张老师、谢惠敏和石红三个人。

石红恰好面对窗户坐着,午后的春阳射到她的圆脸庞上,使她的两颊更加红润;她拿笔的手托着腮,张大的眼眶里,晶亮的眸子缓慢地游动着,丰满的下巴微微上翘——这是每当她要想出一个更巧妙的方法来解决一道数学题时,为数学老师所熟悉、所喜爱的神态。可是此刻她并不是在解数学题,而是在琢磨怎么写出明天一早同大家——也包括宋宝琦——见面的"号角诗"。

张老师同谢惠敏在一旁谈着话。围绕着接收宋宝琦需要展开的工作,已经全部落实。男生干部分头找男生们做工作去了,跟他们讲宋宝琦并不是什么威震菜市口的"英雄",而是个犯了错误的需要帮助的人。对他既别好奇乃至于敬畏,也不能歧视打击,大家要齐心合力地帮助他。女生干部将分头到那几个或者是因为胆小,或者是出于赌气,宣布明天不来上学的女生家去,对她们和她们的家长讲清楚,学校一定会保证女孩子们不受宋宝琦欺侮;对宋宝琦这样的小流氓,消极躲避只能助长他的恶习,只有团结起来同他斗争,进行教育,才能化有害为无害,并且逐步化无害为有益。张老师则要对宋宝琦进行家访,对他以及他的家长进行初步了解,并进行第一次思想工作。石红的"号角诗"明天一早将向大家强调:"让我们的教室响彻抓纲治国的脚步声!"

当石红的"号角诗"快要写完的时候,张老师同谢惠敏的谈话结束了。张老师把摊在桌上、刚给干部们看过的几件东西往一块敛。那是张老师从派出所带回来的宋宝琦犯案后被搜出的物品:一把用来斗殴的自行车弹簧锁,一副残破油腻的扑克牌,一个式样新颖附有打火机的镀镍烟盒,还有一本撕掉了封皮的小说。小干部们面对这些东西都厌恶得皱鼻子,撇嘴角。谢惠敏提议说:"团支部明天课后开个现场会,积极分子也参加,摆出这些东西,狠狠批判一顿!"大伙都同意,张老师也点头说:"对。要利用这个机会,进一步抓好反腐蚀教育。"

没承想,临到张老师收敛这几件物品时,突然出现了矛盾,还闹得挺僵。

别的东西都收进书包了,只剩下那本小说。张老师原来顾不得细翻,这时拿起来一检查,不由得"啊"了一声。原来那是本"文化大革命"以前,中国青年出版社出版的长篇小说《牛虻》。

谢惠敏感到张老师神情有点异常,忙把那本书要过来翻看。她以前没听说过,更没看见过这本书。她见里面有外国男女谈恋爱的插图,不禁惊叫起来:"唉呀!真黄!明天得狠批这本黄书!"

张老师皱起眉头,思索着。他回忆起自己中学时代的情况。那时候,团支部曾向班上同学们推荐过这本小说……围坐在篝火旁,大伙用青春的热情轮流朗读过它;倚扶着万里长城的城堞,大伙热烈地讨论过"牛虻"这个人物的优缺点……这本英国小说家伏尼契写成的作品,曾激动过当年的张老师和他的同辈人,他们曾从小说主人公的形象中,汲取过向上的力量……也许,当年对这本小说的缺点批判不够?也许,当年对小说的精华部分理解得也不够准确、不够深刻?……但,不管怎么说——张老师想到这儿,忍不住对谢惠敏开口分辩道:"这本《牛虻》可不能说成是黄书……"

谢惠敏的两撇眉毛险些飞出脑门,她瞪圆了双眼望着张老师,激烈地质问说:"怎么?不是黄书?!这号书不是黄书什么是黄书?"在谢惠敏的心目中,早已形成一种铁的逻辑,那就是凡不是书店出售的、图书馆外借的书,全是黑书、黄书。这实在也不能怪她。她开始接触图书的这些年,恰好是"四人帮"搞法西斯文化专制主义最凶的几年。可爱而又可怜的谢惠敏啊,她单纯地崇信一切用铅字新排印出来的东西,而在"四人帮"控制舆论工具的那几年里,她用虔诚的态度拜读的报纸刊物上,充塞着多少他们的"帮文",喷溅出了多少戕害青少年的毒汁啊!倘若在谢惠敏最亲近的人当中,有人及时向她点明:张春桥、姚文元那两篇号称"阐述无产阶级专政理论"的"重要文章"大可怀疑,而"梁效""唐晓文"之类的大块文章也绝非马列主义的"权威论著"……那该有多好啊!但是,由于种种主观和客观上的原因,没有人向她点明这一点。她的父母经常嘱咐谢惠敏及其弟妹,要听毛主席的话,要认真听广播、看报纸;要求他们遵守纪律、尊重老师;要求他们好好学功课……谢惠敏从这样的家庭教育中受益不浅,具备了强烈的无产阶级感情、劳动者后代的气质;但是，在资产阶级、修正主义的白骨精化为美女现形的斗争环境里，光有朴素的无产阶级感情就容易陷于轻信和盲从，而"白骨精"们正是拼命利用一些人的轻信与盲从以售其奸！就这样，谢惠敏正当风华正茂之年，满心满意想成为一个好的革命者，想为共产主义这个目标而奋斗，却被"四人帮"害得眼界狭窄，是非模糊。岂止《牛虻》这本书她会认为是毒草，我们这段故事发生的时候，《青春之歌》已经进行再版了，但谢惠敏还保持着"四人帮"揪出前形成的习惯——把那些热衷于传播"文艺消息"，什么又会有某个新电影上演啦，电台又播了个什么新歌呀这样的同学们，看成是"沾染了资产阶级思想"。就在前几天，她发现石红在自习课上看一本厚厚的小说，下课她便给没收了。那是1959年出版的《青春之歌》，她随便翻检了几页，把自己弄得心跳神乱——断定是本"黄书"，正想拿来上交给张老师，石红笑嘻嘻地一把抢了回去，还拍着封面说："可带劲啦！你也看看吧！"结果两人争吵了一场；后来她忙着去团委会开会，倒忘记向张老师反映了，没想到今天张老师竟比石红还要石红——亲口否认这本外国"黄书"之黄！在谢惠敏心中，外国的"黄书"当然一律又要比中国的"黄书"更黄了。面对着这样一位张老师，她又联想起以前的许多琐细冲突来。于是，往常毕竟占据支配地位的尊敬之感，顿然减少了许多。她微微噘起嘴，飞走的眉毛落回来拧成了个死疙瘩。

这时候，石红写完"号角诗"，正准备给张老师和谢惠敏朗诵，忽然听到张老师说："这本《牛虻》可不能说成是黄书……"她这才知道那本破书原来就是《牛虻》,赶忙凑拢谢惠敏身边去看。谢惠敏大声质问张老师的话刚一出口,她便热情地晃动着谢惠敏胳膊说:"别这么说!我听爸爸妈妈讲过,《牛虻》这本书值得一读!这两天我正读《钢铁是怎样炼成的》,里头的保尔·柯察金是个无产阶级英雄,可他就特别佩服'牛虻'……"石红早就想找本《牛虻》来看,一直没有借到,所以她从谢惠敏手中拿过书来翻动时,心里翻腾着强烈的求知欲:这本书写的是什么时代的事儿?故事发生在什么地方?"牛虻"究竟是个啥样的人?真的有值得佩服的地方吗?……当她把破书还到张老师手上时,不禁问道:"读这本书,该注意些啥?学习些啥?"谢惠敏咬住嘴唇,眯起眼睛,不满地望着石红,心怦怦直跳。

张老师翻动着那本饱经沧桑的《牛虻》。他本想耐心地对谢惠敏解释为什么不能把它算作"黄书",但这本书是从宋宝琦那儿抄出来的,并且,瞧,插图上,凡有女主角琼玛出现,一律野蛮地给她添上了八字胡须。又焉知宋宝琦他们不是把它当成"黄书"来看的呢?生活现象是复杂的。这本《牛虻》的遭遇也够光怪陆离了。对谢惠敏这样实际上还很幼稚的孩子,分析过于复杂的生活现象和精华糟粕并存的文艺作品,需要充裕的时间和适宜的场合。

想到这些,我们的张老师便把破旧的《牛虻》放入书包,和蔼地对谢惠敏说:"关于这本书的事儿,咱们改天再谈吧。看,快五点了,咱们赶紧听听石红写的'号角诗'吧,听完分头按计划行动。"

石红念的诗,谢惠敏一句也没装进脑子里去。她痛苦而惶惑地望着映在课桌上的那些斑驳的树影。她非常、非常愿意尊敬张老师,可张老师对这样一本书的古怪态度,又让她不能不在心里嘀咕:"还是老师呢,怎么会这样啊?! ……"

六

五点刚过,张老师骑车抵达宋家的新居。小院的两间东屋里,东西还来不及仔细整理,显得很凌乱。比如说,一盆开始挂花的"令箭",就很不恰当地摆放在了歪盖着塑料布的缝纫机上。

宋宝琦的母亲是个售货员,这天正为搬家倒休,忙不迭地拾掇着屋子。见张老师来了,她有些宽慰,又有点羞愧,忙把宋宝琦从屋里喊出来,让他给老师敬礼,又让他去倒茶。我们且不忙随张老师的眼光去打量宋宝琦,先随张老师坐下来同宋宝琦母亲谈谈,了解一下这个家庭的大概。

宋宝琦的父亲在园林局苗圃场工作,一直上"正常班",就是说,下午六点以后就能往家奔了。但他每天常常要八九点钟才回家。为什么?宋宝琦母亲说起来连连叹气,原来这些年他养成了个坏习惯:下班的路上经过月坛,总要把自行车一撂,到小树林里同一些人席地而坐,打扑克消遣,有时打到天黑也不散,挪到路灯底下接茬打,非得其中有个人站起来赶着去工厂上夜班,他们才散。

显然,这样一位父亲,既然缺乏丰富而有意义的精神生活,那么,对宋宝琦的缺乏教育管束也就可想而知了。至于当母亲的,从她含怨的叙述中,不难看出她是怎样自食了溺爱与放任独生子的苦果。

绝不要以为这个家庭很差劲。张老师注意到,尽管他们还有大量的清理与安置工作,才能使房间达到窗明几净的程度,但是两张镶镜框的毛主席、华主席像,却已端正地并排挂到了北墙,并且,一张稍小的周总理像,装在一个自制的环绕着银白梅花图案的镜框中,被郑重地摆放在了小衣柜的正中。这说明这对年近半百的平凡夫妇,内心里也涌荡着和亿万人民相同的感情波澜。那么,除了他们自身的弱点以外,谁应当对他们精神生活的贫乏负责呢?……

差一刻六点的时候,张老师请当母亲的尽管去忙她的家务事,他把宋宝琦带进里屋,开始了对小流氓的第一次谈话。

现在我们可以仔细看看宋宝琦是什么模样了。他上身只穿着尼龙弹力背心,一疙瘩一疙瘩的横肉,和那白里透红的肤色,充分说明他有幸生活在我们这个不愁吃不愁穿的社会里,营养是多么充分,躯体里蕴藏着多么充沛的精力。唉,他那张脸啊,即便是以经常直视受教育者为习惯的张老师,乍一看也不免浑身起栗。并非五官不端正,令人寒心的是从面部肌肉里,从殴打中裂过又缝上的上唇中,从鼻翼的神经质翕动中,特别是从那双一目了然地充斥着空虚与愚蠢的眼神中,你立即会感觉到,仿佛一个被污水泼得变了形的灵魂,赤裸裸地立在了聚光灯下。

经过三十来个回合的问答,张老师已在心里对宋宝琦有了如下的估计:缺乏起码的政治觉悟,知识水平大约只相当初中一年级程度,别看有着一身犟肉,实际上对任何一种正规的体育活动都不在行。张老师想到,一些满足于贴贴标签的人批判起宋宝琦这样的小流氓来,一定会说他是"满脑子资产阶级思想"。但是,随着进一步的询问,张老师便愈来愈深切地感到,笼统地说宋宝琦这样的小流氓具有资产阶级思想,那就近乎无的放矢,对引导他走上正路也无济于事。

宋宝琦的确有严重的资产阶级思想,但究竟是哪一些资产阶级思想呢?

资产阶级标榜"自由、平等、博爱",讲究"个人奋斗""成名成家",用虚伪的"人性论"掩盖他们追求剥削、压迫的罪行。而宋宝琦呢?他自从陷入了那个流氓集团以后,便无时无刻不处于森严的约束之中,并且多次被大流氓"扇耳刮子"与用烟头烫后脑勺。他愤怒吗?反抗吗?不,他既无追求"个性解放"、呼号"自由、平等"的思想行动,也从未想到过"博爱";他一方面迷信"哥儿们义气",心甘情愿地替大流氓当"催巴儿",另一方面又把扇比他更小的流氓耳光当作最大的乐趣。什么"成名成家",他连想也没有想过,因为从他懂事的时候起,一切专门家——科学家、工程师、作家、教授……几乎都被林贼"四人帮"打成了"臭老九",论排行,似乎还在他们流氓之下,对他来说,何羡慕之有?有何奋斗而求之的必要?资产阶级的典型思想之一是"知识即力量",对不起,我们的宋宝琦也绝无此种观念。知识有什么用?无休无止地"造反"最好。张铁生考试据说得了个"大鸭蛋",不是反而当上大官了吗?……所以,不能笼统地给宋宝琦贴上个"满脑袋资产阶级思想"的标签便罢休,要对症下药!资产阶级在上升阶段的那些个思想观点,他头脑里并不多甚至没有,他有的反倒是封建时代的"哥儿们义气"以及资产阶级在没落阶段的享乐主义一类的反动思想影响……请不要在张老师对宋宝琦的这种剖析面前闭上你的眼睛,塞上你的耳朵,这是事实!而且,很遗憾,如果你热爱我们的祖国,为我们可爱的祖国的未来操心的话,那么,你还要承认,宋宝琦身上所反映出的这种问题,在一定程度上还并不是极个别的!请抱着解决实际问题、治疗我们祖国健壮躯体上的局部痈疽的态度,同我们的张老师一起,来考虑考虑如何教育、转变宋宝琦这类青少年吧!

张老师从书包里取出那本饱遭蹂躏的小说来,问宋宝琦:"这本书叫什么名儿?你还记得吗?"

宋宝琦刚经历过专政机关严厉的审讯和带强制性的训斥,那滋味当然远比一个班主任老师的询问与教育难受,所以,他尽可能用最恭顺的态度回答说:"记得。这是牛亡。"他不认识"虻"字,照他识字的惯例,只读一半。

"不是牛亡,是'牛虻'。你知道这两个字是什么意思吗?"

宋宝琦面部没有表情,两眼直愣愣地望着对面在窗玻璃外扑腾的一只粉蝶,极坦率地回答说:"不懂。"

"那么,这本书你究竟读完了没有呢?"

"翻了翻篇。我不懂。"

"不懂,你要它干什么呢?这本书是打哪儿来的呢?"

"我们偷的。"

"打哪儿偷的呢?偷它干什么呢?"

"打原来我们学校废书库偷的。听说那里头的书都是不让借、不让看的。全是坏书。我们撬开锁,偷了两大抱。我们偷出来为的是拿去卖。"

"怎么没把这本卖了呢?"

"后来都没卖。我们听说,盖了图书馆戳子的书,我们要是卖去,人家就要逮着我们。"

"你们偷出来的书里,还有些什么呢?你还能说出几个名儿来吗?"

"能!"宋宝琦为能表现一下自己并非愚钝无知感到非常高兴,他第一次有了专注的神情,眨着眼,费劲地回忆着,"有《红岩》,有……《和平与战争》,要不,就是《战争与和平》,对了,还有一本书特怪,叫……叫《新嫁车的词儿》……"

这让张老师吃了一惊。他想了想,掏出钢笔在手心里写了《辛稼轩词选》几个字,伸出去让宋宝琦看,宋宝琦赶忙点头:"就是!没错儿!"

张老师心里一阵阵发痛。几个小流氓偷书,倒还并不令人心悸。问题是,凭什么把这样一些有价值的,乃至于非但不是毒草,有的还是香花的书籍,统统扔到库房里锁起来,宣布为禁书呢?宋宝琦同他流氓伙伴堕落的原因之一,出乎一般人的逻辑推理之外,并非一定是由于读了有毒素的书而中毒受害,恰恰是因为他们相信能折腾就能"拔份儿",什么书也不读而堕落于无知的深渊!

张老师翻动着《牛虻》，责问宋宝琦："给这插图上的妇女全画上胡子，算干什么呢？你是怎么想的呢？"

宋宝琦垂下眼皮，认罪地说："我们比赛来着，一人拿一本，翻画儿，翻着女的就画，谁画得多，谁运气就好……"

张老师愤然注视着宋宝琦，一时说不出话来。宋宝琦抬起眼皮偷觑了张老师一眼，以为是自己的态度还不够老实，忙补充说："我们不对，我们不该看这黄书……我们算命，看谁先交上女朋友……我们……我再也不敢了！"他想起了在公安局里受审的情景，也想起了母亲接他出来那天，两只红红的、交织着疼和恨的眼睛。

"我们不该看这黄书。"——这句话像鼓槌落到鼓面上，使张老师的心"咚"的一响。怪吗？也不怪——谢惠敏那样品行端正的好孩子，同宋宝琦这样品质低劣的坏孩子，他们之间的差别该有多么大啊，但在认定《牛虻》是"黄书"这一点上，却又不谋而合——而且，他们又都是在并未阅读这本书的情况下，"自然而然"地做出这个结论的。这是多么令人震惊的一种社会现象！谁造成的？谁？

当然是"四人帮"！

一种前所未及的，对"四人帮"铭心刻骨的仇恨，像火山般喷烧在张老师的心中。截至目前为止，在人类文明史上，能找出几个像"四人帮"这样用最革命的"逻辑"与口号，掩盖最反动的愚民政策的例子呢？

望着低头坐在床上，两只肌肉饱满的胳膊撑在床边，两眼无聊地瞅着互相搓动的、穿着白边懒汉鞋的双脚，拒绝接受一切人类文明史上有益的知识和美好的艺术结晶的这个宋宝琦,张老师只觉得心里的火苗扑腾扑腾往上蹿,一种无形的力量冲击着他的喉头,他几乎要喊出来——

救救被"四人帮"坑害了的孩子!

七

春天日短。当远处电报大楼的七记钟声,悠悠地随风飘来时,暮色已经笼罩着光明中学附近的街道和胡同。

张老师推着自行车,有意识拐进了免费出入、日夜开放的小公园里。他寻了一条僻静处的长椅,支上车,坐到长椅上,燃起一支香烟,眉尖耸动着,有意让胸中汹涌的感情波涛,能集中到理智的闸门,顺合理的渠道奔流出去,化为强劲有力的行动,来执行自己这班主任的职责。

晚风吹动着一直拖到椅背上来的柳丝,身上落下了一些随风旋转而来的干榆钱,在看不见的地方,丁香花开了,飘来沁人心脾的芳馥气息。

同宋宝琦本人及其家庭的初步接触,竟将张老师心弦中的爱弦和恨弦拨动得如此之剧烈,颤动得他竟难以控制自己。他恨不能立时召集全班同学,来这长椅前开个班会。他有许多深刻而动人的想法,有许多诚挚而严峻的意念,有许多倾心而深沉的嘱托、建议、批评、引导和号召,就在这个时候,能以最奔放的感情,最有感染力的方式,包括使用许多一定能脱口而出的丰富而奇特的、易于为孩子们所接受的例证和比喻,淋漓尽致地表达出来……

他感到,他比以往任何时候,都更爱我们亲爱的祖国。想到她的未来,想到她的光明前景,想到本世纪结束、下世纪开始时,"四化"初具规模的迷人境界,他便产生了一种不容任何人凌辱、戏弄祖国,不许任何人扼杀、窒息祖国未来的强烈感情!他想到自己的职责——人民教师,班主任,他所培养的,不要说只是一些学生,一些花朵,那分明就是祖国的未来,就是使中华民族在这九百六十万平方公里的土地上,强盛地延续下去,发展下去,屹立于世界民族之林的未来!

他感到,他比以往任何时候,都更深刻地仇恨"四人帮"这伙祸国殃民的蠹贼。不要仅仅看到"四人帮"给国民经济所造成的有形危害,更要看到"四人帮"向亿万群众灵魂上泼去的无形污秽;不要仅仅注意到"四人帮"培养出了一小撮"头上长角、浑身长刺"的张铁生式丑类,还要注意到,有多少宋宝琦式的"畸形儿"已经出现!而且,甚至像谢惠敏这样本质纯正的孩子身上,都有着"四人帮"用残酷的愚民政策所打下的黑色烙印!"四人帮"不仅糟蹋着中华民族的现在,更残害着中华民族的未来!

对丑类的恨加深着对人民的爱,对人民的爱又加深着对丑类的恨,当爱和恨交织在一起的时候,人们就有了为真理而斗争的无穷勇气,就有了不怕牺牲去夺取胜利的无穷力量。

张老师陡然站了起来,他看看表,七点一刻。他想到了晚饭。不是他感到饿了,想自己回家吃饭去,他简直把自己也需要吃晚饭这件事忘到爪哇岛去了。他是打算亲自到几个同学家里去,了解一下他们对宋宝琦来初三(3)班的反应。而这个时候,同学们家里一定都在吃饭,吃饭的时候进行家访是不适宜的。他想了想,便背着手,在小公园的树林子里踱起步来,同时确定下来,七点半左右再离开这里……

丁香花的芳馨一阵阵更加浓郁。浓郁的香气令人联想起最称心如意的事。张老师想到"四人帮"已经被扫进了垃圾箱,想到华主席为首的党中央已经在短短的半年内打出了崭新的局面,想到亲爱的祖国不但今天有了可靠的保证,未来也更加充满希望,他便感到宋宝琦也并非朽不可雕的烂树,而谢惠敏的糊涂处以及对自己的误解与反感,比之于蕴藏在她身上的优良素质和社会主义积极性来,简直更不是什么难以消融的冰雪了。

八

张老师推车走出小公园时,恰巧遇上了提着鼓囊囊的塑料包,打从小公园门口走过的尹老师。

尹老师大吃一惊:"俊石,你怎么还有逛公园的雅兴?"

张老师笑了笑,没有解释。他也并不问尹老师从哪儿来,到哪儿去。他知道,尹老师坚持有一个多月了,每天下午四点以后,除了在学校组织一些数学后进的学生补课以外,还要轮流到他们家里去进行个别辅导。他熟悉尹老师的脾性,特别是"四人帮"控制着文教战线的时期,他往往牢骚满腹,对教育部不满,对学校领导不满,对学生不满,对家长不满。倘是一个局外人,听了他那些愤激之情溢于言表的话,一定会以为他是个惯于撂挑子、甩袖子的人;其实尹老师牢骚归牢骚,工作归工作,不管是什么时候,不管遇上什么打击、障碍、困难和挫折,他从未放弃过辛勤的教学劳动。就是在"四人帮"把学生中的无政府主义思潮煽动得达于极点,课堂里往往乱得像一锅煮沸的粥时,他虽然能在办公室里把牢骚话说到"咱们干脆罢教"的地步,一听到上课铃响,却又立即奔赴教室,仍然竭尽全力地用粉笔敲着黑板,用劝导、吆喝、说服、恫吓来让同学们听他讲述那些方程式和多面体。

张老师知道这是他已经结束了个别辅导,要奔赴胡同外的汽车站,乘车回家去了。他既然是忙完了工作,那么,牢骚一定是一触即发。果不其然,不等张老师开口,他便拍着张老师自行车的车座子,长叹一声说:"'四人帮'给咱们造成了些什么样的学生啊!你想想看吧,我教的是初三了,可刚才却还在为两个学生翻来覆去地讲勾股定理……你比我更有'福气'——摊上个'新文盲'宋宝琦!说实在的我不能理解你,眼下是'百废待举',该做的事情那么多,而光是今天一个下午,你就为收留一个小流氓耗费了那么多心血,犯得上吗?!让宋宝琦滚蛋吧!公安局不收,让他回原来的学校!原来的学校不要,就让他在家待着!……"

张老师诚恳地对他说:"经过这一下午,我越来越自觉地认识到,症结不在是不是一定要收下宋宝琦——的确,也许应当为他这样的学生专门办一种学校,或者把同他相似的学生专门编成一班;要不按他的文化程度,干脆把他降到初一去从头学起……但这都不是主要的。症结在哪里呢?今天下午围绕着收留宋宝琦发生的这一件又一件的事情,好比一面镜子,照出了'四人帮'糟害我们下一代的罪恶;有些'四人帮'的流毒和影响,我以前或者没有觉察出来,或者没有像今天这样感到触目惊心,我想到了很多、很多……达磊,现在是1977年的春天,这是多么美好、多么幸福的春天啊,可它又是要求我们迎向更深刻的斗争、付出更艰苦的劳动的春天,因而也是要求我们更加严格的一个春天!朝前看吧,达磊!……"

尹老师从这简单的话语里不可能感受到张老师已经感受到的一切,但是,当他同张老师那饱含着醒悟、深思、信心、力量的动人目光相遇时,他的牢骚和烦躁情绪顿时消失了。1977年春天的晚风吹拂着这两个平平常常、默默无闻的人民教师,有那么一两分钟,他们各自任自己的思绪飞扬奔腾,静静地没有交谈。

张老师想到,过几天,针对尹老师思想方法偏于简单和急躁的缺点,一定要好好地找他谈一谈:感情绝不能代替政策;迫切希望革命事业向前迈进的心情,不能简单地表现为焦躁和牢骚;锲而不舍地坚持斗争的同时,又应当对事物的发展抱相应的积极等待的态度;对宋宝琦这类小流氓的厌恨,还可以转化为对祖国的幼苗遭到"四人帮"戕害而生的怜惜和疼爱……总之,要好好地同尹老师谈谈哲学,谈谈辩证法,谈谈现在和未来,谈谈爱和恨,谈谈生活和工作,乃至于谈谈《红岩》和《牛虻》……

远处又飘来了报告七点半已到的一记钟声,张老师收回沸腾的思绪,拍拍尹老师肩膀说:"咱俩另找个时间好好聊聊吧。我还要到几个同学家里去一下。"

"快去石红那儿吧,"尹老师忽然想起,赶紧告诉张老师,"我刚从他们楼里出来,听我那班的一个同学说,谢惠敏跟石红吵了一架,你快去了解一下吧!"

张老师心里一震,他立即骑上车,朝石红家所在的居民楼驰去。

九

石红的爸爸是区上的一个干部,妈妈是个小学教师,两口子都是在轰轰烈烈的"四清"运动里入党的;从入党前后起,他们形成了一种很好的习惯,就是坚持学习马列、毛主席著作。他们书架上的马恩、列宁四卷集、"毛选"四卷和许多厚薄不一的马列、毛主席著作单行本,书边几乎全有浅灰的手印,书里不乏折痕、重点线和某些意味着深深思索的符号……石红深深受着这种认真读书的气氛的熏陶,她也成了个小书迷。

石红是幸运的。"晚饭以后"成了她家的一个专用语,那意味着围坐在大方桌旁,互相督促着学习马列、毛主席著作,以及在互相关怀的气氛中各自做自己的事——爸爸有时是读他爱读的历史书,妈妈批改学生的作文,石红抿着嘴唇,全神贯注地思考着一道物理习题或是解着一个不等式……有时一家人又在一起分析时事或者谈论文艺作品,父亲和母亲,父母和女儿之间,展开愉快的、激烈的争论。即便在"四人帮"推行法西斯文化专制主义最凶狠的情况下,这家人的书架上仍然屹立着《暴风骤雨》《红岩》《茅盾文集》《盖达尔选集》《欧也妮·葛朗台》《唐诗三百首》……这样一些书籍。

张老师曾经把石红通读过的《共产党宣言》《马克思主义的三个来源和三个组成部分》和"毛选"四卷,以及她的两本学习笔记,拿到班会上和家长会上传看过,但是,他更觉得欣喜的是,这孩子常常能够根据马列主义、毛泽东思想的原则去思考、分析一些问题,这些思考和分析,往往比较正确,并体现在她积极的行动中。

我们这个故事发生的那一天,张老师敲开石红他们家那个单元的门后,发现迎门的那间屋里,坐满了人。石红坐在屋中饭桌边,正朗读着一本书,另外有五个女孩子,也都是张老师班上的学生,散坐在屋中不同的部位。有的右手托腮、睁大双眼出神地望着石红;有的双臂叠放在椅背上,把头枕上去;有的低首揉弄着小辫梢……显然,她们都正听得入神。根据下午谢惠敏的汇报,这恰恰是那几个因为害怕或赌气,而扬言明天宋宝琦去了她们就不去上学的同学。

石红读得专心致志,没有发觉张老师的到来;有两三个女孩子抬眼瞧见了张老师,也只是羞涩地对他笑笑,没有出声叫他"张老师",那显然并非忘记了礼貌,而是不忍心中断她们已经沉浸进去的那个动人的故事。

来开门的石红妈妈把张老师引到隔壁屋里,请他坐下,轻声地解释说:"孩子们正在读鲁迅翻译的《表》……"

《表》是苏联作家班台莱耶夫在十月革命后不久写的一

部儿童文学作品,它描写了一个流浪儿在苏维埃教养院里的转变过程。鲁迅先生当年以巨大的热情翻译了它。张老师虽然好多年没翻过这本书了,但石红妈妈一提,这本书里的一些人物形象和片段情节,顿时涌现在张老师的脑海中。张老师在短短的几分钟里,已经猜测出石红家里出现这种局面的来龙去脉了。果然,石红妈妈告诉他:"石红一回家就把宋宝琦的事跟我说了。吃晚饭的时候她一个劲眨巴眼睛,洗碗的时候她跟我商量:'妈妈,要是我约上谢惠敏,把那些害怕、赌气的同学们都找来,读读《表》这本书怎么样呢?'我很赞成。我跟她说:'有党的领导,有社会主义制度,路线对了头,只要老师、同学们发挥集体的作用,小流氓也是能转变的啊!'后来她就找同学们去了——只是谢惠敏不知怎么没有来……"

正说着,石红读完一个段落,知道张老师来了,拿着书跳进里屋,高兴地嚷:"张老师,你来得正好!快给我们讲讲吧!"

张老师被她拉到了外屋,几个小姑娘都站起来叫"张老师",不等他发话,各种各样的问题就争先恐后地提出来了:

"张老师,这本书我们能读吗?"

"张老师,这本书里的小流氓,怎么又惹人生气,又惹人同情呢?"

"张老师,谢惠敏说我们读毒草,这本书能叫毒草吗?"

"张老师,您见着宋宝琦了吗?跟这本书里的小流氓比,他好点儿还是坏点儿呢?"

……

张老师且不忙回答,却反问她们:"谢惠敏为什么不来呢？石红跟她吵嘴了？你们应该齐心合力把她拉来啊！"

小姑娘们激动地同声回答起来，吵成一片，结果一句也听不清，还是石红让大伙静下来，解释说："拉不来啊！除非现在报上专门登篇文章，宣布《表》是一本好书……"

原来，石红刚一找到谢惠敏的时候，谢惠敏见石红工作这么积极，还挺高兴。可是一听是找她一块儿去读一本外国小说，她就打心眼儿里反感。石红跟她解释，这本书挺不错，读了对解决那几个同学的问题能有启发……谢惠敏没等石红说完，立刻反问道："报上推荐过吗？"这一问使石红呆住了，半晌才回答："没推荐呢。""读没推荐的书不怕中毒吗？现在正反腐蚀，咱们干部可不能带头受腐蚀呀！……"谢惠敏一脸警惕的神色，警告着石红，不仅自己拒绝参加这个活动，还劝说石红不要"犯错误"……这把石红惹恼了，同她吵了一场，但临走时仍然拉着她的手，央告她去"听听再说"，她把石红的手拂开了。石红走后，谢惠敏激动地走出屋子，晚风吹拂着她火烫的面颊，她很痛苦，上牙把下唇咬出了很深的印子……

在石红的家里，接下来出现了这样的场面：张老师坐在桌边，石红和那几个小姑娘围住他，师生一起无拘无束地谈了起来，从《表》谈到苏联的演变，从《表》里的流浪儿谈到宋宝琦，从应当怎样改造小流氓谈到大多数小流氓是能够教育好的，最后渐渐谈到明天以后班里面临的新形势，张老师笑着问那几个小姑娘："怎么样，你们还罢课吗？"

她们互相交换完眼色，便都望着张老师，几乎是异口同声地说："不罢啦！"

张老师离开石红家的时候,满天的星斗正在宝蓝色的夜空中熠熠闪光。

用不着思索,蹬上自行车以后,他自然而然地向谢惠敏家里驰去。说实在的,当他同石红和那几个小姑娘议论时,谢惠敏无时不在他的心中;他疼爱谢惠敏,如同医生疼爱一个不幸患上传染病的健壮孩子;他相信,凭着谢惠敏那正直的品格和朴实的感情,只要倾注全力加以治疗,那些"四人帮"在她身上播下的病菌,是一定能够被杀灭的。

离谢惠敏的家越近,张老师心上的内疚感便越沉重。过去,对谢惠敏成为这样一种状态,他总觉得自己难以承担责任——他在接班不久的情况下,就向谢惠敏含蓄地指出过,不要只是学习零星的语录,不要迷信解释领袖思想的文章,要认真学习原著,要独立思考……但谢惠敏并未领悟。今天,张老师有了新的感触,他责问自己,虽然去年十月以前的那个学期里,是个乌云压顶的形势,可是,难道自己就不能更勇敢、更坚决地同荒诞、反动的东西做斗争吗?就不能更直截了当地、更倾注全力地同谢惠敏谈心,引导她擦亮眼睛、识别真假吗?……

快到谢惠敏家的门口时,一个计划已在张老师心中初现轮廓:他今天要把书包中的那本《牛虻》留给谢惠敏,说服她去读读这本书,允许她对这本书发表任何读后感。然后,从分析这本书入手,引导谢惠敏运用马列主义、毛泽东思想的立场、观点、方法去解答一系列互相关联的问题:应当怎样认识生活;应当怎样了解历史;应当怎样对待人类社会产生的一切文明成果;应当怎样批判过去文化遗产中的糟粕而取其精华;应当怎样全面地、辩证地看问题;应当怎样辨别香花和毒草,识别真假马列主义;应当使自己成为一个什么样的人;应当怎样去为祖国的"四化"、为共产主义的灿烂未来而斗争……

张老师心中掀动着激昂的感情波澜。当他刹住车,在谢惠敏家门口站定时,心中的计划进一步明朗起来:不仅要从这件事入手,来帮助谢惠敏消除"四人帮"的流毒,而且,还要以揭批"四人帮"为纲,开展有指导的阅读活动,来教育包括宋宝琦在内的全班同学……他决定明天一早就去请示党支部,会获得支持吗?他眼前浮现出老曹在支部会上目光灼灼地发言的面影:"现在,是真格儿按毛主席的思想体系搞教育的时候了!"他正是要"真格儿"地大干一场啊,一定会得到组织支持的!他心中又闪过了一些老师可能发出的疑问,于是,他决定,要争取在教师会上发言,阐述自己的想法:现在,我们不仅要加强课堂教学,使孩子们掌握好课本和课堂上的科学文化知识,获得德、智、体全面发展,不仅要继续带领他们学工、学农,把理论和实践结合起来;而且,还要引导他们注目于更广阔的世界,使他们对人类全部文明成果产生兴趣,具有更高的分析能力,从而成为社会主义革命和社会主义建设的更强有力的接班人……

这时,春风送来沁鼻的花香,满天的星星都在眨眼欢笑,仿佛对张老师那美好的想法给予着肯定与鼓励……

1977年11月

大 眼 猫

一

还记得夕阳斜映着绿野时,蜻蜓怎样栖息在苇尖上吗?

还记得晚风拂过青纱帐时,空气中飘荡着怎样的一种气息吗?

啊,大眼猫,在那个难忘的傍晚,你曾经把我的心弦重重地撩拨……

二

小小的土疙瘩,干土疙瘩,打在我的脸上。

我只好眯起眼睛。从几乎关合的眼缝里,我看见你倚坐在麦秸垛旁,正瞪圆着你那双大得出奇的眼睛,嘲讽地望着我。你光润的额头上,渗出了汗珠儿;你嘻开的嘴唇中,露出了雪白的虎牙尖。

笑声。同班同学的笑声。天真无邪的笑声。烂漫友善的笑声。

那时,虽是高中三年级的学生,思想感情尽管不能以"单纯"二字概括,但以"纯洁"二字概括,庶几近之。

忘记我对你说了句什么话,大约是叫了你"大眼猫"这绰号吧,你便抓起一把干土向我扬来,那年天旱,你扬起的实际是一把小土疙瘩,干土疙瘩砸在我的脸上,微微有一点痛,一种快意的、酥痒的痛。

啊,大眼猫,你再不可能再抓一把小土疙瘩,砸到我的脸上了!

从少年时代向青年时代转换的时期啊,在我们的心灵深处,荡漾着怎样的感情波环?

值得永远回忆的小土疙瘩,那砸在脸上的小土疙瘩,那种神秘的快意,那种朦胧的情绪!

三

我仔细地把二十二年前的你回忆:你的面容,你的身姿,你的声音,你的动作……

你不美。或者说你是美中不足,或者说你是不完全的美。

你出生在福建,所以你名叫施闽荔。但我只叫你大眼猫。这绰号经我的口一叫,很快便流传开来,同学们流散多年,许多人早已忘记了你的正名正姓,但一提大眼猫,没有想不起你来的。

你身材细长,皮肤并不白皙,是一种光润的淡黄色。你头发非但不丰厚,简直有点显得稀薄,而且你永远取最古板的齐耳直梳法,永远只用最便宜的黑漆发夹。统体来说,你远不如班上其他的女同学引人注目。然而,你有一件法宝,那便是一双大得出奇的眼睛。按比例,你的眼睛似乎超出了正常大小的一倍,尤其是你的黑眼仁随比例也大,亮晶晶、光莹莹如玉石然。你的双眼皮一眨,再一睁,你那双大眼睛一亮又一亮,啊,竟使我联想起月边的星辰,砚中的日影。你的一双大眼,加上你走路轻盈无声,和你嘴角总挂着的一缕略含嘲讽意味的微笑——真是一只活灵活现的"大眼猫"!

大眼猫,我要固执地这样叫你,大眼猫!

四

按今天的说法,你也许是有特异功能的。

你的功课好得出奇。那时实行苏联式的五分制,学生有成绩册,不仅期考的成绩要登记在册,就是课堂提问时,也要把成绩册交给老师,由老师根据回答的情况当场填写分数。你竟然能让所有的栏目填满五分,连续两年获得优良奖章,只等高三的总评分一下来,便可领取金质奖章了!

然而,你似乎学习得并不吃力。你课余常捧着大厚本的小说读。记得你总是用一个东德制品,一个当时很令人稀罕的塑料书夹,把从图书馆借来的小说,封面套进那书夹中,惬意地读着。那书夹是橘红色的——可爱的、令人回味无穷的橘红色。橘红色有防鲨的作用——奇怪,我为什么忽然想到了这一点?

记得高三上学期,寒假前,一天放学之后,你坐在座位上读哈代的《德伯家的苔丝》,你脖子上围着个脖套,同那书夹一样,也是橘红色的,而冬日的夕阳照进玻璃窗,给你的全身也镀上了一层浅浅的橘红色。橘红色的大眼猫!为什么许多年过去了,我在教室中一瞥而留下的这个印象,竟还是那么新鲜?

一次上物理课,物理老师讲着讲着,忽然停住,几步走到了你的位子跟前,生气地瞪视着你。全班同学都往你那里看。原来你把一本小说放在了膝盖上,正低头看得上瘾。物理老师当即让你到黑板前解一道极难的题目,而你竟轻而易举地用了一种代数解法,取代了烦琐的物理公式推导,得出了准确的得数。那位胖墩墩的物理老师怎么说的——到底是做得对,还是做得不对呢?他呼哧呼哧地笑了,对你挥挥手说:"施闽荔,你有权不听我讲课,你看你的小说好了!"而你,竟然也就回到座位上,微笑着把那用橘红色书夹夹住的小说,挪到了书桌之上,甩甩头发,坦然地看起来!全班同学不禁一阵窃议……

五

大眼猫,在学校五楼的图书馆,那书架排成的小胡同里,你曾狠狠地把我嘲笑。

我们都是"图书馆小组"的成员,那是若干课余活动小组中,人数最少的一个。每天,由两名成员,帮助图书馆的老师应付借还图书。闭馆后,可以享受一番特权:任意翻看所有书架上的图书,并可破例一次借阅两册。

我和你那次正好一起活动。面对着一排排的文学书籍，我不知该从哪本读起，抽出一本来，翻翻，再抽出一本来，翻翻。这时，你在我身旁"扑哧"一声乐了，你指指图书室那头的玻璃柜说："你要看的，在那儿哩！"

那玻璃柜里，全是"小人书"，是教师工会为教职工借回去给子女看准备的。

我生气了，冲你一皱鼻子说："去你的！"

你指指我双手的动作，振振有词地说："瞧，你拿着一本书，不就光知道翻插图吗？"

的的确确，我每抽出一本书来，总是迫不及待地翻查插图，仿佛那本书值不值得我借回去读，唯一的因素就是插图吸引不吸引人似的。

"你甭管，这是我的习惯！"我依旧翻着手中的书，寻找着插图。

"多么幼稚的习惯！"你竟毫不掩饰对我的鄙夷。

你把我激怒了。我把书往书架上一插，扭身冲着你，几乎是气势汹汹地反问："那么你呢？你是什么习惯？"

"比你的高明。"你不慌不忙地把我刚插进去的书又抽出来，一边翻动着一边示范地说，"喏，先要看版权页……"

"版权页？"

"对。其实从咱们上小学起，每一册课本上都有版权页，但是老师从来没领着我们读过……你用过上一百册课本了吧？可我敢跟你打赌，你就从来没注意过版权页……"于是你指着那本书的版权页，具体地给我讲，掌握版权页上的那些概念有什么意义。比如说,从何年何月第一版的字样上,可以了解到这本书是从什么时候印成这个样子的;从印刷次数和印数上,又可以了解到这本书的遭遇,初步判定它是阳春白雪还是下里巴人。你又对我说:"会翻书的人,其次就是翻看目录,翻完目录,可以翻翻序、跋,有的书,翻到这里就可以丢开了,因为可以发现它或者编得不大高明,或者过分专门,或者这类著作不宜从它读起,或者它的内容跟你读过的另一本书类似,或者它已经过时,或者……"

"或者它证明大眼猫是大学问!"我心里虽然不得不佩服,嘴里却偏要占个上风,"还证明大眼猫能逮大尾巴耗子!"

"坏蛋!"你操起身旁的鸡毛掸子,扬起了胳膊,我笑着跳开了,结果碰倒了书架前的三角梯。图书馆的靳老师闻声走过来,问:"咦,你们干吗呢?"

你用鸡毛掸子麻利地掸着书架,笑嘻嘻地对靳老师说:"我们开始打扫卫生啦!"

你呀,好一个狡黠的大眼猫!

六

可是,班上的团支部书记钢华,提醒我不要受你的影响。钢华这个名字好怪,而占用着这个名字的是个女同学,就更让人觉得怪而有趣了。

钢华的爸爸、妈妈,都不姓钢,事实上《百家姓》中也无此一姓,然而钢华就叫钢华,她还有个弟弟,叫铁旗,这两个名字体现着一种破除旧传统的革命精神。是啊,为什么人们非要随父母特别是随父亲姓呢？多少当年到延安参加革命的知识分子，一走到延河边上就另取了与父母姓氏无关的新名，那的确是一种清新的风气。钢华的父母就是当年奔赴延安的知识分子，钢华当我们班团支部书记的时候，她的父亲已经是一位级别相当高的负责干部。她的母亲好像是个副处长。那时候，我们这些高中生相互不大打听别人的父母是干什么的，我们一起学习、嬉戏，我不记得谁因为"血统高贵"便格外受到尊崇，也不记得谁因为出身不好便特别受到歧视。

钢华和我同座。当时我们教室里用的是一种苏式的课桌，桌椅是联结在一起的，为了使学生进出座位方便，桌子的前半截有可以掀开的前盖。这样的座位给我留下了美好的记忆。我不明白为什么现在没有任何学校使用这样的桌椅了，起码在扫除时提供了方便，更何况不易损坏。大眼猫，你还记得我们使用过的那些结实耐用的课桌椅吗？

钢华大约不会对那种桌椅留下美好的印象。她总梳着两条粗短的辫儿，圆圆的、黑黝黝的脸庞上，架着副近视镜，因为鼻梁比较扁，那近视镜总往下滑，故而她总得不时地伸出手指去托一下。她身材比较粗，臀部特别大，所以进出那样的座位，很不灵便。按她的形态动作，可以很自然地给她取上个诸如"河马""大象"一类的绰号，然而我们谁也没有给她取，包括我这个最擅给人取绰号的人。倒不是因为她是小干部，怕她，而是那时候的高中学生，实实在在比较地有教养，谁都懂得，倘若绰号会伤害到别人的自尊心，那就一定不要取。大眼猫,你承认吗?你的绰号,非但没有伤害到你的自尊心,反而使你产生了一种心理上的满足,尽管你常常在我这样叫你时,佯装出气愤的样子……

回忆起来,钢华实在是个有许多可敬之处的团支部书记。记得那时候实行劳卫制的锻炼标准,各个班级之间进行着竞赛,看哪个班级率先实现全部通过劳卫制标准。已经有两个高三班走在前面了,我们班再不能落后!然而钢华的跳高和跳远,怎么也达不到标准!记得那个阶段,每天放学以后,钢华都要换上运动衫,在操场的沙坑前,顽强地练习跳高和跳远,她的脸上,常常是热汗粘满了沙粒。

大眼猫,你记得吗?有一回,我们一起走过去劝她:"钢华,别这么拼了,小心拼出病来!"钢华的一条短辫散了,正用手编着,她啐出嘴里的沙子,咬咬牙,发誓般地说:"不!我是团支部书记,我得带头!"后来,她果然达到了跳远的标准。当时的规定,好像是跳高跳远算一类吧,有一项达到标准,便算通过,我们都衷心地为她高兴。在她的带动下,几个原来始终达不到标准的同学,也终于通过了。当我们班同学敲锣打鼓,围着操场游行,然后到党支部去报喜时,大眼猫,我们谁心里不佩服钢华的带头作用呢?

钢华啊,那时的你,充满了怎样的一种自我感觉?你一定觉得,这个中华人民共和国,这个社会主义事业,天然是为你而存在的,而你,也天然是它的组成部分。你头上的天空,是那般的晴朗,你脚下的土地,是那般的坚实,难怪你挥手打拍子领着同学们唱歌时,眼里闪着那么灿然的光,声音是那么厚实嘹亮！当时你领着我们唱过些什么歌？《华沙工人歌》《青年近卫军》《社会主义好》……不仅仅是这些,还有《山楂树》《远方的客人请你留下来》《唱得幸福落满坡》……

然而,大眼猫,钢华对你有看法,很真诚的看法,不挟带任何私怨私嫌的看法。你是团员,你在另一所中学上初中时就入了团。我不是团员,可我诚心诚意地渴望入团。我对钢华说:"让大眼猫当我的介绍人吧,我们俩都是图书馆小组的……"钢华拢起一双浓眉,那真是只有男人才该有的一双浓眉,眉尖长得接到一起了。她认真地思考了一下,便严肃地对我说:"她当介绍人不合适。你没看出她的问题吗？她那个人主义要不克服,会走上邪路的!"

我不大懂钢华所说的个人主义是什么东西。大眼猫,现在我仔仔细细地回忆,也回忆不出你究竟有哪些个人主义的表现。难道你在物理课上看外国小说,便是个人主义吗？然而,你的物理学得比任何一个同学都好啊！还有,我记得你热心地参加了学校第一届图书推荐月的工作,为了推荐苏联小说《海鸥》,你一遍又一遍地到各个班级去朗诵这部小说的片段……

对了,当有一次我为你辩护时,钢华给我举例说:"她干吗讽刺人家马甘霖笨？这不是个人主义是什么?!"可是,我分明记得,恰恰是你,大眼猫,主动提出来给马甘霖补习物理的,马甘霖要你给他讲解当天的习题,你把他的课本一把抢过来藏起,斩钉截铁地说:"你要想会,就按我的来!"你先给他补以前的课,使他原来混乱的概念渐渐清晰起来,然后出了几道题让他做。你批改时,看见他做对了,便仰头哈哈地笑着说:"开窍了!开窍了!"看见他做错了时,便用笔杆敲着本子说:"笨笨笨笨笨……唉呀,怎么能这么笨哪!"然后便一边改正一边跟他讲解。当时我也坐在教室里,等你一同去图书馆,全部过程看得清清楚楚,而钢华只是正当你嚷着"笨笨笨笨笨……"的时候,进教室来拿一样东西,然后又走掉的。难道,这便是你个人主义的证明吗?一瞥之中,几个语音,便能在小干部的心中,滋生出坏印象的萌芽!生活啊,你的一分一秒中,为什么竟孕育着这样的悲剧?

七

钢华自己做了我的入团介绍人,严格地来说,不是介绍人,而是联系人,因为直到高三毕业,她也不认为我已达到了团员标准,并不正式介绍我入团。

然而钢华确是诚心诚意地希望我进步的。她借给了我两本书,一本是冯定的《平凡的真理》,一本是杜鹏程的《在和平的日子里》,两本书都经她细心地阅读过,上头写着许多的眉批,记载着她的心得。她劝我一定要认真地读,读完同她一起讨论。

大眼猫,你发现了我手头的这两本书,你略微一翻,便直率地说:"这本《平凡的真理》是老版本,人家作者已经又修订了一遍,出新版本了,你该看新版的。这本《在和平的日子里》真是本好书,可是我建议你自己到新华书店买一本看,不必看她的这本。因为,只有独立思考才能真正有收获。你一边看原文,一边不得不看她的眉批,这会妨碍你独立思考的。当然,你可以看完了自己的那本以后,思考过了,再翻翻她的眉批,那样也许还能有点启发……"

大眼猫,我应当后悔吗?我把你的话,如实讲给钢华听了。当时,钢华的浓眉颤动着,她的心里,一定涌动着真正的义愤:她在为无产阶级,为社会主义担忧。因为竟有你这样的青年,这样的团员,如此难以领导,难以驾驭……

"笨笨笨笨笨……"这是你清脆而响亮的声音。你这声音在钢华的心里,加上了你对我讲过的那些话,以及你的别的一些小镜头、小言论,便汇成了一个坚定不移的观念:你,大眼猫,个人主义严重到了危险的边缘!

大眼猫,钢华当时肯定约你恳谈过许多次,我就曾经从教室的窗户瞥见,她同你并肩在校园的林荫道上,缓缓而行,款款而谈,那傍晚的风,吹得道旁高高的白杨树窸窣作响,那明亮的晚霞,映得你们两个少女的身影格外瑰丽……啊,从少年向青年过渡的时代,多么难忘的画面!有谁知道,在时代的洪流中,我们如同小鱼儿一样,后来会被激荡到不同的方位,并且是原先绝对意料不到的方位呢?

八

就是在这样一种情况下,毕业前夕,在那个干旱灼热的夏季,我们到西集公社参加中学时代最后的一次麦收。

每天中午和傍晚,我们就在场院旁的麦秸垛边吃饭。大眼猫,你用小土疙瘩扬我,便是在那最后一个傍晚。干燥的、散发着场院特有气息的小土疙瘩啊,砸在了我的脸上,使我不得不眯起了眼睛……然而从我几乎关合的眼缝里,我看见了你,大眼猫,你倚坐在麦秸垛旁,草帽滑到了身后,你瞪圆着那双大得出奇的眼睛,嘴角微微上翘着,嘲讽地望着我。你光润的额头上,流出了汗珠儿;你嘻开的嘴唇中,露出了雪白的虎牙尖。

你为什么要用小土疙瘩扬我?你为什么那么样地望着我?啊,大眼猫,原谅我,你能原谅我吗?我比同班同学上学都早,你们都已经十九、二十岁了,而我才刚刚十八——这一岁差得很要紧啊!

"笨笨笨笨笨……"你直到今天,还在这样地嘲笑我吗?大眼猫,你的声音,此刻仿佛仍旧响在了我的耳边,那干燥的,甚至带有马粪味的小土疙瘩,仿佛依旧不断地砸到了我的脸上……

从少年时代向青年时代转换的时期啊,你留给我们的记忆花朵,足够编织一个大大的、缤纷馥郁的花环。

九

吃完晚饭,同学们陆续地散去,一路往住处走,一路谈笑着,有的还甩着嗓门唱开了歌,才唱了两句,走了调,于是自己和伙伴们便一齐发出快活的哄笑……

大眼猫,我和你,不知不觉地走在了最后。当前面的同学都拐进了村子时,在那口布满绿苔的井口旁,你叫住了我:"高如松!"我扭过头,发现你那双大到充满我心灵的眼睛,灼灼地闪着神秘的光,我迷惘了,呆呆地定在那里。我的形象反映在你的眼睛和心灵里,一定是颠顶可笑的吧?大眼猫,直到今天,有的时候,当清风拂过你的面颊,当鸟儿的啁啾传入你的耳际,我在那个傍晚,在那口井旁,扭过身子面对着你的表情和身姿,应该还能浮现在你偶然的回忆中吧?

我是永远、永远也忘不了那个傍晚,那个布满绿苔的井台,以及在夕阳敛息的玫瑰色光氛里——你的身姿,你的面容,你的声音,特别是你那双硕大无朋的眼睛。因为这一切,是同我对一去不返的少年时代的追忆,紧紧地联系在一起的……

大眼猫,我忘不了,也不能忘,也没有必要忘记,你是这样对我说的:"嘿,咱们再到村外头,谈一谈,好吗?"

大眼猫,你忘了吗,也许忘了,也许还没有忘记,我是这样对你说的:"好呀,咱就再到村外头,谈一谈吧!"

于是,你和我,我和你,就折回村外去了。夕阳的余晖终于敛尽,紫蓝的天幕上,星星越来越显得璀璨繁密。我们穿过一片小树林,小树林里,有几片还没有被晒干的雨后积水,那积水大约是永远也晒不干的,表面上滋生着厚茸茸的绿藓,里头泡着几根剥了皮的柳木——据说柳木是越泡越结实的……出了小树林,我们越过高出地面的水渠,水渠两边种着拳头粗的水曲柳,晚风吹动着它们的枝条,有几根游丝飞来粘住了我们的面颊,我们不约而同地用手掌拂拭着……又绕过了一片荆条为篱的菜园,我们来到了真正的池塘边,青蛙从我们脚下不时地跳进塘中,然而塘那边,蛙声响成了一片,在银色的月光映照下,塘中的水浮莲开出的紫花,仿佛闪动着磷光……

在塘边的大柳树下,在密密的柳丝掩护下,我们站定了。大眼猫,我听见了你急促的呼吸。你一定也听见了我的。

"你想好了吗?"你问我,"究竟报考什么专业?"

我真的拿不定主意。我不知道自己究竟是条什么船,应当放到哪条河里去航行。我如实招供了:"又想考理工科,又想考文科,还想考医……"

"你呀你呀,都什么时候了,还在优柔寡断!……"

"笨笨笨笨笨!"我学着你的口吻,你笑了,忽然觉得笑得声音太响,又赶快用手捂住了自己的嘴。

"你快帮我拿个主意!"我真诚地说,"我听你的,就像我拿到一本书,首先要相信版权页似的。"

"好的,"你也诚恳地说,"我要给你忠告的。不过,你家里的人的主意是什么呢?"

"我家里的人无所谓。我反正最小,他们还都把我当小孩子看。他们简直有点不敢相信,我已经到了该考大学的时候了……他们知道我功课不错,反正考得上的,所以不怎么为我操心,由我自己去选择。对了,你是怎么决定的呢?"

"你猜。"

"你那么喜欢看文学书,咱们学校图书馆书架上的文学书你都翻遍了,你是想上北大中文系吧?"

"笨笨笨笨笨!"你反过来模仿着我的声音。这回是我发笑了,我笑得很响,不怕别人听见。

"那么,你一定是想搞理工了……搞哪一门呢?你物理那么好,天然的物理脑袋瓜,你是想选物理专业吧?"

你点着头,赞许地说:"还算开窍。你没白跟我好。我想去钻研原子物理……当个女物理学家。我真有这个信心。我要让外国人也知道我,知道中国的尖端物理科学是发达的!"

一颗流星,从我们的视野里划过天际,仿佛使横斜的银河微微颤动了。大眼猫,中国的原子物理——不,现在该称作核子物理——科学家,你的气概,你的自信,令我折服了。

"那么,我呢?我考什么专业好呢?"我为自己缺乏主见,缺乏明确的抱负和宏大的气概而自愧,"我整天胡思乱想,就是没个准主意,我甚至想去试试戏剧学院,学表演,将来当个演员!"

"天哪!"你笑弯了腰,"阿弥陀佛,你快别走那条路,你以为你在学校演过几次话剧,就有表演的天才吗?老实说,你只能在生活的舞台上演出,永远只能扮演你自己……我告诉你吧,"你渐渐严肃起来,显然,你下面的话都不是临时冒出来的,而是早经深思熟虑的:"你适合学工,而且,你可以选择一些冷门,比如说,考邮电学院,那里头有好些很有趣的尖端技术。你的气质,适合于在实用技术里,并且是不怎么普遍的实用技术里,焕发出想象力和工作热情……"

"真的吗?"我极感兴趣地倾听着。在这个世界上,我所认识的头一个深深了解我的人,就是你。大眼猫,你打什么时候起,把我琢磨得这么透彻?

一只鸟儿从我们头上掠过,它发出一种尖细的鸣叫,那声音非常滑稽。

"毕业以后,咱们应当保持联系。"我听见你对我说。这是句很平常的话吗?这是句很不平常的话吗?我只是点头。我心里有一种朦胧的感觉,就是倘若我的生活里突然好多天没有了你,看不见你的身影,听不见你的声音,该有多么空虚!多么寂寞!

"嘿,高如松!"你突然变得格外严肃,陡然提出这样一个问题,"你知道吗,班上有人议论咱们,说咱们俩特别、特别好……你说,咱们俩该怎么办?"

是呀,该怎么办呢?啊,大眼猫,你应当原谅我——当时,后来,今天,你都应当原谅我!那时我才刚刚十八岁,我还并不真正懂得爱情,虽然我读过那么多有爱情描写的小说,虽然我演过《雷雨》里的周冲,然而,当这样的问题逼到我眼前时,我却实实在在地惶惑了,甚至于答不出一句话来。

我不懂,我却又有所体察,有所感受。我意识到,那便是你我的初恋。在人生的道路上,没有品尝过初恋滋味的人,该有多么悲哀;然而,在人生的途程上,没有将初恋发展为稳固的爱情的人,又是多么普遍!初恋是霏霏的细雨,是瑰丽的彩虹,是苇尖上的蜻蜓,是荷叶上的露珠……一片阳光,一阵轻风,就能使它消失。然而它留给我们的,是永不磨灭的珍珠般的记忆……

"让他们瞎说八道去吧!"我憋了半天,才说出这么句话来。

啊,大眼猫,你期待于我的,是怎样的一句话?事后,许多年来,我多次设想过,提出了许多种可备选用的回答,然而我再也没有机会将它呈献给你了……大眼猫,我清楚地记得,你突然转过身去,拂开柳丝,背对着我,断然地说:"好吧,回去吧,再不回去,人家更得瞎说八道了!"啊,你的脊背,也是一只眼睛,表露出你自尊心所遭受到的挫伤。你走了。我跟着你。我们都没有再讲什么。我们又绕过那荆条为篱的菜园,越过那长着水曲柳的渠堤,穿过那弥散着柳木被沤的特殊气息时的小树林,回到了那口布满青苔的水井边。

我直到走到那里,才想鼓起勇气对你说句什么——然而,晚了!你睨了我一眼,嘴里轻轻狠狠地呐出了一串"笨笨笨笨笨",轻盈地一转身,跑掉了。

在那个蛙声鸣响的夏夜,我得到了许多,也失去了许多。

大眼猫啊,倘若那晚我稍许成熟些、勇敢些……你我的命运,是否就会按另外的轨迹发展呢?人生,你的转机和你的刹制,为什么经常是这般的静默琐细,这般的不可思议?

十

许多年以后,我才知道,那一晚对你我来说,特别是对你来说,是决定命运的一个转捩点。

你回到宿舍。你们女生集中住在小学校的教室里。大多数同学都已经洗好脚,躺进被窝里了,只有少数同学还在洗脚、吹口琴、缝纽扣、看书。你刚走近那教室门口,便发现钢华正倚门站着。显然,她一直在等你。

"你哪儿去啦?"

"我跟高如松在村子外头谈了会儿。"

"你——你们?"

啊,大眼猫,我们都应当理解,钢华对你,对我们的行为,是多么真诚地痛心着。在她看来,我们显然是受了资产阶级思想侵蚀!我们在这样的地方,这样的时间,两个人单独地待在一起——这在贫下中农当中,在同学当中,会造成多恶劣的影响。我们的"智""体"都是不错的,然而我们的"德"却如此成问题,对于祖国,对于人民,对于社会主义事业,该是多么可惜!她不能让我们在悬崖的边缘上滑下去,尤其是对你,大眼猫,你是团员,她不能眼看着一个战友堕落下去。她的责任,是挽救你,教诲你,帮助你!

你要绕过她,到屋里去取脸盆,打水洗刷,然而她急切地拦住了你,把你引到庭院中的那株银杏树下,月光透过小折扇般的银杏树叶,把筛出的光斑落到你们肩头,小风拂过,那光斑在你们肩背上闪动……啊,二十二年前,两个真诚的少女!

"你这样……多不好啊!"钢华轻轻地摇着头,耐心地劝告你,"你们有什么话,不能当着同学们说呢?……"

"我刚才跟高如松求爱来着!"啊,大眼猫,在那个宝蓝色的夜晚,你真的是这么回答钢华的吗?我相信这是真的,因为我了解你那倔强的个性,你那坚毅的自信,你那被挫伤后充满了再生力的自尊心……你这话一出口,钢华就仿佛被电击了一下,她不由得打个哆嗦,脸涨得通红,慌乱中连连用手指托着眼镜架,气愤得不知该怎么跟你继续说下去。她下意识地追问了一句:"高如松说什么?"

"他拒绝了我。"你镇静地宣布完,便扭回身,走到宿舍里,取脸盆打水去了。而钢华,却愣愣地留在了那银杏树下,久久地咬着嘴唇……

这天晚上的情况,我当然是很久以后才知道的……

你躺进被窝很久了,同伴们都已发出了均匀的鼾声,钢华才回到屋里,慢慢地脱衣服,慢慢地躺进被窝,她的铺位就在你的旁边。你闭着眼睛,然而睡不着。终于,你感觉到她用手在轻轻扳着你的肩头,你只好转过身去,于是,在泻入屋窗的银色月光映照下,你看见钢华坐在铺上,披着衣服,她摘了眼镜,眼里竟汪着泪光,她是在真诚地为你感到羞耻,感到遗憾!你有点不忍心了,便也坐了起来,披上衣服,搂住她的肩膀,轻轻地说:"别这样……你干吗这样!我没有什么,我不还是我吗?还是大眼猫!我没有做错什么事啊……"

"你是团员,你应该想着团员的模范作用……还没上大学呢,你就想这些个事,你不觉得害臊吗?"钢华愤愤地训斥你。

你叹了口气,用手捂住了脸,轻轻地说:"我害臊……可没办法……我对高如松就有了那么一种感情……"

"这是什么样的感情?资产阶级的,至少是小资产阶级的!"

"不!"你放下手来,认真地反驳说,"难道无产阶级,就不能有?你的爸爸、妈妈,他们是怎么生活到一块来的?他们一定也有过——有过的……"

"你不要诬蔑!"钢华激动地说,"革命者的爱情,不会是这样的!你们偷偷摸摸,跑到村子外头……你们准是从哪本外国小说里,学来这一套的……"

"中国小说里也写过的啊,"你望着钢华,反驳说,"这有什么呢?我们都不算太小了。我们只不过去谈了谈,并没有做什么不该做的事……再说,即便我们好,也要等上完了大学,工作以后,才谈得到那个啊……你干吗这么生气呢?你也会有这么一天的,当你突然觉得——"

"少废话!"钢华厉声截断你的话。一个同学翻了个身,于是她又把声音压低了下去:"我永远不会做出这种荒唐事的!"

"难道你一辈子不结婚?当一辈子老处女?"大眼猫,你的心直口快,不是任何时候都能受到欢迎的啊!

"废话!"钢华郑重地宣布,"我要等到为祖国切实做出了贡献之后,才去考虑这种问题,起码要在十年之后!"

"可是,人的感情是不能用年头加以限制的呀!"

"施闽荔!你既然糊涂到这个地步,我不能不告诉你了:正在考虑给不给你金质奖章的事,我们团支部,跟班主任,还有政治老师,一块研究过了,你这样的思想感情,政治试卷答得再好,也只能给个三分,政治三分,当然金质奖章也就取消了……"

"取消就取消吧,"你确确实实极为轻松地说,"无非是不保送,自己考而已。我倒宁愿自己考一考,再上大学。"

钢华两道浓眉差点立了起来。她实实在在不能理解你。在她看来,你的见解,你的态度,超出了一般落后的范畴。当然,她还要再尽最后一把力,把你从悬崖边上拉回来:"你怎么能这么说——"

"睡吧,我们明天再谈,不好吗?"大眼猫,其实你被视为落后的东西,不过是强烈的个性。你说着便躺下了,并且把脊背对着钢华。虽然你并不是闭上眼睛就入睡了,然而你毕竟睡了一个好觉,连一个梦也没有做。

第二天,当天光把宿舍照亮时,你活泼地爬了起来,同几个爱吵爱笑的女同学,大声地开着玩笑,跑到院子里,端着洗脸盆互相撩水嬉戏……

在钢华看来,你算没有希望了。她为你叹息,并在心里做出了决定。

十一

第二天清晨,在场院旁吃早饭时,我总想凑近你同你谈句什么,然而,你却非常自然地一边啜着热粥,一边给马甘霖他们几个爱听故事的人,断断续续地讲着哈代的《卡斯特桥市长》,你那双神采飞舞的大眼睛,竟对我连一瞥都不赐予。我不由得走到另一边,同几个男同学边吃边聊,而我在一瞥之中,却看见钢华同班主任老师站在一起,忘了喝手中碗里的粥,絮絮地说着什么,并且朝你斜了一眼……

那一天吃过早饭以后,我们便收拾起行李,返回学校。记得上敞篷汽车时,我已经在上面了,你和几个女同学还在下面,我向你喊着:"大眼猫,把你的行李递给我!"而你笑着,仿佛并没有听见我的呼喊,却把行李包递给了隔我两个人的马甘霖,并让他拉着你的手,帮你爬上车来。

我知道,我已经失去的东西,是很难补救回来的了。我怅然地靠着车挡板坐着,直到同学们一起合唱起《好久没到这方来》,我也不由得随着唱了起来时,才暂时好受了一点。

啊,那个难忘的夏天,那些隐秘的、难以形容的情绪,那种期望与胆怯,惶惑与甜蜜……从少年时代向青年时代过渡的岁月啊,你来去匆匆,而你酿成的酒,越陈却越醇厚……

十二

当那沉重的打击降临时,大眼猫,你是怎样的反应? 你也很想知道,我是怎样的反应吧?

同学们纷纷接到了大学的录取通知书。而我虽然每天都到院门口翘首等候邮递员来临,却一次一次地被邮递员的摇头弄得莫知所措时,我也曾幻想过:这不过是因为某种技术上的原因,使我应得的那一份录取通知书延误了吧?

记得是夏日沉闷的中午,天空仿佛罩着一块发散着腥气的灰抹布,没有风,树枝都仿佛是没有生命的仿制品,唯有惹人心烦的蝉儿挣命似的狂叫着。已经对迎候邮递员失却了信心的我,这时,忽然听见院外传来邮递员那嘎哑的吆喝声:"高如松——信!"

我穿着木板拖鞋,呱嗒呱嗒地跑了出去,接过那封盖着招生委员会戳子的信,不及回屋,便颤抖地撕开,抖开了信纸,霎时,眼里蹿进了几串火星,头上响起了一声闷雷——那是一张不录取通知书!

不记得我是怎么拖着步子回到屋里的了,只约略地能忆起,我扑到了床上,把头埋到了枕头里,任眼泪渗透到了枕头芯中……

要知道,那个时候,高中毕业生很少有考不取大学的,尤其是我们那样一所名牌中学的高中毕业生,考不取大学,的的确确是奇耻大辱!况且,我参加高考答卷时的自我感觉颇佳,出考场后与同伴们核对答案,也少有差错,怎么竟会名落孙山呢?!迷惑、愤慨、痛苦、羞耻……我简直不知道自己该怎么继续生活下去!

感谢马甘霖,是他及时地跑到了我家,把我从床上拉了起来,先劝慰我,继而饱含同情地披露说:"你知道你为什么考不上吗?在档案上,钢华给你写的操行评语真够你呛的……她简直就直截了当地在评语里说,像你这样的学生,建议不要录取进大学学习!她给施闽荔写的评语比你的还糟:个人主义极端严重,作风不正派,不接受批评教育,走'白专'道路……难怪施闽荔虽然考得比你还好,也一样得了份不录取通知!"

啊,大眼猫,我这才知道,你也没有考取!你的没考取,比我自己的落考更令我痛心疾首——凭什么啊!

也不记得马甘霖是怎么离开我的,只记得我穿着木板拖鞋就跑出了院子。我呱嗒呱嗒地走出了胡同,呱嗒呱嗒地走到了街上,我盼快点下雨,下瓢泼大雨,好淋个痛快,然而却刮起了风，人们扔下的冰棍纸在风里飞舞起来，街旁的树木疯狂地摆动着枝条，街上的人声更显得嘈杂难耐……雨始终没有下来，而我的心里却经历了一场有生以来最狂暴的倾盆大雨！

不想细致地回忆那个苦闷的夏天里的往事了。总之，经历了家庭的责备与安慰，邻居的冷眼与窃议，同学们的猜测与惊忧之后，我的痛苦与沮丧竟也终于稀薄下去，我既没有找有关的部门去反映情况，也并没有找钢华去吵架报复，同时还拒绝了家庭和亲友让我准备一年后再考的建议，到了秋风徐来的时日，当我的思绪也变得格外冷静时，我便毅然地参加了工作。

我为什么要到邮电局去工作呢？大眼猫，你还记得那个奇妙的夏夜，在那个蛙鸣不断的池塘边，在那株绿丝如发的大柳树下，你对我说过的那些话吗？你提到过邮电学院。在我报考大学时，邮电学院是我的第一志愿，我现在不可能迈进邮电学院的大门了，然而我却终于和邮电结上了不解之缘。我平心静气地到邮电局报了到，并且自愿担任了分拣员。

当我今天把这段经历，讲给我那些已经长大的侄儿侄女听，他们总不能理解。他们不懂得我们五十年代末、六十年代初的一代青年，是怎样的一种状况。

他们总是愤愤地问：钢华凭什么能给你们写操行评语呢？

然而，当时的我，虽也曾产生过愤慨情绪，却很快也便接受了现实。因为学校是党领导的,党的助手是团,因此团支部在班上也便起着领导作用。当时我们的班主任不是党员,他也确实不如钢华更了解我们的情况,因此,虽然操行评语最后以班主任的名义签署,实际上却由钢华起草,便成为顺理成章的事了。而钢华,我很难说她给我写那样的评语,是蓄意打击报复。她是为了坚决贯彻"重在政治表现"的政策啊!既然我与大眼猫接近,我爱读《约翰·克利斯朵夫》,我与大眼猫在那个夏夜有过那样的行为,而我后来又没有揭露作为团员的大眼猫的"不正派作风",因此我的"政治表现"当然属于不良之列。为了保卫社会主义大学的纯洁性,她是理应"实事求是"地向组织上反映意见,以免像我这样的青年占据了不该占有的位置啊!我敢说,钢华誊抄那些评语时,一定是脸儿涨得通红,浓眉耸动着,咬着嘴唇,充满纯真的感情的!

大眼猫,你当时是怎样想的呢?我不清楚,直到今天,我还是不清楚。

不过,有一点,我们两人是共同的:我们咬紧牙关,在自己的生活道路上迈步。我们拒绝主动与任何先前的同学联系,包括马甘霖那样的对我们充满了同情的同学。马甘霖从所考取的钢铁学院给我们来过许多封信,我一封也没有回,后来我得知,你也是这样。我们之间,也避免相见。当然,也许是我比你软弱,也许是你比我软弱,该怎么解释,姑且不论吧……我到邮电局之后,曾给过你一信,记得我精心选择了一个素白的信封,用的是特意选用的一张图样古雅的敦煌壁画的邮票,信纸则是一张有兰草图样的隐格纸,我在那封信里,表示了愿与你通信联系的愿望,说是只要你回我一信,我便可将自己当时所思所想的全数写给你看……而你没有回我的信。我等待了三天,一周,半个月,终于意识到已经没有指望。我的心情最后复归于平静。我理解,这是你性格的必然——你必须从沉默和冷静之中,去实现你的凤凰涅槃。

回想起来,这是一件多么古怪的事啊。我们同在一城之中,纵然我们住在不同的城区,然而我们总得生活,我们生活的轨迹,总不外乎得纵横于王府井、西单、东单、西四、东四、北京图书馆、中山公园、北海、天坛、人民剧场、大华电影院、东安市场旧书摊、美术馆的展览会……我们该有许多次相遇的机会!可我们在高中毕业以后直至"文化大革命"起来的七个年头里,却几乎没有邂逅过一回……啊,我终于懂得了——为什么太阳系中有那么多的小行星和彗星,人类却用不着担心那些小行星和彗星会与地球碰撞,从而产生异变……人生中的相逢,原不像电影、戏剧、小说中那么常见!

只有一次,大约是1963年吧,一个溽热的夏日,在平安里的三十一路汽车站,我刚从一辆电车上下来,偶然一瞥之中,看见一个身影,正跃上前面待发的三十一路汽车,那身影使我的眼睛一热——啊,大眼猫!那该真是你吧?仍旧是细高的身材,仍旧是淡黄的肤色,仍旧是短而薄的头发,唯独没有看清正面,不能验证面庞上可有那双又大又亮的眼睛!你穿着一件洗得褪了色的淡蓝色布拉吉,手里提着一个浅褐色的布口袋,从布口袋被撑出的印迹上看,那里头满装着厚厚的书籍,在你细弱的左手腕上,戴着一只闪闪发光的小表。我正待大步赶上那辆三十一路汽车,并想不顾一切地冲上车时,车门"砰"的一声关合了,随之车子便开动离站,我叫了几声"大眼猫",匆匆地朝车窗里探望着,除了几张对我表示惊愕和嘲笑的陌生面庞,我并没有发现你的面影……啊,大眼猫,那一定就是你吧?你当时看见我了吗?你为什么就不能把你的面庞凑拢车窗,看我一眼,并让我也看你一眼呢?

1963年的夏日,那个热得闷人的下午,在平安里的三十一路(现在已改称三三一路)车站,大眼猫啊,你给我带来了多么痛楚的回忆,多么难堪的思绪,多么沉重的心情!人生啊,这悲欢,这离合,你就不能在我眼前显现得更丰富多彩,更隽永有趣吗?

后来,还是那个并不生我气,固执地主动与我保持联系的马甘霖来找我,谈起你,我才知道你在我进邮电局不久,也便到中关村的一个科学院的研究所里,当了实验室的最低级的助理实验员。这消息更证明了那个穿着淡蓝色布拉吉的身影,分明就是你——三十一路的终点站,不就在中关村吗?

十三

生活没有亏待我,因为我对生活忠实,邮电局的领导和大多数同事,渐渐从我身上发现了一种可贵的素质,就是我并没有因为自己是高中毕业生,便轻贱自己所从事的平凡的工作。无论是分拣信件,在柜台后负责邮寄包裹,还是临时顶替去送报送信,我都能认真负责,细致周到。因此,钢华给我写下的评语,也便渐渐失去效力——我在1964年被吸收为共青团员,并在那一年里被评为先进工作者。当时的《北京日报》甚至为我发表过一段消息,虽然只有八百字,只占据报纸的小小一角,却使我家里的人受宠若惊——这条小小的消息,彻底消除了他们因为我没考取大学的遗憾之感。大眼猫,你看到过这条消息吗?如果看到了,你会产生怎样的感想呢?那条消息虽然表扬了我,把我当成未上大学却能为社会主义事业做出贡献的一种典型,但在对我的介绍中,却又多少带有点"从落后到先进"的意味。其实,我上高中时又何尝是落后的呢?当我阅读《约翰·克利斯朵夫》时,我并没有忘记保尔·柯察金啊;当我跟你接近时,我也并没有格外疏远钢华啊;就是在西集公社的那个无名的池塘边上,当晚风吹拂着我们的面颊,柳丝拍打着我们的肩膀时,我们所谈论的,不也是如何把自己的青春奉献给我们可爱的社会主义祖国吗?……大眼猫,倘若你读到了那条消息,看见了那些字句,你是露出了意味深长的微笑,还是微拢起眉头深思呢?

因为钢华的一个错误的判断,使你和我失去了上大学深造的机会,现在我总算得到了一种补偿,被革命事业承认为无害而且有益的了。可你呢?大眼猫,在中关村那个我一无所知的研究所里,在那个我无法想象的实验室中,人们正拿什么眼光度量你,钢华给你在档案上写下的第一条评语,对你还有没有制约力?你在自己的人生道路上,该还在艰难然而顽强地前行!

有一天,大约已经是1965年的初冬了,我正整理、分发当天待递的报纸,忽然,一个粗黑的通栏标题使我吃了一惊,那标题写着批判某某同志的某种谬论！对"某种谬论"究竟谬不谬我兴趣不大,然而,那某某同志,却不能不令我关心,因为,如果不是另外有一个同名同姓的人,那某某同志,就是钢华的父亲。

说实在的,到那以前,我已将钢华深藏到记忆抽屉的最深一屉中去了。从马甘霖那里我陆续得知了她的消息:她自然考上了一所名牌大学,而她选择的专业,说实在的却是那所大学中比较艰苦的一种专业,这正体现出党对她的重视和她对党的忠贞。同许多素质与她相同的学生干部命运一样,她没有等到毕业便抽到系里工作——自然不是搞教学工作,而是搞党务工作。到1965年的初冬,她该已经是一个老练的党务工作干部了。这一切都是顺理成章的,毫不令人惊讶的。然而,偏偏是她的父亲,却被党报登载长文公开点名进行了批判。

我站在邮电局的工作台前,匆匆读了一遍那篇批判文章,文章所批判的论点和所阐发的论点,我都不能理解,然而,读完后我却不再怀疑,那被批判为宣扬修正主义的某某同志,确凿就是钢华的父亲,因为文章点明了他所担任的职务。

尽管我对钢华和她的父母都谈不到有什么感情,然而这篇批判文章的出现,却使我对她和她的家庭产生了一种朦胧的关注。

大眼猫,你当时也读到了这篇文章吗？你做何感想呢？

你的反应,一定比我更其复杂。不过,有一点我是清楚的,就是你并不会有丝毫幸灾乐祸的情绪。大眼猫,我是了解你的,不然,我也不会在那个难忘的夏夜,随你到那个无名的池塘边去了。我还记得,在月光下,那池塘中的水浮莲开出的紫花,闪现着一种幽美、神秘的光晕……

十四

"不理解啊……"这是1966年夏天,"文化大革命"爆发以后,大多数人在私下场合经常喟叹的一句话。

是的,我不能理解!当年钢华那么虔诚地推荐给我的《平凡的真理》已被宣判为"黑书"不说,作者冯定也被作为"黑帮"揪出;而钢华的父亲,报上在再登批判他的文章时,也已不再称作同志。有一天我从一张从西安传来的造反派传单上,看见一条消息,就是《在和平的日子里》那本"修正主义"小说的"黑作者",也已被"打翻在地"……

还好,我的家庭和我自己,暂时还没有受到波及。因为我的父亲和母亲都是某中央机关的极一般的干部,既非领导层成员,也无历史问题,所以无论是揪斗"走资派",还是横扫"牛鬼蛇神",他们都不是对象。我在此之前早已搬到邮电局后院的一间小屋中居住,有我自己相对的独立性。然而,正在北京出差的哥哥,接到了工作单位从南昌的来电,召他回去参加运动。他是个老技术员,从1965年春天就借调到北京,参加一个技术项目的科研活动。他对中断已经颇有进展的研究活动大惑不解,对回到南昌以后将会遇到的情况忧心忡忡。当时北京市区的街头已经开始出现许多异常现象,哥哥在我那间小小的宿舍中,一支接一支地抽烟,喃喃地说:"不理解,真的不理解啊……"

然而,并不是所有的人都不理解,有人非常理解,起码是自认为非常理解。

我送哥哥去南昌。在北京站那笼罩着动荡不安气氛的站台上,忽然,我看到了一个熟人,当我瞥见她时,她也瞧见了我,那是钢华!

钢华是来送她的弟弟上车的。原来,她的弟弟铁旗也在南昌工作。铁旗闷闷地低着头,显然,他是想不通的,可是钢华……大眼猫,你大概可能想象到,钢华在同我意外地相遇时,竟会是那样的一种精神状态!

记不清我们俩是谁先招呼谁的了。总之,我们自然地凑拢到了一起,我向她介绍了我的哥哥,她向我介绍了她的弟弟。

我不知该怎么同她谈话。那并不是"千言万语不知从何谈起"的感觉,而是唯愿我能没有在那个人声嘈杂的站台上遇见她的心情。

她却是坦然的、抖擞的,甚至是活泼的。她问完我在哪儿工作,跟着就问:"你们那儿的运动搞得怎么样?"

啊,运动!我立即想到了首先被这场运动所批判的她的父亲!我真不知该怎么回答,按说在那样一个场合,我是不该坦率地表露自己思想的,可是我还是脱口而出地说:"这个运动,我不理解……"

"你要努力地理解,积极地投入啊!"钢华已经不再是区区团支部书记,而是大学一个系的党总支书记了。七年过去,她的相貌并没有多大变化,只不过把两条短辫变成了一头厚密粗黑的短发,还是那样地耸动着粗黑的男人般的眉毛,还是那样的口吻,还是那样的气派!

也许是她那令我比运动本身更加不能理解的态度,使得我产生了一种冲动吧,我忍不住问:"你父亲……情况怎么样?"

她的脸色,竟越发开朗起来,她谈话的语气声调,竟格外爽朗:"他吗?挨了批判,群众斗争了他……原来我跟妈妈也有点想不通。他回到家里,我打热水给他,他一边洗着脸上的墨迹,一边对我和妈妈说:'没什么!群众运动嘛,总是这样的!他们批斗我的错误,我是共产党人,失去的只是思想上的灰尘,得到的是宝贵的教训嘛!'他还给我们形容,给他戴的纸帽子有多高,'造反派'往他脸上画墨圈圈时,他怎么弓下身子去,一动也不动,好让他们把圈圈画圆……把我跟妈妈都逗乐了!高如松呀,你不要在群众运动面前'叶公好龙'嘛,你不也学习过毛主席的《湖南农民运动考察报告》吗?'好得很'还是'糟得很',这路线上的大是大非可要分清啊!我们系里的革命师生,也给我贴了不少大字报——烧我的修正主义流毒嘛!有的还画了漫画,说我是黑帮的走狗,这过火一点,也算不了什么!我这种从校门到校门的干部,应当多经受点群众运动急风暴雨的考验!……"

大眼猫,钢华在那种情况下,还是那么样的真诚,那么样的恳挚!她的一番话,不但确实令我感动,也让我的哥哥消除了不少愁颜,就是她的弟弟铁旗,脸色仿佛也稍许好转了一点。

我哥哥和她弟弟都上车了。临上车,钢华不仅鼓励她弟弟积极投入运动,还用力地同我哥哥握手,连连勉励他:"回去以后就投入运动,要相信党,要正确对待这场大革命,正确对待群众,正确对待自己!"仿佛她对我哥哥也担负着一种政治思想工作的责任。

大眼猫,我和钢华的这次相遇,也只使我对这场运动些许理解了大约一周。当所谓"百丑图"在公共场所大肆张贴,而某些单位打死人的消息不胫而走时,我就不但恢复了不理解,而且随着事态的恶性发展,爽性在心底里泛滥开了腹诽……

十五

我们那个邮电局的运动搞得"不好"。我因为既非"造反派",也非被揪的对象,所以格外冷静,我那间小小的不被人注意的宿舍,便成了一个难得的世外桃源——当反插上门扣时,我竟可以从褥子底下拿出珍藏的《契诃夫小说集》,努力使自己沉浸进去……

然而,大约是已近初秋的时节,马甘霖突然闯入了我的"桃源"。在那样的时势下,我不能不格外谨慎,所以当马甘霖满面油汗,喘吁吁地问我:"你没听到什么消息吗?"我只冷淡得出奇地坐在床铺上,慢悠悠地说:"什么消息?今天中央台的广播里没什么重要消息啊……"马甘霖急得把脚一顿,胖胖的脸庞上,一双眼睛责备地盯住我,急促地说:"施闽荔家遭殃了!……"

我陡然跳了起来,一把揪住马甘霖的衣领,仿佛他犯了向我隐匿、迟误消息的罪过,脸上的青筋全都暴突出来,狂暴地摇晃着他的身子,厉声地问:"怎么了?!告诉我,她家怎么了啊?!"

马甘霖掰开了我的手,吁出一口气来,不再用责备的眼光看我,而是痛心地扶住了我的肩膀,压低声音说:"事情出在前天……"

啊,大眼猫,运动一开始,我就想到过你,想到过你的家庭。你是不会出什么问题的,在科学院的那个研究所里,你是芝麻粒儿,有什么理由去冲击你呢?你的父亲,我约莫记得,是个工程师,可入党比较早,好像在解放前就入了党,历史该没有什么问题,他在那个技术单位里,好像也还算不上什么"反动权威",并且也没有担任很重要的领导职务,所以大概也够不上"走资派",因此,你家顶多被破破"四旧",受点一般的冲击而已……我分析到这些,便比较安心。然而,马甘霖却带来了那样的消息!

原来,是湖北的一些"造反派"跑到北京来把你父亲揪出来的,说他是湖北当年地下党的一个什么"叛徒集团"的成员,不但砸抄了你的家,劫走了你父亲,而且还打伤了你的母亲。你的母亲大约当时忍无可忍,嚷了几句什么话,结果她医院里的"造反派"便同湖北的"造反派"联合在一起,把你的母亲打入了医院的"劳改队",罪名是"现行反革命"!

"大眼猫呢?她呢?她呢?"我追问马甘霖,可马甘霖也不知道你的具体情况,他是路过你家住的那个楼区时,从你家邻居那里得知这些消息的,那邻居唯独说不清你的情况。

马甘霖走了,我愣愣地坐在屋子里。天黑了,我也没有开灯。这是什么运动?!钢华的父亲和你的父亲,怎么都成了坏人?!钢华和你,怎么都成了"黑崽子"!钢华她想得通,你能想得通吗?!我想不通!想不通!想不通!我一拳砸到玻璃板上,玻璃板碎了,我的手疼痛起来,拉开灯,手上点点的鲜血,滴到了我的衣襟上

第二天下了班,我骑上自行车,顶着漫天风沙,到你家住的那个楼区去。我有一种后悔莫及的感觉,其实从我那个邮电局到你家,骑车无非只需一个小时,而在以往七年的 $7 \times 365 \times 24$ 个小时里,我竟一直没有下决心去找过你。为什么?为什么啊!人的感情,人的行动,在命运的发展过程中,常常是如此奇谲。

我到了你家的那个楼区,找到了你家住的那幢楼,并且找到了你家的那个单元。只见你家门上贴着封条,门两边是一些残破丑恶的大字报。我的心怦怦地跳着,那封条意味着什么呢?我不理解!难道你的父母成了"敌人",你也便不能回这个家了吗?我颓丧地一步步走下楼梯,每走一步都恨不能大嚷几声,大哭一场……

我终于走出了楼外,忽然,一样东西映入了我的眼帘,那东西被抛弃在楼门一侧的垃圾口处,混在一堆垃圾之中——

大眼猫,你知道那是什么东西吗?你猜,你猜啊,你应当能够猜到——那是一个蒙满尘土的破损的塑料书夹,橘红色的,对,尽管它沾着污垢,被损害、被侮辱、被抛弃了,然而它依旧呈现着橘红色!

我弯腰拾起那橘红色的书夹,那来自东德的,你父亲出国时带回来给你当作礼物的,你曾用来夹过《大卫·科波菲尔》,夹过《铁流》,夹过《巴金文集》,夹过《相对论浅谈》和《反杜林论》的书夹,我掸掉它上面的灰尘,用衣襟擦去它上面的污垢,抚摸着它边缘上无法弥补的裂缝和缺损……

"笨笨笨笨笨",我仿佛听到了你的声音!大眼猫,真的,在那么个情况下,当我手里拿着那个橘红色的书夹时,我耳边分明出现了这样的声音!啊,大眼猫,一切的一切,都回到了我的心中:那些桌椅相连的座位,朗诵马雅可夫斯基诗歌的班会,物理老师笑眯眯的面容,西集公社那小树林中水坑里浸泡着的柳木,打在我脸上的带马粪味的小土疙瘩,水渠堤上的水曲柳,池塘中的水浮莲所开的紫色的花,在卡车上我向你伸出手来而你却拉住了马甘霖的手,平安里三十一路汽车站那难忘的一瞥……

一切都被否定掉了!一切都变了形!一切都已不堪回首!

我把那橘红色的破损的书夹夹到了自行车车座上,正待推车返回时,一个中年妇女走近我,并且叫住了我——我朦胧地意识到,她大概早就在一旁注意我好久了。

"同志,你找谁?"她盯着我问。

"我谁也不找。"我不能不警惕。

人啊,人与人啊,怎么必得这样生活?

"你是找施家来的吗?"她放低声音,两眼直视着我。

"嗯。"我从她的眼睛里,看到一种可以信赖的光芒。

"他们家出事啦……"她很快地左顾右盼了一下,见附近并没有人,便简要地把所出的事同我讲了一遍。她说的,与马甘霖所说恰好互为佐证。

"施闽荔呢?"我迫不及待地问。

"我也说不清。不知道是搬到单位去了,还是随她父亲去了……"

"随她父亲去?怎么会?她有什么罪?他们凭什么揪她?"

"她当然没有罪,他们也不至于揪她,可她对父亲一贯孝顺,她也许会自动随父亲去,她照顾他……施工程师有严重的心脏病呀!"

"他们不会那么人道,会允许一个女儿跟着一个老头子,去照顾他……"我判断着,"她也许还是搬到单位里去了吧?"

"那也可能。"那中年妇女满面忧戚地望着我问,"你是她家什么人?"

我想编造一个身份。然而,我觉得这个世界上的假话已经太多,我应该哪怕只冒险说一句真话,使这个世界能多少变得可亲可爱一点。于是我便对她说:"我是施闽荔高中时候的同学。我们当年挺要好的。我希望她平平安安。我想帮助她。"

那妇女只是望着我叹气。她不知道我能怎么样地帮助你,正如她不知道该怎么样地帮助我似的。

人啊,人与人啊,你们的心,如果仅仅能这样地相近,生活不也就增添了一分光明吗?

我不再犹豫,我把早有准备的一封信掏出来,递给她,恳切地对她说:"您是施家的邻居吧?也许,施闽荔会回到这儿来的,如果您见着了她,请把这封信交给她。"

"好的好的。"她有点紧张地把那封信塞进了手里的菜篮子里,又左顾右盼了一下,望着我,对我说,"我想她如果没跟着去湖北,总要回到这儿来的,她就是进不去自己家,她也会来找我……我一定给她……"

有什么比陌路相逢而能互相信任更能使人变得纯朴呢?我激动起来,便对她说:"您太好了!我这封信里,没写什么碍事的话,我只是留下了我现在的地址,让她在需要我帮助时,按那地址去找我。请您告诉她:我那儿没人注意,很安全……"

大眼猫,我就这样同那位可敬可爱的大嫂分了。我虽然只同她见过这一面,然而,她却好比是一个光点,使我那段昏暗的生活中,出现了一种希望,一股力量。大眼猫,她叫什么名字?她现在生活得如何?我要永远为她祝福……

十六

在那以后,当我一个人独自待在宿舍里时,我就常常处于一种等待状态。我相信,会有那么一个时刻,我那小屋的木门上会响起不寻常的叩门声,当我打开门时,门外会出现你的身影……大眼猫,难道我这种期待,这种痛苦而甜蜜的期待,不是有可能的吗?

我所工作的邮电局尽管也乱了起来,然而我们的业务,毕竟还得维持,所以没有乱到不成体统的地步。邮局后院的门已被损坏,所以进出更加便当。当然,通向营业室的铁门每晚还是按制度锁得紧紧的,因为营业室里有保险箱和待领的包裹。我的宿舍在后院食堂堆放煤末的棚子后头,那里虽然显得破败污秽,却使我可以更放心地在那里维持着一个"世外桃源"。在熬过了1966年末和1967年初的严冬之后,到1967年夏天时,我已经放肆到公然可以在午休时倒扣着门,看残留的一册《燕山夜话》。正是在那时候,我才更其痛切地感到《燕山夜话》里一些文章是那么可贵。

我等待着你。而你久久地没有出现。马甘霖被他们那个设计院下放到干校去以前,又来过我的"桃源"一趟。据他说,你们家的那个单元已经住上了一家夫妻双造反的人家,而你所在的那个研究所,也已被"砸烂",全体科技人员都连锅端地下放到南方一个什么农村去了。他认为我们从此更难得到你的消息。而我听了他的报道,却反而觉得你更有可能在某一天,来叩响我的木门。

我所期待的叩门声终于出现了。记得那是一个雨夜,没有闪,没有雷,下着中雨,大约已经是晚上十点多钟,我已经躺下,并且熄了灯,双手枕在脑后,听着那雨声,瞪着黑黝黝的天花板,想着想不清楚的种种事情。我忽然觉得,我这间散发着霉味的小屋,好比是一只蜗牛壳,而我,便是一只蜷缩在壳中的蜗牛。难道我就此终了一生吗?难道这壳外的生活,就永远如此荒诞,如此离奇,如此令人气闷和沮丧吗?……

模模糊糊地,传来一种和雨声、积水中水泡破灭声不同的声音,然而一开始我并没有惊觉。尽管我等待叩门的声音等待了那么久,一旦终于真正出现时,我却简直不敢相信——莫不又是我的幻觉吧?

啊,清晰起来了!那节奏比雨声要急促,要紧迫——是叩门的声音,一定是你终于来了!

我一滚就下了床,三下两下穿好衣裤,竟不待拉开电灯,便过去开门——当我拔门扣的一刹那,我本能地问了一声:"谁?"

"我!"

啊,我都听不出那熟悉的声音了,然而我用不着怀疑!我慌乱地开着门,因为慌乱,门反而打不开,终于打开以后,我只看出一件湿漉漉的不合身的雨衣,随里面身躯的颤动哆嗦着……

把来人让进了屋,我这才去拉灯,一边拉灯绳,一边呼唤着:"大眼猫,你来了!"

我听见一声凄楚的呜咽,简直要把我的心都撕碎了。我拉开了灯,只见我的床边蜷缩着一个湿淋淋的身躯,一头被雨水淋得透湿的头发在灯光下晃动着,一双污秽的手捂住了低垂的脸,那呜咽的声音,便从那指缝中溢出……

"大眼猫,别伤心,到了我这儿,你就安全了……"我大概是这般地安慰着。

忽然,那湿淋淋的头发向后一甩,来人抬起了头,并且撒开了双手,啊,我不禁愣住了——是我在做梦,还是我眼花了?我分明看见,坐在那儿的并不是你,而是钢华!

钢华望了我一眼,又哽咽地哭泣起来。我把门上的两道门扣都扣紧,把窗帘拉得更严密,帮她脱去了雨衣,递给她干毛巾擦头,然而我仍旧在半信半疑:这是真的吗?不是你,而是钢华!

就是那个曾经为通过劳卫制标准而在沙坑旁苦练的钢华!

就是那个曾经在校园林荫道上给你讲大道理的钢华!

也就是那个给我们写下了不能被大学录取的评语的钢华!

并且活生生的就是那个在头年夏天的北京站站台上,鼓励我和哥哥要积极投入这个伟大的运动的钢华!

啊,大眼猫,看见钢华是这么一副狼狈、颓丧、神经质的样子,我把以往对她的一切嫌厌都抛到太平洋里去了,我心中油然涌出一种浓烈的同情,我还不曾对世界上的另一个人有过这么具体、这么充分、这么面对面可以当场赋予的同情。

我给她倒了一杯热水,递到她的手中,诚恳地对她说:"别怪我,我刚才没搞清楚,我以为你是施闽荔……钢华,你怎么了?你别伤心,别着急,我会尽最大的努力来帮助你的!"

"我要逃！逃走！我要逃走！"钢华两眼直愣愣地望着对面的墙壁。

她完全变成了另外一个人，虽然她还是那么一张面庞，那么一对浓眉，那么一双厚嘴唇，那么一种声音,然而她的轮廓线的变动，她的表情的新成分，她的语调的更易，都证明着她的内心发生了近乎一百八十度的变化……

"告诉我，你遇到什么情况了,钢华？"我坐到她对面的椅子上，让她可以从容地说。

屋外的雨下得大些了，雨声足以掩盖住从窗门漏出去的声音，更何况我这宿舍前面是堆煤的大棚。我自己松弛了下来，劝慰着钢华，让她也松弛下来。

"你记得去年在火车站，咱们碰上的情况吗？"钢华开始说了，"那时候，我真的相信，这是革命的群众运动，一切都会很快地变得正常起来，走上正轨的……我爸爸，我妈妈，也是这么想的。所以尽管我们都受到了冲击，特别是爸爸，他受到了实际上已经难以解释和忍受的冲击，我们还是勉励自己，共产党员，要听党的话，要正确对待这场大革命……可是，不理解，没法子理解——情况不是一天天变得正常，而是一天天变得更不正常，越来越不正常！……

"今年三月里，爸爸被他们那个系统的'造反派'没日没夜地游斗，我和妈妈完全没有了他的准确消息……我和妈妈总盼望情况会好转起来，总拼命地用语录，用信念，有时候甚至用祈祷的方式，来支持自己，或者说来麻醉自己。我们一遍又一遍地互相重复安慰说：上面会了解到这种过火的情况的,两报一刊的下一篇社论就该号召纠偏了……可是,你也清楚,谁也没盼来那样的指示!一天夜里,突然有人来猛敲我家的门……"

说到这里,钢华说不下去了。她猛地用手背擦了一把眼泪,紧咬着嘴唇,咬得那么用力,仿佛只有这样,才能承受住灵魂上的重压。

大眼猫,你一定能够猜到,钢华遇到了什么样的变故。她的父亲被宣布为"自绝于人民"了。那时候,她和她母亲虽然也都被各自的单位关进了"牛棚",但还只是白天去请罪、扫厕所,晚上许可回家。你可以想象,那一夜她们母女两个是怎样度过的!

钢华在叙述了她父亲惨遭迫害致死的情况后,逐渐变得冷峻起来。她讲到了自己思想上所发生的变化:

"……我一夜没有合眼,可第二天我还得去请罪。一到系里,我就看见一份新贴出来的大字报,说江青又接见了'造反派',有最新指示,我刚看了一行,发现江青那次接见和支持的'造反派',恰是杀死爸爸的那一伙,就没有再看下去……

"从那一分钟起,我的思想感情开始有了根本的变化,我意识到,归根结底,我得重新衡量我自己……你明白吗,在写检查的时间里,我头一回一个字也没写,可我在灵魂深处开始了真正的检查,我回忆起了一切。包括当年高中毕业时,我给你和施闽荔所写的操行评语……哈哈!我革命,我'左',我这革命精神,这'左'的劲头,深受我爸爸熏陶,可是,弄到现在,我爸爸被杀死了!我也被打倒了!为什么?不是来了国民党,说我们革命有罪,说我们'左'派该杀,而是来了'革命造反派''无产阶级革命造反派',说我们反革命,说我们'左'得不够因而是'右'……我阻止了你和施闽荔这样的人上大学,认为你们不可靠,多少年来,我总是参加招生政审工作,挑选了那么多可靠的……可是,怪,清华大学的蒯大富也好,航空学院的韩爱晶也好,我们系里的'造反派'头头也好,他们不光出身好,操行评语也好,我们自己选的,结果,偏偏是他们,主要是他们,来造我们这些人的反,说我们还不够'左',太'右'了,'反革命修正主义',把我们打翻在地,还要踏上一万只脚!哈哈哈哈!"

钢华显然处于一种控制不住自己的亢奋状态,她在倾诉这一切时,嘴角不时抽搐,声音也越来越大。我不得不拍拍她的肩膀,劝慰说:"钢华,你要冷静点,要冷静……"

"我够冷静的了!"钢华的表情简直像在狞笑,"我就居然一直甘心每天过被开除了人籍的畜生生活!妈妈是四月里被捕的,当时我不知道她怎么会被突然抓进监狱,后来我才知道,原来她写了一封信给中央文革,告害死爸爸的那伙人的状,她信里还给江青提了意见,说她不该不了解情况就支持那样的'造反派'……她是扑灯蛾!可怜的妈妈!监狱的折磨倒摧不垮她,我担心的是信念上的危机,那种灵魂的滚钉板!……上个月,我因为'态度顽固',升格了,由允许回家变成了彻底地搬进了'牛棚'。学校里的两大'造反派'又开始了武斗,他们冲进了'牛棚',各自抢走了一部分'牛鬼蛇神',我算是属于'红革造'这一派的'牛'。武斗吃了亏以后,他们就在已经变成堡垒的实验楼里,用侮辱和拷打我们这些'牛鬼蛇神'来发泄兽性……今天夜里,靠着守里头一个还有些人性的女同学帮助,我总算逃了出来!高如松,我必须立刻离开北京,躲到他们找不到的地方去,你要帮助我!你会帮助我的,是吧……"

我这才想起来问:"你是怎么找到我这里来的呢?"

钢华哆哆嗦嗦地从衣兜里,掏出了一个被揉皱、被雨水浸湿的信封,递到了我的手中。我接过来一看,大吃一惊,原来,那正是我请你的邻居——那位大嫂转给你的那封信!

"这信怎么会到了你的手里?"

钢华苦笑了一下,说:

"也许是命运吧!我逃出来,天黑路滑,无处躲藏,忽然想起离施闽荔家不远,也许她能不念旧恶,给我帮助……真是怪事,在这种情况下,我感到过去认为是落后分子的同志,反倒是可以信赖的!我就到了她家……"

"她家不是被'造反派'强占了吗?"

"对,真危险……可是,也许是因为天太晚了吧,又下着雨,打开门的那个女的没有追究我,只是不耐烦地说她住在另一个单元的五楼三号。我找了去,施闽荔果然在!她这是借住在一位大嫂家里。她一看我的情形,就什么都明白了……当时,那大嫂家好像有许多人,不知道为什么坐了一桌在那里喝酒吃饭,施闽荔递给了我你的这封信,她小声告诉我,这信里还画了路线图,连进了你们这邮局后院,在哪个方位上能找到你的屋门都注明了……她把我送到了楼门口,握着我的手说:'钢华,你要活下去,你要坚强!高如松一定会像对待我那样帮助你的!'……"

啊,大眼猫,在这个难忘的雨夜里,你的话不但点燃了钢华心里那抗争的火焰,也传导给了我充沛的热力。是的,要活下去,要坚强,而且应当努力地帮助蒙受着灾难的好人!

我给钢华冲了牛奶,让她吃了面包,又请她在我的床上休息了一下,同时为她准备了最简单的行装,然后,趁着夜和雨的掩护,我同她到了北京火车站,把她隐蔽在候车室的一个角落里以后,去为她买了凌晨最早的一趟火车的车票,并把她送上了车。我给了她足够的路费,让她带着我为她写好的一封信,先到天津去找我的姐姐,然后再让我姐姐帮助她买到去苏州的车票,让她去找我的姑妈。我姑妈是一个1964年已经退休的银行职员,老处女,一个人生活,这场运动把她给遗忘了,她那里似乎也是个"世外桃源"……

我姑妈没有参加过任何党派,没有受过任何政治运动的冲击,也没有在任何政治运动中当过积极分子,然而她工作时勤恳努力,退休后也乐善好义,完全不用向她介绍钢华的全部底细,只要钢华把我写给她的短信递给她,她戴上老花镜看完了那封信,钢华便一定能受到亲生女儿般的接待,正如新中国成立前她曾收留、掩护过一位地下党员一样。她并不把这种行动看成是一种什么政治上的功劳,而当作自己做人的本分……

在那个中雨下个不停,冷风把雨丝吹得哗哗抖动的凌晨,我送走了钢华。啊,八年前的钢华,她觉得这天空天然是她的天空,这大地天然是她的大地,她的天然使命便是革别人的命,衡量别人在生活中应有的价值……然而,八年过去,她万万没有想到,大眼猫,你我也没有想到,这天地之间,竟难以寻觅到一角容她安身的隙地!现在是别人在彻底地革她的命,并且不许她革命,甚至一笔抹杀了她在生活中应有的价值!这是多么凄惨而又可悲的变化!

啊,大眼猫,这些年来,生活所呈现出的复杂而多变的面目,真让我们思索不尽啊!也许,真能把这一切思索清楚的,只能是一二百年以后的那些幸福的后辈人吧?

十七

送走了钢华以后,我本想去找你。钢华没跟我说清楚,你是怎么住进那位大嫂家中的?你们那个单位的人,不是已经连锅端到农村去了吗?你怎么独独能回到北京呢?

然而,我后来却并没有去找你。

为什么?原因很简单。我那时仍每天做邮件分拣工作。在近乎机械的分拣过程中,我突然发现了一封信皮上赫然写着你名字的信。我忍不住停下了分拣。我仔细地研究那封信:信封是用晒图纸自己粘成的,因此没有当时流行的语录和图徽,收信地址写着你借住的那个单元,寄出的地址写着我们邮局管区最边缘处的一个技术单位的名称,我特别注意到,那名称最后还缀着一个"王"字。研究完了,我便把它扔进了应在的格子中,继续分拣别的信件。然而,直到回到我那小小的宿舍中,那封信的模样和信皮上的字迹,仍时时在我的心上浮现,王什么呢?是你的什么人呢?亲戚?同事?老同学?我挨着个儿把当年班上姓王的回忆了一遍,他们没有一个人在那个单位中工作……

这封信的出现,先是延迟了我去找你的时间,后来的一个月里,我在分拣中又几次发现了同样的信,只是偶尔换用正式的印有语录的信封,信皮上的笔迹总是那么流利匆促,而末尾总缀着一个"王"字,于是,我终于打消了去找你的念头。

因为,很明显,你已经有了一个"王",他甚至一周会给你发出两封信。奇怪的是,他与你既同在一城,为何不去找你而非写信不可呢?

后来,我有意换工去分拣寄到我们邮电局待递的来信。在等待了一些时日之后,我终于发现了你那熟悉的笔迹,寄往地址写着那个技术单位,寄出地址写着你的住处而且缀着一个"施"字。当然,我也知道了他的名字:王岱魁。这名字更证实了其人的性别。

面对着这样的情况,我是怎样一种心情呢?

大眼猫,我内心最隐秘的东西,也愿向你和盘托出!我先是浮出了嫉妒的丝缕,继而沉静下来,把对你的思念化为清朗纯洁的回忆,最后,我确实为你默默地祝祷:愿你幸福!

大眼猫,八年前的那个难忘的夏夜,我没能回答出你那个问题,正如钢华后来从我姑妈那里写来的长信告诉我的那样,你认为我是拒绝了你的求爱,而你的个性,决定了你决不第二次提出同一个要求……

大眼猫,我不怨你,我也没理由怨你,而你倒应当怨我,可你并没有怨我,我们互相都没有愧怨——谁能为从少年时代向青年时代转换时所产生的朦胧而美好的感情,以及那难免的羞涩和误会,而愧悔,而怨恨呢?

大眼猫,我祝福你,并且也祝福自己。我没有再去找你,我也没有在失恋的情绪中沉沦。后来,我同邮局的一位译电员、一位非常可爱的姑娘相爱了。那时虽是最混乱的岁月,然而我们依旧寻到了充满诗意的隐蔽角落,而柔美的银色月光,也慷慨地沐浴着我们的身心……我向她求爱,她接受了。我们成了家。

请相信,哪怕在最黑暗、最混乱的岁月里,普通的人,善良的人,也总还是要顽强地生活,寻觅爱情和温暖,互相扶持,互相慰藉的。

十八

火车的车轮在轧过铁轨的每一个接头时,都发出尖锐的响声,这就构成了一种单调的节奏,列车上的乘客可以随自己的心情,去把这节奏化为不同词语的反复出现。

这已经是1974年。我倚在靠窗的座位上,任混乱的思绪,一会儿把车轮和铁轨的撞击声化为"批林批孔,批林批孔……"一会儿又化为"谁想得通?谁想得通?……"更多的时候是化为"病情严重,病情严重……"

大眼猫,我那时已经成了家,而且小女儿珊珊已经三岁。

这天,我突然接到嫂子来信,说哥哥"病情严重,如可能,你最好请假来江西看看他",这意味着哥哥已经不能亲笔写信了。于是,我便请假乘火车去江西。

那时候的火车上,虽然已经不搞全体起立、齐诵语录、齐祝万寿无疆和永远健康之类的仪式,但是车内的广播,却以极大的音量,没完没了地转播着"批林批孔"的文章。也许是一种消极抵制吧,车内的乘客们不是闭眼养神,便是大声地交谈。当然,谁又能信任谁呢?那交谈,自然主要是扯与政治无关的事情:怎样配制偏方治疗肝炎啦,"甩手疗法"和"鸡血疗法"究竟灵不灵啦,什么地方能够买到货真价实的好木耳啦,女人和男人究竟哪个更耐饥寒啦,等等。

我闭眼靠在座位上,胡思乱想着,忽然,我听见对面有位男同志,大概是为了论证"女同志比男同志更经得起冻饿"吧,讲起了一个例子:"……是前年冬天的事儿,那时候我还在干校,我们干校在山西农村,离县城二十多里。我们连队有个老王,他爱人可真了不起!那个女同志,瘦高条儿,看上去挺文弱,可她来干校探亲,带着一大卷行李,还抱着个孩子,硬是一个人在风雪里头走了二十里地,你说她多经得起冻饿?……"

我听见身旁的老大爷问:"这老王咋不去接她呢?"

"她事前写了信,可那信到了干校,让干校的专案组给扣下了,当时老王正受审查,他爱人还不知道呢。他爱人的单位当时名义上外迁了,实际上好多人都抵制,请假回来住在家里没有再去,因为在那里什么事情也做不成……老王的爱人当时不知怎么的在北京也住不下去了,所以就带着孩子来投奔老王。她下了火车以后,满以为老王会来接她,谁知根本没有人来接;她想找辆往我们干校这边开的卡车、拖拉机,漫天大雪,根本没有车来;她想住店,可她没有单位介绍信,人家不收留……她在车上又没吃上饭,因为车太挤,送饭的小车根本就没推到她坐的那节车厢。你们想想看吧,大风,大雪,天又黑,肚子又饿,举目无亲,真是一点抓挠也没有……开头,她还能一手抱着孩子,一手勉强提着行李走,后来,孩子哭开了,行李搁在脚边,她根本没法子腾出手来提……"

"造孽啊……"我身旁的老大爷叹息着,"一个妇道人家,这可怎么是好呀!"

这时我已经睁开眼睛,集中了注意力。我盯着对面那位脸上有浅麻子的叙述者,一个闪念,从我心头掠过……

"可她还真的在天亮以前,敲开了我们宿舍的门,老王吓了一跳,我们也吃惊不小!"

"她是怎么走到你们干校的呢?"我插进去问。

浅麻子瞥了我一眼,依然望着老大爷,继续说:"她真了不起呀。她后来告诉我们,她是这么办的:哄得孩子睡着了,她就咬紧牙关,用脚踢着行李往前走,踢累了,歇一歇,就那么往前踢着,走着……"

"唉呀,可真行啊!"老大爷感叹着。同座的一位老大娘和一位戴眼镜的小伙子原来没怎么在意,这时也一齐发出了"啧啧"的叹服声。

"你们那位老王,是不是叫王岱魁?"我忍不住问。

浅麻子仔细打量了我几眼,警惕地问:"你认识他?"

"我,不……我可能认识他的爱人……"

"你认识他的爱人?"浅麻子反过来问我,"你知道他爱人叫什么名字吗?"

啊,我差点说出"她叫大眼猫"!难道我不该那么说吗?我只能那么称呼你啊!我觉得只有那么称呼你,才能充分体现出我对你的思念和关怀……当然,我犹豫了一下,便回答那位同志说:"她叫施闽荔。"

"对呀!对呀!"对方兴奋地同我搭起话来,"你怎么认识她?你是她什么人呢?"

大眼猫,就这样,我同他攀谈起来,并且渐渐达成了相互的信任。

啊,大眼猫,我已经好几年不知你的音讯了,原来你在这样顽强地生活着!

他告诉我,你那晚到达干校时,简直完全成了个雪人,你那行李卷,竟成了一个硕大的、包着一层冰壳的雪球!你进屋以后的第一个动作,便是揭开怀里孩子头上的被子,当你看到孩子在均匀地呼吸着、闭眼酣睡,在一群惊愕的男同志们面前,你畅快地笑了起来。接着,你就问你爱人:"有酒没有?"人们争先恐后地为你找来了酒。你拿过酒瓶,咕咚咕咚连喝几口……啊,大眼猫,你不愧是一团火,你能在漆黑的夜里,在寒冷的角落,闪出光亮,发散出温暖!

他告诉我,干校的专案组简直拿你没有办法。你在女同志宿舍安顿下来以后,"宾至如归",白天你把孩子托给托儿组,同女同志们一起下地干活;晚上你一边哄着孩子睡觉,还一边看专业书籍。人家劝你,你就笑笑说:"我又不是你们单位的,谁也管不着!我白给你们干校干这么多活,难道换取一点自学的时间,也不允许吗?"专案组的人找你谈话,你就同他们谈学习《反杜林论》的心得,你巧妙地点出他们不懂得科学社会主义学说,不懂得唯物辩证法,并且不懂得形式逻辑,把他们弄得尴尬不堪,却并不直接地为你爱人的所谓"反动思想"问题辩护。后来,干校对你爱人问题不得不"落实政策"了,你就爽性同老王搬到一间小屋里去住。你们制订了一个学习外语的计划,每天认真地按计划执行,在孩子的吵闹声中,在窗外高音喇叭的干扰之下,在不理解你们的人的冷眼面前,在为你们担忧的人的劝慰过后,你们就那么坚强而乐观地生活着,学习着,准备着……你们在准备迎接什么呢——更痛苦更沉重的打击,还是真能盼来的那么一个晴朗的早晨?

大眼猫,那次火车上的奇遇过后,我的脑海中多次浮现出你在风雪中的身影:你如何怀抱着孩子,踢着行李卷……风在呼啸,雪在纷飞,然而你的一双大眼睛,却灼灼地闪着生活的信念、奋斗的光芒!

人们都说生活真如一把雕刻刀,竟能使人在岁月的流逝中发生巨大的变形;然而我说生活也真如一个打磨器,它能使有的人的灵魂显示出顽强不变、琢磨愈精的特性。大眼猫,生活于你,大约就属于第二种情况。

是的,你始终还是你,那个用橘红色的塑料书夹夹着厚书贪婪地阅读的你,那个在班会上朗诵马雅可夫斯基长诗《列宁》的你,那个嘴里发出"笨笨笨笨笨"的声音却又无私地给马甘霖补课的你,那个不在乎金质奖章和保送入学的你,那个在西集夏夜的池塘边询问我志向的你,那个在不公正的操行评语支配下落考的你,那个毫不犹豫地在雨夜中帮助了钢华的你……

我到了江西,只见到了我的嫂子,她悲痛欲绝,因为哥哥在我动身时已经去世,他是在混乱离奇的世事刺激和忧国忧民的良心煎熬下,患癌症去世的。我劝慰着嫂子,很自然地举出了你的例子。大眼猫,关于你的故事,竟确确实实使我的嫂子稍许平静了呢……

从江西回到北京,回到我那依然那么小然而人口已经增长了两倍的"桃源"。我从书桌中找出了那个已经老化了的橘红色的塑料书夹,摆弄着,我的女儿问我:"爸爸,这是什么呀?"我告诉她:"这是一个故事!"她要我讲那故事,我对她说:"等你长大以后,爸爸一定讲给你听!"当时我爱人坐在旁边,她望着我,只是微笑,她知道我的全部秘密,我想,这也许正如你的爱人也知道你的全部秘密一样……

大眼猫啊,我们何时才相逢呢?

十九

廿年一觉京华梦,我们终于梦醒相逢在湖边!

真不可思议,1979年的秋天,一个星期日的下午,在动物园的水禽湖畔,我正带着女儿珊珊漫步着,忽然与你和你的儿子对面相逢!

我一眼便认出了你,大眼猫!你也一眼便认出了我!其实我们双方的相貌都有了不小的变化,我们都老了,都稍许发胖了,眼角都有了鱼尾纹,然而我们还是用不着细细辨别,便即刻认出了对方!

我们的孩子更是似曾相识,他们立即玩在了一起,沿着水禽湖的栏杆嬉戏着,指点着天鹅,讥笑着野鸭……

我们坐在湖畔的长椅上,一缕金色的柳丝,悬挂在我们眼前,透过柳丝,浅蓝的湖水反射着银白的日光,两只鹈鹕划破了平静的水面,游过去,还拍打着它们宽大的翅膀……那边的火烈鸟鸣叫着,对面的岸上,一只孔雀在高视阔步。

我们不慌不忙地聊了起来,就仿佛我们上个星期还见过面。

你告诉我,你早在"文化大革命"之前,就坚持上完了夜大学,学完了全部大学专业课程,取得了毕业文凭。而王岱魁,恰是当时夜大学的兼课教师。后来你们那个研究所终于还是迁回了北京。你在情况稍许好转、科研工作刚一恢复上马时,就又和一些有良心、有志向的科研人员一起,排除种种干扰和阻力,投入了专题研究。去年,你们已经取得了具体的成果,你们的学术报告,在国际上得到了重视和赞誉,而那报告的英文译本,便是你的手笔。你目前已取得了相当于大学讲师的地位,你等待着形势的进一步好转,等待着正式评定职称,你打算使自己在1982年达到副研究员的水平……

你的父亲在运动中病故了。母亲依旧在医院工作,她已成了主任医师。你们已搬回了原来的那个单元,你和爱人、孩子同母亲住在一起;而那位大嫂,她叫姚芝芳,依旧是那么古道热肠,经常来帮助你们,因为在她看来,你们一家人都是书呆子,都那么不会料理生活……

我也告诉了你我的情况。我的工作不可能使我获得你那样的前途,然而,我却从平凡琐细的工作中,从和谐活跃的家庭生活中,体味到了把自己熔铸进促使民族繁荣富强的伟大事业的甘苦,以及求得内心稳定的乐趣……

孩子们的欢笑声从远处传送过来。一队白天鹅昂着脖颈,从我们眼前的湖水中游过,游过去以后,在依旧荡漾的水波中,浮着几片雪白的鹅毛。

你的老王到美国当研究生去了,我的爱人这时候大概正在忙着翻译电文,我们互相询问了家里人的情况,便渐渐回忆起那些闪烁着永不褪色的光晕的往事来。我们回忆起了那些桌椅相连的座位,图书馆里书架形成的小径,物理老师的好脾气,营火晚会上的歌声,乃至于"笨笨笨笨笨"和马甘霖憨厚的胖脸……然而,我们都绕过了那些打在我脸上的土疙瘩,绕过了那口长满青苔的井,绕过了那个奇妙的池塘,以及池塘中的蛙鸣烘托下显得格外奇妙的水浮莲的紫花……

我们当然都没有忘记,也不应当忘记,也没有必要忘记,也不可能在肉体尚存时就熄灭掉那铭心刻肺的记忆,然而我不提起,你也不说,让我们都把从少年时代向青年时代过渡的那些灵魂的颤动,那些朦胧的愿望,那些难以避免的误会和错失,珍重地锁在灵魂深处轻易不开的保险箱中吧!

终于,我们不约而同地谈到了钢华。我告诉你,钢华在我姑妈那里躲藏到了1968年的秋天,她回到工宣队治下的学校后,在整党中被"劝退"了,下放到农村分校去从事总务工作。她的母亲不明不白地死在了狱中,连骨灰也没有留下。她的弟弟铁旗在江西经受不了这样的家庭巨变,加以地方越远,单位越小,运动的形式便越野蛮这一规律的作用,在被株连挨斗的当晚,便自杀了——他是确凿死于自杀,他用自己的裤带把自己勒死在暖气管上,是坐着断气的……钢华到了农村分校以后,便几乎没有再给我写信,她究竟想些什么,怎样走她前面的生活之路,都不得其详。

大眼猫,倒是你告诉我,你前些日子遇上了钢华,是在颐和园的长廊上。她仿佛大病初愈,憔悴、倦怠——简直完全变成了另一种性格的人。她烫了发,穿着很考究,并且很注意色调的搭配。她谈话慢悠悠的,甚而很有点吞吞吐吐。她的父亲和母亲,还有她的弟弟,都平反昭雪了。三个单位都请她去出席了隆重的追悼会。然而说起这些时,据你的描绘,她竟然是一副玩世不恭的表情:"哼,滑稽死了,放哀乐,默哀三分钟,念悼词……可是有什么用呢?都劝我要把悲痛化为力量,可是我的悲痛早就化得无影无踪了。我已经麻木,我老想怪笑……力量!朝哪个方向运动的力量?!"

当然,学校恢复了她的党籍,并且还请她负责系党总支的工作,甚至还考虑把她升为校一级的政工干部。但她拒绝了这样的安排,坚持要到图书馆去工作。终于答应了她。她现在是图书馆的副主任,然而她陷入了新的苦恼:原来图书馆工作也是一门专门的学问,她当年根本没有在业务上下功夫,外语也不行,她在图书馆的具体业务工作中简直摸不着门,而从头学起又很难、很难……

她结婚了吗?没有。她凄然地对大眼猫说:"这是当年我整你和高如松的报应!几乎没有一个男同志爱我!因为,多少年来,我简直也是一个男人,或者说,我是一个中性的人,人们可以敬佩我、羡慕我、忌恨我、厌弃我……然而,却不会爱我,不想像占有一个女人那样地占有我!"

啊,大眼猫,让我们同来一哭!为钢华,为这从未品尝过爱情滋味的可怜人,为这在从少年时代向青年时代过渡的时期,自己没有领略过朦胧的初恋之情,并且戕害了别人纯真的感情,最后又以"左"得不够的"修正主义"罪名惨遭打击的人,为她的不幸,她的悲剧,她身上所凝聚的沉重的历史教训,来痛痛快快地大哭一场吧!大眼猫,你是不喜欢哭的,可你难道会拒绝和钢华、和我一起,去寻一条避免这类悲剧再度发生的理智之路吗!

钢华和你从长廊出去,一直走到昆明湖西岸,走到那幽僻的玉带桥上。钢华向你问出了这样的问题:"大眼猫,说真的,你还信仰马克思主义吗?"

你回答她:"当然信仰。当年,我就是信仰的,不过,那时候还很幼稚,理解得不深。在后来的岁月里,特别是经历了这十年浩劫,经过一番磨炼,经过深深的思考,我觉得自己的信念更坚定了,更成熟了。马克思主义,这是一门科学,目前的世界上,让我这么信服的,能够解释自然和社会,解释人,解释人与人之间关系的学说,还没有超过马克思主义的……也许,正因为我是从寻求科学真理的角度,来理解革命事业,来信仰马克思主义的,遇到十年动乱这样的情况,我虽然也有动摇,也有痛苦,也有任自己沉沦下去的潜意识,可是我终于能够挺住……钢华啊,也许,正因为你是仅仅从所谓纯朴的阶级感情出发,从家庭、社会熏陶中所形成的一种本能出发,来理解革命,来信仰马克思主义的,所以一遇到复杂的情况,特别是遇到假马克思主义的泛滥,你就发蒙了。加上你们一家的遭遇也确实太惨痛,于是你这个原来以怀疑、检查别人对马克思主义是否忠诚为己任的人,反而发生了信仰危机……"

啊,大眼猫,我不知道钢华听了你这些肺腑之言以后,究竟怎么想。如今我时常在一个人沉思时频频发出感叹:二十年过去,昔日似乎是最不成问题的天然革命者钢华,成了这样一种精神状态;而似乎是最成问题的天然"右倾分子"——你,大眼猫,却如此坚定地在信仰危机的波涛中成为一块坚强的、经得起风吹雨打的礁石!这该如何解释?从中又可以提炼出怎样的教益呢?

夕阳西下,动物园水禽湖中倒映着玫瑰色的霞光。大眼猫,我和你一同站了起来,各自招呼着自己的孩子。我们的孩子一脸欢笑,朝我们跑来了,他们是多么可爱,多么纯真,他们应该并且必定能够过上比我们更合理、更美好的生活!

大眼猫,就这样,我们重新建立了联系,并且约定以后要抽空去看望钢华。

二十

当夕阳映照着绿野时,蜻蜓还照例栖息在苇尖上吧?

当晚风拂过青纱帐时,空气中依旧飘荡着那浓郁的庄稼特有的气息吧?

当月亮升起来时,池塘中那水浮莲的紫色花朵,必定还要生出淡淡的光晕吧?

当夜气浸润着那微微飘动的柳丝时,露珠儿该还在默默地凝聚吧?

然而我们的少年时代和青年时代,已经匆匆而去,再不复返了!

大眼猫,当我步入"四十大寿"之际,我的心潮犹如风中的江水,激荡而回旋,我的思绪犹如江船的白帆,鼓胀而疾进。有一种说法,说是人生从四十岁方正式开始,我很乐于遵从此说。于是我写下了这一切,为你,为钢华,为我们这一代人,为我自己,并且也为了我们的下一代……

序幕已经终结。有待开始的,便是人生的正剧。

1981 年 1 月 30 日
写毕于北京垂杨柳

木变石戒指

一

长途汽车在一个小镇停了下来。司机和旅客都要在这里吃午饭。

我匆匆在小摊上吃了碗素面,便在小镇唯一的街道上游逛起来。

这小镇自然不是我的目的地。我回省城时将取另外一条路径。看来我一生也许只路过这小镇一次。正因为如此,我觉得应当抓紧时间逛逛。司机宣布车子在这里停留半个小时,那么,逛完这唯一的一条街道该完全来得及。

据说这是一个古老的小镇。但沿街新房子不少。百货商店很像样子。甚至有一家冷饮店。老式的房子虽然陈旧,但看上去也不过几十年的历史,称不上什么文物。

忽然,一座黑漆木构院门进入了我的视线,仔细一望,那院中房屋的屋脊、檐板、女墙,都颇有点明代建筑的风味;走近去,门敞着,天井中好一株紫薇,光溜溜的树干上鼓出几处木瘤,繁密的枝条树叶中,怒放着簇簇粉紫的花束。这显然是当年镇上首屈一指的乡绅的宅院。没想到经历过那么多社会变动的风雨,它仍旧保持着当年的风貌。

我好奇地迈进了院门。当我走近那株紫薇时,从厅堂里迎出来一位老先生,此公虽然穿着今天大家常见的衣装,但那气度做派,不知怎的,让我不由得联想到当年私塾里的塾师。

他语气极其斯文地询问了我,我也语气极为谦恭地询问了他。

我自报的身份,引出了他高昂的热情。而他对那宅院的说明,也引出了我浓厚的兴趣。

可恰在这时,街上传来司机按喇叭的声音,催乘客上车了。我不能误车,赶紧告辞。

长途汽车开过那座不同寻常的院落时,一瞥之中,我发现那位老先生竟立在门口,彬彬有礼地向我微微招手,我便也忙挥手作答。

二

老先生传递给了我这样的信息:那宅子是当今一位名人的故居。现在乡政府已经设法迁走其中的住户,拨款加以修葺,并由他暂且担负看管任务。在县政府中,有两种意见。一种意见是,那位当今名人是本县的骄傲,应将其故居辟为纪念馆;另一种意见是,他固然对国家贡献很大,甚至国际上也有一定的影响,但似乎还没有伟大到应将其故居辟为纪念馆的地步——不过,持后一种意见的同志也主张将那座院落加以认真保护,因为那建筑本身具有文物价值,且随着农村文化水平的提高和对精神生活的需求增加,那座院落可发展为乡中的一处图书馆和博物馆。

三

从省城出发时便一直天阴。汽车离开那用午膳的小镇后,外面下起雨来。车开了十多分钟后,雨渐次变大。又开了十来分钟,汽车竟在另一个小镇停下。开头,大家以为汽车出了什么毛病,后来才搞清楚,原来是前面河桥上出了事故——一辆卡车和一辆拖拉机相撞,交通堵塞。没有两三个小时,是无法通车的。

外面下着雨,旅客们大都不愿下车等候,宁愿挤在车里,或看书报杂志,或聊天解闷,以熬过那段难耐的时间。

我便同旁边一位本地干部聊了起来。那干部四十多岁,看去相当精明强干。我问起那座名人的故居:"怎么一直保护得那么好?"

他说:"是呀。'文革'当中,也只是初期'破四旧'时,受了点轻微的冲击。它的主人是保护对象,宅子当然也就成了保护对象嘛。"

我问:"他老家还有他的亲属吗?"

他说:"他几十年前就离家出走了,家里的直系亲属几十年里外出的外出,病死的病死,剩在县里的好像一个全无。"

我问:"直系亲属没有了,旁系的总还有吧?"

他笑了:"那就太多了。算起来,镇上怕有一半是他的亲戚,我们这里把这种情况叫'转转亲',论起来,我也能算他的远亲呢,不过,我比他高两辈,他该叫我舅公呢!哈……"

车窗外的雨略小了些,有的乘客耐不住寂寞,下车寻乐趣去了;附近几个小棚摊下的小贩便向他们倾销茶叶蛋,有的还提着小篮到车窗外向我们兜售。我买了四个茶叶蛋,递给身边的旅伴两个。

旅伴道了谢,吃了那两个蛋,仿佛要报答我似的,向我提供一个信息,说:"对了,你问他的直系亲属……我想起来还有那么一位,不过,她的身份很难确定,要说亲,那是很亲的;要说不亲嘛,那她就连旁系的旁系也算不上……她,就是他的原配!"

"原配?"我被这新信息冲击得兴奋起来。当然,这种兴奋是一种无聊中的好奇感。

四

"原配",又写作"元配"。这个称谓真有意思。

它并不等同于"前妻"。

我读过一篇很长的介绍那位名人的报告文学。文章里用极生动的笔触描绘了半个世纪以前,他怎样毅然逃脱了封建家庭的羁绊,投向新时代的进步潮流。

父母给他包办了婚姻。据文章所写,当他被强迫着同那位新娘子拜堂时,他惶恐地望着那块红得像血的盖头——他觉得自己正面临着一场屠杀。在洞房里,盖头终于被揭开了。呈现在他面前的不仅是一张陌生的面孔,而且是一个陌生的灵魂,然而最令他汗毛孔发炸的还是她那双"三寸金莲"。他不仅坚拒与她同床,并且在第二天凌晨,逾墙逃跑了。他逃回了省城。他那时正在省城上中学。估计家里将来人追索,他在学友的支持下,逃到了省外,投奔他那位思想开明、家产殷实的叔父,以此掀开了他那波澜壮阔的人生中关键的一页……

文章没有交代这位名人是否同那位原配履行了离婚手续。他大约给家里写过决绝的信,那相当于休书。实际上这种包办婚姻是不合法的,他同她既无所谓结合,也就无所谓离异。但在人生的旅程上,他和她命运的轨迹,毕竟有过那样一次隆重的交叉:她被盛妆浓抹被花轿运进了那座宅院,同他面对着大红喜幛和杯口般粗的龙凤花烛,被傧相们摆弄着拜过堂,送进了溢满红光的洞房,同坐过一张覆着绣花幔帐的宁式雕花木床……

仅仅一夜,便决定了她的身份——人们把她叫作他的"原配"。

五

我随口问道:"那原配后来怎么样呢?"

旅伴不经意地回答:"怎么样?没怎么样。她就住在那宅子里,一过就是几十年,半个世纪还多吧。"

我问:"她没回娘家去吗?"

"没有。新中国成立前,她没脸回娘家。新中国成立后,好像她娘家也没剩下什么直系亲属了。她就一直留在婆家,当媳妇,守活寡。听说公婆倒不拿她当外人,处得还不错。"

"她现在还住在那个宅子里吗?"

"好像已经死了吧?像一根蜡一样,点完了,也就灭了。"

旅伴说着隔窗发现了什么熟人,便撂下这个可有可无的话题,离席下车。同那熟人叙旧去了。

车上所剩旅客已然不多,何时开车更觉渺茫。不知为什么,那不经意中引出的话题,竟不能从我脑中消散。

我不觉忆起自己所知的关于那位名人的经历。他的足迹不仅遍及全国,更远及海外,他既出入过都会洋场,也深入过深山大泽,他从多次的大惊大险中获得过斗争幸福,也从罗曼蒂克中享受到足够的人生乐趣,而最令人羡慕和钦佩的,是他半个世纪中,基本上与时代的潮流共进。他从封建地主家庭中获得了受教育的机会,而在帝国主义兴办的教会学校中,他又获得了优于封建意识的资产阶级思想,当他凭借着资产阶级民主思想同封建家庭决裂以后,在时代潮流的激荡下,他又接触了先进的无产阶级革命理论——马克思列宁主义,于是他投身于革命营垒,并在激烈复杂的斗争中渐渐改变了资产阶级自由主义的世界观,形成了无产阶级世界观……他如今不仅是学者、名流、许多人的崇拜对象,更是社会活动家、官员、国际上瞩目的人物,截取他生涯中的一个片段,便足以构成一部情节奇谲、高潮迭起、激动人心的艺术作品。据说已有一家电视台正着手准备录制歌颂他的电视剧。只是在究竟用他的真名实姓,还是给主人公另取一个与他姓名相谐的假名这个细节上,尚未最后敲定。

在同一个时间流程中,他的原配却始终守着那样一座古老的宅院,过着毫无价值、毫无乐趣的平庸生活。仔细想来,那并不是她个人选择的结果,她不能掌握自己的命运。

也许是处于那样一种阴雨的天气,半空的车厢,漫长的等待,百无聊赖的处境……我竟奢侈地任自己的思绪围绕着那原配转悠起来。

诚然,她是没有价值的。倘若把那名人比作一颗天上的星,那么,她便是地上的一粒沙。

六

司机来宣布了一个坏消息。我们当天肯定走不成了。但车所停靠的小镇上那家小小的旅舍,住不下我们这么多人。一部分得由他送回用午膳的那个小镇去住宿。

我做出了返回第一个小镇的抉择。

仿佛神使鬼差,在那小镇的旅店中订下铺位,存好行李,我便租了把红油纸伞,冒着粗大的雨丝,走到了那个宅院。

我敲开了已经关闭的黑漆大门。开门的那位老先生见到我真是惊喜交集。他把我迎到里面,听完我的解释,热情地说:"既然如此,你何不干脆到这里来住?这里比旅店干净多了。我们也可促膝谈心,消此雨夜。"

原来那宅子中只住着他一人。算是管理员吧。他迫不及待地将堂屋建筑的特点指给我看:"你看这梁柱,比清代以后的肥大多了,檐枋用的自然弯曲的木材,大雅若俗,不似清以后那般强为规整,反显拘束。你再看这柱础,是典型的明鼓镜式……"

那宅子前后竟有五进之多,后面还有一个有待修整复原的花园。当然,每一进的天井都不很大,而且越往后天井越小,最后一进的天井看去只有六平方米左右。在路过最后一个天井时,他将一间厢房指给我看:"这便是幺先生的原配住的地方。她二十岁住进这间厢房,七十二岁死在这房里的宁式床上。"

我渐渐熟悉了这里的人们对那位名人的称呼:幺先生。他是这所宅子的老主人的最小的一个儿子,当时上下都称他为幺少爷,后来又类推把"幺先生"作为他的代称。

我觉得那所宅子有两种互相矛盾的气味:一种是霉味,不是一般的霉味,而是一种朽木霉透了的气味;另一种是刨花和油漆的气味。两种气息交融在一起,吸入肺里,令我产生一种怪异的感觉。

管理员老先生占据着头一进堂屋边的一个套间,里面有两张单人床,铺盖、床单、枕头和蚊帐看上去确实都比旅店干净,他告诉我,他自己的家就在镇子那一头上,招赘进了一个女婿,又生了两个外孙,老伴乐得当外婆,他却嫌家里热闹得看不下书,所以搬到这里来住。屋里两张床一张是他的,一张是公家的——以备同他换班的值夜者使用。他说这晚愿将自己的床让给我,他去睡那张公家的——这自然是一种极为友好的表示。

我应允了他,打伞返回旅店,去退掉铺位、取出行李。

七

听说我要到他称之为"大黑门"的地方住,那年轻的营业员睁圆了眼睛望着我,仿佛我是一个怪物。

我也惊异地望着他。他留着女式的长发,上唇留着胡子,并且脖子上还挂着一条金闪闪的项链,下头坠着一个造型蹩脚的银色十字架。我注意到他手上戴着个方戒面的戒指。而尤其令人惊异的是,他身上穿着一件港式"T 恤"。上头用英文印着"玛丽,别吻我"的字样。我没想到在远离省城的小镇上,竟也有这般模样的摩登青年!

我试图使他理解,我换到那里去住,是为了搜集那位他应引以为荣的前辈同乡的材料;可是他竟听不懂我的意思,因为他似乎对那位前辈同乡的大名并不熟悉,直到我说出"幺先生"这个称谓,他才恍然大悟,却向我掷出了一个极为粗鄙的问题:"他不是发了大财了吗?你写文章捧他,他给你多少钱?"

我觉得他简直不可理喻。不过我不想把关系搞得太僵,说不定我今后还要同这家旅店,同他打交道。于是我对他说:"我对幺先生本人的兴趣倒并不大。我这回主要是想了解一下他的原配的情况……"

他听不懂"原配"这个词语代表着什么。

倒是恰好走来的一位胖大嫂,听懂了我的意思,便插进来问我:"幺先生那原配?有什么好了解的?活着像只影子,没声没息。死了谁记挂她?你不提我都把她忘了。"

真是兜头一瓢冷水。

八

去"大黑门"以前,我先到镇上一家饭馆里用晚膳。

也许是因为镇上陡然增添了许多旅客,饭馆的生意格外兴隆,放眼望去,几乎没有一张空桌。

我找到角落里的一张方桌,那张桌子只有一个顾客。看样子他是个当地的酒客,他只买了一盘烧腊,饮着一杯白酒。他显然已到古稀之年,瘦长的脸上满布皱纹,肩膀有些拱曲,但他牙口还好,给我印象最深的是他那双眼睛,一般老人到这个年纪眼睛早已混浊,但他那一双包围在细琐纹路中的眼睛,却还相当清亮,尤其是当他微微仰头饮酒时,电灯光射进他的眼里,竟反射出一种矍铄的光彩来。

我照例要了一碗素面。面很烫,而且搁了过量的辣油,我吃得很慢。趁那老头眼光同我相接,我主动搭话说:"老大爷是本地人?"

他点了点头。

我告诉他为何在此滞留,并把话题引到了"幺先生"身上。我问:"您年轻的时候,自然见过幺先生啰?"

他开口答言:"见过。我是他家佃户。"

我顺势往下问:"那您自然见过幺先生的原配啰?"

他抬起头来,两只眼睛盯着我,仿佛我这问题很使他意外。

我望着他,等待他的回答。

他想了想,也许有几秒钟,也许竟有一分钟,才回答我:"那我没见过。"答完便闷头喝他的酒。

我一边吃面一边想:奇怪。幺先生不到二十岁就离乡了,从此再没回来,他倒见过;那幺先生的原配一直在这小镇里住了几十年,他倒从未见过,这可能吗?难道那位妇女在新中国成立后的三十几年里,也大门不出、二门不迈?

显然,不是没见过,而是没兴致谈论这个人。

一个人存在了几十年,周围的人竟视而不见、听而不闻,连进行一点原始回忆的兴致也没有,这该多么可悲。

我吃完面,一抬头,对面的老头已然消失,桌上剩着多半盘烧腊和一只空酒杯。

九

"大黑门"里的老先生对我真好。

我一迈进他那间屋,便看见屋中的办公桌上已经堆了一堆花生米,并且搁了一瓶上好的白酒,摆了两只酒杯。

"交个朋友嘛,"他搓着双手,诚恳地说,"我姓口天吴,名如瑾,'如来佛'的'如','周公瑾'的'瑾',你就叫我老吴吧。"

"哪里,"我忙投桃报李地说,"您比我年长多了,您直呼我名字吧,我只管您叫吴老伯。"

我们坐下来喝酒。各坐一把藤椅。酒味香醇,花生米粒大而香脆。窗外的雨又由小而大,淅淅沥沥的正助谈兴。

吴老伯且不容我询问我所感兴趣的,他不断向我打听

"外部世界"的信息。原来他是一个年纪虽大却怀着孩童般求知欲的入世之人。我原以为这寺庙般的"大黑门"里,只能住着一位隐士呢。

吴老伯原是镇里小学的语文教师。他的足迹至今尚未出过县境,但听他的谈吐,他的见识颇广,原来他好读书,近年来更热心地阅读各类报刊、收听广播、收看电视……他大概是如今小镇上吸收信息量最多的人。

正当他还要细问我车子在北京的立体交叉桥上究竟该怎么行驶时,我忍不住扭转话题说:"哎呀,我都讲累了。吴老伯,我歇一歇再跟您讲吧。倒是该由您给我讲讲幺先生的事了!"

吴老伯显然对这个话题并无很高的兴致。他吃了一粒花生米,呷了一口酒,耸耸眉毛说:"幺先生的事,许多文章已经讲得很充分了,我倒真没多少好补充的,他只在这镇上读过三年私塾。十多岁就到县城上洋学堂去了。后来再到省城上教会中学。再后来一逃婚,便从此'黄鹤一去不复返,此地空余黄鹤楼'。他在家乡真没留下多少事迹。县里不是有主张把这个宅院办成纪念馆的吗?我也想方设法去搜求过他的事迹和遗物,虽不无所得,但意义都十分有限。"说着他打开抽屉,取出一册线装墨迹,搁到桌上,用手指头捻了捻册边,告诉我说:"他那原配死后,从她那住房里倒是找到了这么一本墨迹,不过并非幺先生的日记、笔记,那不过是他练字时抄录的一些现成的唐诗……"他又呷了一口酒,大概是"酒后吐真言"吧,他两颊绯红地对我说:"我热心于管理这所宅子,倒并不着眼于它是幺先生的故居,实在这宅子是一所难得的明代民居,本身就是一组珍贵的文物……"说着他又拉开抽屉,把幺先生的那册墨迹装了进去,嗽了嗽嗓子,大概是想再详细地给我讲讲这座宅子的文物价值。

我却更关注与这所宅子有关系的人,特别是那原配。于是赶忙问:"在这宅子里住得最久的,怕就是幺先生的原配吧?"

他说:"当然。这宅子直到土改的时候,还住满幺先生的家族。但后来别的人都先去了……"

我不免问:"幺先生家里,土改的时候得划成地主吧?"

他说:"那个自然。不过,幺先生的父亲,一来因为养了革命的儿子,二来本身自抗战时候起又有种种进步的表现,所以划成了开明士绅,没挨过什么斗争。幺先生的母亲自然随丈夫算。幺先生的大哥、二哥早也离家,一个在上海成了民族资本家,一个老早就投奔了延安,成了老革命。这且不去说他,土改时留在家里的有三哥三嫂,这二位都跟鄙人同事,一位在小学里教算术,一位在小学里按风琴教唱歌,当然没划地主成分,他们子女还小,自然更不算;幺先生的四哥是个呆子,吃饭穿衣勉强可以自理,别的一概不懂,成分也没有划;幺先生还有个姑姑,当时也住在这个宅子里,她算带发修行,吃斋念经,土改时也没算她地主,后来她还当过省佛教协会的理事;按说最该划地主的是在他家当管家的二娘,这二娘是幺先生母亲的胞妹,同他姑姑一样也是个老处女,收租讨债一类的事都由她出面,不过,她在新中国成立前夕得猩红热死掉了;结果他家的地主成分,真正落实的还是幺先生的原配……"

听到这里,我吃了一惊:"怎么? 单她算地主?"

他说:"可不,其实她在那个大家庭里地位最低,完全主不了事。她就是伺候公婆,每天给公公炖银耳汤,给婆婆捶腰腿……还要不停地为他们绣寿幛一类的东西。"说到这儿,他又抚慰似的告诉我:"新中国成立后虽把她划成了地主,倒没怎么难为她。后来凡镇里召集'地富反坏右'五类分子训话,她便从幺先生家出去,往角落里静静地一站。镇上历届的领导倒都注意把她同别的五类分子区别开来。后来虽说阶级斗争的弦越绷越紧,对她的态度倒越来越松。召集五类分子训话、批斗,她去了,还悄悄让她回家去待着。'文革'刚闹起来那阵,也不知怎么传来个消息,说幺先生让造反派给贴了大字报,眼看就要揪出来示众,镇上中学的红卫兵闻风而动,闯进了这座宅子,把她当'反革命修正主义的臭婆娘'给斗了一顿,但正当'红卫兵'们要来破坏这座宅院,并把她拉出去游街时,又传来了消息,说是中央首长保了幺先生,不让冲击他,给他贴的大字报都揭下来了,于是'红卫兵'就没再来这个宅子里闹,幺先生的原配她也便照样静悄悄地在这宅子里住了下去……"

我喝了一口酒,问:"那原配,新中国成立后她靠什么生活呢?"

吴老伯说:"那她倒真是自食其力。她是包皮蛋的能手。皮蛋你们叫松花蛋吧? 她自己养鸭子,包了松花蛋,提到供销社去卖。镇上也常有人提着鸭蛋去找她,请她包,给她一点钱。她真可算荆钗布裙、粗茶淡饭,过着深居简出的生活。"

我又问:"那么先生家里别的人死的死、走的走,空出的房子谁来住呢?"

吴老伯笑了:"你怕有空房子没人来住吗?陆续搬进来好多人家,大都是镇上机关的干部,还有一些有门路的人;宅子新中国一成立就整个算房管所的了,不过,听说倒一直没收过幺先生亲属们的房租……"

我有点故意地问:"那收不收幺先生原配的房租呢?幺先生同她毫无血缘关系,又从来不曾承认她是他的妻子,难道她也算一位亲属吗?"

吴老伯一愣。他似乎从未从这个角度考虑过这个问题。想了一想,他笑笑说:"是呀。细论起来,我同幺先生还多少有些血缘关系呢。我们是五服外的远亲,他该叫我表弟。他那原配,论道理,论法律,实在不能算他的什么亲属。不过,奇怪吗?也不奇怪——从历届的镇党委,到'文革'中的革委会,到镇上的所有的人,也无论左、中、右,心理上倒都一直把她看成同幺先生有着亲属关系的人,而且就是幺先生他们那个家族,看来也并不都同幺先生一个态度,幺先生是一刀两断,他们至少是藕断丝连……对了,'文革'当中,幺先生大哥一家在上海遭遇很不好,两个女儿都让下乡插队,她们本来大概该去安徽,后来不知用什么法子都弄到了这里来,她们都管幺先生的原配叫婶婶,那原配也真把她们当亲侄女待,那一阵不是幺先生的名字又重新在报纸广播里出现了吗,所以尽管幺先生原配成分不好,倒比镇里的红五类们更显得安全。那两个侄女儿因此不仅得到了她生活上无微不至的照顾,也通过她间接地得到了一种政治上的保护……那几年按说是新中国成立后最阴暗的岁月,可幺先生的原配倒常在街上露面,人也仿佛胖了点,脸上也似乎有了点红晕;后来'四人帮'倒台了,两个侄女儿回上海了,她倒又仿佛缩了回去,瘦了回去……唉,她这人的命运真跟众人不一样啊……"

讲到这里,忽然电灯灭了。窗外的雨声一下子袭进窗内,声音格外撩人思绪。

吴老伯点上一支蜡烛,习以为常地说:"一个月里总有几夜如此。弄不好要下半夜来电,我们还是只管对酌夜谈吧!"

我凝望着摇曳的蜡烛,心里有一种说不出的滋味。这时我意识到,我对那位幺先生的原配的命运所产生的关注,已经超出了一般好奇心的范畴。

十

我在烛光中想象着幺先生那原配的身形面容,可她模糊得如同雨中的风景。

我不由问:"那原配,她什么长相呢?"

吴老伯笑了:"你怎么连这个都关心起来。唉,让我想想……她实在是貌不出众。丑也不能算丑,可实在一点不俊,平常得很。对了,要说特征,那她那双脚可真小得可以,像端午节包得最秀气的粽子……你们哪里知道,旧社会里,封建脑筋的人,偏认为女人小脚裹得越小越尖越美。那幺先生的原配把脚裹得那么小,一定吃了不少苦头——我就亲眼见过我母亲给我大姐裹脚,真像上刑一般——可是等到她那脚骨弯曲团缩成了那模样,没法再改变时,时代却前进了,美丑的观念完全改变了……据说幺先生临逃走以前跟他母亲说过:倘若她是一双天足,也许我还能勉强接受,可是她现在这么一副模样,我看一眼便要作十日呕!结果他没有呕到第二日,就逃走了……"

我眼前似乎晃动着一个穿旧式服装的妇女,面容平板无光,但双脚颤颤巍巍地在泥泞的村路上留下了一行粽子般的足迹……

吴老伯继续对我说:"那幺先生的原配死去以后,你猜我女儿怎么说,她说:'谢天谢地,可又少了一双给我们中国妇女丢人的小脚!'她可不像你这样,似乎对那小脚老太婆还有几分同情,她觉得那小脚老太婆死得太好了……"

我便说:"我对她的同情岂止几分。就按半个世纪算吧,五十年,六百个月,一万八千二百五十多天,她可怎么熬啊!你想想吧,在这一万八千二百多天里,幺先生有多么丰富、多么曲折、多么了不起的经历!而她呢,竟一辈子没有走出过这个小镇……"

吴老伯忽然激动地截断我的话说:"哪里哪里!她足迹所到,比我还远呢!她是进过京的!"

我大吃一惊:"她进过京?"

吴老伯端起酒杯,劝我与他同饮一杯,并且说:"你听谁说的她没出过这个小镇?干掉这杯,你且听我向你细细道来,她是如何进京的……"

十一

幺先生的父亲,新中国成立后第二年就病故了。幺先生的母亲不久被上海的大儿子接了去。幺先生的原配进京去寻幺先生,就在那以后不久。

谁也不清楚幺先生的原配究竟是怎么想的。她好像也没跟镇上的有关部门打招呼,突然就搭长途汽车去了省城。也不知道她这好比从古井里头钻出去的人物,怎么竟又在省城买了进京的火车票,一火车坐到了北京城。

据说她在北京前门火车站下了火车,就去找穿制服的民警。她把手探进怀里,曲曲折折地取出来一个手帕包儿,打开了一层,又一层,取出一样东西,递到那民警手里。民警以为递给他的是一个信封,或者是一张路条,常有人那样向他们问路,可这回他接到手里的,却是一层叠起来的《人民日报》。民警莫名其妙。后来才弄明白,原来这个小脚女人是要他帮她找报纸上登的那张照片里的那个人。不消说,那个人就是幺先生。照片印得很清晰,幺先生显得十分英俊潇洒,而且旁边的消息里把他当时的职务也说得清清楚楚。民警便问:"你是他的什么人呀?"她说:"我是他的原配。"民警将信将疑,把她带到派出所去,请她暂且休息。然后民警就帮她打电话联系,打来打去,也真联系上了。

后来就来了辆小轿车,小轿车里下来一位年轻的女干部,她把幺先生的原配接走了,还跟派出所的民警道了谢。

小轿车开到了一处地方,有好大的花坛,开着五颜六色的花朵,有好高的楼房,净是亮闪闪的玻璃窗子;那女干部就把她带进了楼去,把她一直带进一间宽敞的屋子里,屋子里有席梦思床,有成套的沙发,地上铺着地毯,还有带台灯的书桌,好大的电风扇……大屋子里还套着小屋子,小屋子里的墙壁、地面都是雪白的瓷砖镶砌的,有好大的白瓷澡盆,还有冲水灵便的马桶。原来那是一处设备齐全的招待所,本来是只接待高级干部的。

那女干部在小轿车里就给幺先生的原配做上了工作,到了招待所,更是温言款语地给她解释,对她劝告……

原来,电话接通以后,幺先生同他的爱人都吃了一惊。幺先生的这位爱人不光长得相貌出众,而且多才多艺,她自然绝不是一双小脚,也不是一双普通的天足——她是在舞台上表演过跳舞的;他们夫妇两人怎么具体商量的,不清楚,但是他们最后形成的决定是坚决的——他们不承认同这位所谓的原配有任何亲友关系,因此他们不仅不允许她到他们家里去,而且也不想同她见面,但出于人道的考虑,他们委托幺先生下面的一位女干部,来对这位闯进京城的小脚妇女待之以礼、喻之以法,并责成那女干部在一周之内,将她劝回老家去。

那女干部接受的任务可谓艰巨。她连续几天陪那幺先生的原配吃饭、睡觉,还让司机开着小轿车送她们去北海公园、天坛公园、故宫博物院游览,在这过程当中,她以水滴石穿、绳锯木断的精神,正过去反过来,暗喻明说,点点滴滴,接连不断地向幺先生的原配灌输新的婚姻法;据说那位女干部几天里足足瘦了三斤,总算让幺先生的原配死了心。

幺先生的原配那几天里也茶饭无心。带她到名胜古迹里去,她也是木木呆呆地只想着要达到她的目的。最后那女干部要带她去逛颐和园,她拒绝了。她答应过两天就返回去。但她还提出来,希望临走前能单独同幺先生见一见,哪怕只见喝一杯茶的工夫。女干部把她这最后的愿望转达上去了,回答是不必见面,哪怕是只喝一杯茶的工夫的一面,也不见。

幺先生的原配上京时,带去了一篮子皮蛋,她知道幺先生最喜欢吃家乡的皮蛋。她选的都是她最有把握的上等皮蛋。临上火车时,她还追问那女干部,是不是把她那一篮子皮蛋送到了幺先生手里,还问幺先生是不是爱吃,那女干部当时不忍心告诉她,幺先生和他的爱人连那篮皮蛋也拒绝了,他们让那女干部把那一篮子皮蛋捐献给了招待所的食堂,所以当幺先生的原配上火车离京以后,那个招待所食堂的酒菜拼盘名声大振——拼盘里最出色的就是里层墨绿发亮、外层红紫透明的皮蛋瓣。

幺先生的原配就这样回到了小镇上。从此她死心塌地安分守己地在小镇上过她那毫无趣味的生活,一直到有一天人们发现她死在她的那张古老的木床上。

十二

蜡烛摇曳,把我同吴老伯的影子投射到屋墙上,变幻出许多古怪的形象。

也许我是有点醉意了。我忽然无端地笑了起来。我觉得胸口发闷,有一种即使不择手段也要尽情发泄的冲动。

我笑完了,便指着吴老伯说:"你真是蒲松龄第二,编故事编得这么圆。你连本县以外都没去过,怎么能知道发生在北京的时事?"

吴老伯认真地解释说:"演义的成分不敢说没有,但材料来源是绝对可靠的——小女'文革'串联时去北京,住的那个招待站恰由那位女干部主持,小女从她那里听来,回来学舌给我,我现在又讲给了你,你细想一下,事情不是也只能如此这般吗?"

我细想了一下,也确乎只能如此这般。倘若我是幺先生,我肯定也是不愿见她的,哪怕只见喝一杯茶的工夫。

我问:"她七十出头就死了,在老太太里可不能算高寿的。她是得什么病死的呢?"

吴老伯说:"她死得是有点突然。所以发现她死了以后,人们还有一种猜测,说她是吞戒指自尽的……"

"吞戒指自尽的?"

"对。有人就那么揣测。这也难怪。你知道'文革'刚起来的时候,'红卫兵'抄过她家,小女那时候也跟着'造反'参与其事。结果从她屋里抄出一只硬木首饰匣,里头有项链、手镯、耳坠、戒指、发簪什么的……"说着吴老伯又拉开抽屉,找出一张清单来,递到我手中。

"你看,这就是幺先生原配的笔迹。她原也是粗通文墨的。这是一张收条。不是刚抄了、斗了她没几天,又传来消息,说幺先生受到保护了吗?自然就不再斗她了,也把抄去的首饰匣还给了她,她便根据'红卫兵'要求留下了这一纸收据。平心而论,'文革'初期,我们小镇上的'红卫兵'还真是煞有介事,执行起'三大纪律八项注意'来,确实不打折扣的。为表示他们绝不贪污,所以他们送还那首饰匣时,非要幺先生的原配开这收条不可。你看那收条上开列的种种首饰,最后一款,喏,这里——不是开着'木变石戒指一只'吗?那些人后来猜测她吞进肚里去的,正是这只戒指……"

"什么是木变石戒指?"我问。

吴老伯把那张字据收回去,缓缓地告诉我说:"木变石,就是树木的化石,也算一种珍贵的材料吧。据说木变石也分很多种成色,要看是什么木变的,年头古到什么程度,花纹好到什么程度……我究竟是一个书生,从没亲近过首饰,所以也无从细加解释。总之,那首饰匣中就有那么一只戒指,木变石的戒面,镶在金戒环上。据目击过那只戒指的小女说,那是只比较粗大的戒指,又据她说,幺先生的原配在收回那匣首饰时,曾经说过,那只木变石戒指是幺先生戴过的。幺先生的原配突然死去以后,她因为没有继承人,所以她遗留下的全部东西,无论贵重的,还是破烂不值钱的,便都成了公产。我参加了验收她遗产的工作。打开她的首饰匣以后,对照我们当时掌握的这张收据,我们发现别的首饰样样完好,唯独少了那只木变石戒指……所以就流传开了她吞戒指自杀的说法……"

我听得出神,不由得说:"她也真可能是吞了那只戒指,她活着多无味啊!"

吴老伯却缓缓地摇着头:"我一直不那么认为。五十多年她都熬过来了,凭什么突然自寻短见?况且镇上的医生来看过她的尸体,判断她是自然死亡,多半是死于突发的肠套叠。其实她究竟为何而死,跟大家都没有什么关系,所以终于也没有解剖她的尸体查证这件事,就那么把她送去火化了。依我想,那只木变石戒指,也许是她自己弄丢了吧……现在她那匣首饰,还有屋里的旧式家具,线装书和一些幺先生祖传的瓷器,我们都当作文物,打算陆续陈列出来,供大家参观。"

十三

不知不觉,凝在瓷盘中的蜡烛只剩下拇指般高,并且流出了一大摊烛泪。

"啊,实在是太晚了,你我都有了八分醉意,我看我们还是睡一觉吧。"吴老伯站了起来,走进他身后的床帐中,只见他望着残烛吟了一句"蜡烛有心还惜别,替人垂泪到天明",便倒身睡下了。不一会儿就传来他轻微的鼾声。

我却依旧坐在藤椅上,听着窗外密促的雨声,望着那流泪的红烛,全无一点睡意。

百无聊赖中,我忽然想翻翻幺先生少年时代的那一册唐诗抄,于是我挪到吴老伯坐过的藤椅上,拉开抽屉,取出了那线装的抄本。

幺先生早在少年时代,就练就了一笔飘逸的颜楷。只见他抄录的头两首唐诗是:

十年磨一剑,霜刃未曾试。
今日把示君,谁有不平事?

日出扶桑一丈高,人间万事细如毛。
野夫怒见不平处,磨损胸中万古刀。

第一首五绝我记得是贾岛的,第二首七绝我怎么也想不出那诗人是谁。

再往下看,幺先生所抄录的都是这类刚劲之作,柔媚秾丽的几乎一首没有。又如:

昨夜秋风入汉关,朔云边月满西山。
更催飞将追骄虏,莫遣沙场匹马还。

海畔风吹冻泥裂,梧桐叶落枝梢折。
横笛闻声不见人,红旗直上天山雪。

可惜那给幺先生写长篇报告文学的作家,以及那打算将幺先生形象搬上电视屏幕的剧组,都不曾见到过这册唐诗抄,对于富有想象力的作家和艺术家们来说,一个年轻有为、胸怀壮志的青年幺先生形象,从这"借他人之酒,浇自己块垒"的墨迹中,不是呼之欲出了吗?

幺先生没有将那一厚册抄满,抄至杨炯那首以"宁为百夫长,胜作一书生"作结的《从军行》,便突然中辍了,后面是许多的空白……不过,怎么搞的?在那一叠空白之后,却又有一首接一首的唐诗抄,开头的一首是:

纱窗日落渐黄昏,静屋无人见泪痕。
寂寞空庭春欲晚,梨花满地不开门。

这不是刘方平的《春怨》吗?其情调与前面所抄的迥异。而且,抄录的字迹也大变,远非前面的功力可比,还出现了别字,我记得这首诗第二句开首两字应是"金屋"而非"静屋"。

这显然是另外一个人所抄,此人所抄的全是这种内容与情调的:

草色青青柳色黄,桃花历乱李花香。
东风不为吹愁去,春日偏能惹恨长。

月落星稀天欲明,孤灯未灭梦难成。
披衣更向门前望,不怨朝来鹊喜声。

啊,我明白了!这后面的诗抄。一定是幺先生原配所为。看,这字迹与那张收条上的字迹如出一辙嘛……我翻到最后一首,抄的是:

孤灯照不寐,风雨满西林。
多少心中事,书灰到夜深。

我记得原诗第三句应是"多少关心事"。嗯,这不一定是笔误,这很可能是一种有意的改动,以更符合抄诗者的境遇心绪。看来前面那首刘方平的《春怨》的第二句,她把"金屋"改为"静屋"也属同一用意。

在窗外雨声、屋内孤烛的陪伴下,翻阅着幺先生原配抄录的唐诗,我对这个本来与我绝无关系并且已然消逝的妇女充满悲悯,原来她并非麻木不仁,她也同别的人——比如那存在价值远远凌驾于她之上的幺先生———样,有她独特的内心活动……

当她活着时,在春寒料峭的傍晚,在雨雪交织的冬夜,她面对着将灭未灭的火盆,用那拨火的棍儿,在燃尽的灰上都书写了些什么呢?她的心中,究竟都想着什么呢?

十四

我确实是喝醉了。有些人的醉态,不过是倒头一睡,吴老伯便是一例。有些人酒醉之后,却会做出许多别人和自己都意料不到的举动。我轻易不喝酒,喝酒也轻易不醉,但一旦醉了,思绪便往往活泼得如同奔突的野马,而且往往会产生出一些类似梦游的行动。

那晚便是如此。我不知不觉端起蜡碟,走出了下榻的那间屋子,又在一种事后追忆不清的思绪中,用那残蜡照路,在那所阴森的旧宅中游荡起来。最后我推开了一扇门扉,那里面正是吴老伯曾指点给我的幺先生原配的住处。我迈过门槛走了进去。摆动着手中的蜡碟,睁大眼睛观赏着。那真是一间"洞房"——令人恍若置身于幽暗阴湿的山洞。屋里零碎的东西一定都收到别处去了,只剩下几件粗笨然而结实的家具,其中最触目惊心的就是那张宁式床,活像是什么巨兽的骨架。然而我发现墙上却挂着几个大镜框,把蜡碟高高举起,便能看出挂的是已经发黄的照片。正面墙上是并排的两张像。镜框是长方的,人像却呈竖长的椭圆形。我本能地猜到那两张并排的人像是幺先生的双亲。侧面墙上是一张少年的人头像,穿着当年时兴的中山式学生装,竖起的领口直顶到下巴,我认出那正是幺先生的面影……

忽然有人唤我,并且感到一只手落到了我的肩上,我全身耸动地一惊,顿时酒醒。扭身一看,是吴老伯。他手里握着好大一个手电筒。

吴老伯把我领回了原来那间屋。

"你把我吓了一大跳。"我说。

"倒是你先把我吓了一大跳。"吴老伯说,"我尿胀,起来方便,忽然发现你不见了,又听见里院有响动声,还以为是钻进了贼娃呢!你怎么跑到那间屋里去了?"

我喝着吴老伯沏出的酽茶,并不解释,只是问:"那屋里怎么没挂张幺先生原配的像?"

吴老伯试着拉了拉灯绳,电灯亮了。不知什么时候已经恢复了供电。我吹灭了蜡烛,沐浴在灿烂的电光中,思绪不那么晦暗杂乱了。

吴老伯回答我的问题说:"怎么能挂她的像呢?没有她的份儿。就是以后在这里面开辟关于幺先生的展览室,也只能是展出幺先生本人在各个时期的留影,此外,出现三四张有幺先生爱人的镜头,以及给幺先生父母一人一张的位置……再说,幺先生的原配活了一辈子,好像也从未照过一张像……"

我说:"可她这人毕竟存在过啊,而且存在了那么久。"

吴老伯说:"莫说她现在已经不存在了,就是还存在,也只好当她不存在——记得前几年,还是'四人帮'在台上那个时候吧,有个洋人,女的,看样子年岁不大,不知她怎么得到允许,由有关部门的人陪着,来了我们镇上;她能说中国话,怪腔怪调的;她说她到镇上来,目的之一便是寻访幺先生的故居,她好像是打算写一本书,书里有一段要专门写幺先生,因为幺先生曾经去过她那个国家,在那边很有影响……为了接待她,我们镇足足准备了三天,那就不去细说了。我要告诉你的,就是为了防备那洋人知道幺先生故居里还住着个原配,在洋人到来的前一天,就由镇上来人把幺先生的原配弄走了,把她那间屋子锁了起来,直到小轿车把洋人送出老远了,才把幺先生的原配送了回来……"

我不禁问:"这又何必呢?"

吴老伯说:"为贤者讳嘛。一个国际上那么知名的人物,家乡里还有个小脚老太婆的原配,让洋人知道了,不是丢脸吗?"

我默然了。

十五

下半夜我睡了一觉。一睁眼,已然是满屋金晃晃的阳光了。

依依不舍地告别了好心的吴老伯,我忙去赶汽车。

天大晴。小镇脱去了灰暗的衣裳。而且这天正逢集期,小镇整条街道两边,像变戏法似的出现了一个接一个的摊棚,展现出琳琅满目的货物,这就使小镇简直成了个花团锦簇的世界。熙熙攘攘的人群,穿梭在摊棚之间,人们个个脸上展现着开朗欢快的面容,年轻人打扮得尽管稍嫌土气,但那气派却是直追省城的时髦标准,再加上欢腾喧嚣的声浪,使我的心境一下子转为明爽轻快。

头天的种种见闻,真恍若一场苦涩的梦。

我走向长途汽车站,一问,我原来搭乘的那辆汽车,半小时前已然开走了。不过,凭我的票,还可以搭乘中午从省城开来的下一班车。

倒也好,我还可以逛逛这热闹的集市。

我拣了一个看上去相当干净的摊子,打算先吃一点东西。摊主是个胖胖的姑娘,烫着发,穿着一件红花的衬衫,系着雪白的围裙,一见我便笑嘻嘻地说:"同志,你是大地方来的吧?"

我问:"你怎么见得?"

她说:"我一眼就看出来了。你吃点什么?"

我说:"来碗素面吧!"

她说:"先吃碗凉粉吧!包你爱吃。先吃碗凉的,再吃碗热的,心里就安逸了。"

我表示同意,她便麻利地为我拌起凉粉来,一边拌一边又说:"凉粉里配一只皮蛋,那才好吃哩!"

我笑了:"你倒真能推销!"

她说:"你要舍不得花钱,我请你就是。"说着真的剥了一只皮蛋,切成几瓣,兑进了凉粉里。

我吃那凉粉,确实好吃。

她问我:"怎么样?"

我说:"好吃是好吃。不过,凉粉里放皮蛋,倒是头一回领教。这算是你们镇子上的风味食品吗?"

她说:"算吧,其实也才时兴几年,以往,只有幺先生他们家里这么吃。"

她一提幺先生,昨晚阴雨烛光中的所闻所见,所思所感,倏地又涌回了我的心头。我想起吴老伯说过,那幺先生的原配是最擅长包皮蛋的。

姑娘见我发愣,便道歉似的说:"啊,同志你怕不知道幺先生,幺先生就是……"

我忙说:"我知道,我昨晚上就投宿在你们幺先生的故居里,我还知道他有个原配呢——就是吞木变石戒指死掉的那个……"

"你听了谁的胡说?"姑娘扬声抗议,"没有那么回事!幺外婆她才不会自尽呢!她是得了急病,自己走不出屋,别人又不知道,耽误了治疗,才死的……"

"你叫她幺外婆——你是她的亲戚吗？"我问。

"我不是她亲戚,不过我叫她幺外婆,我们一群年轻人都叫她幺外婆。"姑娘有点激动地说,"镇子上就有那么些人,瞧不起她,净乱说她。就算她划过地主成分,她也没作过什么恶呀！何况五年前她就摘了帽子。她怎么会自尽呢？摘帽子以后,她心情特别好。我们一群待业的姑娘,搞起了皮蛋生产,她来当指导,待我们可好了,她把几十年包皮蛋的经验,没有保留地全传给我们了,所以我们包的皮蛋,供销社最爱要不说,远近几个县的饭店、宾馆也来人找我们订货,就是在省城里头,也开始有了名声……你现在吃的就是我们照幺外婆的路数包的皮蛋,说良心话,好不好吃？这凉粉的佐料,也不同一般吧？也是她教我们拌的！你不是要吃素面吗？素面跟素面也不一样,按幺外婆教我们的下法、煮法、捞法弄出来的,就是比别人的好吃,不信你再试！"

我听了她这番话,才意识到这不是她一个人经营的食品摊,大概她们一群姑娘组织了一个什么联社,既成批生产皮蛋,也逢集设摊卖凉粉、面条……我注意到她胸前佩戴着一枚团徽。可能她还是个经理。不知怎么我忽然想起昨天下午在旅店中见着的那个当营业员的小伙子,他所佩戴的却是十字架。从幺先生的原配到这年轻的女经理,从十字架到共青团的团徽,我从这些对比度很大的事物中,感受到我们正处于一个新旧交叠,多色并存的时空之中。

姑娘的生意很好。我身边的条凳上不一会儿已经坐满了人。她对每一个顾客都招呼得很周到,服务态度堪称优秀。不过,对坐在最边上的一位老头,她的口吻似乎过于随便:"你又来了!我不卖酒,你还是到馆子里去要盘烧腊,喝你的酒吧!这皮蛋凉粉你就那么吃个没够!"老头只是等着她递过去拌好的凉粉,并不回答。我朝那边瞥了一眼,只觉得那老头似乎在哪里见过,但究竟是在哪里见过呢?一时想不起来。

姑娘把盛好的面条端给我。面条整齐地叠在碗里,面汤上浮着油星和细碎的葱花,看上去很有食欲。

"你吃吃看。"姑娘自信地说,"跟别处的素面比一比,看是不是不一般?"

我端起碗,呷了口汤,称赞说:"素面汤倒比鸡汤还爽口。"

她笑了:"同志,你是个写文章的吧?"

我问:"你怎么见得?"

她指指说:"你那右手中间指头上,好大一个茧子,那不是写文章让钢笔磨出来的吗?再有,你说话的口气也像。"

我只得点头承认。

她手里一边忙着,嘴里却还在同我聊天:"同志你写写我们镇子吧!"

我便说:"是要写。昨天我听人说起你们那幺外婆的事,我还冒出个想法,想写写她哩!"

尽管她对那幺先生的原配印象很好,可听到我这么说,还是有点吃惊:"写她?"

我说:"对。她是封建制度的牺牲品。她真可怜。她一辈子没享受过人生的乐趣——我指的是爱情,还有真正的天伦之乐,以及诚挚的友谊什么的……"

姑娘听到"爱情"这个字眼,面庞不禁微微有点发红。她问我:"你写她以往的事儿?大家都说,她以往是个最没用的人……"

我说:"她那时候的确没用。没用的人也是可以写的。苏联大作家高尔基知道吧?他写过一本小说,就叫《没用人的一生》。他写的其实是个沙俄的小特务,严格来说,不是没用,而是有罪……不过,幺先生的原配情形不一样,她吃过剥削饭,但没有什么罪恶……当然,我怎么好跟高尔基相比?人家是文豪。我的意思不过是,最没价值的人也是可以写的,问题在于站在什么立场上,从什么角度去写……"

姑娘问:"你们写小说,总要编的吧?三分实,七分虚,对不?"

我说:"要从生活出发,可也的确离不开虚构。比如我要想主题集中一点,把幺先生那原配的悲剧写足,我就可以写成她吞了那木变石戒指自尽……"

我们又随口讨论了一阵。后来我把面吃完了,她的摊上生意还是那么好,弄得她越发忙碌,我便付了钱,道了谢,离去了。

十六

省城里中午开来的长途汽车就要开车了,我正打算进车门上车,忽然有个人把我叫住:"同志,慢走几步!"

我扭头一看,是个老头,认出来了,是和我同坐过一条长板凳,在那姑娘的摊上吃过皮蛋凉粉的老头。我也想起来了:昨天晚上在饭馆里,跟我坐在一桌,我吃面他喝酒,说过几句话的,也是他。

他不像集市上的许多土著老头那样,头上缠绕厚厚的白布头箍,这说明他不是农民;但他也不像吴老伯那么白净斯文,而且一双大手上暴着结实的青筋,这说明他也不是当地的知识分子;我估计他是个镇上粗通文墨的手艺人。

我愣愣地望着他:"什么事?"

"你跟我来!"

我随他拐进一条巷子,又在巷子里拐了两个弯,尽管集市上的音响听得仍很真切,但应当说他已经把我带到了一个僻处。那是一户人家的院墙外。巷子那边是一丛颇为茂密的竹林。

我莫名其妙。手里紧紧攥住我的旅行包提手,瞪着他问:"你有什么事?"

他脸上的表情似乎比我还要紧张。嗫嚅了一阵,他才直愣愣地问我:"你真要写文章吗?"

我反问他:"什么文章?"

他说:"写她的。"

我没明白:"谁?"

他便说:"幺先生的原配呀。"

我顿生疑窦:"你是谁?这跟你有什么关系?"

他的脸变得很白,额上还冒着汗,低着头,不说话了。

我催他:"你是怎么回事?你有什么话要跟我说?你

快说!"

　　他抬起头来,望望我,眼光晃到竹林那边,费劲地说:"写文章的事,我不懂。我只想,文章是不好乱写的。最好莫写。要写,千万别那样写。都说她没用场,说她守活寡,说她没得着过男人的情爱,活得像块木头,死得像池塘的水泡儿,一破,就无影无踪,没人念她……她苦了一辈子,屈了一辈子,不该再有人那么写文章咒她……"

　　我心里一动,产生出一种不寻常的预感。

　　"我……我要给你看样东西。"那老头说完这句话,便掀开外褂下摆,从腰带上系的荷包里,珍重地取出一样东西来,展开掌心,送到我眼前,让我看。

　　那是一只戒指。

　　"这戒面是木变石的。这就是……她那只木变石戒指。"

　　我呆呆地望着那只托在他掌心中的木变石戒指,久久说不出话来。

　　响起了一下接一下的汽车喇叭声。一定是在催我快去上车。

　　　　　　　　　　　　　　　　1984年夏写于青岛

黑　　墙

夏日。星期天。

胡同小院。三两棵树,五六家人。

清晨。七点半左右。

有一户姓周的,一口人住一间东屋。这周某人三十郎当岁。猜他没结过婚,可他用个有大红喜字的脸盆洗脸。猜他结过又离了,见了院里没对象的大姑娘又何必低眉顺眼,绕着弯儿走? 他搬来不久,工作单位的名称挺绕脖子,院里的邻居们也闹不清他具体是干什么的。可掐指一算,他那么个岁数,插队八年回来的,工龄归里包齐满打满算也就七年挂零儿,能挣多少钱,能享受哪种待遇,提供不了多少可供猜测的乐趣。他来了以后不招灾不惹祸,不串门不待客,院里见了邻居,或是邻居先问他:"吃了吗?"他不卑不亢地答一声:"吃啦!"或是他先问邻居:"您歇着啦?"邻居答一声:"可不!坐这儿过过风!"脚底下并不见他停步,一径去了。有时候到院里公用自来水龙头那儿接水,或洗衣物,或淘米准备煮饭,跟邻居遇上了,自然不能不多谈上两句。他是有问必答,有答无问。院里的老住户们既谈不上喜欢他,也谈不上嫌厌他。

这天一大早他就忙乎开了。先是往屋子外头搬东西。再就是用一只大澡盆调配什么浆水。他大约头天就借来了一台脚踏式喷浆机。显然,他是要喷他的屋墙。

这本是档子平常事儿。邻居们在自来水龙头那儿遇上他,问一声:"您今儿个喷房?"他答一声:"喷喷!"客气一句:"用不用我们帮忙呀?"他道一声谢谢:"有喷浆机,容易!谢谢!"接完水,也就各自相安。

院里碗口粗的国槐上,绿伞似的树冠里藏着的知了,开始一声递一声地叫唤起来。大伙听惯了,也就不觉着腻烦。

七点四十六分左右。

"哧——哧——哧——"

那声音有点新鲜。可很好理解——周某人开始喷房子了。

差四五分钟八点。

院里歇班的年轻人一连走了几个。自然是打扮得仔仔细细,而又各不相同。有一位平日卖肉的姑娘戴着假宝石耳坠,蹬着乳白高跟鞋,一出院儿就打开了蓝花自动尼龙遮阳伞。另有一位平日在铸工车间翻砂的小伙子,上身穿着件也不知哪儿弄来的印着美国印第安纳大学英文缩写字样的圆领衫,下身穿着条出口转内销的灰灯芯绒猎裤,戴着副紫罗兰色框架的大号遮阳镜,推着辆小轱辘自行车也出了门。再有一位在大学分校学企业管理的姑娘,穿着件自己裁剪缝制的不掐腰的浅绿色布拉吉,提着个正圆形的草编包,也匆匆忙忙而去。因为他们都走了,所以下面的事情才会那么发展。不过如果他们留下来,能不能改变事态的发展,也很难说。因为至少还有一位年轻人始终留在家里。他是在商场卖玻璃器皿的,这个轮休日他吃完早点就靠在床上看一本《没有点亮的灯》,他妈后来叫他参与下面的事情,他付之一笑,仍旧看他手里的书。

八点一刻左右。

院里气氛开始有点紧张。说"院里"不够准确,该说"屋里",也不是所有的屋里,而是北房正当中那间屋里。那家姓赵,赵师傅五十六岁,提前退了休,为的是让二闺女"顶替""接班"。退休后一度到某单位去"补差",最近那单位缩减工序,赵师傅暂时赋了闲,正联系着新的"补差"单位。

几位邻居是自然而然聚到他家里去的。他们告诉赵师傅:那周某人往墙上喷的,竟不是白浆而是黑浆!他竟要把屋墙弄成黑的!那黑浆也不知是用什么材料配的,就跟墨汁那么黑!漆黑漆黑!

赵师傅一方面大感吃惊,一方面却朦胧地体味到一种心理上的满足。退回十年,他当过一个歌舞团的工宣队副队长,那时候"积极分子"们发现了什么"新动向",来向他报告时,神态、语气就有这股子味道。赵师傅的老伴赵大妈,内心与赵师傅共鸣。退回八年,她当过"社会主义大院"的"院长",有一回人们在枣树后的墙根儿那儿发现了半条"反标",

来报告时,也是这么个气氛。十年八年前的那些事儿,原以为早就封存在死灰里了,谁知来了一股风儿,旋着旋着,那冷灰似乎又有了几分热气儿。

"这可不成!"赵师傅威严地表态。

"这是怎么说的!"赵大妈表达着义愤。

八点二十五分左右。

"哧——哧——哧——"

周某人依旧喷着他的屋子。

最新消息:他把顶棚也喷成黑的!

赵师傅让来的人们坐下。坐下就有点开会的气氛。有各种各样的会。有的会谁都腻味,有的会你喜欢他不喜欢,有的会他喜欢你不喜欢。赵师傅喜欢现在这样的"会"。他提出建议说:"这个情况,咱们得赶紧跟派出所反映!"

搁在十年八年以前,这既是建议也便是定论,既是个人发言也便是领导指示。

然而现在毕竟不是十年八年以前。瘦高条儿钱大叔居然立即就予以反对:"这事儿,依我说咱们都别往那上头想……再说,无根无据的,咱们哪能就往派出所报呢?"

赵师傅和赵大妈都瞪着他,心里都在想:这个老裁缝!当年让"业主"的头衔压着的时候,能这么张嘴就驳回我们吗?如今在家里揽私活儿,彩色电视机买来看着,谈话的声气也变了。

确实,钱大叔现在挺直腰板坐在那儿,侃侃地发表着他的看法:周兄弟兴许是犯病!有那么一号病,小报上登过例子,病人兴奋起来,就做那出奇的事儿……这小周上星期天在屋门口晒被子,大家伙兴许都没留神儿——那被面是大红的线绨,这不稀奇,可那被里居然也是清一色的大红布,真是透着古怪!所以说,该做的事不是去报告派出所,而是去找大夫——胡同里就住着位退休的中医,虽说中医兴许不擅长治这号病,可请来给瞧瞧到底没有坏处……

钱大叔这番话也没多少人响应,因为大家随着他讲话都不由朝窗外望去,透过槐树荫儿,只见那"周兄弟"在自己屋里神色自若地继续喷着墙壁,隐隐约约地,还听见他哼着一支什么歌,难道这是有病的神色做派吗?

坐在门边的孙老师,用左手小拇指搔着只有几缕头发勉强铺掩着的头皮,建议说:"该去问问他,问他干吗要喷黑墙。他要说不出理儿来,咱们就禁止他——不,劝阻他——对了,劝说他,让他别再这么干了。"

凑巧坐在尽里边的另一位邻居李大娘,顺水推舟地说:"那您就替大伙去问问吧!"

别的人也就都让他去。

八点三十六分都过了。

孙老师提建议的时候,心里只想着:自然是由赵师傅或赵大妈出面去问。没想到大伙却都让他去问。他后悔自个儿恰好坐在了门边,他在一所小学校工作了三十多年,是干总务工作的,并没教过一天书,虽说耳濡目染之中练就了咬文嚼字的习惯,可临到这种场合,需要挺身而出,去询问"怪人怪事怪现象",他却像被强推到讲台前一般,手脚无措,舌头也打了结儿。

八点三十七分。

"哧——哧——哧——"喷房的事态在继续发展。

"嗡嗡嗡……"屋里的人们就近压低嗓门议论着。

孙老师机械地弹着左手小拇指的长指甲,两眼只望着鞋尖。他可不愿意去问那"周兄弟"。倘若让人家给干撅回来,脸上可怎么挂得住?又怎么跟大伙儿交代?倘若那"愣头青"说出着三不着两的话来,可怎么办?如实汇报吗?那不成了揭发检举?加以隐瞒吗?那不成了知情不报?而且又没有旁证,将来复查起来,谁说得清楚?……

费了好大劲,额头上都挂出一溜汗珠,孙老师才开口说道:"还是,还是——赵师傅您去问问、问问吧!"

其余的人也就借坡下驴地一迭声说:"就赵师傅去问吧!"

赵师傅先坐着没动。待人们把一般性的推让口气转化为请求的口气以后,他才猛地站了起来,一声:"我问去!"抬脚便出了屋。

人们的目光,透过门窗,追随着他的背影,直抵"周兄弟"那屋的门前。都尖起耳朵想捕捉点有意义的声音,可是听见的只是那槐树上知了的重叠成没有间歇的一片叫声……

八点四十一分。

赵师傅铁青着脸回到屋里,报道说:"这小子,说是喷完了来跟我解释。我就知道他得来这一手!眼里还有咱们这些邻居吗?"

赵大妈火上浇油地指着窗外说:"瞧,查水表的同志来了,这不,也朝他那屋里瞅呢!人家说出去,可不说是哪家哪户喷了黑墙,只说是咱们院里喷了黑墙——他这不是带累咱们了吗?"

李大娘是弹棉花社的工人,心地比较平和,她提出一种克服心理障碍的解释说:"兴许他喷这黑浆是打底儿,喷完了这个,他再往上喷白浆!"

八点四十三分。

"咻——咻——咻——"那喷浆的声音继续响着。望过去,那屋里竟是一片黑色。没人听信李大娘的解释,就是李大娘自己,多朝那边望上几眼,心也不禁更往下沉。

这是怎么说的?喷黑墙!在大家伙住的这个院里!你来邪的,你不怕,可你别带累别的人呀!

八点四十五分。

满屋子的人在一点上都共鸣:他不该把墙喷成黑的!屋里的墙壁、顶棚怎么能喷成黑的呢?这种事想都不敢想,可他竟然想了做了,稀奇!古怪!邪魔!歪道!半疯!反动!……

赵师傅觉着还是该去报告派出所。不过挪脚之前他又有点二乎。如今的派出所可不如十年八年以前的派出所(那时候似乎没有了派出所,有的是"砸烂公检法领导小组",不过办公的地方也就是以往和如今的派出所那个院子)。如今的派出所似乎没那么有杀伐,也没有以往那么看重自己,又动不动就讲"按政策办事",一"按",这黑墙的事兴许就拖着不给解决,甚至不了了之。所以赵师傅犹豫。可他心里又有一种强烈的冲动——要去报告。这是他不可推卸的责任,也是他必尽的义务。他难道是为了个人吗?他个人能捞着什么好处?……

赵大妈看出了老伴的心情,心里只感觉着辛酸。十年八年前他们是什么光景,如今又是什么光景!老伴如今吃亏在手里没掌握一门技术,所以"补差"只能是去当辅助工、看仓库,干不了多久就让人家给辞回来!是他不好好学手艺吗?不是。过去三十多年里头,净把他"抽出来"搞运动嘛,动来动去,如今就缺了个挣钱的门道——他以往值得骄傲的全在"政治敏感性"上嘛,如今要发挥一下这个水平,竟从眼里、皱纹里、嘴角里透露出那么多的犹豫,这是怎么着说的!他今儿个这劲头是为了啥?难道是为了给自个儿家捞点什么吗?……

钱大叔则越发认定"周兄弟"是犯了病。他承认自己刚才考虑得不对路。这号病中医不管用。他能让大夫给他号脉吗?不能。所以还是得请西医。可如今医院都不兴出诊,他这情况就难办了,谁能说动他去医院看门诊呢?……

李大娘想回屋再说动他那光知道看小说的大小子,出来拿个主意。也许能把那周兄弟劝得心回意转?那就让大小子帮他再把墙喷成白的。白的多好!怎么能不是白的呢?……

孙老师想回自个儿家里去,可又磨不开面子,不好挪动身子。这事自己得有个过得去的态度,不要弄得将来一查,自己竟是"划不清界限"的人物;当然也不要弄得将来一"落实政策",自己在"周兄弟"面前又成了个"参与错案"的角色。最好是过去、现在、将来都不落各方面的非议。自己来这赵师傅家的"意思"已经够了,就该及时退出,可退出又得不露痕迹,这就难了……

八点四十八分。

赵师傅有个孙子,小名小扣子,才十岁挂零。起头他一直在里屋画画儿,后来倚在通里外屋的门边,好奇地听大人们议论。他觉得这外屋显得又挤、又闷、又热、又乱。他不明白这些大人干吗要这么折磨自己。

正当人们又议论起来,而且气氛再次趋向紧张时,小扣子站到了爷爷身前,他仰着头问:"爷爷,你们在这儿干吗呀?"

赵师傅威严地对他说:"去!一边玩去!没你的事儿!"

小扣子不服气。你们不就是为周叔叔喷墙的事在这儿生气吗?其实周叔叔这人可好了、可逗了。有一回他把我叫到他屋里去,从抽屉里拿出一沓硬纸片来,都有晚报那么大,什么色儿的都有,他一会儿换一张,紧挨着我眼前,让我满眼里全是那色儿,问我:"喜欢,还是不喜欢?""觉着冷,还是热?""觉着干,还是湿?""觉着香,还是臭?""觉着想睡觉,还是想玩?""想起什么来了?还是什么也想不起来?""害怕,还是不害怕?""想喝水了,还是不想喝水?""想多看看,还是不想多看看?"……我答一句,他就往小本本上记一句。你瞧他多会玩!不信,你们都找他玩玩去!

小扣子想到这儿,便昂起头,放大声量说:"爷爷,你们说个没完,累得慌吧?让我跟你们说几句吧!"

大伙儿不由得都停止了议论或思考,都把目光汇聚到他身上。

赵师傅赌气似的摆摆手说:"好!你就说吧!"

小扣子便问:"周叔叔他喷完了自个儿的屋子,还挨家挨户来喷咱们的屋子吗?"

八点四十九分半。

大伙全愣住了。

八点五十分。

赵师傅迸出一声:"他敢!"赵大妈呼应说:"他倒试试!"李大娘和孙老师都连说:"那不会,那不会……"钱大叔想了想也说:"看样子他不是那号胡来的,他犯病也就是在自个儿家里犯……"

八点五十一分半。

小扣子转动着身子,眨动着一双大眼睛,黑眼仁黑得比那黑墙更黑,黑得发亮,他天真地笑着,尖着嗓门说:"这不结啦!周叔叔喷自个儿家里的墙,又不喷咱们的墙,你们跟这儿说他干什么呀?"

八点五十二分。

全屋哑然。

东屋那边传来的"哧——哧——哧——"的喷墙声,汇合着知了的叫声,显得格外清晰。

1982 年夏写于劲松中街

五一九长镜头

1985年5月19日子夜来临之前,路透社驻北京记者安东尼·巴克顾不得掏出手帕揩去脸上的汗水,便扑到电传打字机前,抢先发出了关于当晚中国—中国香港足球赛结束后出现"骚乱事件"的消息。在这则电讯中他突出了本身所经历的惊险场面:一群因中国队意外失利而怒不可遏的球迷围住了他的小轿车,"一位球迷对我大声吼道:'谁好?中国,还是中国香港?答错了我宰了你!'"……他还报道,"这批闹事分子主要是年轻人,他们开始砸汽车,大声嚷:'外国人!外国人!'"

像"五一九"这样一种突发事件,抢先发出的头一条消息往往具有无形的权威性。

第二天,5月20日,中国香港报纸纷纷在头版报道这一事件,若干报纸突出了安东尼·巴克带头强调的所谓中国人的"排外意识"。《东方时报》在报道中这样描绘当晚的场面:"数以千计的球迷麋集北京工人体育场附近街道,高呼反外国口号,阻截外国人汽车和袭击在车上的外国人。"同日,台湾国民党"中央社"从香港发出电讯,幸灾乐祸地引用"香港某些球迷"的话说:"他们……对中共输球后昨晚北平发生的排外暴乱事件,表示震惊……他们发现中共在心理上无法承受败给香港队,而导致引发排外暴乱……因此他们对香港前途的忧虑,也更加深。"

其实,足球狂热所引起的脱轨行为,近几年在北京多次出现,如1981年10月18日中国—科威特一役,中国足球队三比〇获胜后,便有球迷截哄外国人小轿车;同年11月12日中国足球队胜沙特阿拉伯后,一些球迷拥向天安门广场,爬到受阻的公共汽车车顶,在上面狂呼乱舞,并从公共汽车的车顶上往小卧车的车顶上跳,使这两辆车的车顶被踩瘪;1983年7月1日中国足球队负于西德曼海姆队后,一些球迷朝客方队员乱扔东西,并在场外阻止外国人乘坐的车辆开动。但是1985年的"五一九"事件,不仅中国香港和海外在第二天大表震惊,我国自己也极度重视。5月20日新华社电讯在历数了一帮"害群之马"在场内掷物哄闹、到场外任意毁坏公共设施和财物的错误行为后,用这样的语气说:"更为恶劣的是,少数人在工人体育场附近故意拦截外国人的汽车,恣意辱骂……"并报道,有关部门领导人指出:"北京工人体育场发生的这一事件,是新中国成立以来在北京体育比赛中发生的一次最严重的、有损国格的事件,这种愚昧、野蛮的行为与首都的地位极不相称。北京市政法部门将依法严惩肇事者。"

不知道安东尼·巴克在睡醒一觉后,是否感到得意。我们应当相信他那力求客观、公允的报道动机,但至少有一处,巴克先生的报道失真:他说球迷从看台上朝场内掷了西红柿,但事后经中国有关部门细心统计,从容纳八万人的看台掷进场内的物品,共计软包装汽水瓶两千九百九十五个,汽水瓶一百五十六个,面包一百四十三个,半截砖头十三块,苹果十五个。当天西红柿在北京的牌价每市斤超过一元钱,而且并不好买。

从球迷们入场开始,公安部门便开始拘留有问题的人,比赛中已拘留了三十多人,后来在场外的大骚乱中又拘留了九十多人,5月20日新华社正式宣布:"公安部门当场拘留了一百二十七名肇事者。"

5月19日那一天,滑志明本来并不一定要去看足球赛。

头天,下午,他本是非常快乐的。他在上午就完成了当天的定额,下午他在车间里晃了一阵,便跟组长打招呼,要提前"走人"。组长开头给了他几句难听的,可知道他这人一脖子怡油,一股邪气上来,兴许就跟人吵嘴动武,后来便默许了他的早退。他一溜烟地骑车出了厂,直奔澡堂子。工厂有淋浴室,可他怕提前去淋浴让"多管闲事的"指认他的早退。在澡堂子里他痛痛快快地洗浴了一番,把事先带好的一套衣服,从帆布包里取出来换上。出了澡堂子,他骑车直奔王府井大街斜对过儿的正义路。正义路是北京城区绿化得最早的一条林荫道。路当心的一溜绿化区,乔木、灌木、草坪和甬路组成了宜人的风景。

滑志明到那里等他的女朋友。他们约的是下午六点钟见面。他去得太早,才五点五分。

滑志明今年二十六岁,活了这么大,他没一个人散过步。他当然会走路,可不懂得一个人散步。在这林荫道上,既然女朋友一时还来不了,他可以推车散步,也可以锁上车离车散步,可他不会。他把自行车胡乱地一支,找了个座凳一屁股坐下,立刻掏出香烟,一根根地抽了起来。

正义路林荫道上,在头年国庆节前安放了三座雕塑,一座名为"扫街"的清洁女工仿铜雕塑,在这1985年5月初已不知被什么人推倒,碎为三截;另一座名为"调筝"的弹琴女子雕塑,中指已被敲掉,还被人用红圆珠笔在额上点了红点,在脖子上画了项链;再一座名为"学习"的读书姑娘的雕塑,嘴唇被涂成了红色。滑志明就坐在那已被丑化的读书姑娘附近,可是他一点也不懂得仔细去观察周围的景物,所以那姑娘无论是洁白无瑕还是被玷污都引不起他的反应。他只想着他的女朋友小瑛子。

他跟小瑛子是三个月前在电影院里认识的。他们交上朋友以后,他一直在小瑛子面前装出一副"老手"的派头,仿佛他早就用这种法子交过许多朋友。其实他心里清楚,就凭他那个条件,无论是"自由乱爱"还是依靠"红娘",找对象本都是难上加难的。就在"五一九"事件前一周,5月13日的《北京科技报》上的"征婚"栏中,便可以看到如下有代表性的"启事":"她,二十六岁,未婚,身高一米六一,大学毕业。本市某研究所从事技术工作,品貌端正,健康善良,欲求三十岁以下、本市工作、大专以上学历、开朗、正派、一米七以上未婚男青年为伴侣……"别的就甭说了,才一米六一的姑娘,便非一米七以上的小伙子不嫁,难怪像滑志明这号一米六五的小伙子,常常让人戏称为"半残废"了!他这个"半残废"头一回大着胆子交朋友,便交上了个越瞅越可爱的小瑛子。小瑛子也一米六一,并且也"品貌端正,健康善良",可她不仅不挑他的个头,也不挑他的学历……

说来别人不信,滑志明就那么坐着抽烟,待了半个多钟头。他头脑里当然有思维,但也实在称不上什么胡思乱想。小瑛子提前十分钟到了。他们不懂得搞一些小把戏,如故意迟到啦,用一些闪烁的言辞勾起对方的嫉妒心啦,等等。他们实实在在地交朋友。当然,这天他们心里都浮起一个更深层的意识,就是他们已经在认认真真地搞对象了。

小瑛子这天打扮得比以往细心,可滑志明没觉察出来。小瑛子却注意到滑志明穿上了一套以往没露过的浅咖啡色的"撒哈拉式"西服,西服里头是浅蓝色的衬衫,系着一条金红色的条纹领带。小瑛子乐呵呵地腻到了滑志明膀子上,滑志明闻到了一股淡淡的牛奶味儿。小瑛子是乳品公司的涮瓶子工,无论头发上、脸上、身上用了多少种不同香味的化妆品,她身上总突出着一股淡淡的奶香。滑志明爱闻这股味儿,可他没跟她表述过。他不大会表述超出思维表层的内心活动。这自然说明他是个憨人,可他内心里所蕴含的,不也有优美的朦胧诗吗?

他们一块儿推车走出了正义路,在前门东大街南侧的松竹餐厅里吃了饭。滑志明要照例地点满一桌子菜,被小瑛子制止了。滑志明也便没有那样做。小瑛子的这一态度,暗示出她已开始把"他的钱包"看作是"我们的钱包"。滑志明只粗粗拉拉地意识到她更"够哥儿们"。临到他们要一块儿骑车去滑志明家时,滑志明才告诉小瑛子:"今晚上让你乐个够,我请你看录像!"

滑志明的父亲这天下班回家,一进屋就瞧见了一样刺眼的东西,他扬着嗓门问正在厨房里做饭的爱人:"电视机边上那是啥玩意儿?哪儿来的?"

滑志明的母亲忙从厨房里出来,手里还举着油瓶子,因为知道老伴动不动爱犯急,忙掀动着嘴唇快速地解释说:"中午志明弄家来的。是跟他中学同学小猛子借的。小猛子他爸不是到日本工作好几年了吗?带了这玩意儿回来。是放录像的机子。我也跟志明说来着,甭借这个来家,鼓弄坏了赔不起,可他……"

滑志明父亲无名火起,粗暴地打断她说:"不像话!越来越不成样子!你就惯吧!惯吧!……"

厨房里的油锅眼看要出事,滑志明母亲只好暂且冲进去处理。父亲落座到购置不久的意大利式人造革沙发上,抖着手点燃一根香烟。如今满街都在卖法国式的、比利时式的、意大利式的人造革沙发,连奶品店里都摆着一大溜,所以滑志明父亲对这已经见惯的东西,用之心安。但放录机毕竟还很不流行,他恨恨地盯着那扁方的闪闪发光的机体,就仿佛是牧羊人面对着闯入牧场的怪兽。

人的思维活动,有若干个层次。最表面的一层,是感官和知觉对外界事物的肤浅判断与朦胧的好恶;往下,是以具体功利为核心的一些算计;再稍往下,是以往个人经验以及作为群体成员的"集体无意识"的交织与化合。滑志明的思维就常常只具有以上几个层次,总体仍是浅薄的,所以可归于"浅思维"一类。滑志明的父亲自然不止于此,他至少还有如下层次:由个人和个人所处的小社会出发,而达到对大社会的分析评判;由具体的评判而上升为趋于纯理性的思考;由一般分散性、随机性的思考,而跃升为一种哲理水平的思考……这各个层次的思维,往往不是由一层递变为另一层,而是转化为复杂的情感,交融在一起立体推进的。当滑志明父亲坐在那沙发上,眼睛盯着那放录机时,他的思维便立体推进着:放录机外观与性能的双重陌生感,以往听到过的私放黄色录像带的案例,"小猛子他爸"那种知识分子技术干部的入党、提升、出国、获实利,自家作为党政干部的宦囊羞涩与街头"二道贩子"们的得意忘形,"搞活"与"开放"所带来的他所判定的混乱与污染,自己作为党员对目前党中央方针路线的拥护义务与内心疑惑之间的痛苦感,必须严格按党中央目前的方针政策说话行动的高尚的自我党性约束所带来的神圣感,又伴随着连爱人、子女的思想也不能加以划一的痛苦感……这一切搅和在一起,起着化学反应,使他生理上血压升高,心理上失去平衡,感情上一触即发。因此,当儿子大大咧咧地回到家来,并且出乎父亲意料地带来个如同放录机一般陌生的女朋友——这事态一呈现于他的眼前,他便冲着儿子劈头盖脸地发作起来。

父子冲突的情景读者当可想象,这里从略。母亲自然是这一冲突中不可或缺的润滑剂。小瑛子看在"伯母"的面上,没有立刻离去。可小瑛子确实很伤心。她不理解滑志明为什么事先竟没通知父亲一声,她今天是头一回走进这个家门。父亲对儿子的一番训斥,她几乎一句也记不住,但总体印象却使她受到一次强刺激——原来滑志明在家里这么没有派份儿。当母亲把儿子和儿子的女朋友劝进儿子的那间小屋以后,忙掩上屋门,殚精竭虑来对付老伴:劝他吃饭,扶他到卧室休息,给他沏茶,为他温洗脚水,顺着他叨唠一阵儿子,最后再相机进言:"敢情志明交上朋友了,瞅着还不错嘛……志明这么个学历,这么个工作,这么个个头,这么个脾气,能交上就不错……干吗让人家一进门就赶上一顿熊呢?……"滑志明和小瑛子对坐在那间小屋里,滑志明光是闷头吸烟,小瑛子光是胡乱地翻一本盗印得很粗糙的《冰川天女传》。滑志明竟不懂得表达他的心思,也不懂得向小瑛子贡献必要的解释。后来小瑛子就走了。当淡淡的牛奶味完全消失以后,滑志明才想起来他也没跟小瑛子约定下回见面的时间和地点。

滑家的单元里安静了好一阵。母亲本是每晚必看电视的,这晚却回避了。九点多钟,滑志明蓬着头发踅出了他的屋,来到过厅。他家的电视机搁在过厅里。滑志明决定放录像看看,解解心中的郁闷。他还没有一个人摆弄过放录机。他不记得他是怎么按键的了,反正无论他怎么放小猛子借他的那盘香港武打片录像带,电视机屏幕上总是一些空白。"他妈的!骗人!"他骂着小猛子,结束了放像的尝试。后来他就去睡觉。他并没有失眠。

第二天,即5月19日这个将使他终生难忘的日子,一大早他便去小猛子家,还回放录机和录像带。他自然率先谴责了小猛子的不义,但小猛子比他更气急败坏——对方判定是因为他不会用机子,按错了键,将原来有像的录像带洗成了白带子!而那录像带又是小猛子向别人转借来的。滑志明愣了。他不记得自己当时都按了哪些键,他不立足为自己辩护。他觉得自己太不走运,太亏,但他没冲小猛子发作,他问:"赔,得多少钱?"小猛子告诉他得一百五十块。他二话没说,离开小猛子家,回家从自己屋里取出一百八十块钱,又赶到小猛子家,痛痛快快地递给了小猛子一百五十块。兜里揣着三十块,他没再回家,他骑着车满城乱转悠。

我们从旁分析,可以认准他是要把窝在心里的浊气,找个渠道发泄。可滑志明自己没有这样一种自觉意识。他只是不想回家,他知道小瑛子家在哪儿,但他既然从未迈进过那个门槛(本来小瑛子跟他说好,下星期六晚上带他去的),他也没有硬闯的想法。他只决定熬过这个星期天,第二天往小瑛子单位里打电话。他不想一个人去公园,前面说过,他不会欣赏自然风景。中国美术馆正同时举办着几种美术展览,他也打那门口路过了,但他甚至都没有注意门口那些广告上宣布着什么展览正在举行。他有点想跳舞(只是有点,因为他个子矮,他知道腿长身材好的人跳舞才显得帅),但哪里有跳舞的场所呢?下饭馆,叫一桌子菜,喝两升啤酒,剩下一多半菜,然后扬长而去,曾是他的一种享乐方式。但自从有了小瑛子以后,他回过头去一想,也真没劲。那么只有看电影。美国立体片《枪手哈特》已经看过两回,不想再看。国产片《代号213》让他不称心,值当花三毛钱进电影院吗?他想找个地方玩玩电子游戏机,但想了半天,似乎只有中山公园里头才有;他已经骑车遛到了东单,也没兴致再回头往西骑。攘攘京城,竟没有一个能让滑志明顺顺溜溜排遣郁闷的去处!当他茫茫然骑过了建国门以后,他路过了国际俱乐部,路过了友谊商店,又路过了建国饭店和京伦饭店,他产生了一些浅浅的思维,他知道像他这样的中国人是不允许进这些地方的。他想到了外币兑换券,想到了前些日子他跟小瑛子逛西单商场地下室的售货部,那里有外币兑换券专柜。他俩在一下楼梯的地方就遇上了一位"倒爷",是专门倒腾兑换券的,那家伙下巴颏好尖,个头倒准在一米七以上,一见他俩就睐着眼说暗语,手上比画着兑换券和人民币的差价,他理也没理就带着小瑛子绕了进去。他开了眼,可他没那个购买力……他还想到了电视上见着的长城饭店,想到了小猛子的话:"人家广州只要你有钱,什么地方都让进!"想到了有一回偶然从人家手里一张《羊城晚报》上看到的大广告:"中国大酒店隆重贡献,张德兰演唱会……届时并有霹雳舞蹈团助演,轻歌曼舞,精彩万分,每位只收￥25及￥30……"记得当时人家跟他解释了那"羊犄角"是什么意思,可现在他仍旧搞不清……他骑过了那些地方,这样的思维也就差不多结束了。当他骑到大北窑附近时,因为街边上尽是个体摊贩,使慢车道上出现了许多慌忙去往的行人,不知怎么的他自行车的前轱辘碰了一个四五十岁的男人,那男人当即扭过头来,满脸厌恶,冲着他说:"你文明点不行吗?!"他千真万确没跟那人干仗,他下了车,没说道歉的话,可没吱声,这不就意味着他认头吗?可不知谁的自行车前轱辘又撞了他那自行车的后轱辘,他却本能地扭过头去,也没把那人看清,便瞪圆眼睛嚷:"你长眼了吗?"那人是个岁数跟他不相上下的小伙子,两人当即吵了起来,一句比一句难听,可没吵大发。滑志明不记得有没有人劝,也不记得他都吵了些什么,单知道他已经拐到三环路上的时候,心绪坏得不能再坏。

针对"五一九"中国北京的"足球骚乱",英国《每日镜报》5月21日发表评论《乱扔砖头》,以猜测的口吻判断说:"这些足球迷是不是六十年代在中国的'文化大革命'中采取暴烈行动的红卫兵中感到失望的一部分人?"这是很有代表性的一种估计。

应当提醒一下世人,"文化大革命"是1966年爆发的,其大规模呈现暴烈行动的年份是头三年,当时的红卫兵的主要成分是高中生和大学生,年龄在十七岁至二十三岁左右,到1985年,他们应当都是三十六岁至四十一岁的人了。但"五一九"事件中所拘留的一百二十七个"肇事分子"中,最大的才三十五岁,而且过三十岁的仅仅数人,绝大多数是十五岁至二十五岁左右的小青年,他们或者"文化大革命"爆发时尚未出生,或者当时仅处幼年阶段,所以绝非"六十年代……采取暴烈行动的红卫兵中感到失望的一部分人"。

对"五一九"事件进行主观猜测的窃窃私议也出现于国内,首先出现于北京,而且,特别耐人寻味的是更多地出现于并不迷恋足球,也几乎从不到球场去的中老年人,其中不乏若干国家干部。"是不是与调价有关?"众所周知,5月10日起北京市开始对若干副食品实行上升的调价措施,这自然对所有消费者的心理都有一定的冲击,但其冲击度,大体上是与年龄成正比的,"五一九"事件中被拘留的一百二十七人中,已结婚成家的才不过几人,绝大部分甚至还没有对象乃至还不懂得恋爱,他们绝大部分人都还没有独立开伙生活,他们当中许多人甚至从未去买过肉、鱼或蔬菜,他们中已参加工作的薪金虽然很低,奖金也不算太高,但因为一般都在家中白住白吃,所以他们手里并不缺少钱花,而他们的消费习惯与老一辈大不相同,他们更多的是考虑那东西可爱不可爱,而不大计较那东西是否便宜。总之,很难找到有说服力的事例,来证明"五一九"事件的爆发含有某种反现行物价政策的政治色彩。

滑志明当晚去工人体育场看了那场足球。这倒并非纯属偶然。他本是喜好观看球类比赛的。对于这第十届世界杯足球赛亚洲区预赛东区第二大组第一小组的比赛,他之所以没有像以往那样热心地去搞票,原因之一,是他现在有了小瑛子,而小瑛子并不喜好看球赛;原因之二,是他觉得这回的分组,等于是白让中国队出线,没那么大看头。但当他在光华路的凤凰餐厅吃完饭,蹬车赶到工人体育场,并且用两块钱买到一张六毛钱的"退票"时,他心里还是挺高兴。国家队只要跟中国香港队踢平,就稳能出线,而香港队从未踢赢过国家队,今儿个晚上,占着天时、地利、人和,国家队不猛灌香港队球门一气才怪!滑志明挤进满满腾腾的看台,把自己放定,他看见远近一些看台上,球迷们展示着自己制作的横幅标语,有"中国必胜!进军墨西哥!",有"天津球迷进京助威",有"古仔加油进球!"(他愣了一下神,明白过来"古仔"说的是古广明),忽然全场气氛更加活跃,原来二台那边有人展开了一个自制记分牌,上头写着:"中国:香港,2∶0"……他觉得胸膛里松快多了,他只等着国家队出场,通过一次次射网入门,帮他把应当发泄出去的淤气发泄出去……

坐在滑志明右边的,是个花白头发的球迷,他是最地道的球迷。地道不地道的标志,不在是否每场都到场助战,而在是否时时去龙潭湖畔的国家足球队训练场观看心爱的队员们练球。这位球迷是只要时间允许,一准去看的。类似他这样的超级球迷北京大约有二三百人。他们常常是不等国家队的球员们到来,便提前到训练场外的铁丝网旁集中;待国家队开始练球的时候,他们便聚精会神地一饱眼福;国家队已经撤了,球场已经空了,他们有时还站在那铁丝网外,恋恋不舍地议论个没完。他们的心情,恰似有着一个即将参加升学考试的孩子的父母,随时想给这孩子煎两个荷包蛋,或催服一些花粉健美酥,在凝视孩子备考温书的过程中,获得一种慰藉,得到一种乐趣。不消说"五一九"这天他们是全数到齐了。滑志明右边这位,东西带得真全:袖珍半导体、高倍望远镜、自动折叠伞和最新一期的《足球》报。球赛开始以后,他始终边看、边听、边自言自语。坐在滑志明左边的,看样子是个中学生,他的屁股仿佛是个橄榄,要么不时地站起来,要么坐着左右摇晃,可他不招人讨厌,因为他舍得把折叠望远镜借给滑志明,并且时不时拿起一个花花绿绿的玩具小喇叭,鼓圆了腮帮子吹出一串子"嘟嘟嘟"的声音给国家队助兴。滑志明前头的一个小伙子,用手帕裹着两只鸽子,他是只等着国家队一胜,便要把鸽子撒出去庆贺的。

整场比赛的过程中,滑志明并没有什么出格的行为。他只不过好比一滴水,汇入了奔腾激荡的潮流。因为场上出现的场面,竟越来越出于几乎所有球迷的意料之外,那巨大的心理落差,便酿成了一种比以往任何比赛更狂乱的"集体无意识"。呼啸声竟一秒钟也不曾停息,没有人指挥,但几万人一齐跺脚;当开场十八分钟香港队往国家队网窝中罚入一球时,狂乱的浪潮奇妙地凝滞了一阵,仿佛"台风眼"过境;当踢到三十二分钟国家队赢回一球,喧嚣的狂乱却掀起了一个超前的高潮,美联社在翌日的电讯中概括说:"每当香港队控制球的时候,就会出现粗暴的球风和球迷们大声的嘘叫。"当时不仅是狂乱的球迷,也不仅是场边的教练和场内的球员,甚至连维持球场秩序的一些民警,也都体现出一种超级的争强求胜心理,就是不仅不允许国家队输,也不允许只是踢平,而必须得大胜,并且要立即大胜,因此即使是让香港队员暂时地控制了一会儿球,也认为是奇耻大辱。形成这种心态,与我们一贯对体育比赛的宣传报道过分"国格化"有关,赢了,破纪录了,便是"中华腾飞";输了,成绩差了,虽不明说,但总似乎便是"国耻"。朱建华在奥运会上面对着横竿,心理上坠着的正是这种沉重的负担,千万个盯着电视屏幕等待他起跳的同胞,也都把他的一跃视为不是兴邦便是丧邦,结果他反而发挥不出水平。"五一九"事件中,八万名观众和国家队的这种"集体无意识"的心理倾斜,使我方越踢越不成形,下半时第六十分钟,香港队再次破门得分,本来憋着终场后大肆欢庆的球迷们陡然失却了心理平衡,他们以更其狂乱的喧嚣使球场成为一锅几乎要腾起烈焰的沸油。偏偏天公又来添乱,泻下一场阵雨,少数没带伞的球迷心烦意乱地往有天棚的看台上方移动,多数球迷怒气冲冲地任凭雨丝浇淋,更有那激动中脱成光膀子的球迷,在雨中狂舞胳膊喊红了眼。最后十五分钟国家队完全没了章法,回天无术,以1∶2败北。终场时,所有观众霍地站了起来,有如壁立的凝固的怒涛。滑志明右边的老球迷泪流满面,左边的中学生早踩瘪了喇叭,前头的小伙子气急败坏地扯断了鸽子的尾巴,把鸽子扔了出去,可怜的鸽子流着血飞走,一些尾羽被甩到了滑志明脸上,这时候有许多塑料汽水瓶从他们头上飞过,掷入场内。

香港队的获胜,使他们自己陷于一种忘记外在环境的痴狂,国家队终场后固然没有去同他们握手(这一细节被某些外电一再强调),说实在的,香港队当时也并未顾及这一应有的礼仪。他们先是泪汗齐流地互相狂拥乱跳,后来又同拥进场来的一些队友、随员及记者忘形地欢呼胜利。他们不断改变着排列组合拍照留念,闪光灯如只只傲眼睒动,这一连串细节捶击着几万名观众的心,看台上那"壁立的凝固的怒涛"开始将积蓄的势能释放出来,请想象一下高耸的浪峰卷扑下来的情景!

几万人的情绪浪潮朝几个方向流动。以上述"地地道道的球迷"为核心的一股人流拥向国家队的退场口,他们是一支悲壮的队伍,为首的几个人据说有的鬓发已然苍白,他们哽咽着向阻拦他们的民警恳求,要国家队教练曾雪麟出来"回答他们的问题"。这股人流的核心都是些纯净的文明球迷,但越处于这股人流外围的看热闹者越盲目,他们看到民警在劝导前面的人退场,于是出于一种反驯服的心理(他们觉得自己的情绪是正义的,并且前面的人一定是为正义冲锋陷阵的勇士),便发出一片"噢噢噢"的起哄声。本来国家队退场时已有无数塑料汽水瓶掷向他们,这时也有个别狂热分子以为国家队的人已出来答话,便补掷着东西,也不知是谁带的头,这一群体的平均素质使他们齐声以最不堪入耳的呼叫发泄出他们的愤懑:"国家队,×××!曾雪麟,×××!"另一股盲动的人流,主要把狂怒发泄到香港队身上,当香港队在绿茵场上狂喜过后,准备退场时才发现,他们已处于"飞矢阵"的包围之中,于是保护他们的工作人员便带领他们取道主席台旁的台口退场,也不知他们手中怎么都有了一把雨伞,他们以伞为盾,突围了两次才撤入休息室。工作人员原以为主席台旁可以避开"飞矢",因为主席台后的十七、十八、十九看台的票不是任球迷自由购买,而坐的都是"有组织的观众",但偏偏那天唯一的"流血事件"便出现于兹。一只玻璃汽水瓶从十七台上掷下,恰中港队球员张家平,他举手一挡,唇边和手指均被划破。再一种心理冲力直截了当地针对着现场维持秩序的民警,民警们本是准备对付因胜利而爆发的狂欢中所出现的问题的,没想到最后所面临的却是因惨败而狂怒的浪潮。这就使他们疏散人群的工作更加困难。心里蹿着火苗、冒着浓烟的球迷们一边拥向场外一边跟民警起哄,于是首先发生了失却理智的球迷砸碎体育场出口旁窗玻璃的事态。

"五一九"事件既单纯又复杂,既复杂也单纯。单纯,在于这是一种超国家、超民族、超政治、超道德的全人类共有的竞赛狂热的大发作。复杂,在于它其中又糅杂着我们中华民族特有的心理沉淀,我们近三十年来政治经济变动的心理投影,我们因"文化大革命"而造成的一代人文化教养的惊人低落,我们社会生活中所提供的情绪发泄渠道的贫乏,我们实行开放政策所诱发出的个性解放的热浪,以及对这种势头缺乏分析研究所派生的简单化的逆向压抑,等等。

当滑志明以一种不由己,并且也不自知的狂声起哄的状态随人流拥出体育场以后,扑面而来的夜风使他稍微清醒了一些。他听到了砸玻璃的声音,听到了民警跑步的声音。然而最使他感到意外,并将他情绪催化得更为复杂的,是从靠近体育场北门一带所传来的一阵阵激昂的歌声。唱的是什么?是《国际歌》!还有《咱们工人有力量》!

滑志明在那旋律被扭曲、然而十分狂放的歌声中顿感胸中的积郁车轮般旋转起来,他想到了录像带、一百五十块钱、小猛子的嘴脸、父亲的一双眼睛、小瑛子满脸的不自在。啊呀,他才猛地意识到,小瑛子昨晚来会他时,耳垂上吊着两个白颜色的水滴形耳坠。他联想到白色的牛乳,淡淡的乳香,他痛切地感觉到他真是太亏了。他眼前又浮现出球场上国家队的"臭大粪"表现,李华筠、赵达裕光知道一个劲地长传吊冲,"古仔"的脚丫子也不知道为什么没了灵气儿。他又想起刚才香港队的狂劲儿,想到他们准有外币兑换券,想到西单商场里的尖下颏"倒爷",想到建国饭店和京伦饭店不让他进,想到透过两家饭店的大玻璃窗,可以依稀瞥见里头豪华的吊灯和餐桌,以及穿大开衩旗袍的女服务员的身影;他把自己和小瑛子试着搁进玻璃窗里,又懊丧地把想象中的图景抹掉。这样,不知不觉中,他已经走出了工人体育场的铁栅栏墙,并且迷迷瞪瞪地过了马路,接近了北三里屯的丁字路口……

"五一九"事件究竟是不是一次"排外暴乱"事件?球迷们对香港队的"飞矢袭击"是否预示着香港前途的暗淡?香港《信报》判定这是一次"义和团精神的发作",有没有道理?

"五一九"事件中确实存在着针对香港人和外国人的冲击波,有一位外国使馆官员说,当他坐进小轿车以后,他感到处于一种不是被狂暴的人群揪出来打死,便是疯狂地开车冲出人群将个别人轧死的局面。结果他做出了第二种抉择,人群都闪避开了,他也安然无恙;有一位外国驻华记者说不仅他本人在被拦截后受到侮辱,他随车的小女儿也遭到粗鲁的威吓;有数名外国驻华人员到外交部提出抗议。但据最后统计,并没有任何一辆外国人或香港客的小轿车被推翻或丧失启动能力,被不同程度砸碎风挡玻璃、砸凹车门车壳、造成掉漆或唾上痰迹的外国人汽车,最保守的数字是九辆,最充分的数字是二十五辆。

其实在被用来出气的东西中,占最大比例的是"完全国货",工人体育场门外沿街的几十个垃圾箱几乎统统被推倒(但扶起来后可照样使用),一座交通警岗亭的挡风玻璃被砸,停在体育场外等着疏散观众的十多辆公共汽车的窗玻璃被砸,除了处于"圆心"的体育场窗玻璃被砸外,冲击波的半径至少达到一公里以外的二环路东四十条地铁站,那里的窗玻璃也惨遭砸击。在民警现场疏导失态的球迷和拘捕肇事者时,有人在抗拒中踢打了民警,但没有任何球迷或民警需要进医院治疗,除了港队英雄张家平唇指被碎玻璃割破外,任何外国人或港澳同胞都没有受伤,而张家平的伤口除了涂之以红汞外,似乎也用不着更复杂的治疗。

据说,至少有一名年老的外国人在小轿车中因眼前的事态而惊厥。这当然值得整个中国向他致歉,但第二天以后,中国人自己对这一事件所上的"纲",使无数的中国人,首先是青年人,心理上承受着难以言喻的沉重压力。传说有的单位已要求凡当晚去看过这场球赛的人逐一登记。又传说无论看没看过球赛,每个人都必得卷入一场由此而生发的教育运动,得坐在板凳上为此而开会表态,谴责"害群之马"并保证自己遵法守纪。又传说今后看球不能再自由购票入场,而实行由单位领导签押负责、挑选文明观众逐片承包的方式组织观看。不消说,也有这样的传言:这回对肇事的"害群之马"必得从严从重从快惩治,并将被拘留的一百二十七人全部吊销北京户口、遣送青海……幸好,此后的事实证明,我们的有关部门毕竟渐渐学会了依据法律理智地、妥善地处理这一闹事。这样,后面的相当冲动的传言也就变成了"谣言"了。

还是那位路透社记者巴克先生,同他二十四小时以前率先发出"排外"惊呼一样,5月20日晚他又率先清醒过来,抢先发出这样的电讯:"一位英国外交官不完全相信有任何特别的同香港对立的情绪。他说:'不管是谁,只要是中国人,对于不能参加世界杯比赛都会感到失望的。'"

中国方面在对被拘留的一百二十七个肇事者的审查中,开头自然将"拦截外国人汽车哄闹"作为重点,但几乎没有一个人承认自己做过这样的事,而拘留他们时的证据也几乎都不是这一条,大多数是因投掷两毛钱一个的塑料汽水瓶(其实应称为汽水管)而被当场拘留的,有的仅仅是因为向场内投掷了硬纸叠成的"飞镖"(纸飞机),或在狂热的激情中直到最后也哄嚷着不肯离开体育场外的空地,因而落网。

隔了一天,5月21日,香港一些报纸在评论中开始发出较为冷静的议论,《明报》认为:"球迷闹事,在世界各地经常发生……这种骚动与那个地区整个社会的精神文明,并无多大关联。在任何大城市,都有一些人缺乏修养,情绪不稳定,理智不坚强。"《华侨日报》认为:"球迷骚动原是个人冲激的行动,根本与所谓文明礼貌无关,如果说这件事损害了北京市民之形象,未免'无中生有,小题大做'了。"

据悉,在一百二十七个被拘留的肇事者中,确乎难以坐实哪一个是巴克先生头一次电讯中所描绘的那种"排外暴徒",他们当中被认为罪行最严重的一例,是用石块投掷了满载着增补的民警的卡车;另一例是参与了推翻一辆中国出租汽车的行动,而在全部"五一九"事件中,查实被推翻(从侧面推至横立)的小轿车,也仅此一辆。

滑志明本已脱离体育场那狂热的旋涡中心,他的个人命运,本不至于有一次酸辛的沉沦,但他突然意识到他忘记了取自行车,并且所走的方向也不对头,他胸中更觉憋闷。正在这时,那丁字路口偏有一簇从旋涡中心甩出来的狂浪,在那里肆意翻卷。犹如地下奔腾的岩浆,在苦闷的冲撞中遇到了一个合适的喷发口,滑志明本能地跑拢去,加入了那一簇"恶之花"。

那一群大约有二三十个左右,全是跟滑志明岁数差不多的小伙子,他们在那里是彻头彻尾地寻衅滋事,每驶过来一辆出租车,他们便哄闹着加以拦截。事后在预审员一再追问下,滑志明勉强回忆出,闹事的人群中有一个瘦高个儿,嚷叫过这么几句话:"咱们他妈的花高价看了场窝囊球,他们他妈的一晚上干挣几百块,打丫头养的!"由此可以分析出,这个闹事群体的"集体无意识"与其说凝聚在"排外"上,不如说凝聚在对时下某些捞"外快"捞得多的人的嫉恨心理上。

一辆出租汽车驶过来,他们一哄而上,截住了,司机从车上跳下来,拱手求饶:"哥儿们,哥儿们,让我走吧,我还有任务,真误不起……"

他们也就放他走了。

又一辆出租汽车驶过来了,他们又一哄而上,车被迫煞住了,司机从车门里伸出头来,哀告说:"我说哥儿们,甭跟我过不去成不成?车里还有客人哩,出了事我可惨啦,我担待不起不是?……"

他们有的用拳头捶车门,有的用脚踢后备厢,有的朝车上啐痰。滑志明这时仍未上手,他只在一旁拼命地嗷嗷乱叫。乱了一阵,这辆车他们也放行了。

据事后回忆,滑志明确实不记得他自己和别的闹事者特意地选择了有外国人或港澳同胞乘坐的车来拦截;他们的心态,确实有别于八十五年前的"义和拳"。"义和拳"确确实实是"排外"的,如当年"义和拳"的咒语:"天灵灵,地灵灵,奉请祖师来显灵,一请唐僧猪八戒,二请沙僧孙悟空,三请二郎来显圣,四请马超黄汉升,五请济癫我佛祖,六请江湖柳树精,七请飞镖黄三泰,八请前朝冷于冰,九请华佗来治病,十请托塔天王、金吒、木吒、哪吒三太子,率领天上十万兵……"这显示出团民们根据自己的文化水平调动一切中华传统力量的心态。滑志明他们一伙无领导、无纲领、无组织、无目的、由足球狂热转化而成的哄闹滋事的乌合之众,倘若能呼咒语,或许会这样念念有词:"天灵灵,地灵灵,我们大伙要开心,一请奚秀兰,二请张明敏,三请汪明荃,四请徐小明,五看《霍元甲》,六看《万水千山总是情》,七要牛仔裤,八要迪斯科加'华姿系列化妆品',九要夏普、东芝、日立'家用电',十要铃木、雅马哈加塞扣、西铁城……"他们其实恰恰是香港通俗文化和东洋商业文化的最积极的吸收者;他们之所以在"五一九"那天闹出一些针对外国人或港澳同胞的不雅之事,充其量不过是对外国人或港澳同胞在北京所显示出来的某些特权和优越感,喷发出他们潜意识中回荡、压抑已久的不理解、不谅解、不满与嫉妒而已。

……又来了一辆出租汽车,乳白色的,法国产,"地平线"牌,他们又一哄而上,截住了。司机从车里蹦出来,义正词严地斥责他们:"你们想干什么?你们在这儿闹什么事?……"

"打丫头养的!"不知谁带头嚷了一嗓子,反正并不是滑志明,一些人就拳脚交加地冲那无辜的司机而去。司机迫于无奈,只好暂时弃车而逃……

滑志明仍旧嗷嗷乱叫着,觉得胸中郁积的闷气,泄出了不少。

"把丫头养的车掫起来!"又不知谁嚷了一嗓子,反正也不是滑志明,但滑志明心甘情愿地响应了,他凑拢小轿车的后轮边,把他那双本该让小瑛子紧紧捏着的手,傻乎乎地抠住了护轮壳,在不知什么人那"一、二、三哪"的指挥下,卖力地去掫那辆小轿车;头一回他们没有成功,但第二回小轿车终于被掫得侧立起来。

这时候有一队民警朝着他这个闹事点跑步而来,乌合之众一哄而散。滑志明并没有特别紧张地拔脚而逃,他甚至有点过分悠闲地吁着长气朝马路对面而去。他忽然感到胸中郁积的东西似乎已全数排出,他良心上没有感到什么不安;他没有"前科",所以对民警也没有什么畏惧之心;在一天之中,那一刹那甚至是他最轻松的一刻……

当民警们跑拢那一地段时,其他闹事者早已踪影难辨,但有一位壮汉,突然从侧面抓住了滑志明的手腕子,对着跑拢跟前的民警大声揭发:"他就是个㧅车的!没错儿!"

滑志明这才吃了一惊。他束手就擒。那逮他的同志早在一旁冷眼观察他们那一群的哄闹。他没有看球赛,是个骑车路过当地的国家干部。他有意等到民警们快跑拢时才下手抓住滑志明,这说明他考虑得很周到。当然他得以成功也是因为滑志明并没有浓厚的逃跑意识。出于义愤,也出于对滑志明的凶恶性的过高估计,他解下滑志明的皮带,将滑志明的双手扣到身后捆绑了起来。滑志明被民警带到了临时拘留点,民警们顾不得细顾每一个被频频领入的肇事者,当骚乱全部平息以后,接近凌晨,民警们将拘留的人分批装入汽车,准备运往正式拘留地时,才发现滑志明被皮带反捆了数小时。滑志明被拘后没有表现出任何抗拒,也从未对自己参与㧅车一事进行任何辩解。

两天后他被宣布依法逮捕,鉴于他那确凿无疑、供认不讳的犯罪行为,他将以触犯《中华人民共和国刑法》[①]第一百

---

① 此文指1979年《中华人民共和国刑法》。——编者注

五十七条或第一百六十条刑律而被惩治。

我们似乎总是重视国际舆论远胜于重视国内舆论。香港报纸因为毋庸翻译,外国驻京记者因为常以目击者自居,他们释放出的信息常足以引起我国最大限度的重视。就是外国人(或海外华人、港澳同胞)口头传递的信息,也往往起着非同小可的作用。外国人告诉我们中国有个陈景润,他研究"哥德巴赫猜想"大有成绩,一时间陈景润几乎成了民族英雄;但我们中国包头市有个中学教师陆家羲,他早在1961年就攻克了著名的"寇克曼女生问题",1980年又在"斯坦纳系列"研究中达到世界最先进水平,却因为外国人没有及时跑来告诉我们,我们就任他同年10月默默无闻地在贫病交加中死去。"五一九"事件当夜巴克先生抢先发出的那条突出"排外性"的电讯,就大概在我国有关部门判定该事件是新中国成立以来"最严重的、有辱国格的事件"时起了作用。其实除前面提及的例子外,1981年中国女排在第三届世界杯中先后战胜日本、美国两队后,也曾有上千骑自行车的青年人在天安门广场闹事,并有一批人跑到日、美驻华使馆前呼喊"打倒小日本""打倒美国佬"等口号,当时国内有关部门也向上报告过这些情况,但大约是"国外舆论"对此反应并不强烈,加以女排又是赢球,便没怎么追究。

我们需要更加冷静,需要更加重视国内舆论,尤其需要更加重视一般群众,又尤其需要更加重视一般青年人的直露的或含蓄的、顺耳的或不顺耳的反应。一个民族倘若总是对大多数"中间青年"厌烦,只想驯化他们而不乐意听听他们的意见,这个民族恐怕是要老化的……

香港队回到香港以后,其教练郭家明迅即表态说:"'五一九'当天场内的骚乱并不算大事。这类事在国外更为普遍。球迷们只是对国家队丧失出线机会不满。"而巴克先生所属的路透社已无暇评述中国的"五一九"事件,因为在欧洲的布鲁塞尔,5月29日晚发生了骇人听闻的足球惨剧,骚乱在意大利尤文图斯队与英国利物浦队开赛之前便已开始,两支球队的支持者大打出手,造成三十八人丧生(三十三名意大利人、四名比利时人、一名法国人),一百余人受伤后被送入医院,其中二十人伤势极为严重;赛后一些英国球迷在市中心用饭桌击破一间商店橱窗,抢走价值一千万比利时法郎、十六万美元的珠宝,另有一名英国球迷被人用刀刺伤胃部住院,当警察对狂乱的球迷实行弹压时,一名尤文图斯队球迷竟向警察开枪射击……英国首相撒切尔夫人在出事后急召英国足协主席和秘书长回国,要求他们起码在两年之内不要派球队参加欧洲赛事;英国政府并拨款二十五万英镑给予意大利受害者家属。肇事的球迷,自然要绳之以法,但英国也好,意大利也好,比利时也好,他们似乎都不在乎我们对他们的反应,并且,从首相到平民,似乎也都不认为这样的足球惨剧有损于他们的"国格"……

5月29日,中国足球队暂时解散。

5月30日,国家体委副主任袁伟民和著名运动员郎平、李宁向"五一九"事件中被集中审查的九十多人发表讲话,强调"要发扬我们民族的道德风尚,不要学外国那些不好的东西";同日,在龙潭湖国家队训练场地经常有球迷围观的一侧,砌起了一堵两米多高的围墙,以取代原有的铁丝网。

5月31日,中国足球协会接受了国家队教练曾雪麟的辞职。

6月1日至4日,除少数几个人外,其余被拘留的小青年均被释放。

小瑛子从5月20日就等着滑志明来电话。可是一连几天都没来。5月25日又是个星期六,她憋不住了,中午往滑志明单位里打了个电话,接电话的人用了一种让她受不了的声调:"……你是他谁呀?你是装傻还是真不知道哇?小滑子他让公安局给逮起来啦……就因为'五一九'事件呀,有辱国格嘛!这回他可闹大啦!我们这儿是拍手称快呀,小滑子他总算折进去啦!……"小瑛子只觉得眼前发黑,身子发软。她是在街头的电话亭里打的电话,倚在玻璃墙上闭眼让心跳缓过来一点,她就又给自己单位打了个电话,破天荒地撒谎说自己正在医院里看病,然后她就迷迷瞪瞪地在人行道上漫无目的地直着眼睛朝前走。不知怎么的,最后她来到了正义路林荫道,来到了她常常规定的让滑志明等她的地方。她在一个石凳上坐了下来。她看见一群少先队员正在为那读书的石膏姑娘整容。泪水扑扑簌簌地从她眼里滚落出来。她把耳垂上的水滴形乳白耳坠揪下来攥在手里,攥得紧紧的……

小瑛子不知道公安局把滑志明拘押在了什么地方。她也没有勇气去打听他的下落。她还没把跟滑志明搞对象的事告诉家里。她也不好意思去滑志明家里探问。她更不懂得找律师。她甚至没有一个知心的朋友可以去诉说。她同滑志明一样,属于被"文化大革命"彻底耽搁的一代,他们在大混乱中进入小学,在几乎并不正经上文化课的"教育革命"中度过初中时期,然后他们就待业,就当了工人,就在"浅思维"的水平上迎来了他们的青春。或许他们真是让我们头疼的不文明的一代?可我们难道除了谴责他们、管教他们、责罚他们,就不该扪心自问,我们是不是也欠了他们一些什么?比如说,足够的理解与谅解、关怀与爱?

小瑛子拿不到医生开的假条。她因事假而丧失了五月份的奖金。进入6月了,小瑛子破天荒地注意看报,搜索与"五一九"事件有关的消息。她总是跑到王府井大街上的报栏去看,看完走到正义路林荫路上去坐着。她还是没决心去探监,没决心去滑家,也没决心把这事跟父母或什么亲近的人说。但是她下决心默默地等待。她变得常常咬住下嘴唇,呈现出一种悲愁与坚毅相交融的异样表情。

事到如今,我们无妨反过来想想,倘若5月19日那天球赛结束,看台上的中国观众都心平气和地为"双方的精彩表演"鼓掌,然后极有秩序地、迅速地鱼贯而出,并纷纷微笑着各自回家,全世界和我们自己,对我们这个民族该做出怎样的评价呢?

1985年6月6日写于北京垂杨柳

公共汽车咏叹调

都会的血液。

气恼。凡是公共汽车的乘客都难免气恼。

死等,死不来车。终于来车,轰隆隆从站前一掠而过。动不动竖起"区间""快车"的小牌子。好容易跑拢车门,偏"咣当"猛然关上。总算挤了上去,售票员从后面推你搡你,就仿佛对付一袋土豆。来劲儿时,查票近于刁难,没劲头时,你要买票他还懒得卖给你……

终点站上,停着好多辆车。为什么一辆也不发?

淤成一团的乘客个个心急火燎。

站上有间小屋,是车队的调度室。一位乘客闯进去,质问道:"怎么还不发车?"

没有人理他。

调度员拉长着脸,在一张表格上填写着什么。几个也不知是司机还是售票员的年轻人坐在长椅上,管自互相聊天。

那乘客提高嗓门,再问一次。

几个声音同时响起:"你等着去呗!""现在没车!"

终于有一辆车开拢站前。人们争先恐后地往上挤。

忽听售票员宣布:"西单不停!去西单的甭上!"

西单是大站,为什么不停?

乱哄哄。有人想退下去,再等一趟西单停的,但游移之中,车已启动。

车驶出站后,乘客们开始纷纷呼吁:"西单干吗不停?""我们都去西单!""快车也得快得有道理,西单不停算怎么回事?"

前面那位烫发描眉的售票员撇着嘴说:"甭跟我嚷,你们跟司机说去!"

真有几个人去跟司机说。或恳求的口吻,或激动的语气。

原来快车省停有一定的随机性。调度员的安排并非圣旨。

司机嚷了一声:"一站西单啦!"

售票员便也呼应了一声:"头站西单!"

车有十七米长,分前后两截,塞得满满的,有人没听见,有人没听清,有人没听。

调度员对乘客闯入调度室大声质问早已习惯。

她懒得回答。甚至懒得抬眼望一下质问者的模样。

小小的调度室,是乘客们所不了解的另一世界。

调度室的一面墙上,是木制的大幅人事调配表。车队的每个成员都有一个木牌,名字写在木牌上。木牌按出勤安排,挂到大表上。总有若干木牌被另挂在一侧,那是病假和缺勤栏。

是的,难怪乘客们眼睛出火——站里明明有车,为什么不发?

非高峰时间,只出一半的车。停驶车的司机下班回家了,车没人开,自然不能发出去。高峰期也可能有车停在那儿开不了,因为司机出勤不足。

出勤不足,这是调度员管不了的事。

调度员打着哈欠,填写着表格。表格上有一栏是"正点率"。她尽在那一格里打叉叉。

车行不能正点,怪路;有的马路至今还是清朝走轿子的宽度。怪车多;如今北京机动车已达三十万辆,自行车已过五百万辆。怪红灯。怪事故。怪预料不到的种种情况。

谁了解一个调度员的工作?她连续工作二十四个小时,然后再连续休息二十四个小时,这叫"隔日勤"。车队除了调度室,还有几间活动房,其中有一间是收了末班车后,给调度员睡觉的,行话叫"住站"。

因为路上受阻,那一头终点站的车开不过来。半天不来,一来一串。她能让那一串车再像糖葫芦般地开出去么?她得让那些车甩开距离,所以得发"快车",得发"区间"。她自有她的道理,所以她对质问者拉长着脸。她让那辆车西单不停,为的是让它快些开往东单,好缓和东单站的淤积形势。

她将另调一辆车空驶西单,装走西单站上所有焦躁的乘客。

乘客天天不理解。她天天这么干。

"也不知那些调度是怎么搞的?!"乘客们常常怨恨地说。

至少这个调度员蒙受着一定的冤屈。她不是故意要让乘客们难受。她已经结婚。她同婆婆有矛盾。她的孩子有点佝偻症。她爱人在工厂里跟车间主任关系搞不好。她还没买上洗衣机。她身上穿的那件格子呢的外套不慎掉上了一个大油点。听说有一种"洗油净"特灵。她还没有买到,她还很想买一双白颜色的坡跟皮鞋。头发刺痒,该洗头了。她很想买一套"华姿系列化妆品"。可是谁愿意知道她这一切呢?

"你们是怎么搞的?怎么还不发车?"

她眼皮也不抬。她填着那张表。

那辆车在西单停靠了。

许多乘客如释重负地拥下车去。许多乘客如获至宝地拥上车来。

可车没开。

有两个小伙子,是从车上下来的。他们气冲冲绕过车头,闯到驾驶室边,一个拽开门就骂:"你他妈的工会大楼干吗不停?!"一个竟伸出手去要拽司机:"有你这么开车的吗?!你下来!"

工会大楼是前一站。发车时本是说工会大楼停西单不停的。

司机韩冬生原以为自己是做好事,没想到遭到这样的突然袭击。

韩冬生个子不高,但精壮茁实。他眉眼粗,汗毛重,一望也不是个好惹的。

他顿时火冒三丈。大家伙一个劲儿嚷:"西单停!""西单停!"他才前一站不停停西单的。他心想你们非工会大楼下车干吗刚才不嚷嚷?真是谁心善谁吃亏。他觉着自己真是亏透了。前一阵大北窑那儿修路,车堵得厉害,车一停能停半拉钟头。常有忍耐不住的乘客跑过来求他:"师傅,开门让我们下吧!"不在站上不能开门,这是制度。他本可以置之不理。可他心软,好几次都把门开了,让想下去的下去。这回他又心软,"我们都到西单下!"一片嚷声,他本是将就大家伙,没想到倒惹出了麻烦来。"瞧这二位那个横劲,怎么着?找碴儿打架吗?"他满脸溅朱地指着他们叫嚷起来,"你们想怎么着?嘿你们要敢拽我你就直拽,这车我今儿个还真不开了,车撂这儿开不了你们负责!"

底下两个小伙子倒没真拽,但跳着脚骂个没完。

韩冬生气得浑身哆嗦。他转过身来,朝着车厢呼喊:"嘿你们说说,是不是刚才车上都嚷着要我西单停车?!你们给证明证明!"

只有前面的售票员夏小丽呼应他:"可不是吗!都嚷着要西单停,真西单停了又来捣乱!"

车上的乘客竟没有一个应声做证的。

韩冬生大受刺激。他又转身冲着车下的二位对吵起来。

他甚至想跳下去同他们扭打一番。

西单站那里形成了淤塞。后面来车了,因为这车堵着,开不动。很快淤上了一长串。十字路口的交通民警一时顾不上这里,一边指挥着车辆一边干着急。一些过往的行人驻足围观。一些骑自行车的人停车围观。

这里是西长安街。前面就是电报大楼。街上挂着一串串小彩旗。街心车如流水。

事情还在恶性发展。

车上的乘客没有应声做证。

这并不奇怪。

嚷嚷着要西单下车的,早已都下去了。

听见了"西单下!""停西单!"嚷声,尚未下车的乘客,一时还没有反应过来。这类事,实在并非罕见。能不介入就不要介入。

车上主要是些才从西单站拥上的乘客。他们感到不快,可对事情的来龙去脉实在摸不着头脑。只好皱眉忍耐着。

交通警走过来了。还有治安联防的人员。

车下两个寻衅的小伙子走开了。

韩冬生还是不开车。他豁出去了。他冲车厢里嚷:"这车不开了!下车!都下去!"

交通警走拢车前。问韩冬生怎么回事儿。

韩冬生气咻咻地望着两个挑衅者消失的地方,赌气地说:"你们逮不着流氓你们就罚我吧!今儿个我还真不干了!"他掏出印着红一、黄二、蓝三、绿四的一叠"北京市机动车驾驶员违章记录证"来,一下子递到交通警手里。

那本是他胸兜中最宝贵的东西,最怕被交通警缴去的。

交通警很冷静,把四张卡片都还给了韩冬生,对他说:"你先把车开走吧!"

韩冬生把胳膊抱在胸前,两眼直愣愣地望着电报大楼的大钟,梗着脖子宣布:"我这车出毛病了,开不了了!"

交通警见一时解决不了他的问题,便先去疏导淤在这车后面的其他车辆。治安联防的人员劝散了围观的人们。原先被韩冬生这辆车挡住的车陆续绕过它开了出去。

韩冬生再次转身对着车厢里嚷:"这车坏了,不走了! 下车! 都下去!"

有十多个人下去了,多数人不动。特别是坐在座位上的人。挤车而能得到座位,难。哪怕这座位即将作废,他们也舍不得放弃。再说他们等待惯了。许多原来不能实现的事通过耐心等待都能等到。还有一些人从开着的门朝上登。夏小丽对他们尖声嚷着:"不走了不走了,下去下去!"可仍有人坚持登车。他们觉得无论如何先登上去总是好的,下一辆什么时候才能来呢? 眼前哪怕是可能落空的机会也该抓住,它总比一个圆满但还没有影儿的机会实在。

有一个人拿钱找夏小丽买票,夏小丽不耐烦地说:"不卖了不卖了,你买哪门子的票?"

"我起点站上的。"那人解释着。

"甭买了甭买了。"夏小丽依旧摇头撇嘴。

连续几辆出租汽车从街心驶过。

韩冬生望着出租汽车顶上安装的有 TAXI 字样的顶灯,心里更不是滋味。

他把那顶灯叫成"坟头"。"那些顶着坟头的家伙",他这么称呼出租汽车司机。

他从羡慕他们,到嫉妒他们。

韩冬生今年三十一岁。他父亲是一家饭馆的"白案"。那不是有名的饭馆,是一条胡同口上的一家最不起眼的小饭馆。他母亲是家庭妇女。两个妹妹也在饭馆,一个是给"红案"切菜备料的,一个是端盘儿的。他弟弟是全家的骄傲,因为在西郊一所大学里工作,尽管是在大学修建队当瓦工。大学里曾给每位教师配置一部《辞海》缩印本,本来行政部门的干部以及工人不一定需要那么厚的一大块纸砖,但福利均等的不成文规则使他弟弟也领到了一部。他弟弟立即倒手转卖,便得了四十块钱。韩冬生在弟弟面前原来并不觉得寒碜。这类事多了,心里便堵上了冰砣——我们公司怎么一年才发两双手套?

韩冬生赶上了最后一茬"上山下乡"。他哪知道后来中学毕业生用不着"上山下乡"了。在村里种地的时候,他常常一边抹着汗水一边幻想:什么时候能当个工人就好了!后来真有了这个机会,房山的一个小煤矿招工,他欢天喜地地去了。去了才知道当矿工比种地还苦。于是他幻想哪一天能调回城里就好了!1979 年还真遇上了难得的机会,父亲的一个"把兄弟"在公共汽车公司的一个车队上当队长,靠这个

"后门",他转到城里公共汽车公司来了,临调走的时候,矿上让他在一张纸上按手印,那上头写着他自愿从四级工降到二级工。他没犹豫,蘸着大红的油墨按了。他在公共汽车公司是二级工从头干起。先卖了两年票,后来才学了开车,当了司机。头两年他还算安心。可这一年多来他心上长毛了。

关键是出租汽车的勃兴。

原来北京市的出租汽车不过一千多辆,也没怎么听说过出租汽车司机发财的事儿;如今北京市的出租汽车过一万辆了,到处流传着出租汽车司机挣大把钞票的故事。

整个公共汽车和电车公司,才一万名司机。如今出租汽车司机的数目,已经赶过他们了。

出租汽车事业还在迅速发展。最大的一家首都汽车公司,车辆数目已过三千。就是同属一个北京市公共交通总公司管的北京出租汽车公司,车辆数目也已达到一千八百辆。其他各种名目的出租汽车公司已经超过一百家,什么翔远、安乐、渔阳、远东、京深、友谊、广达……还有叫香格里拉的,瞧人家那抖劲儿!

新中国成立之初,是蹬三轮的仰头望着公共汽车司机,羡慕个贼死;如今,是公共汽车司机低头望着出租汽车的司机,嫉妒得牙痒。

韩冬生其实还不算牙痒得最厉害的。

每天天还没亮,韩冬生就从床上爬起来。

他住在北京一条古老的胡同里的一个小杂院里。

他住的那间小南房只有十多平方米。家具很简单。自己打制的酒柜上有一个闹钟,结婚时候买的,近二年已经不能闹了,他也没去修,因为不用钟闹,他一到三点半过后准能猛地醒来。

他和爱人、孩子睡同一张床。那是一张目前已经不时兴的木板双人床。孩子已经四岁。他们是回民。回民托儿所比重点大学还难进,他们没门路,孩子托不进去。这样的苦恼他有一大堆。比如他和爱人都仍在精力最旺盛的阶段,性生活的要求都很强。可是在一个已经会说话的孩子身边做爱,孩子的一阵梦呓,一阵磨牙,都使他们既败兴又自卑。但这类的苦恼再深再重,也还比较容易恢复心理平衡。同院不少家的住房情况也差不多。最让他梗在心里化不开的,还是这样一个问题:同是握方向盘,为什么人家就能握出租汽车的,而我却只能握公共汽车的?

从洗脸、刷牙开始,两种方向盘所带来的差距便萦回在他的心头。不到四点,他已经出了胡同,他乘上二〇三路夜班环行车,来到景山前门。

每天凌晨三点半至四点之间,许多辆公共汽车公司的接班车汇聚在景山前门那里,众多的司、售员纷纷在那里转换去往自己车队的接班车,情景蔚为壮观。可惜几乎百分之九十九的乘客都无缘目睹这一景象。

在接班车上,韩冬生同熟识的司机最经常的话题,就是谁谁谁走了什么什么路子,调到出租汽车上去了,这类的信息常像火红的煤球般烫伤着他的心灵。他觉得不公正。被调去开出租车的多半是场里头头们的儿女或其他亲友。他

——记住了他们的名字和准确的亲属关系,达到睡梦中摇醒过来也能脱口而出的程度。

到了场里或总站,做准备工作的时候,他往往心里更加别扭。他想到如今的出租车越换越漂亮,越舒适。有空调,冬不冷夏不热。有录音机,随时能听个《血疑》主题歌什么的。后头放个香座,还有摇头狗什么的,前头挂串塑料葡萄,或者粽子香袋什么的。车里永远不会臭烘烘。不爱拉的还能推掉。虽说规定了一定比例,让上缴外币兑换券,自己终究能捞到一些。跑完了车子能开家门口停着,省多少事儿,还能用它拉拉关系,好处多了去!

逢到冬天,在场里给公共汽车灌热水,尤其是热水溅到手上烫得钻心的时候,他就更生动更具体地想象着出租小轿车里种种令人艳羡的景象。

在街上开着车,他脑子里流动着种种杂念,那最难压抑下去的,也还是"我怎么就不能调去开那出租汽车呢?"

像韩冬生这样的司机,工资待遇的确低。公共电、汽车公司的一万名司机的平均工资仅仅五十元。开中间带转盘和折棚的大车有一天六毛钱的"斗儿费",加上公里费、节油费以及奖金,一月不缺勤不出岔儿能有七十元左右,这样一个月总共能有一百二十元左右。

韩冬生家里的温饱成问题吗?

现在全北京每一个市民的温饱大概都不成问题了。

问题是谁也想过上更宽裕更舒适的日子。

以往北京市民们见了面,总是问:"吃了吗?"

吃饭曾经是头等重要的大问题。

如今北京市民们见了面,倘是一段时间没遇上过,常问的是:"家里买彩电了吗?"

黑白电视早已不稀奇。不问那个。

"买彩电了吗?"

还要接着问:"多少寸的?"还要接着问:"什么牌儿的?"

说是牡丹、昆仑、金星、孔雀……什么的,对方会忍不住地摇头:"您不买个日本的?"

说是福日,"啊,打日本进的流水线攒的,还行。"说是东芝、松下、三洋、索尼、夏普,"嘀,真棒。原装的吗?什么路子买下的?"

这就是时下北京市民的典型心理状态。

韩冬生一家也未能免俗。

他家的那本经还有特别难念之处。

他岳父年纪不算太大,但已偏瘫了十多年。

他爱人秦淑惠,在跟他搞对象的时候跟他一五一十交代清楚了。

岳父不仅偏瘫,行动不便,脾气还很古怪。

岳父现在住在他们隔壁一间更小的不怎么见光的屋子里。岳父床边有个大箱子,旧得看不出漆色,据说是樟木的,可韩冬生从未闻见过樟木的味儿。那箱子谁也不让动,就连小外孙京京摸摸,他也要嘴角一抽一抽地制止。

院里的老住户们之间流传着这位老头的许多奇闻逸事。他现在是个退休的七级工。偏瘫了,人已经不成形状。但据说退回三十多年,他是个风流倜傥的京剧票友。唱起《白门楼》来,风姿不让叶盛兰。他有过红火的时候。他有他的个人秘密。他的履历可以查清,他的心路历程别人永远不能知晓。如今他那逝去的甜蜜和神秘的隐私都浓缩在了那口樟木箱子里。据传那里头有三四十年代北京戏园子的所有戏单和说明书,还有无数当年的京剧小报,以及若干他自己和别人的照片。盛传那些照片里有梅兰芳、筱翠花、荀慧生、言慧珠、梁小鸾等从一流到三流的名伶亲笔签名的戏装和便装照。"文革""破四旧"时他已成为最普通的工人,没有"红卫兵"抄他的家。他的樟木箱里所塞满的东西如今更具有文物价值。中国戏曲研究院的人倘若知道,一定会兴奋不已,并采取相应行动,可是有关的传言并不能流出他们那条窄窄的胡同。韩冬生听到这一切时只是一笑。他甚至有些失望。他原期望那樟木箱里有点元宝金条之类的东西,最不济也该有些金银首饰。

韩冬生不懂京剧,并且不喜欢一切戏曲。

他也不爱看书。在他家屋里甚至找不到一本印刷物。

他模模糊糊知道有个梅兰芳。不过他更熟悉和崇拜山口百惠与程琳。

他没有挑剔秦淑惠的家庭。秦淑惠母亲早故,剩下个父亲又是这种情况。他还是同意和秦淑惠结婚。回民找回民不好找。差不多也就行了。

秦淑惠家住房比韩冬生家总算宽敞一点。他就入赘了。他们过得也还不错。

自从生了京京以后,秦淑惠一直没去上班。她是一家羊毛衫厂的工人。现在算是"吃劳保"。一月只有三十多块钱。这真够恼人的。可她有什么法子呢?孩子入不上托儿所,父亲又是那么个情况。原先父亲还能凑合着自己下点方便面吃,如今端碗都端不稳了。特别糟心的是老头最近常有大小便失禁的情况。她一个人得洗一老一小两个人的裤子。真够呛!也曾考虑过雇个保姆,但算来算去,还是不如自己"吃劳保"待在家里合算。"我雇我自个儿吧!"想通了,她倒也快快活活。

韩冬生有回开车开到日坛路,猛刹车,跳下车去揪住一个乱骑自行车的人吼了一通。表面上是因为那人违反交通规则妨碍了他行车,实际上是韩冬生头天下午窝了一肚子火,憋了十多个小时,总得借个碴儿撒放出去。头天下午淑惠领着京京出去买菜的工夫,岳父突然大便失禁了,呼哧带喘臭作一团。韩冬生能不管吗?管是管了,心里头别扭。他想,我上午在马路上伺候乘客,下午回到家还得伺候病人,可我家连台彩电都没混上,我怎么这么倒霉?

韩冬生心里偶尔会升起这样的念头:"他怎么还不……呢?"但他总能自觉地立即把它压抑下去。

岳父有时候精神稍好,能含着漱口水似的说话。这种时候他可能会叫过韩冬生去:

"给我买两包烟来!"

岳父哆哆嗦嗦地递给韩冬生一块钱。韩冬生默默地去了。岳父有一笔不算太少的退休金,但他并不把那钱交给他们打伙用。每月领到钱后,他只交上十五块伙食费,此外,就全留在自己身边。他嗜好抽烟、喝茶,没香烟没茶叶了,便掏钱让小两口去给他买。碰上身体状况处于最佳状态,他兴许会蹭到街上去站站,然后给京京带回一点零食来。他们就是这么个经济关系。

韩冬生买回了一包四毛四分钱的"翡翠"和一包四毛七分钱的"红梅",老头儿只认这两个牌子,剩下的九分钢镚儿,韩冬生全数随烟交了上去,而岳父也就颤颤巍巍地收下。

望着岳父不住痉挛的颜面,韩冬生又可怜起老爷子来。他心里升起这样的念头:"谁也难免有这么一天哪……"

将心比心是人类的一种优美素质。

人心隔肚皮。理解别人的心思很不容易。

但应当有理解别人的愿望。

难。

难得普遍地产生这种愿望。

生活:网。

乘客们从一个网结流向另一个网结,借助于公共汽车时,他们的心灵或处于暂时的麻木状态,或沉浸于自我的思绪。对于他们来说,"公共汽车司机"和"公共汽车售票员"是两个抽象的概念,尽管面对着活生生的司机和售票员,他们也很难产生出如下的心绪:那些人各有各的名字,各有各的来历,各有各的生活道路,各有各的家庭,各有各的喜怒哀乐,生死歌哭……

乘客们的这种心态无可厚非。

当乘客们受制于公共汽车司机和售票员时,他们是无辜的。

当韩冬生在西单气恼而执拗地轰乘客们下车时,那满车的乘客便都是无辜的受害者。

来坐公共汽车的,谁也不容易。

当韩冬生和夏小丽他们往下轰乘客们时,有几位乘客的心灵最受伤害。

其中就有那位递过钱去要买票,而遭夏小丽拒绝的人。他是国家机关的一位技术干部。

韩冬生觉得自己比出租汽车司机挣得少,委屈,这位干部实际上挣得比他还少。

单看固定工资,这位四十岁出头的干部是比韩冬生拿得多。但韩冬生他们加上补助和奖金,能拿到一百二三十元,这位已经开始谢顶的干部却是干拿一份工资,额外的附加收入一年也不过一百多元。

韩冬生他们还能开辟第二财源。

韩冬生的同事里,有的经常泡病号。其实没有什么病。他们是同什么什么公司挂了钩,给人家到广州一类的地方接车去了。他们日夜兼程地从那边把车给人家开回来,或一周或半月,人家给他们一笔报酬。最多一次能拿到六百元。

韩冬生胆子小。秦淑惠也不让他那么干。秦淑惠头两年从街道上揽了糊纸盒的活儿。是糊装西装套服的那种漂亮的纸盒。糊一个大的能挣三分六厘钱。糊一个小的能挣两分四厘钱。韩冬生成年上早班。天不亮出去,中午一点半回到家里,吃过午饭,略事休息,他便帮秦淑惠糊那纸盒。

他们能从下午一直糊到吃晚饭,吃完晚饭一边看电视一边继续糊。韩冬生糊到九点来钟先睡。秦淑惠最来劲的时候能糊到十一点去。

最多一天能糊出二百多个来。

一月到头,把纸盒交上去,除了扣除百分之十的管理费,以及扣除糨糊钱和耗损费外,最多一月能挣到八十块钱。

那位平时骑自行车上班,偶尔才坐公共汽车的中年干部,可是一点这类的第二财源也没有。他和他那也当机关干部的妻子都没有开辟第二职业的魄力。客观条件也不具备。都说机关干部分房子占便宜。也不尽然。不过总的来说,确比公共汽车司机或售票员或然率高一点。那位干部前些时确实分到了一个两居室的单元。但说来韩冬生他们可能不信,那干部家里家具非常寒酸。他们也想添置点家用电器,一台十二寸的黑白电视看了多年,暂不做更新之想,算有一件了吧,最急需的洗衣机他们就还没有买。要买个双缸的,他们就还得再攒一阵钱才能办到。

韩冬生家里除了一台十四寸昆仑牌黑白电视机外,已经迎进了一台广东中山县出产的威力牌双缸洗衣机。秦淑惠特为它扯了两米花色艳丽的平绒布,不用时盖在上面,标志着它在他们家中目前所享有的荣耀地位。

韩冬生真不该觉得自己是天底下最倒霉的人,他在西单遇上点麻烦就这么不管不顾地对待工作,对待乘客,实在并不占理。

但乘客们也该知道他的家庭悲欢。

买那台双缸洗衣机对他们家来说是一桩大事。钱是用两双手辛辛苦苦糊纸盒子糊出来的。可是从百货商店运到家里,刚使两回就出了毛病。

气得不行。立即再去借平板三轮,运回百货商店,要求调换。

人家让他们先搁那儿,得研究研究,看究竟是机器本身有毛病,还是他们使用不当。韩冬生急了,跟人家吵。吵也没用。就像公共汽车上的乘客同他吵架一样。没用。权力,尽管是小小的权力,在人家手里。

洗衣机放在那儿了。韩冬生第二天早上开车心绪不宁。经常猛刹车。乘客们被弄得东倒西歪。没有哪个乘客知道,这除了惯性作用以外,还有司机本人的心理作用,而这竟又同一台搁在百货商店仓库里的待查洗衣机有关。

不细述了。韩冬生和秦淑惠四出四进,到百货商店换了三次,最后才得到现在稳定地覆盖着碎花平绒布的这一台。这一台真可爱,开动起来一点毛病也没有。

可是他们生活中的小悲欢仍在细波回澜般地展开着。

有一天韩冬生回到家,只见秦淑惠坐在床边上抹眼泪。

这是怎么了?

原来是有人给他们"下了蛆"。说他们是双职工,没权利领纸盒子到家里来糊。于是人家不再发给他们那样的纸盒糊了。

韩冬生对出租汽车司机们眼红。没想到也有人对他们两口子眼红。

韩冬生生气得不行。怎么着？八十块钱的外快挣得容易吗？有时候为了赶上交活的时限，得帮秦淑惠一直糊到半夜，第二天开车都迷迷糊糊的，万一出了事儿，自己吊销执照，坐班房，老婆孩子不得喝西北风去？

韩冬生愤愤地想：把我们挣的那八十块钱，拿出来跟你们劈分吗？有那么个理儿吗？

其实韩冬生这时候也该想一想，人家出租汽车的司机就那么轻松吗？不错，是挣得多，可开车的时间，不也比开公共汽车长吗？有时候一天有十六个、十八个小时都在跑车，最少也得跑十二个小时，容易吗？难道就该把他们多挣的钱，拿出来跟开公共汽车的劈分吗？这就合理了吗？

眼睛都朝比自己挣得多的人看，越看越眼红。

红眼病。这是目前中国人最常见、最多发、最普遍的心理症状。

失去了糊纸盒的财路，韩冬生秦淑惠便另辟蹊径。秦淑惠不知怎么的认识了邮局的人，于是他们从今年开始趸报纸卖。

趸来的报纸，《北京晚报》卖一张能挣四厘，《大千世界》和《球迷》合起来平均一张能挣五厘。他们每回趸三百份《北京晚报》二百份《大千世界》和《球迷》，他们坚韧地几厘几厘地积累他们的财富。

韩冬生如今每天下午去卖报纸。一天能挣两块多钱。当秦淑惠每天点着挣来的钱——净是钢镚儿和皱皱巴巴的分票儿——她总是知足常乐地说:"把一天的饭钱挣出来了!"

中国是个以烹饪技术著称于世的国家。

但中国一般民众的三餐饮食仍旧相当俭朴。

北京一般小市民宁愿牙缝里省一点,攒出钱来置"大件儿"。

眼下北京市民衡量一个家庭富裕程度的标准,主要不再是吃得怎么样,也不是穿得如何讲究,甚至也远不是有没有组合家具或壁灯吊灯,现在主要是看拥有家用电器及高档耐用消费品的数量和质量。

有所谓"八大件"的说法。按其重要性,彩电稳定地排在第一位,其余的在各人心目中次序略有差异,它们是:电冰箱、洗衣机、缝纫机、录音机、照相机、摩托车和录像机。

为了向"八大件"进军,韩冬生一家在吃上非常节俭。他每天早上不吃东西就去上班,跑车跑到八点多的时候,他在终点站附近的回民小吃店买四根油条,就着热茶水啃。天天如是。中午全家等他回来一块儿吃。他家中午饭全院知名。一年三百六十五天,天天吃炸酱面。秦淑惠每三天炸一次酱,油搁得比较慷慨,但里面只有鸡蛋和虾米皮,并没有羊肉末。自从羊肉涨到一块九毛钱一斤以后,他们一月只买一次,每次只买一斤来吃。晚上一般吃米饭、炒菜。菜是哪样便宜了吃哪样。这一阵子柿子椒便宜了,一角六分钱一斤,秦淑惠就天天买两斤来炒着吃。

那位要买票反倒遭到拒绝的干部当然不知道。

使他所乘那辆公共汽车搁浅的司机,便来自这样的一个家庭。

夏小丽拒绝卖给他票,使他非常难堪,也使他非常气愤。

他愤然说:"你怎么不卖?我坐了国家的车,我就该买票,不能让国家吃亏!"他固执地押着胳膊,把一毛钱递到夏小丽面前。

夏小丽竟越发粗暴地把他那拿钱的手推开,仰着脸,两眼眯成两条缝儿,下巴颏抖动着,嘴里像吐葡萄皮儿似的一连串地说:"得了吧得了吧得了吧……"

她不仅拒绝售票,还拒绝接受那位干部的正确道理,使周围的乘客难以再保持沉默。

一位花白头发的女乘客忍不住对她说:"你这样可不对……"

夏小丽没等她说完便又尖声地截断她说:"我不对我不对我不对……不对又怎么着?!"

那眼睛瞪成一对鼓鼓的豆荚。

另一位戴眼镜的知识分子也实在看不过去,激动得有点结巴地批评她说:"你你……这是什么态度?你你……怎么能这么工作?"

"就这态度!我还不想干呢!"

夏小丽的回答斩钉截铁。

真所谓"一波未平,一波又起"。这车更崴泥了。可怜满车乘客心!

夏小丽原是远郊区的一个高中毕业生。她父母都是那边工厂的普通工人。她上的那所学校是所谓"非重点"学校。全校高中毕业生里只有三个人考上了大学。她高中毕业时适逢北京市公共交通总公司招聘售票员。她是自愿来应聘的。

谁知经济改革的迅速进展,使所谓个体户活跃起来。破产或并无大赚的个体户人们很少顾及,到处传说着个体户暴发的消息。也不都是夸张。夏小丽的一个同班同学,如今是母校那一带的"糖葫芦王",他通过从家庭车间里生产出的糖葫芦,垄断了那一片地区的糖葫芦批发业。存折上究竟有多大数目,不得而知;"八大件"置全了,可是有目共睹。夏小丽就被请到他家看过录像。对比之下,夏小丽越来越后悔当初为什么非来当这售票员。早知道的话不如在家耗一耗,耗到能领个体营业执照时,也领它一个大干一番。夏小丽觉得自己也不是个玩不转的人。

夏小丽在穿戴上原不怎么讲究。可如今刺激她的时髦事物实在太多。刚觉着"华姿系列化妆品"新鲜,电视上又推出了"威娜宝系列化妆品"的广告。刚置备了眉笔,百货商场化妆品柜台里又出现了睫毛夹子。最近北京街头陆续出现了港式的发廊,里头尽是打广州请来的有手艺的美容师,什么"小巴黎""秋子""新浪潮""迷你"……光理发廊的名字就让人心里头怦怦乱跳。看过几次时装展览,她懂得了什么是"国际流行色",什么是"X型""H型""A型"服装。光东长安街高台阶上的丽都百货商店里,就有那么多五光十色的真假首饰。刚买上一双细高跟皮鞋,人家就告诉说如今最新潮的女鞋倒是平跟的。

乘客们真该理解和谅解夏小丽的心思。

她虽不是如花似玉,到底正当青春。爱美是可贵的素质。万不可对之轻蔑。

问题是她越来越不乐意当售票员。公司发了工作服,蓝色,黄纽扣上的图案是方向盘,她嫌难看。料子很次。车队队长说值四十八块钱。她拿到信托商行估过价,人家只给开九块钱。她不按规定穿那工作服售票。她总按自己的心愿打扮自己,坐到那售票台上去。

她嫉妒那些比她打扮得好的女乘客。尤其外地来的女乘客。

有一回外地一位女乘客问她:"同志,到颐和园在哪儿换车?"

她斜眼睨着那位女乘客。女乘客的西装套服材料高级,剪裁得也好,耳垂上的耳夹闪闪发光,不知是纯金还是包金……嗬,瞧那派份儿,敢情头一回来北京,口音透着"怯",颐和园都没见识过。夏小丽撇撇嘴,傲慢地说:"这车不去颐和园!哪儿换你下去问去!"

对方很伤心。人家头一回来北京。车子刚开过天安门。人家打车上望见天安门广场心里热乎乎的。人家觉得这是首都。首都应当处处、人人都比外地强。人家兴冲冲地要去游颐和园。人家家里的人还等着她回去讲述首都的风光。人家不过问一声怎么转车,首都的这位售票员就给人家一对卫生球眼珠,一句透心凉的冷话!

人家不能不提意见:"同志你怎么这么说话?"

"我怎么说话啦?"夏小丽振振有词地说,"这叫北京话!你懂吗?告诉你这车不去颐和园,你啰唆什么?"

对方激动了:"你这是什么态度?"

"就这态度!"夏小丽把头一转,"受不了这态度你坐小出租去呀!有能耐你坐专车去!"

人家气得要哭。游颐和园的兴致全给冲没了。

时常有乘客想:为什么汽车公司不对夏小丽这样的司、售员采取严厉措施,比如说,他们屡教不改,便加以开除?

有的乘客给公司打电话、写信,正式提出了这样的建议。

提出这类建议并不奇怪。头两年电影、电视剧里不净是这类的改革故事吗?新上任的改革家、铁腕人物,第一招就是对那些调皮捣蛋的人物实行"炒鱿鱼"。你不好好干?你改不改?你还捣乱?好,请你卷铺盖卷,滚蛋!

夏小丽那样的司、售员却不但不怕这一招,甚而巴不得你给他们来这一招。

在公共电、汽车的一万名司机里,已经有四分之一的人打了正式请调报告。有的人甚至要求离职。有的管你批准不批准,他就不上班,自己另辟财路去了。

售票员中也有一些这样的人。夏小丽就曾经闹过退职。不批准,她就把气往乘客身上撒,她经常懒得卖票。目前公司的规定是票款达不到指标不影响奖金,超过指标才能有额外奖励,数目也有限。夏小丽跑的那条线坐车的净是有月票的,买零票的不多,反正也超不了指标,所以她懒得卖票。

夏小丽不但不怕除名,她还自己除过自己的名。

头几个月,她忽然失踪了。老不来上班,车队干部去她家找她。她父母只是说:"我们也不知道她哪儿去了呀!""许是到沈阳她姑那儿去了吧!"其实她就在北京。那个"糖葫芦王"帮忙,给她联系到一个外贸单位,当了接待室的接待员,负责给外商端茶递水。虽说是临时工,挣的不比售票员多,但实物油水非售票员可比,而且夏小丽觉得既体面又轻省。

车队终于找到了她,给那个单位说清楚,她是擅离职守的,于是人家辞掉了她。

夏小丽在这之后有一天来到了调度室。她穿着当接待员时候人家发给她的工作服,那是多么鲜亮的一身套服啊!她还戴着港式的蔚蓝色项链,耳垂上缀着雪花形的耳饰,脚上穿的是一双罕见的淡蓝色的人造革新款式高跟鞋。

简直是"衣锦还乡"的气派!

连韩冬生走进调度室,同她久别重逢,脑中也丝毫没有她犯了什么错误的意识。他只是乐呵呵地望着她说:"嗬,鸟枪换炮啦!"

夏小丽被一群女售票员围着。有的用手捻她套服的料子,有的在问她那头发是哪家发廊里做的,是九块钱还是十二块钱的工钱,有的皱着鼻子凑拢她闻着她身上的香水味儿。夏小丽得意洋洋地用一条腿掌握着平衡,因为她脱下了一只鞋,正让另一个姑娘试穿,那试穿者脸儿涨得红红的,心里翻腾着微妙而汹涌的思绪。

"嘿!"她招呼韩冬生说,"吃陈皮梅!"

她买来一包陈皮梅,摊在了调度桌上,让大家随便抓着吃。

韩冬生吃了一颗。

"人家外商都时兴吃这个,没人吃那奶糖!"她宣谕着自己获得的人生经验。

调度员也吃着陈皮梅。她一边嚼着一边问夏小丽:"嘿,我说你打算哪天来上班啊?"

夏小丽恩赐似的说:"那就明天吧!"

处分?除名?从总公司到车队的头头们心里都明白,与其用处分和开除来吓唬这类司机和售票员,莫若随时随地提醒他们,他们将永远被该公司雇用。因为该公司目前已经有三分之一的司机、售票员因待遇问题打了请调报告,出勤率一直保不住。公司对付这些人的办法只能防止他们自行脱离,一旦有人自行脱离,他们就要像找回夏小丽那样找回他们来。他们不被除名就办不下个体户执照,也不能被别的单位正式录用,因而到头来还得认命,该开车开车,该售票售票。

都会的血液。

流通不畅。

胆固醇过高?血栓?还是毛细管溢血?

中国啊中国,北京啊北京。你在艰难中发展!

人太多。人挤人。可又没有立体化的公共交通结构,来疏散世界上最稠密的人流。

国外许多大城市的公共交通起码有三个层面。一是地下的地铁,二是高架铁路上的电气火车,第三才是地面上的公共电、汽车。

其中起主要作用的一般是地铁。

例如法国巴黎,它那蛛网般的地铁超过一百九十公里,沿途有三百七十多个车站,平均每天运载旅客四百万人次,在公共交通总运载量中远居首位。

而北京目前只有两条尚不能沟通的地铁线路,统共只有三十九点五公里长,两边合起来统共也才二十九个车站。北京全年公共交通载客达三十多亿人次,地铁只有一亿多人次,仅占总运载量的百分之三点二。

北京并无高架铁路,载客的负荷,自然主要压在了地面上的公共电、汽车上。目前北京的公共电、汽车已设一百五十八条线路,有四千零九辆车在这些线上跑,运载总长度是一千八百六十六公里,每天客运量大约是八百五十六万人次。巴黎在1980年,其公共汽车(尚不包括有轨电车)已设二百一十九条路线,有三千九百九十二辆车在这些线上跑,运载总长度是两千三百三十九点九公里,而每天客运量仅约二百零八万人次。北京公共电、汽车的定员标准是每平方米最多装载九人,实际上高峰时已达每平方米装载十三人,而巴黎公共汽车的定员标准是每平方米最多装载六人,但由于他们的满载率不足百分之七十,所以实际上常常是每平方米仅有三至四人。怪不得北京的公共汽车常常是挤成黑压压的一团,而巴黎的公共汽车上很少有人站着。

但巴黎再好,是人家的!

临渊羡鱼,莫若退而结网。

结网的人不少。

北京市公共交通总公司的干部们,他们何尝不愿意发展壮大首都的公共交通事业,何尝不愿意提高整个系统的服务质量呢?

总公司还有个城市公共交通研究所,几十个收入甚至比韩冬生还少的科研人员,目前仍挤在一幢屋顶漏雨的旧楼中,兢兢业业地搞着科研,整理着情报资料。

北京市市政府的市政管理委员会,说实在的也在做出最大的努力,来缓解公共交通中出现的纠结成团的问题。有的领导干部晚上确实常为这方面的头痛事半宿半宿地失眠。骂他们官僚主义是容易的,你换到他们那个位置上去试试,你能保证你一上台,北京市公共交通就立即面貌一新吗?难。

具体的困难就不去说它了。难就难在究竟怎么确定我国城市公共交通的性质。

公共交通系统,究竟应当确定为自负盈亏或基本自给的企业单位呢,还是应当确定为政府充分补贴的社会公益事业?

目前是举棋不定。暂称为"服务性的生产部门"。

但这就带来了不可克服的矛盾。

既然是服务性,就不能把赢利放在首位。甚至就得甘心认赔。目前北京市的公共汽车是开一条新线路赔一笔,有的线路甚至是跑一趟亏一趟。以服务性为宗旨,票价绝不能涨。可是汽油涨价了。能源税财政局照收。国家现在给售出的每张月票补贴一点九元。全年补助大约三千两百万元。这只能勉强堵上亏下的窟窿。实际上只是一种成本的简单再还原。总公司的干部们在这种情况下调薪无望。司、售员们当然不可能再提高收入。整个系统的福利待遇只能维持在低水平上。

但既然你又规定它为生产部门,那么为了赢得更多的利润,整个公司的人心必然向捞取钞票上倾斜。眼珠子里钞票多了,乘客就挤得没有地方装了。有的城市的公共汽车系统已发生了混乱。既然我们是生产部门,自负盈亏,那么,好,我把大量的公共汽车都拨去搞旅游,只剩下很少的车跑一般运行路线;在一般运行路线上为了多捞钱,或私抬票价,或收了钱不给撕票,或少停站以提高运行频率,或挤满了再开以提高满载率,或因觉得收入不如开旅游车的而闹情绪、怠工……北京的公共电、汽车说实在的还相当不错,没有出现过这样的大混乱。不过开车、售票既然不能满足自己的得钱欲望,那么,在班后开辟第二职业的风气愈演愈烈。今年 8 月 21 日清晨,四十四路一位女司机上班不到三个小时,按说应当正是精神最好的时候,却在马尾沟一带将车子猛地撞向在另一路汽车站牌下等车的人群,使一位上有老、下有小的中年女工程师当场惨死,另一名已考取大学正待去报到的青年右眼脱落,另两名无辜者受伤。这位女司机是位很善良的人,平时开车一贯认真。她怎会酿成此惨祸?她是开着车犯上眼困了!一大早开车就犯眼困!为什么?其原因不言自明。

公共交通究竟该算什么样的性质？

几乎所有西方资本主义国家，在观念上都是非常明确的：城市公共电、汽车理所当然是社会公益部门；不仅不要求它赚钱，甚至也不让它自负盈亏。它们采取稳定的补贴政策。例如法国的城市公共交通，票款收入只占其收入的百分之三十六，其余百分之六十四，都由国家、当地政府和受益单位承担。这百分之百的收入除成本还原外，不仅有余款可以发展公共交通，并且能够使公共电、汽车的司机保持相当不错的工资和福利待遇。例如巴黎的公共汽车司机，月薪平均六千法郎，大体上相当于两千元人民币左右，一般并不低于当地一个出租汽车司机的收入。

社会主义国家里，如匈牙利，原来对公共交通也没有很明确的决策观念，亏损严重，司机的积极性也不高。到了20世纪70年代末，国家在对饮食、娱乐等服务性行业进一步搞活，要求其自负盈亏的同时，却下决心将公共交通从自负盈亏的范畴中解放出来，确立了其社会公益部门的恒定性质。到20世纪80年代初，已投巨资将首都布达佩斯的公共交通全部更新，车票仍保持低价，国家补贴却大幅度提高，目前票款收入约占百分之二十五，而补贴却占百分之七十五，因而司机的工资福利待遇，在社会上已居于有吸引力的水平。

当公共交通系统同邮政海关等系统成为超出竞争之上的享受稳定补贴的部门时，服务于其中的工作人员自然会有一种职业上的自豪感和经济上的满足感，因而其服务质量，自然也就容易提高。

那我们也赶快补贴呀！多多补贴呀！

的确应当补贴，并且应当越来越多地补贴。

不光公共交通事业应当补贴。基础教育、幼儿园、小学、中学，就不该多多补贴吗？看见寒暑假里中小学临时改成旅馆，一些教员忙前忙后地招待着旅客，只为增加点外快以滋补困窘的生活，我们难道不鼻酸吗？公共文化事业呢，不该多多补贴吗？看见我们的图书馆把阅览室变成了收费播放港台低劣武打录像的场所，看见我们的博物馆和名胜地过一道门收一次费、租借不该租借的地盘给人家拍电影拍电视摆摊子设商亭，弄得文物受损、风景被污，我们难道不气愤吗？该补贴的方面和部门实在太多，而且我们还可以举出无数国外补贴有方的例子：他们的中小学校舍设备如何高级，他们的博物馆如何向学生免费开放，他们的风景区不仅禁止摆摊售货，甚至不准汽车驶入……

但是补贴需要大笔的钱。

钱从何来？

事实证明，以前那种框死的经济方针，效率低，收益慢，国家富不起来，因而只好一口大锅熬稀粥，大家平摊着喝。

实践证明，只有对内搞活，对外开放，才能解放生产力，使国家富起来。

而一搞活，就必然带来不平衡。

一些部门，一些人，因搞活而富裕起来了。

一些部门，一些人，只是逐步受益。

还有一些部门,一些人,如城市公共交通系统,如公共汽车司机和售票员,他们相对于出租汽车司机和个体户确实处于"吃亏"的状态。

因为穷,所以要搞活。搞活,却又拉开了贫富差距。填平穷富差距,就得回头去吃大锅饭。不想再过又穷又单调的日子,还得搞活,因而就得有相对穷一些的部门和人员。这真是个"怪圈"。

哈姆雷特沉吟着:"活着,还是死去?这是一个问题。"

无数的中国人沉吟着:"搞活,还是框死?这是一个问题。"

让我们还是回到那辆公共汽车上来。

竟闹到了不可开交的地步。

有些乘客下去了。但后面的车不见踪影,于是有的在站台上抱怨,有的复又上到这车上来。

韩冬生仍在罢工。夏小丽扯着嗓子轰乘客们下车:"坏了坏了坏了,这车坏了不开了,下去下去下去!"

几位乘客开始同他们讲理。

"这车明明没坏。为什么不开?"

"你们像话吗?你们哪有想不开就不开的权利?"

"快点开车!注意影响!"

争吵中双方的话语都升了级。

"不坏也不开了,就不开了!"

"什么样子?你们怎么敢这样?非得给你们反映反映!"

"就这样！你反映去吧！你打电话告去！三十三局七〇三六转三六六,你下去打去呀!"

"你们没权利这么对待乘客!"

"你给《北京晚报》《古城纵横》写信去！你登报去!"

…………

最后双方的话语都有点出圈。

双方的心理状态都有点——实在是都有点"反动"。

都对现实不满。

乘客里有的想:"什么世道！越来越乱!"

韩冬生和夏小丽他们想:"什么日子,受够了!"

敢于公然从最小的冲突中喊出最惊心动魄的话语,这也是目前中国民众的特点之一。

因而相互不能原谅。相互都把对方作为证明世道不好、自己吃亏的发泄靶。

甚至不惜从动口到动手。以致酿成流血事件。

其实这世道究竟亏待了哪一方呢?

即如韩冬生,难道他退回十年的境况比今天好吗？即如夏小丽,难道她所享受到的口红、睫毛夹、耳饰、项链……以至于进发廊、听流行曲、吃双味高杯冰激凌、看美国电影《星球大战》等等快乐,不正是这个世道给予她的吗？

家用电器进入了几乎每一个城市居民的家庭,增添新的品类和更换高上一档的家用电器已成为生活中能够争取实现的事情。一边抱怨着什么都涨价了,一边购买着过去不曾享用过的食品、衣着和日用品。

更要紧的是头上不再笼罩"阶段斗争"的阴云。干部们不用再上"五七干校"。知识分子不再是理所当然的"臭老九"。家里的弟弟妹妹、儿子闺女不会再被强制性地轰去"上山下乡"。"出身不好"的,有"海外关系"的,被冤枉过戴上过种种"帽子"的,至少不会再被公开地歧视和遭受明目张胆的打击。

可是都不满意!

一种新的心理冲突:在搞活和开放所拉开的差距中,贫和富之间,小富和大富之间,富得容易和富得吃力之间……

怎么协调?

宣传不计个人利益、不在乎报酬和福利、甘于清贫和淡泊的高尚情操吧!那自然是应当赞颂的!但倘若宣传得过了分,则又必然引起对经济改革的怀疑。因为激发出把个人利益与工作任务挂钩的热情,恰是改革所赖以推行的心理动力。于是又有一个逆向的"怪圈"。

经济改革的成败,相当大程度系于心理改革的成败。

真理的核心是一种准确的分寸。实践的精髓在于掌握一种恰到好处的平衡。

难!

那辆公共汽车最后终究还是朝前开去了。

谁使然?

正当最混乱的时候,一位老先生从后面走拢车前。他又瘦又高,留一把稀疏的白胡须,穿一身西服,长长的脖颈上喉结非常突出。

他用手势止住了几位正跟夏小丽舌战的乘客,蔼然地对夏小丽说:"姑娘,你消消气吧!"

他又走近驾驶台,更加蔼然地对韩冬生说:"小同志,我不代表大家,我就代表自己。我看,你还是开车吧!"

他的话就那么简单。

可是,韩冬生却愣住了。他看到了老先生那双眼睛。那眼神儿。

韩冬生从那眼神儿里看见了什么?

事后他也说不清。人的思绪有时候是不可能说清的。

但韩冬生能一接触到那眼神儿便产生出那么一些思绪,却并非偶然。

韩冬生每星期日休息。车队长动员他星期日加班,他一次没去。加班给加班费,但规定不能超过三块钱,所以对他缺乏吸引力。他星期日唯一的乐趣,便是一大早带上他的京京,骑车去中山公园。他骑他的自行车,京京骑一辆带一对辅助轮的小自行车。京京真了不起,不到四岁,可他能沿着马路牙子,由爸爸护着,骑那自行车,一直骑到中山公园去!买那样一辆小自行车花了五十六块钱,韩冬生和秦淑惠舍得!

他舍得。为了京京。公园里的电动汽车,玩十分钟收一块钱,只要京京乐意,玩几场他都舍得掏钱。他还带京京去西单游乐场,那里的"碰碰车"玩十分钟就要两块钱。两块钱就两块钱,京京,你还玩不玩?

京京穿得比哪个富裕人家的孩子也不差。橘子刚上市,一块五一斤,他就立时买上两个大的,回家递到京京手中,然后每一瓣都由京京独享。他们全家一月吃一斤羊肉,这是笼统而言,其实他们每月总要买几回酱牛肉,每回称一块,要最精最好的,那也是由京京独享。京京的玩具也不少。看电视广告上宣传说有一种维生素E饼干儿童吃了健脑,他就让淑惠去买,结果转了半个城圈才买回来。饼干还没吃完,听车队里有人说维生素E过剩会造成呆痴,他回家又毫不吝惜地把剩下的饼干统统扔进了垃圾箱!

那维系着他和京京的东西,便是他接受老先生目光的契因。

那东西也不仅维系着他和京京,和秦淑惠,那东西也维系着他和岳父,乃至于更多的人。

岳父唤他,他走了过去……

"这后头、这后头……"

他知道是岳父实在忍耐不住了。但凡熬得住是不召唤他的。他便给他揉背。岳父发出也不知是痛苦还是痛快的呼噜声。

院里的人全都夸赞韩冬生小两口。谁都知道,淑惠并非那偏瘫怪僻的老头儿的亲生女儿!淑惠是落生五十六天以后抱过来养大的。淑惠在搞对象的时候就告诉了韩冬生。韩冬生知道全部事实。淑惠的亲生母亲依然健在,他们还有来往,韩冬生跟着淑惠叫她"大妈"。大妈原是这老头的嫂子,淑惠亲生父亲见弟媳妇总不生育,这才把她过继给了弟弟。如今淑惠的养母和生父都已故去。这么个关系,而小韩两口子还能伺候着那偏瘫的老头,没见着虐待和嫌弃。

但韩冬生小两口的心湖中也有过浮冰。院里的人全不知道,老头儿本人更不知道。小两口偷偷去过"法律顾问处",请教了那里的律师:老头既非亲生之父,又自己有一笔收入,他们能不能同他脱离关系,由他自己另过,用他的钱请个人伺候他?或者是否政府将他安排到一个什么"敬老院"去?人家客客气气地接待了他们,曲曲折折地讲了半天,说来说去,还是以维持现状为宜。

小两口从"法律顾问处"出来,不知道为什么脸上都有点发烧。回家的路上,他们没怎么商量就破费买了五根一元五一斤的进口大香蕉,到家只分给京京两根,倒送了三大根到老爷子面前。

……在韩冬生住房对面,他还盖了一间厨房和一间只两平方米的小屋,那原是他盖来临时存放待糊和糊妥的套服盒的。自从有人给他们"下蛆",失去了这项第二职业后,他便从厂里弄来一只废弃的汽油桶,安装到那小屋的顶上,上面盖上一块大玻璃,从院里的自来水管那儿引出一条管子接到了油桶上,又从油桶底部往屋里接了一根带喷头和阀门的管子,于是,那间小屋便成了个地地道道的淋浴室,在炎热的夏季,利用阳光晒热那桶里的水,淋浴时水温恰到好处。从六月底到九月初,全院的人都不再去澡堂洗澡,全享用这韩冬生自创的"晒水器"淋浴……

所以韩冬生一接触那劝他继续开车的老先生的目光,便不由得软化下来。

夏小丽也有她另外的一面。每次回到远郊家中,她便要跑出二里路去看同学陈雪梅。雪梅的丈夫因为打架斗殴伤了人,被判了二年,如今自己带着个瘦猫似的小闺女凑合着过。夏小丽去了就给她拾掇屋子,帮她带孩子。雪梅哭,她就劝。雪梅说出离婚的想法,她跺脚责备,她搂着雪梅的肩膀,说许多知心的话。上回她给雪梅带去两口袋陈皮梅。她从小珠子穿成的钱夹子里取出一个小伙子的相片来,说是只给雪梅一个人看。那是她当接待员时认识的一个小轿车司机。雪梅劝她早拿主意,她忽然向雪梅要烟抽。这回是雪梅搂住了她的肩膀,轮到她流眼泪,雪梅就用手绢给她擦,说许多岔了声儿的话……

所以夏小丽一接触那老先生的眼神儿,也就不再大喊大叫。

那眼神儿里有那么一种说不出来的东西。那是一种时下人与人之间十分缺乏的东西,一种十分、十分宝贵的东西。

老先生经历的事情多了。他总能替别人设想。总能往好处想别人。比如那两个跳下车去跟韩冬生找碴儿的青年,不仅韩冬生夏小丽恨死他们,其他乘客、民警和治安联防的人几乎也都视他们为臭流氓。要不他俩怎么一见民警和联防人员过来就赶紧溜了?

老先生却宽容地想:他们一定是确有急事,确实非得刚才在工会大楼那站下才不误事。

也许真是那样。那两个穿牛仔服、着滑雪衫、戴铜戒指、烫鬈鬈发的青年,也许真有急着要办的事。也许他们跟人家约会,他们不希望误点,他们要在工会大楼那站下车去找人家,他们上车后坐在最后一排座位上,他们没听见司机和售票员"一站西单!"的喊声,他们准备下车车却未停,一拉就把他们拉到了西单,于是他们气愤,懊丧,他们不找司机质问质问就不能取得心理平衡。

他们并非什么流氓。也许他们教养差、语言粗、动作野,确实有点讨厌。但他们也有他们应享的生活,存在的道理。他们显然也有他们的难处,他们的生活也挺不容易,但能够这么去想的人实在太少。

那老先生却能。

老先生对司机更怀有深入的理解,因而能产生出最宽宏的谅解。

"他们开车的也不容易。"他对站在一旁的一位中年妇女说,"前些日子,热天,我上王府井买了一大包东西,也是车挤,把我挤到最前边,大草编包沉,我把它搁在发动机盖子上。也是到这西单,车一停,包一歪,把包里东西甩到了驾驶台那边,开车的也是个小伙子,瞪我一眼,还是把东西捡回给我。到了木樨地,我才发觉驾驶台边还有一个我刚买的摆桌上的温度计。捡起来,我以为摔碎了,一看,嚯,四十五度!"

这番话老先生说得动情,韩冬生却没有听到。夏小丽也没有听到。

但他们能感觉和接受老先生的目光。

那是七月份,热得最邪乎的时候。老先生坐公共汽车回家,没人给他让座,他真累。他抓住司机座后头的那块隔板的立柱,尽量不让自己歪倒。他想起了十多年前,"文革"后期,那隔板上喷写着"服务公约",其中有一条是"不夹不摔"。"不夹不摔"!这是什么标准?好比你去一家饭馆,墙上赫然贴着:"不给顾客往碗里放毒"……他望见了车上靠近售票员的双人座上方,喷写着"老幼病残孕专座"的字样,尽管那专座上现在坐着个假装闭眼打瞌睡的胖汉子,售票员拿他没有办法,但刚上车的一位抱小孩的妇女,把那小孩搁到了售票员的售票台上,售票员却并不觉得妨碍了自己,这景象是时下车上常见的,倒也多少弥补了胖汉子所构成的一个临时性缺憾……于是老先生不怨天,不尤人,站在那儿,于是他站到木樨地,看到了那个温度计……

他觉得"活到老,当到老"这话真是一点也不错。坐了这么多年公共汽车,他直到这天才知道夏天里司机是在什么样的条件下工作!

由此及彼,由一点推及全面,他的眼神儿里的那种东西,更增加了浓度和力度。

难怪他那眼神儿和韩冬生的目光一交接,便有那样的效应。当然,韩冬生并不能立刻达到完全的心理平衡。他决定开车了。但他还要维系一下面子。他朝着车厢里的乘客们宣布:"这车是有毛病!打不起火了!要开也成,可你们得下去人,帮着在后头推!"

乘客们纷纷议论。谁也不信。谁也不想下车去推。有人啧啧抱怨,有人打算再次抗争。

可是老先生带头往车底下去。他说:"下去推推吧!活动活动身体好啊!"

开头几个,后来十几个,都下去了,大家开始推车。夏小丽从车窗里欠出身子来对老先生说:"您别推,让他们推!"

韩冬生发动了汽车,下头的人陆续上来,老先生也被人搡上来了,有人给他让座,他就坐下了。

这辆公共汽车终于朝下一站开去。

公共汽车啊,公共汽车。

在我们的公共汽车里,你免不了还会遇上韩冬生那样的司机,夏小丽那样的售票员。你经常得在一个平方米上,同十二个同胞"筑成血肉长城"。

是该好好地琢磨一下了。"用我们的血肉筑成新的长城"应当只是一种崇高的比喻。如果不打比方,我们该怎么办?

1985 年国庆节写
10 月 19 日改毕

白　牙

我决心做一个试验:整整一个月里,一句话也不讲。

头一天进行得很顺利。上班的时候,无论在大门口、走廊上、办公室和餐厅里,我都做到了不吭声,虽然有人同我讲了几句简单的话,但我只用点头、摇头、微笑、板脸,也就打发了他们。回到家里,妈妈照例在饭桌上叨唠,我只是低头扒饭,根本不去听。爸爸和弟弟本来就很少跟我说话。吃完饭,洗洗漱漱,我就倚在床上看书,然后睡觉。做了几个梦,梦里我也没开口。

第二天,我就开始遇到困难。困难并不来自客观,而来自我本人。下午在办公室里,我渐渐变得烦躁起来。本来似乎是应该同事们感到惊讶:我怎么两天没开口说话了? 可到头来是我对他们感到惊讶:他们怎么连我两天没开口说话都毫无察觉?

刚刚五点半,各办公室的人就散得差不多了,我们屋的老詹、彭大姐和我还没走。

我忽然觉得,我不能只以消极的形式进行这项试验,我应当采取一些积极的手段,引诱别人来同我对话,而我坚决以不吭声的方式对待。如果在这种考验中我能不破戒,那我可就服了我自己了。

于是,我立起身,把一摞报表送到老詹面前。

老詹是我们的副处长。他当了八年副处长了。处长已经换了三个,他却仍是副的。他没希望升为正处长,而且我相信他自己也不确立那样一种希望。他的头形总使我联想到古董店里的阔口红釉双耳瓶。

老詹望了我一眼,似乎有点吃惊。从来都是他催我时我才会交上报表,这回……我以为他会开口问我句什么,但他却很快收回了眼光,坐在那里,双手握住那摞报表两端,在办公桌的玻璃板上反复地将其垛齐。老詹的办公桌永远井井有条,所有可以垛齐的东西他总是悠然地垛呀垛呀,然后齐齐整整地搁在一旁。

我那报表并没有填完。老詹却只顾垛齐、放好,并不检查。末了他说:"哎,明儿早上交上去。"说时眼睛并不看我。可见并非要同我说话。我只好走开。

我故意走到彭大姐办公桌对面,拉过一把椅子坐下。彭大姐只顾收拾东西。她有一根毛线针找不到了,正运动着全身在找,活像个上足了发条的铁皮关节人。她终于从座椅底下找到了,舒出一口气来。这时候她注意到了我,便认认真真地对我说:"这么好的棒针咱们这儿可买不着。"这话是用不着回答的。要考验自己得另想办法。于是我便把一张当天的报纸推到她面前,用手指弹了弹头版上的某条消息。那是一条关于某个省里精简机构的消息。

彭大姐仿佛是突然看见了一条毛毛虫,身子微微朝后一躲。头几天我在这办公室大声地议论过:"咱们这个机关,整个儿就该精简!"彭大姐当时也是这么个反应。那回她收回厌恶的表情后,还同我略微争论了一会儿,她的逻辑是:"谁精简谁呀?精简了不也得照发工资吗?既然照发工资,那就不如还让来办公室上班;既然还来办公室上班,那就不如再分点工作做;既然分点工作做,那就不如还把原来做惯了的分来做;既然这样,也就无所谓精简。我见多了,精简一次恢复一次,恢复一次扩大一次,扩大一次精简一次,精简一次再恢复一次,恢复一次再扩大一次……"说到最后她望定我,我明白,那意思是我就是因为精简后恢复,恢复而扩大,才进到这个办公室来的。也确实是那么回事儿。

彭大姐躲开那条消息以后,轻轻叹了口气,微微对我笑了一下,然后就立起身来,准备打道回府。我从她表情上看出来,她对我只是指指报纸而没开口朝她议论,由衷地感激。

我紧闭着嘴唇回到家里。妈妈看见我,脸上挂着我看腻了的那么一种希望加失望被二除的表情。我又按时回家了,这说明我还没交上朋友。我恨死"大龄女青年"这个莫名其妙的概念了。谁兴出来的?

那晚上在家里倒很顺利地坚持住了不开口。因为我确实不想开口。

直到第五天才有人发现新大陆似的问我:"你怎么不活

跃啦?"

问我的是我们的正处长。他风华正茂,官运亨通。盛传他即将提为副局长。他的升官之道既不在才干出众,也不在巴结钻营,而在于异常平庸,平庸到单位里对立的几派在互相攻讦的同时,都来承认他无害,乃至都说他正派。在提名或推荐新的副局长人选时,鉴于必须排斥对立面的人选,以及实在抵挡不住对立面对自己这方面的人选的抵制,到头来双方可以达成协议的人选便是站在我面前的这位敝处正处长。

我很感动。而且他这句问话令我对他刮目相看。整整五天里别人都没针对我的缄默发过问,倒是他给了我这么一句温暖的话。他也许并不如我估计的那么平庸。

以往我觉得就连他的相貌也平庸得拎不出一个特点来形容,此刻我忽然发现他鼻翼一侧有颗小小的黑痣,一下子点活了他整个面孔,看去同以往不大一样。

我差点儿开口说出话来。

我们站在走廊里。有几个同事从我们身边绕过去,似乎对我和正处长面对面站在那里有点吃惊。

我想,如果正处长请我进他的办公室去,那我肯定破戒。但是正处长并没能那样做,尽管我们遇上的那个位置离我们办公室还稍远而离他的办公室倒很近。

我在迟疑中听他这样对我说:"……你们老家的鱼丸真不赖,在那儿天天吃我也没吃腻。听说最好吃的东西是'佛跳墙',可惜没吃上……"

正处长一周前从厦门出差回来。他肠胃里的鱼丸残渣也早该排泄完了,可他见了我只找出这样的话来说。

也许他底下会说些别的?

他似乎把话已经说完。他掏出一方折得方方正正的蔚蓝色手帕,揩了一下鼻子和嘴巴,于是我发现他鼻翼一侧并没有什么小黑痣,那大概是他吃早点时沾上的一粒焦芝麻。他的整个面孔又变得没有任何特点。

他进他的办公室了。我仍呆呆地站在那里。

我怎么不活跃了?他希望我活跃吗?那份我满腔热忱写出来的改革方案,在他出差前十多天就交给他了,他始终没有看吗?最大的悲剧恐怕在于他看了,却决定并不跟我就那个方案进行对话。他知道我把那方案复印了好多份,几位局领导都送了。他一定仍然把我给他的那份不表态地转给了局领导们。

他是一个耐心等着人家把"佛跳墙"端给他吃的人。他是绝对不跳墙的。

真该一辈子不跟这种人讲话。

我进了我们那个办公室。我听见半句紧急煞住的话:"……犯不上跟我们过不去呀!"

煞住话的是我的同龄人。性别跟我不同。在目前中国的这种社会环境里,他其实远比我更容易生存和发展。可是近来他防我如防贼。无非是前些日子我宣扬我那个改革方案时,非常坦率地当着众人跟他说过:"其实,咱俩的工作完全可以并起来一个人做!"

他整个人总使我联想起某种可以散发出水汽和香味的

落地摇头电风扇。在炎热的时候他令你心旷神怡,在寒冷的时候则令你望而生畏。记得去年前局长住院时,他自费买了一束昂贵的美国石竹花去看望,那时候盛传我们五十八岁的局长将擢升为副部长。可是今年当我得知迈进五十九岁并提出离休且永远不再擢升的前局长又发病住院,约他一起去看望时,他却满面春风地说:"哟,真是的,真该去,可我实在是有事去不了,你见了他一定代我问候!"

我一进屋,都不出声了。我真想跟同龄人说,我提出我们两人工作并成一个人做,绝不是想自己留下来而排挤走他的意思;我是早就想走的,世界很大,机会很多,特别是在南方;我暂时没走,是因为我知道我走了以后,仍会有另一个人来填补我的位置,那完全没有必要由两个人来做的事,就更得由两个人为做而做地做下去。

同龄人从耷拉下的眼皮里透出光来检视我。老詹又在轻轻地、持久地垛齐一摞什么报表。彭大姐停止修改手头的一份简报,把压在她茶杯口上的一个福橘毫无必要地旋转了一下。我忽然意识到,正处长那句"你怎么……"的话,正来源于同龄人的某种虽经精心策划却出之以漫不经心的"小报告"。我为他深深地叹息。我要是他那么个男人,我或者一跺脚走人,或者一举臂在这里招呼一番。总之,干一桩真正的事业。现在他捧的这个饭碗就值当那么视若珍宝吗?

我的沉默试验坚持到了第六天。中午在餐厅就餐,桑桑风风火火地跑过来跟我凑在一起吃。

桑桑从我认识她起就梳着个克利奥帕特拉头,即埃及女王头。这发型曾引出局里各类人等的各种议论。桑桑和我不在一个处。我们的交往常常是在餐厅里。

桑桑一坐到我旁边我就预感到我的沉默试验遇到了最严峻的考验。以往我们两个人讲话时总是不断地互相截话茬儿,而且调门越来越高,常惹得周围人侧目。在整个局里她算是最和我谈得来的人。不过桑桑是个接近文艺界的人,这一点我跟她全然不同,我的三亲四友同窗邻舍没有一个是搞文艺的。

桑桑刚落座就跟我讲起"文艺界的苦闷",其实那地地道道是她的苦闷——因为她新交的男朋友是个刚登上文坛的新星,而且,据她说:"……中国文学要走向世界那可是太难了。搞绘画的,搞作曲的,搞电影的,使用的都是人类通用的符号系统,可是文学,得用方块字一个个地拼接起来,外国人里头又有多少个认识方块字的呢?就说翻译吧,两边的社会制度和意识形态差异太大了,难死人!像'土改那阵''反右那年'咱们小说里挺平常的叙述性句子,人家翻译起来就犯愁,非加个长长的注释不可,一注释,谁还有兴致读小说呀?再说像'大跃进的时候',有个外国人就问:什么是使劲一蹦的时候啊?……"

我一边小口小口地吃饭,一边微笑着听着。我很同情桑桑,尤其同情她那男朋友,他们向往走向世界,向往永恒,向往不朽。合情合理,令人钦佩,可是横亘在他们面前的那障碍竟是那么巨大……

我很奇怪桑桑为什么不惊讶于我的一言不发。她似乎没觉得我同往常有什么不一样。她滔滔不绝地倾诉下去,她那碗里连菜带饭都凉了。

"……我建议他写写咱们这儿,灰色的办公楼,灰色的日子,灰色的表情,死气沉沉,毫无生气……我给他出主意,把这一切都象征化,意象化,寓言化,肯定全世界的人都看得懂,因为全世界的官僚机构和官僚主义都是同构的,'帕金森综合征'嘛,可是他不揽这个瓷器活儿,他说人家才懒得看这个呢,他最近追求的是蔚蓝色,近乎无限透明的蔚蓝色……"

我真差点打断她的话茬,因为我记得在一份什么文学杂志上看见过一篇什么文章,里面好像说有个什么日本作家老早就写过一篇《近乎无限透明的蔚蓝色》,还得过一个什么文学奖。

"……我在咱们这儿可真待腻了,他也在给我找合适的地方……可说到底,在一个官本位制的社会里,咱们这儿的优点也真不可忽视。正经的正局级单位。外国人可以不感兴趣,他们弄不懂,咱们可不能糊里糊涂的。县团级等于市处级,地市级等于司局级,省级等于部级……是什么级就有什么待遇,处级等于三室一厅,局级等于四室一厅,副部级等于五室一厅,部级等于四合院儿……处级可以报销硬卧,局级可以报销软卧还可以报销机票……在外出差处级等于八块钱的床位,局级等于十五块钱的床位,我说得不准吗?还有,得病住院处级等于一室八个人,副局级等于一室四人,局级等于一室二人,副部级等于一室一人,部级等于一室套一室一人……还有坐车子的待遇,安电话的待遇,出国换外汇的待遇……唉,连他都跟我说,去干个体户拼命奋斗,挣出十几万块钱买一套三室一厅,跟在这样的机关里钩心斗角,当上个副处长分他个一套三室一厅,走后一条路子还容易点儿,就是住进了那三室一厅,也不用掏修理费……苦闷啊,真苦闷!可这就是咱们的日常生活……"

她苦闷到这个程度才意识到我一直没说话,她停止苦闷咏叹,扬起眉毛问我:"你今天不舒服?"

我笑着摇头。她也就算了。她吃了口饭,嚷声"太凉",就端起碗走了。

轮到我苦闷了。我这才意识到,以往我们俩谈话,看起来很热烈,其实她不过是要宣泄她的,并不一定要听我的;我呢?我很后悔我总是认认真真甚至心急火燎地把我的反应告诉她。

那一天下班我才意识到是个星期六。每个车站都淤满了等车的人。我决定走回家去。这样可以晚一点到家,让爸爸妈妈觉得我毕竟有过一个什么约会,以满足他们那其实完全不必有的与我有关的自尊心或干脆说是虚荣心。

人行道上行人如过江之鲫。有时甚至不得不偏着身与人交错而过。我突然很怕有个人突然向我问路,那我是绝不能保持沉默的。在那么个情况下中断我的沉默试验可太不值得了。没有。没有人向我问路。甚至没有人看我一眼。在匆匆流动的人群中我产生了这样的想法:其实人与人之间的交流是被逼出来的,就人的本性而言,人是宁愿独处的。瞎子、聋子、哑巴三者中,最少痛苦的是哑巴。

快到家的时候我突然想起该买一块香皂。我以前买这类日用品的时候经常是并不说话,我指一指柜台里摆的香皂,递过钱去,售货员自然会递给我香皂,找给我钱。

我走进百货商场。卖香皂牙膏的柜台那儿没什么顾客。我走过去,倚在柜台上,静静地等售货员走过来。两个售货员正在离我两米处的地方聊天。我等着。她俩看见我了,可是依旧在那里叽叽喳喳。我想,她们有来招呼我的义务。可她们也许在想,我有央求她们的义务。既然我们双方都不想尽义务,那就算了吧。我转身走了,这时我听见她们当中有一个从牙缝里挤出来这样的声音:"神经病!"

搁在平时我一定生气。可是这天我心平气和。我的沉默试验也许的的确确应当归入神经病之列。

我又绕了一个弯儿才回到家。爸爸妈妈在过厅里看电视。我一进屋妈妈就迎上来问:"你吃过啦?"

她眼神里饱含着期待。

我饿,可我点头。

妈妈的表情松弛下来。她接着问,故意用一种仿佛不经心的口气:"一个人吃的?"

我摇头。于是妈妈迅速地同坐在沙发上注视我的爸爸交换了一个眼色。

我朝自己的房间走去。我看见弟弟在他的房间里,背对着门,坐在书桌前,双手捂住耳朵,在那里背书。台灯光把他的剪影勾勒得活像一只大蜘蛛。他已经上到高三,过几个月就要参加高考了。尽管已经传来消息,今后大学毕业生国家不包分配,但这丝毫不减弟弟发誓考上大学的气概,更丝毫不减爸爸妈妈供弟弟上大学的决心。弟弟对我这样议论过："其实,如今又有哪个大学毕业生不是在托关系走门子给自己找好窝儿呢? 连找到爸爸这儿来的还有哩。谁稀罕国家统一分配? 分配你去中学教书,真去? 怕都怕死了!"还干脆不怕刺痛我地这样说:"前两年你上电大补文凭时的那副惨相儿! 我还是把文凭捏在手里头自在!"我忽然又想起午餐时桑桑开列的那些等式,其实还可以凑上:中专文凭加年头等于科级等于讲师等于两室一厅,大专文凭加年头等于处级等于副教授等于三室一厅……如今人们交往不久半生不熟时,就可能互相提出这样的问题:"你哪儿毕业的?""你们单位是哪一级的?""你那职称相当于副处、处级还是副局级、局级?""你住的几室一厅?"围绕着官本位人们可以问得很粗鲁也很细致,却很少有人问你有什么特别的见解、大胆的抉择。

真想为我弟弟一哭。他才十八岁。可我知道,他根本不想同我对话。他学了一大堆应考挣分的杂碎,可还是个不懂得灵魂交流的"心盲"。

第二天,星期日。一早我就起来开动洗衣机,为全家洗衣服。洗衣机工作的时候我坐在沙发上听音乐。我爱听弗兰克的管风琴曲。管风琴的声音使我有一种腾飘到太空中的感觉,渐渐地我就觉得大地、人群和我自己都是那么渺小,于是我就产生了一种寻找依靠乃至拥抱什么坚实东西的欲望……听到一组最浑厚邈远的旋律,我忽然产生了一种犯罪感。我为什么要进行这种沉默实验? 为什么在至亲骨肉之间,我也不能敞开心扉,同他们作促膝谈?

乐音陡然中止了,我仿佛从空中猛地跌到地下。我看见弟弟按下停止键的那根手指还撅着,满脸凶狠地站在我面前,厉声地说:"烦死了!别妨碍我背单词!"

我本能地从沙发上跳起来,气得发抖。可是弟弟转瞬已消失了。

我朝洗衣机走去,这时我听见妈妈同爸爸在进行惯常的"耐心争吵"。他们几乎每隔两三天就要寻找一个最无聊的题目没完没了地抬杠,双方并不真正动气,但也绝难主动收场,而是非常韧性地把那杠一直抬下去。这回他们是为了刚打开的一听沙丁鱼罐头。爸爸认为味道不如上回买的那一听好。妈妈则认为味道完全一样。罐头厂每批的产品质量并不整齐。人家有质量检查制度岂能马虎。怎么味道就是差多了,简直糟糕。恐怕是你味觉出了毛病,不辨好赖。如此等等。

我把洗好的衣服晾到阳台上。妈妈催我吃饭。我们星期日照例吃两顿。爸爸和弟弟各自雄踞饭桌一边,都宣称不吃沙丁鱼。妈妈坐下以前把碗橱上的三封信递给我。信是她下楼取报纸时带上来的。她是故意要当着全家把信递给我。

我逐一把信拆开,摊在桌上,慢悠悠地看。我听见碗筷响和咀嚼声。我知道起码有四只眼睛不时往我脸上和我面前的信纸瞟。

我的爸爸妈妈啊,如果你们主动地、亲切地问我,并愿同我娓娓地谈心,我是完全可以打破沉默的……

我听到一个僵硬的声音:"你下午在家吃饭吗?"

我摇头,并从容地把信收好,装进衣兜里。

下午我去逛了书店,傍晚我在一家快餐店吃了饭。

第一周过去以后,保持沉默对我来说不但绝非难事,甚至给我带来了某些乐趣。唯有在较持久的沉默中,人才能认清世界和他人。

第十六天,老詹把我两周前交给他并由他垛得绝对整齐的报表退回了我:"还差五行没填完。"

既没有对我玩忽职守的批评,也没有对他缺乏检查的自我批评,也没有让彭大姐或我那同龄人引以为戒的意思。总之,没填完,绕了一圈,历时两周,拿回来,请我填完再交。

到第二十天,我受到一个绝大的冲击。我们那个系统出了很大的一个事故,造成了很严重的生命财产损失。我是在刚走进单位大门时就听到这个消息的。正好碰上桑桑,她很激动。她对我说她的男朋友已经立即决定抓住这个题材不放。据说眼下最时兴的文学样式倒是纪实性的东西。近乎无限透明的蔚蓝色要继续搞,这种灾变纪实文学也要抓。

我们办公室里自然也少不了这个话题,但充盈着祥和的气氛。彭大姐说这使她回想起二十几年前的那桩事故,其中很有一些神秘色彩,三个人紧挨在一起,左边一位当场死亡,右边一位终身残废,而当中一位安然无恙,灾难对他偏秋毫无犯。同龄人说这可能与天外的某种电波有关,而且与艾滋病显然同出一源。老詹把他新带来的一种安徽六安瓜片分给大家沏茶,同时蔼然可亲地嘱咐大家:"事已如此,也无可奈何。听说有的兄弟单位认为我们单位也有一份责任,昨晚已被局领导们驳回。为避免传出去引出误会,大家就暂不议论此事吧。"

当我突然摔门而出时,他们一定目瞪口呆。不。也许他们反倒相视一笑或一叹。

我去敲正处长的门,没人应,也推不开。我直奔局长办公室。我想直截了当地告诉他:从现有法律角度或刻板的行政责任角度,我们单位与这次事故可能确实无大关系,但如果把我们与几个平行单位视为一个功能系统,把我们单位视为网络结构中的一个必要的网结,我们能这么心安理得吗?要么,我们也有不可推卸的责任,要么,我们这个单位根本就可以取消!……而且,甚至我就是头一个应当被追究罪责的,因为,我交了一份未填完整的报表,如果这报表非准时完成不可,那我是严重渎职,如果这报表可有可无,那早就该把我的岗位撤销……局长应当很容易听懂我的逻辑,我那早就递上去的方案他至少浏览过一遍……

我扭动门把手直接冲进局长办公室,局长正坐在很厚重的一张办公桌后批阅一个什么文件,我站在门口,他抬起头来,我俩面面相觑。

"你走错屋子了吧?"

表情和语调都毫无恶意。

我却一下子从头凉到了脚。我恢复了沉默意识。

"啊啊啊啊……"局长站了起来,并绕过办公桌,站到离我两步远的地方,他脸上显露出了抱歉的神情,语调亲热起来:"你看你看,我这记性!你不是……处的……吗?活跃分子嘛!对了对了……听说你最近不怎么活跃了,还是要活跃一点嘛……啊啊啊啊,你那个方案,我看过了,看过了,你很有改革的热情嘛!是呀是呀,现在我们都在一个改革大潮当中,中央决心很大,很大,像你们,下面的同志,尤其年轻人,劲头也很大,很大……关键就在我们这些人身上啰!搞不好要'中层梗阻'咧……"

听到这儿我心软了一下。倘若局长请我坐下,或者我们可以认真地谈一谈,但他仍旧保持着一个自己不坐也不请我坐的姿势,而那间宽敞明亮的办公室里摆着一套比利时沙发,还有一个相当漂亮的镀铬支架玻璃板茶几。

"……既要解放思想,又要实事求是嘛……大家都来提方案,我们都来动脑筋……不过每个人的位置毕竟不同啰,我们要看看左邻右舍,要考虑得周到一点,你们也应当理解嘛……"

电话铃响了。他立即去抓电话。

我扭身出了屋。

我极其冷静地度过了中午和下午。视而不见,听而不闻。在沉默中我只想到我自己。

下班后我步行离去。我带了个单放机。我用耳机听弗兰克的管风琴曲。我的灵魂又腾飘到了太空中。大地旋转着,渐渐变成模糊的色块组合,变成越来越小也越来越远的水蒙蒙的球体,幽深的墨蓝中闪烁着无数的亮点,于是我又生出对于我们这个星球、我们这些血肉之躯构成的群体、群体中那个渺小而痛苦而惶惑而充满缺憾与弱点的自我的大悲悯,我产生出比以往更强烈的拥抱住一个坚实的东西的欲望。

妈妈那个星期日递给我的三封信,两封后来我撕掉了。有一封我一直保留着。他让我去。他说这回要好好跟我谈一谈。他是唯一对我有吸引力的男人。或者我真能和他进行我所期望的那种谈话。我以前试过。似乎难以如愿。不过也许主要是我这方面有心理障碍。他快达成可毕竟尚未最后达成离婚协议。

他是借了个地方暂住。敲开门以后我吃了一惊。他仿佛自发信后一直守在门里边等待着我。门刚在我身后合上他就粗鲁地紧紧搂住了我。我本能地挣脱着。他对我说:"谁也没有。就我和你。谁也不会来。就我和你。"

他简直是把我抱着挪进了屋。这是个很严谨的单元。家具很少但足够使用。

他给我脱下外套,脱下毛衣,刚脱完他又紧紧地搂着我。他确实是一个活生生的坚实的东西。我也紧紧地拥抱住他。他是我内心情欲最向往的那种男人。他脂肪很少而筋腱很多,棱角很多而圆弧很少,须发浓密而不细加修剪,毛孔粗大而血管凸起,他身上绝无香皂发蜡润肤膏樟脑丸一类气息而洋溢着自然体臭。他肩膀很宽而腰肢颇细,胸肌厚实而颈肌灵动,他的亲吻粗鲁而真诚,抚摩凝重而热切。

我用眼睛同他说话。我提醒他许诺了我什么。

"本来约你来谈一谈。商量一下最后该怎么办。现在不用谈了。离成了。上午彻底离成了。我自由了。我是你的了。你尽情地享受我吧。我也要尽情地享受你。"

他开始解我的衣扣。我忍不住抚摩他的脖子、锁骨……我的手指触到了他的衣扣,但我把手指停止在了那里,我用另一只手拨开了他的手。他有点惊异地望着我。

我用两眼望着他。我想他应该问:"你为什么不说话?"可他不问。他的手又开始动,我又把他拨开了。

"你不愿意吗?"

这不是我期待的话。

我用眼睛告诉他,我期待的是什么。其实,很简单。他为什么不问我一下,要不要喝杯水?要不要洗个脸?饿不饿?……既然这是一个安全的港湾,既然已无障碍,为什么要这么着急?我们可以慢慢享受,而且难道我们相互享受,仅仅限于这一方面吗?

他竟不能懂得。他又一次搂住我,并解我的衣扣,我用力把他推开了。

他愣愣地看着我。

我灵魂里起了一阵风暴。这真是一个生死存亡的关头。我的企望其实很低很低。只要他说:"让我们坐下来谈谈……"

"你不爱我?"

我并没有点头。

"你不愿意?"

我点头。

他显出几分狼狈。像他那么一个男子汉真不该有哪怕是几分的狼狈相。

我仍旧期待着他说出那句最最普通的话来:"我们好好地谈一谈……"

可是他把双臂抱在一起。他用真正男子汉的气派和语调说:"我是绝不会勉强谁的。"

我把解开的扣子扣上,把毛衣穿上。

"你非得看我那离婚协议书吗?"

我的心碎了。

"你为什么不说话?"

他刚注意到我沉默的分量。

我把外套穿上。

他猛地扑上来掐住我的臂膊,脸对脸地同我相持。

"你说话!你开口!"

他嘴里的热气喷在我脸上。

我张开了嘴,我确实想出声。

"天哪!你的牙真白!"

他突然发出了一声带颤音的赞叹。

在那一秒钟里,我期待着他紧紧地亲吻我的白牙,或者迸出"咱们好好谈一谈吧"的呼喊,只要他那样,我立刻属于他……

他却突然把我一放一推,同时我听见一句万万想不到的话:"算我没福!"

……我在街上走着。人来人往。我强烈地希望能和一个有相应愿望的人好好地、好好地谈一谈。可这个人在哪儿呢？街上没有哪个人注意到我。我在一家商店橱窗外停了下来。商店已经关门，橱窗里的灯还亮着。橱窗里布置成黑丝绒的背景，站立着几个穿裘皮大衣的模特儿。我的身影映在橱窗玻璃上。仿佛是面大镜子。我嘻开嘴巴。我头一次发现我的牙齿是那么整齐，那么洁白。我的嘴唇血色也很好。我的双眼很明亮。明眸皓齿。红嘴白牙。我从来没有像这时候那么怜惜自己。

一个几乎没有下巴的金鱼眼男人凑到我身边，小声问我："你有兑换券吗？"同时打着某种代表比价的手势。

他的牙很脏。我感到恶心。

"那……你要兑换券吗？"他眨着眼，改变着手势。

我扭身走掉。

长街上路灯暗淡。远处孤零零地有几处霓虹灯寂寞地亮着。

我不想再步行了。我朝车站走去。

迎面来了个小姑娘，一眼看出是从外地农村来的。她系着此地早已过时的花格头巾，提着个旅行包。我要让过她，她却截住我。

"大姐姐，你帮帮我哟。"

我以为她是向我讨钱。

不是。她把旅行包搁到地上，递我一张纸条。她是问路。我接过纸条，就着路灯光看。那上头写着的地址大体上在这一带，但具体该往哪个方向去找，我也不知道。

我把纸条还给她,摇头。

"你要帮帮我哟。我找得好恼火哟。你莫跟他们一样耍我哟。"

她从四川来。比我矮半头。她仰起脸望着我。并不望着我的眼,而是望着我的嘴。没有心计的人才这样望着别人。

"我是来帮人的。"她又递给我一封信。我不想接可还是接了。我草草地瞄了一遍。有的人信不过"安徽帮",也信不过"劳动服务公司",就给老家亲戚写信,让老家的姑娘来当保姆。这的确是最稳妥的路子。我忽然发现那信上的落款日期,距离这天已有半年多之久。我望了她一眼。

她把信收回去,从容地对我说:"我晓得,你要问我为啥子不早点来,为啥子不先写个信来,为啥子不叫他们接我……才刚还有个娘娘,说是别个怕早就有了保姆了,用不到我了,劝我转回去算了……你们哪个晓得,我来得好不容易哟!我们那个地方,好远哟,好穷哟,好闭塞呃……进步倒是在进步,好慢哟。哪像你们这里,好多电灯吔,好亮哟。你莫嫌我哟,我心里头有话要讲给你哟,你哪个晓得哟,我有个堂伯爹哟,我堂伯爹是在中学里头教物理课的。他的物理是他老师教他的。那个老先生是在成都上过师范的。我堂伯爹教过好多年的电学,讲电灯电话电路电机,你哪个晓得,他一辈子都是照到课本上写的画的、他老师讲给他的,教给学生,他自己一辈子也没见到过电灯……你莫不信吔,哪个骗你哟,1978年电线才扯到我们乡里,他病倒在床上,就盼到电灯亮起来,他屋里头也扯了线,也装了灯泡儿,他就是张起眼睛,嘿,总望到那电灯泡儿。哪晓得通电头一天,他就死了!真的死了!我就是从那么个乡里来的,我上过初中,我毕业的时候是全校第七,我在课本上晓得有火车飞机大高楼,我还没见到过,所以我要跑出来……他们要是有了保姆了,我就另外找事情做,我要见见世面,闯一闯,大姐姐,你要帮帮我哟!"

我开始细细地打量她。她长得不好看。眼睛太长太细。她一双手粗大得跟她整个身躯不相称。但她的牙齿很白。如同一处地方的厕所状况是衡量那个地方文明程度的最准确的标志,一个人的牙的洁净程度便是那个人内心对文明追求的努力程度的显现。

我感到梗在胸中的一大块冰冷的东西在开始融化。

"大姐姐,你听不到我说话吗?"她开始熟练地打起哑语来,同时嘴里还在情不自禁地说,"我哥哥嫂嫂都是聋哑人。我们一起种责任田,啥子意思都讲得明哟。"

我用自己的双手紧紧地握住她的双手。

她嘻开了嘴巴。这对她来说是个意外。也许从她落生以来从未有人与她以这种姿势相处。

我那二十天没有震动过的声带开始震动,我听见一个滞涩然而清晰的声音从我灵魂里冒出来——

"你的牙真白呀!"

…………

1988 年

黄　伞

丈夫回家第一眼就看见了那把黄伞。

"银娣!"他盯住那把黄伞,大声召唤,"银娣！谁来过?"

银娣从厨房里跑出来,手里提着菜刀。银娣是个刚从乡下来没多久的肿眼泡的姑娘,她对他说:"嗯,有个人来过,我跟他说你们都不在家,他呢,他就站在你这儿,他先说,他等等,后来,他又说不等,他就走了……"

"他姓什么？你问了吗?"

"他没说。嗯,我没问。"

"你看你,该问问他姓什么,有什么事？……这伞是他挂在这儿的吗?"

银娣歪头望着那把挂在门边墙上挂钩上的伞,肿眼泡显得更肿:"嗯,我不记得了,也许是他的……"

"你怎么不记得了呢？你怎么不注意呢?"他责备她,眼睛却仍盯住那把黄伞,出声地寻思着,"天虽说阴一点,可并没下雨呀,他怎么就带这么大一把伞呢？又怎么就挂在这儿,自己走掉了呢?他是谁呢?"

那是一把不能折叠的大号钢骨架尼龙面伞。半新不旧。最古怪的是它并非黑的,而是黄的。黄得刺眼。不是正儿八经的黄。

妻子回家来也是第一眼就看见了那把黄伞。

"银娣!"她呼唤的声音更大。

银娣从厨房里跑出来,手里提着锅铲。

丈夫闻声从他们那个三居室单元最大的那间里快步走出来。

"三曹对案",不得要领。

银娣急得肿眼泡里蓄满了咸水儿,可就是说不清来过的那个人究竟是多大年纪是胖是瘦是高是矮,丈夫和妻子轮番盘问到最后,她竟越发连那人究竟是男是女也说不清了。

晚饭没吃好。电视没看好。一夜没睡好。

第二天一早,夫妇俩循例先去楼下小公园练气功。原本两个人都将一吹、二呼、三嘻、四呵、五嘘、六呬顺利完成,这天丈夫只做到三嘻,妻子只做到四呵,便难意守丹田。在分手各自乘公共汽车上班以前,他们愁眉不展地对望着,那把色儿不正的黄伞,从他们的上丹田玄关穿过中丹田腹中直插下丹田气海。

这天从各自机关回到家中,他们忍不住没完没了地研讨着,从吃饭到看电视到洗脚到上床到熄灯到背靠背睡和面对面睡。

"谁呢?……"他把他能想到的三亲四友以及任何有瓜

葛的人一一列出,结论是其中任何一个也不可能昨天到他们家来,并且绝不可能持有一把黄伞。

"难道是……?"她也把她所想到的所有"嫌疑分子"包括小学时代的校友一一清点了一遍,结论与丈夫相同。

"银娣怎么就这么糊涂?"

"都怪你,非要从老家搬来这么个傻丫头,要是就从这里的劳动服务公司请,绝不会像她这么懵懂,连来的人什么模样都记不清!"

"会不会是……坏人捣鬼呢?!"丈夫把问题引开。两个人顿时毛骨悚然。

床头柜上闹钟的嘀嗒声忽然特别沉重。

静默了两分钟。妻子忽然翻身下床。丈夫按亮了床头柜上的台灯。不一会儿两个人都行动起来,配合默契。丈夫特意踮着脚尖去望了望小间里的银娣,那肿眼泡姑娘正在睡梦中磨牙。

大立柜里什么东西也没有少。柜里放存折的小抽屉检查了,放现金和票证的小抽屉也检查了……最后连厨房的碗柜、过厅的冰箱都打开查看了,秋毫无犯。家里什么也没有少。

但两个人再也睡不着觉。家里多了一把黄伞。这才深切地体会到,家里多了东西远比少了东西可怕。

两个人穿着睡衣,呆呆地站在单元一进门地方,死死地盯着那把在电灯光下黄得格外恐怖的伞。

妻子扭头望着丈夫,丈夫意识到一个任务历史地落到他的肩上,他视死如归地屏住气,伸手从挂钩上取下了那把伞,哆哆嗦嗦地将伞撑开,一下子,夫妻二人全笼罩在一片仿佛烫人的黄晕中。妻子"呵"了一声,丈夫果断地把伞合上,但那合上的吧嗒声格外响亮,使他们两个人都摇晃了一下。

"伞倒是平平常常的伞。"丈夫仿佛走夜路唱歌自慰般地说。

"就是太黄。"妻子躲远一步,仿佛那伞会跳起来咬人一口。

"干脆把它扔了算了。"

"不行……"妻子没有说下去,丈夫心里替她说了,不能扔,扔到楼道的垃圾孔里,会形成堵塞;直接扔到垃圾站去,倘若被人看见,会让人起疑:好好的伞,为什么要扔掉呢?半夜里比如现在,拿去扔,也许不会有什么人看见,可自己又仿佛成了个贼,不能扔不好扔没法儿扔……

他把伞又挂了回去。

"也许,明后天人家就会回来取的。"两个人同时想到这一点,对望一眼,释然了。一先一后打起了哈欠,重新上床的时候,两个人各自有着淡淡的微笑。这样一把伞,人家不会放弃的,来取的时候,自然真相大白。

再一个清晨,两口子临出门对银娣千叮咛万嘱咐,倘若那人再来而他们都未回家,一定要问清他或她姓什么叫什么从哪儿来为个什么,并且最好请他或她留下来等一等,给他或她沏一杯茶,倘若他或她又不等到主人回来便走掉,那么一定提醒他或她别忘了带走上次留下的那把黄伞,并且应当记住他或她大约多高大约多大是胖是瘦穿着打扮有什么特点说话有没有口音……

"我让他留张条子再走。"银娣毕竟是初中毕了业的,肿眼泡看上去比往常平整许多。

可他们先后脚提前从机关回到家里以后,都悚然地发现那把黄伞仍挂在那里,并且银娣先是提着菜刀后是提着锅铲主动从厨房里跑出来迎着他们报告:"没有人来过。"

吃饭的时候她问他:"你在单位里是不是跟人家讲了?"

他愣了一下,摇头。她便知道他一定是穷极无聊,跟同事们讲了家里忽然多出把黄伞的事儿。她用劲扒饭,筷子碰得饭碗噼啪响,两眼恨着他。他心中直后悔。

看电视的时候他问她:"你是不是给妞妞打电话了?"妞妞是他们的独生女,早已嫁出去另过。她那婚事他们竭力反对过,伤了感情,因此来往并不密切,何况妞妞一家住在跟他们这个地方成对角线的城市另一隅,倘若老远跑来了,断不会不留下来,银娣虽然从乡下才来不久,还没见过真人,但挂在墙上的照片是看过的,断不会糊涂到不认妞妞。所以他们昨天早已做出过判断,不会是妞妞来过留下了这么把黄伞……尽管如此,他断定她还是从单位给妞妞挂过电话,她既在办公室挂电话,问黄伞什么的,那就无异于他与同事们闲聊提及此事,这么一来,"一比一平",他望着她,很是解气。

忽然有人敲门,两个人同时从沙发上跳了起来,争着去开。银娣早一步去开了门。大败兴。是同楼的邻居,轮到算水电费,来查电表的。电表就在一进门那排挂钩上头,因此查完电表,邻居的目光从那把黄伞上扫过,只听邻居说了句:

"嗬,这伞可真黄!"送走邻居以后,两口子心里乱扑腾了一阵,"嗬,这伞可真黄"究竟是一句多大分量的话? 约不清楚,可又不能不约。

妻子伸手去取那把伞,要把它暂时藏起来,心想把它先搁在阳台上,干脆放进阳台上那原来装冰箱的空纸箱子里。丈夫不知是有意还是无意碰了一下她的胳膊肘时,她斜眼一瞥,恰同银娣的目光相对。银娣那目光使她缩回了手去,她装出若无其事的样子走回去看电视。他跟着去看电视。他们从来都觉得电视不好看,但他们每天晚上都要那么看一阵电视,就如同他们每天早上都要那么练一阵静气功一样,他们想长寿,活得长长久久,以延续这种每一天如同一滴水般相似的生活。

再过一天还是没人来取那把黄伞,但晚饭后来了个客人,外地出差来的,十八年前同他们在一个"五七干校"待过。他们给他沏上茶,摆出瓜子和葡萄干,聊起天来。不知不觉过去了两个小时。两个多小时里他和她把黄伞彻底地忘了。他们发了些属于"大路货"的牢骚,诸如物价飞涨啦,拿手术刀不如拿剃头刀的挣得多啦,世风日下啦,中国人的故事怎么倒让外国人拍了电影啦,等等,得到了一种很大的心理满足,就是安安全全地"反动"了一番。他们聊天的高潮是共同回忆起"五七干校"时的美好时光,最美好的情景就是干完了活儿倚着打麦场的麦秸垛让夕阳晒着让微风吹着,他们在"五七干校"都属于既轮不到被人斗也轮不到去积极斗人的角色,"那时候真省心,反正好好干活就是了,干完活食堂打饭去。"他说。妻子和客人笑眯眯地冲他点头。

客人告辞的时候他们还真有点依依不舍。忽听外面有雷声,雷声使他和她迅速地想到了:伞,黄伞。

客人来时没有带伞。他急中生智,一把取下那把黄伞,递到客人手中:"给,给,拿着,拿着。"她顿开茅塞,立刻配合:"用吧,用吧,不用忙,你就拿去留着用吧!"

听见了很急的雨声,客人确实需要伞,但客人自己从那排挂钩上取下了另一把伞,那是他们自备的一把伞,正儿八经的折叠伞,也就是黑颜色的尼龙伞。客人仿佛说了几句:"那就借这把吧,黄伞可怎么用呢?"客人飘然而去以后,他望着手中的黄伞,她盯着他手中的黄伞,发愣。

又过了一夜是星期天。一大早楼下就有"有废品的我买"的吆喝声。她让银娣去卖早就攒好的一堆旧报纸和空瓶子,忽然灵机一动,当银娣就要出门时,她把那黄伞取下来,搁到银娣提着的装废品的蛇皮包里,义无反顾地嘱咐说:"卖了它!反正没人来取。我们也绝对不要用!"

银娣刚要出门,他抢上几步堵住她,把那黄伞又从蛇皮包里抽取出来。她和银娣都诧异地望着他。他青筋直颤,几秒钟后才气咻咻地说:"这多不合适,好好的伞!"

银娣走了,她才要开口同他争个高低,他急急摆手,又努嘴让她同他一起到玻璃窗前,用手指头朝窗外点着。她顺着他的指点看到了那推着带两只大筐的加重自行车收废品的人,是个三十来岁的乡下人,头发挓挲着,正咧着大嘴吆喝:"有旧报纸空酒瓶塑料鞋的我买!"

他压低嗓门告诉她:"好多这样的,都是公安局派来的——"

她瞪了他一眼:"神经病!"

可是当晚他们上床以后,她忽然对他说:"要不,咱们主动到派出所报案去,把黄伞交给他们?"

轮到他瞪了她一眼:"神经病!"

当夜两个人都噩梦联翩,惊醒后他记得的梦境是:仿佛是在课堂上,但又仿佛隐隐有"——从宽!——从严!"的口号声,他面前站着一个人,脸上没有五官,他手中被塞给了一支蘸好墨汁的毛笔,仿佛是强有力的人物在测试他,看他能不能在那张肉嘟嘟的脸上恰当地勾画出令测验者满意的五官。他的手哆嗦着,越哆嗦越厉害,以致把毛笔上的墨汁溅得如雨点一般。转瞬间他似乎又站在一旁,看见他自己脸上并无五官,而原来那个没有五官的人手中捏着一管毛笔,也蘸好了墨汁,正被某种强有力的力量驱使着要往他脸上勾画……一个很高很大的麦秸垛突然显现,周遭坐着一圈晒太阳的人,每个人脸上都没有五官。忽然听见搪瓷盆磕碰的声响,仿佛是一处食堂,很大很大,弥散着熬白菜的气息。一个个搪瓷饭盆排成队,轮着让一只冒着热气的钢种勺往里面盛菜,钢种勺往搪瓷盆里盛着湿漉漉的怪东西,那些东西渐渐看清楚了,是一些人的五官:眼睛、鼻子、耳朵和大大小小肥肥瘦瘦红红白白的嘴唇……吧嗒吧嗒地落在搪瓷盆里。他在梦里面对这情景时很是快慰,但惊醒后他恐惧得要命,并且当他彻底清醒以后,他痛楚地意识到单元门旁的挂钩上还挂着那把黄伞,他很诧异他的梦境里竟然一丁点黄伞的影子也没有。她的梦境却纯然是关于黄伞的,那黄伞像蛇或蜥蝎般地蠕动着、爬行着,追逐着她,她吃力地逃遁着,有一次,她看见妞妞就在旁边冷冷地看着,她大声呼救,妞妞竟然无动于衷。又好像来了银娣,两个肿眼泡格外丑陋,银娣只顾提着个蛇皮包在那里走,根本没看见她也没听见她,她逃避着越来越狰狞的黄伞,倒是那个收废品的乡下人不知从哪儿挺身而出,举起那杆约废品的秤来打那黄伞,但黄伞竟一下子扭曲着缠住了那乡下人的胳膊。她声嘶力竭地惊叫着,感到陷于孤苦无告的悲惨境地……她猛然惊醒后立即坐了起来,一身冷汗,喘个不停。

记不得他们是怎么交流的,反正他们又一次配合默契,他去取来了那把伞。然后把屋门紧紧撞住,她拿出了亮闪闪的裁衣剪,他找出了老虎钳,她将那黄色的尼龙伞面剪得粉碎,他拆下了所有的钢撑条,最后她用一只黑颜色的塑料口袋装起了所有的黄色碎片,而他则用几片旧报纸裹起了那拆得七零八落的撑条和折成两截的伞杆。

天刚泛出蛋青色,他们已经出现在楼下的小花园里,毁掉的黄伞已顺利地绝不引人注意地扔到了垃圾集中站的垃圾桶中。那一天他们把静气功的"六字诀"连续运行了两遍,事后他们互相告知,他在"五嘘"时达到了前所未有的最畅快的境界,而她从"四呵"到"六呬"都飘飘然有成仙的感觉。

1988 年

红　　蛙

[关于一部即将开拍的外资影片的一系列电话记录]

导演的姑母打给她老战友的电话

姑母：……心里像堵着块什么，好几天了……干脆跟你说了吧！

战友：你不说我也猜着了！咱们离了休的人，谁手边没一份两份解闷儿的报纸，这几天不止一份上有你侄儿拍新片子的消息，这回可好，拍到你头上去了！

姑母：我还好说，那死了的老头子他能答应吗？唉！

战友：怪你自己！你干吗要把那段事儿讲给他听呢？

姑母：谁想得到啊！那时候他也还没当电影导演……

战友：如今红得发紫啊！净是外头的人给他投资，听说他跟那些个男女主角的片酬，都是些个天文数字！

姑母：那不去管他！可气的是，"兔子不吃窝边草"啊，哪儿找不出题材来？……

战友：兔子？哼，他们这一代，不是兔子是狼！他们自己就那么唱嘛:"我是一匹来自北方的狼……"他们都有狼性!

姑母:那一点儿也不错。你知道是我跟老头子打小儿把他拉扯大!

战友:谁让你们非把他拉扯进这一行呢!

姑母:当时他喜欢这个啊,打小儿受咱们文工团的气氛熏陶,喜欢编个什么演个什么导个什么啊……

战友:记得为了把他塞进那个什么导演班,你那些天就跟疯了似的,一天里头坐着车连跑四五家,给他说情;你那老头子在病床上也不知道给打了多少个电话……当时要由着人家把他刷下来,现在你也省了这些个苦恼了!

姑母:唉!

战友:想开点吧! 这事没几个人知道,他拍片子他也不会跟人说是姑妈姑爹的事儿,再说这号外头人投资的片子,拍得了咱们这边根本也不演,只不过是报纸副刊上,还有些个花花绿绿的杂志上,有那么些个豆腐块,也只不过是宣扬宣扬他那样的导演又找了个什么样的女明星,在捣鼓一个什么怪片子罢了……你自己身体要紧,操这份心! 生那个气! 依我说,睁只眼闭只眼,由他去!

姑母:话虽这么说,到底是个刺激啊! 偏他报出的片名是《红蛙》,这"红蛙"的事儿只怕除了死去的老头子,除了我自己,除了你,也就他心中有数……偏叫《红蛙》,这不直戳我心窝子吗?!

战友:他多长时间没去你那儿了? 我知道他们这一辈"北方狼"向来不懂得什么叫写信,可他们那狼爪子一天到晚可都抓着电话机子,前些时候是腰上别着个什么BP机,如今他怕是后屁兜里揣着个"大哥大"吧?他就没给你拨过一个电话吗?没给你打一声招呼吗?……

姑母:没有!我给他拨过电话,只有个录下的声音,说不在家,让留下话,我不留!我有话要直接跟他说!唉!你说我心里头怎么能不闹腾?《红蛙》!也不知道他找个什么妖精来演我!歪曲!丑化!

战友:依我说还是那句话,想开点儿!谁让咱们老了呢?如今是他们的天下,谁能把他们怎么样呢?你就只当他跟你一点儿关系也没有,《红蛙》更跟你风马牛不相及!怎么样,要不今儿晚上上我这儿来,你也下下海,我们这儿楼上楼下每晚上总有个三桌两桌的,当然全是小来来,稀里哗啦一搓,什么心烦的事儿全没了,不信你试试!来吧,今儿晚上为你,我炖点桂圆红枣汤!……

一位女演员往导演家里打的电话

女演员:……不知道我是你这盘录音带上的第几个留话人,上帝保佑,别我没说完你这盘带子就stop(停)了!其实就一句话:《红蛙》我演定了!那个被枪毙的姑娘非我莫属!我才不信报纸上那些个瞎胡闹的报道哩!你在考虑女主角的时候会把我忘记了?会选中她和她?"将从两位新星中择其善者而用之",她们二位?谁也不善!你只要想一想我的一双眼睛!这个戏我一看梗概就知道绝对是我的活儿!我的绝活!那个姑娘她完全不用讲什么话,实际上人家也不容她再讲什么话,就那么个特定的情境——她必须死!她的戏全在魂儿里头,怎么死?反抗?一比二,而且人家手里有枪;逃跑?秋后的大平原,周围连条沟连个坡都没有,就是飞毛腿也逃不掉,人家又是一个神枪手;承认自己该那么牺牲,由着他们枪毙?……这一切都必须由我的形体、表情,特别是一双眼睛来充分地表现……我不知道你约我的那个主儿在剧本里究竟怎么写,现在报纸上的介绍是说她终于还是由着他们枪毙,你的构思也是这样?不不不不,我不插嘴,你定,到头来是你的片子,你的作品,你的风格,你的哲思,要么是你的非理性,但那个角色是我的!我的我的我的!我是你的朱迪·福斯特!我比朱迪·福斯特还强!上帝把我选出来,就是为了我在银幕上完成这个角色!阿弥陀佛,没听见 stop(停)的声音……我从现在起日日夜夜,分分秒秒等你或者你的制片主任的电话!我整个儿成了一只红蛙!

编剧的朋友打给编剧的电话

朋友:……求到你门上,报酬不少吧?听说付的全是硬通货……

编剧:嗨,他其实买的就是我这个名儿,这也是投资人的意思,谁让咱们这边老有人批着我哩!这价码生是他们给炒上去的!

朋友:你别得了便宜卖乖!你别以为你那走钢丝表演总那么利索……

编剧:是呀,指不定哪天就一个跟斗栽下来……可我腰上拴着保险索哩！嘻嘻……

朋友：你丫别太狂！你丫的真给他练吗？听说他每部片子拍出来，最不敢看的就是编剧！

编剧：没错！丫的其实根本不看你的本子，你没把本子给他的时候他丫的早分上镜头了……我问过前头俩哥儿们，都说片子出来，他们是惨不忍睹！只有字幕上编剧的署名算是没给强奸！

朋友：那你丫的就图他点给你的那些个港币？还是美钞？

编剧：也还没堕落到那一层地狱里去，难得的是他无偿提供给我的这个题材，我自然是几个晚上就拉出个本子甩给他，然后集中精神把它写成个中篇小说啦……

朋友：他那个故事有根据吗？

编剧：想必是真有过那么一档子事儿。丫家里上一辈全是些个文工团的，从小扭个秧歌唱段道情，后来都混成了头头脑脑。当年确有过那么一个阶段，任凭你是怎么跟剥削家庭决裂怎么冲破反动派的封锁怎么千辛万苦跑到了革命根据地，可还是要把你查个一溜够，大胆假设，而且大胆求证，怀疑乃至判定你是反动派派进来的特务、间谍……故事就从这儿开始，可怜的女主角就是这么个处境——我要很冷静地写出这个大的人文环境——所笼罩：为了保证革命的最终胜利，这样严格乃至严厉地清查队伍是必要的，也是必然的，女主角虽处于被怀疑被清查乃至几乎被判定为敌特的境况之中，但她对那个笼罩他们群体的人文环境却是认同的……随后便出现了另一个决定人物命运的因素;敌人的突然进攻,革命队伍的紧急转移,转移时对清查对象怎么办?清查对象自己当然是坚决要随之转移并表示愿意参加战斗的,参加战斗自然不能应允,但押解着转移却是必要的……这样就引入了另一个情节,一男一女两个押解她的革命者,押着她在转移中同大队伍失散了,并且又发现已误入了敌人密布的区域,如果押着她突围,那等于脚上拴着沙袋赛跑,如果把她视为同志,联合突围,那又等于否定了前一段对她的审查,而很可能被她出卖给敌人,于是……根据大部队转移前他们领导的一个秘密指示:如果遇到特殊情况,押解者可以将有重大嫌疑的清查对象枪毙!于是,当然经历过三个人一番惊心动魄的心理搏击,那一男一女的押解者决定对那个被清查的女青年宣布枪毙她的决定,那女青年最后没有逃跑,实际上她也逃不掉,反抗也无意义,且不可能奏效,于是她便由他们枪毙了……

朋友:哗!真是撕裂人心的一幕!

编剧:你丫的正经点儿!别把世界上的事情全化为笑谈!

朋友:够反动的!这故事!

编剧:去你妈的!你懂个屁!处理这故事我要用——导演丫的这点上我们倒志同道合——超越政治的、社会的、道德的评判标尺,我们丝毫也不想为那一段历史中的革命方面抹黑,而且,我们甚至要表现出来,就一个不由个人意志决定的大的历史运动而言,这类的个体悲剧丝毫不能动摇那个历史运动的伟大意义,也就是说,非要我们从政治角度切入,那我们是站在革命这一方面的。我们要从情节上使观众和读者完全清楚:那样一种特定的情况下,非那样不可。我们也排除社会学角度的剖析,比如,那一男一女的革命者和那少女之间有三角恋爱关系,或者那女革命者和那少女在根据地的文艺团体里有嫉妒和被嫉妒的关系,或别的什么人事纠葛。不,偏偏他们之间并没有那么样的一些乱七八糟的关系,他们就是押解者和被押解者的关系,执行死刑者和被处决者的关系,这里头并没有什么个人恩怨,而是有一种个体无法挣脱的推动力在起作用。我们也不引导观众和读者去进行道德评判:这样处决一个尚不能最终判定为敌人的少女,究竟符不符合道德?哪怕只在革命的道德坐标系上去考察……

朋友:哥儿们! 可那恐怕是不可避免的,无论观众还是读者,他们少不了这一问:这么残酷地对待一个少女,一个活鲜鲜的生命,道德吗?

编剧:观众和读者自己往那道德的坑里跳,那是他们的事,我们不管。我们要展现的,要淋漓尽致地展现的,却是三个人物的心理冲撞、灵魂搏击,毕竟杀人和被杀对任何一个生命个体来说都是太大的、大得不能再大的事了,因而即使杀人者在政治上、道义上已经充分地武装了自己,他一旦下手,面对着一个终究没有搞清的又来不及搞清的潜在的敌人或潜在的无辜者……你看我把自己都绕进去了,我说的是什么呀……

朋友:明白!能明白!棒!真棒!这作品妙就妙在这能把作者自己也绕进去的魔力!是呀,即使那个少女从政治上、道义上认可了在那么一个紧急的时刻,任由那一男一女枪毙自己是必要的、合理的,她也决心牺牲自己,但终究她是面对着她所投奔的那个群体的枪口,她并不是由她认定的敌人打死而是由她选定的同志打死,她那灵魂的悸动该是惊天地泣鬼神的!我想象不出来导演丫的怎么玩,怎么在银幕上玩出这惊心动魄的一幕来!也许舞台剧倒还比较容易玩,能把台下观众玩晕乎!你丫的写小说那就更没治了!难道丫的跟你一说你就应了!没错,甩个本子让丫玩他的去!你玩你的!要是我,这么好个题材,倒贴丫的也接!……

一个评论家和另一个评论家的通话

一个:……太不像话了!越拍越邪乎!你不写篇文章批他一家伙吗?

另一个:管他哩!再说人家也还没拍出来,光有些个报道,等他拍出来看了再说嘛!

一个:这可是倾向问题啊!

另一个:你跟他去认真!现在电影最自由,不但有中外合拍,还有干脆是外资的片子,人家外头的制片人不过是聘这边的导演、明星什么的给他们去干活,出来的又不是中国电影,咱们管他干什么?

一个:你怎么一下子忽然变得这么温良恭俭让了?你上个月发的那篇五千字的可是个大爆破筒!说实在的,人家那篇小说的破绽可不像《红蛙》这么明显,你虽然手里有根正牌儿金箍棒,到底也拐了三四个弯儿才炸出人家的要害来!你来篇炸《红蛙》的吧!说实在的我看了那篇专访气坏了,其人之狂妄之荒唐且不去细论,他那马上要投拍的《红蛙》的构思本身就是一个反动宣传,那不是明目张胆丑化、攻击我们的革命传统吗?

另一个:你写一篇吧!你既然那么义愤填膺你就来一篇嘛!

一个:你给我找地方发?

另一个:你自己就真找不着地方了吗?

一个:……说实在的,有把握的地方都是些小码头……

另一个:所以我说你是个榆木疙瘩,死不开窍!你也别生气……

一个:我不生气。咱们是什么交情?这么多年了……

另一个:是呀!贫贱之交!所以我就不怕跟你说点打开天窗的亮话!你就是写了那批《红蛙》的文章,写得有分量,有深度,就靠我现在的面子,那你想靠的码头怕也未必痛痛快快地给你一个泊位!

一个:那为什么?

另一个:为什么?老兄,我请问你,就算咱们是一伙的,一个码头的,那咱们批那《红蛙》,批那两眼朝天的导演,图个什么?

一个:图什么?难道捍卫原则——

另一个:原则自然要捍卫。但你怎么直到今天还昏昏然、梦梦然,谁花力气去捍卫空洞的原则?原则要落到实处!请问:批倒了《红蛙》的构思,就算《红蛙》停拍,咱们又能得着什么?那导演屁股底下有什么交椅,能让你还是我还是咱们一头的什么人去坐?

一个:你怎么——

另一个:怎么说出这样的话来?还不是因为咱们俩谁跟谁呀?这么多年,你就是信不过我,我还能信不过你?正好我今天晚上喝了三两多杜康酒,借着这酒劲儿我干脆跟你来个人体艺术——咱们赤裸裸相见!老兄,你怎么还不明白,咱们这码头的老板——不,先别算上你,不是我不算,是人家还没把你算上——我们这码头的老板,对搞《红蛙》那一群小年轻的自然也讨厌,可并不把他们当成一回事儿,为什么?刚才不是说了吗?他们有什么权?有什么权好夺?屁股底下有什么交椅?有什么交椅好夺过来坐?没有!所以不跟他们一般见识!先放他们一马,由他们去!……

一个:这……

另一个:这什么?这太粗鄙了吗?太出乎你意料了吗?可这才叫捍卫!才叫原则!我知道你不服气,不服气我这一二年里发那么多大块儿,有两回还从这一版下转到那一版,还得了那么多让你眼红的甜头,你以往跟我投石问路,我总跟你打马虎眼,今天晚上借着酒劲儿我爽性给你把真经传透:你别老两只眼睛乱晃悠,《红蛙》你也去义愤,也去填膺,浪费感情!瞎子摸象!……就说我上月那篇大半版吧,为什么登?为什么二号字大标题?为什么第二天就在另一处转载？又为什么老夸我老赏我？其实道理很简单，就是写那篇小说的主儿如今屁股底下虽没那么一把交椅，可要不紧盯着他紧批着他紧往上头吞着他臭着他，指不定怎么样一来，该由咱们这边稳坐的交椅就搁到他屁股底下，由他去坐了！你明白了吗？明戏了吗？……所以以后你就别老打电话来问：怎么那小说看了三遍，究竟也还是没看出你说的那么个吓人的问题呀？谁让你看三遍了？你看它三遍干什么？不是我骂你，你分明是只没头的苍蝇！

一个：你怎么！怎么出口伤人！你醉成混葫芦了！这么说你写那文章并不是出自一种真诚，一种义愤！你这家伙！

另一个：老兄，别挂别挂，恕我酒后无德！难得这么样开诚布公地一谈！混葫芦！你算骂对了！老兄，我心里头其实跟你一样地苦闷啊！我错过了多少机会！多少班车我都没挤上去！我怎没找到一个角色！前些年只能是串演一些个零碎杂角，好比舞台上的村民丙、匪兵丁，进不了追光的圈儿！我也曾想充当怪声为新潮崛起叫好的角色，可那角色让别人霸住了！我也曾想充当奋声高喊主体性的角色，可偏又有人占了先！我又曾下定破釜沉舟的决心，不怕得罪一切人，扮演一个骂倒文坛的P派首领，谁想我文章还没写出来，人家的演讲已经在报上登出来顿时轰动了！他妈的！那些日子里我可真是"瘦影自临春水照，卿须怜我我怜卿"啊！"朝扣富儿门，暮随肥马尘，残杯与冷炙，到处潜悲辛"！……呜呜……

一个：你哭啦？你怎么？你？

另一个:你别挂,你别……我心里头,心灵深处的话,跟谁去说啊!你听我说,你听……我要说,要说个痛快!我哭?我哭什么?!我笑哩!我要仰天大笑。"仰天大笑出门去,我辈岂是蓬蒿人"!……你别光看着我大半版一大版这版下转那版地登着那些个狗屁文章,我容易吗?人家起头还不收我哩!就他妈往这码头上靠,也有人窝里头放炮,写匿名信,告,告我扒过女浴室的天窗,我是扒过,怎么啦?!你没扒过女浴室天窗,你倒是写篇能往外拿的文章呀!又他妈写不出来!我能写出来!能让老板一看就八九不离十,改不了几段就能上阵,我又敢点名又能击中要害,当年伟大领袖不是说过姚文元跟戚本禹吗?说姚的文章优点是点了名,但没有击中要害,戚的文章击中了要害,却又没有点名。我把他们俩的优点全包了缺点全甩了,我还不怕署上自己的真名,我要出的就是这个名嘛!我知道,这是趟末班车,可我老大不小的了,原来的没挤上去,这趟我再不往上拱,那就一辈子窝在那儿了!……

一个:你也醉得太厉害了,你歇歇吧!什么码头、老板的!你这么说话,不钻到对立面那边去了吗?你为什么丑化自己呢?难道你真的没有正义感、原则性,完全是投机,是谋私?怎么可以这么说呢?亏得是跟我说,亏得我知道你现在是真的醉了……

另一个:丑化?我丑化谁了?丑化我自己?我凭什么丑化自己?我远比那些个战友高尚!远比老板高尚!我什么不知道?什么瞒得过我?……跟你把话撂明白了吧,那《红蛙》你不仅不要去批,你如果真想凑拢我们码头,你还不如也跟着起哄、凑趣哩!你是个大傻帽!你是聋子、瞎子!你就一点儿也没听说过吗?那给《红蛙》投资的人,跟我们老板也拉着关系哩,我们老板也巴不得拽紧这根绳儿哩!谁反对改革?谁反对开放?问题是改革权、开放权握在谁的手里!就拿组团出国访问来说吧,谁不想去美国?去了美国谁又不去逛迪斯尼乐园,参观现代艺术博物馆?问题是谁去!我就知道我们这边的全想去!我就想去!所以我一边批着那主儿的小说,说他全盘西化,说他崇洋迷外,一边见着美国那边来的人就一再跟他们说,你们看我哪一点儿"左"?我跟你们不是一样一个鼻子两眼吗?来,咱们喝交臂酒!我不是"左"王是酒王!他们哪儿弄得清咱们这边的事儿,他们就都愣了,有的就说他们也见过那些个自由化的评论家,拘谨得很,倒不如我开放,不如我洒脱哩!那可不是,不说别的,光从那回我扎的领带上说吧,就让他们一个个眼睛都发了直,绝对的国外大名牌还不算什么,你猜怎么着?你以为我不过是别了个24K的金领带夹?你想象力太贫乏!恐怕你知识也有限,告诉你吧,我给领带套了个亮闪闪的珍珠套儿!你没见过吧?虽说不都是珍珠,是珍珠的部分也大都是些不够圆乎的养珠,只有当中两颗是真的圆滚滚的珠子,可那气派,他们真是见了不能不瞠目结舌——谁"左"?谁不开放?谁一概反对西方?谁一概否定西方文化?谁主张中断中西方文化交流?问题是真正代表中国文化的健康的力量是我们,是我!所以他们应该放心地邀请我们,邀请我访问美国!老兄,你替我想想,我现在什么都有了,房子,车子,奖励,津贴……可我美国还没去过,还没去过美国啊!……

一个:这——我还以为……

另一个:以为什么? 以为我最想去的是还高插着红旗的地方? 那当然也要去,但最想去的还是美国,"不入虎穴、焉得虎子",对不对? 既然如此,我为什么要批《红蛙》?《红蛙》是瞄准奥斯卡最佳外语片奖去的,对不对? 你看那投资者连眼皮都不眨就给那混小子扔了一大把钱,为什么? 还不是看准了那混小子准有那个段数! 要不就瞄准了威尼斯,瞄准了戛纳,瞄准了柏林,反正是瞄准了西方,瞄准了最该去的地方,就算我讨厌《红蛙》,我批它干什么? 我得罪他们干什么? 说不定哪天我还得靠巧巧妙妙地捧《红蛙》而去成西方,去成美国呢!

一个:你真是烂醉如泥了!

另一个:我没醉。啊哈! 我现在心里头很清楚,你都听着哩,你爱听,你想听,你才舍不得撂下电话呢,今天晚上你可是大开眼界,不,大开耳界了,对,你总算知道了一些隐私,我的,我们码头的。你想泊在这个码头吗? 那你就要放聪明点儿,要识货! 要知趣! 要懂得鸡蛋里头挑骨头是一种需要,苍蝇抢了有缝的蛋别去管也是一种需要……

一个:好了好了,你沏杯酽茶解解酒吧,今天晚上我可是什么也没从你那儿听到过,你放心,管它红蛙绿蛙,蓝蛙紫蛙,我是再不操那份心了! ……

一位女明星和她的情人的通话

女明星:……我还真有点犹豫不决……太有诱惑力了,可也许又一次变成了他们那一代导演手里的活道具!

情人:我倒觉得那角色对你真是富于挑战性的。剧本接到了吗?

女明星:说还得等一个星期。现在还是那么个提纲。就是我特快专递给你寄去的那个。在你手边吗?从提纲上看戏份真不少,还有相当的年龄跨度……

情人:演起来那是很过瘾的。不过我总觉得在这个片子里,女主角到头来还是那个被枪毙的冤死鬼,你这一角戏份再多也只是个女配角……

女明星:那我倒不是太在乎。我告诉你一个秘密:真拿到威尼斯、戛纳去,片子得上奖就算万幸了,想得最佳女演员奖,那门儿也没有!可要真争一争最佳女配角奖,倒是说不定的事儿……导演给我来长途的时候,坦率地跟我谈了这个事儿,当然他让我保密,别漏出去让那演挨枪崩的多心……你说我倒是接不接这个活儿呢?

情人:你不是已经应了他了吗?

女明星:还没签约,自然想拒绝还来得及。

情人:可是有一大笔片酬啊!

女明星:你倒想得周到!

情人:就真不动心?

女明星:那个合拍戏的片酬也不算低。关键是还得通盘考虑,加减乘除……看得数究竟怎么样……

情人:你加减乘除以后是怎么个得数?

女明星:难说。测不准。我不放心。

情人:不放心什么?

女明星:不放心《红蛙》。

情人:你不想接《红蛙》这戏?

女明星:不是……我想说的是,这戏的主角搞不好既不是她也不是我,也不是那个男的,而是那只让鲜血染得红红的、黏黏糊糊的青蛙……

情人:怎么?

女明星:提纲上你还看不大出来,可导演电话里跟我那么一聊,我就把他的心思给看穿了,他的全部创作冲动,都起源于那只红蛙……

情人:你说给我听,细说说。

女明星:电影不是小说,也不是舞台剧,电影语言是可以把人以外的东西,环境,器物,尤其是动物,包括一只青蛙,当成叙述主体的。这片子为什么叫《红蛙》? 关键是那一男一女本着神圣的前提将那姑娘枪毙以后,当他们搬动那姑娘尸体要将她草草掩埋时,在那姑娘尸体下爬出了一只青蛙,因为姑娘的热血浇在了那只青蛙身上,所以青蛙变成了红蛙,黏糊糊的,不会蹦,只会爬了……那女的后来总忘不了那只红蛙,并且因而形成了令人很惊奇的怪癖:她不仅绝不能吃青蛙即田鸡的肉,而且任何能使她联想到那红蛙的东西都使她恶心,乃至头晕,包括后来常见的浇上西红柿汁的肉饼一类的食物……你想导演一定会在银幕上反复使用红蛙这一象征性的符号,并使得整部片子的银幕造型充满了绷紧观众心弦的张力,不消说他会把这个噱头玩得淋漓尽致,那么,我呢?我那个角色呢?我真害怕到头来,我费老大劲投入,拍了半天,接出来,剪辑完,一放映,我变得模模糊糊的了,倒是那只红蛙令人久久难忘……

情人:你的担心不是没有道理。可是我觉得那股全然不注重角色塑造,不注重叙述故事,光是耍弄形式,搞银幕造型,把演员全然当作与环境、背景、器物、动物一样的道具摆弄的时风,已经刮过去了,他们那一代导演这一二年都先后醒悟过来了,不那么练,不那么玩了;他那上一部片子,不就至少塑造出了两个血肉丰满的人物吗?所以我觉得你不必那么担心。更何况你在签约前还可以跟他再坦诚地谈一次。

女明星:也不单是怕把我当成活道具。说实在的这个角色跟我的距离太大太大了……

情人:你不是早就盼着打破本色打破定型,接受最富挑战性的出人意料也令自己始料不及的角色吗?

女明星:当然!可是我内心深处,起码到今天为止,到现在为止,总还不能接受这个故事!我,一个押解者,怎么可以把一个未能最后定性的人枪毙掉?这可能吗?人世间有这种事这种人吗?

情人:导演不是告诉你,这是一个真实的事件吗?人世间不是确实发生过这样的事有这样的人吗?

女明星:我相信他的构思不是关在屋子里对着墙壁胡思

乱想的产物……可在那关键的一场戏里,我那一角那样行动的心理依据是什么?

情人: 首先是对革命的忠诚。对一种终极目标的无限信仰与无畏追求,哪怕要越过一具可能是无辜的尸体!

女明星: 当然,这是一个层次。导演说跟编剧商议好了,将有一场戏为这样一个高潮做铺垫:清查中确实有被怀疑者逃走,结果证明确实是敌特,而且给革命队伍带来了严重的损失。严酷的斗争环境导致了人与人之间的严酷关系,往往是你死我活之间的无情抉择……

情人: 你这样理解就对了。再说故事的规定情境很清楚:他们三个同别的人走散了,同队伍脱离了,而又发现陷于敌人包围之中,他们必须突围,突围又不一定能够成功,倘若只面临着牺牲,只面临着同归于尽,那倒也罢了,然而又很可能都被俘或其中一人与那姑娘被俘或仅那姑娘一人被俘,但只要存在着那姑娘被俘的可能,就一定又存在着两种可能:那姑娘果然是敌特,于是她终于能将刺探到的情报向她的主子汇报;或者,由于她对革命队伍的清查不满,由于禁不住敌人的拷打或引诱,她动摇了,投降了,于是,仅仅是她所耳闻目睹的情况,就足以构成一种情报,使敌人知道我们那支革命队伍的虚实……于是不得不在突围前把以上的所有可能性化为乌有,那化为乌有的办法就是将那姑娘的肉体加以消灭……

女明星: 但观众怎么能坚信,倘若敌人捉到了那一男一女,拷打他们,引诱他们,他们就一定不存在投敌的可能呢?

情人：亲爱的，这就要靠你和那男的搭档功夫啦！特别是你，一定要演出那份自信，也一定要演出那份令观众毫不怀疑的磐石般坚定的革命品格！

女明星：但是演得太硬了，我又怎么体现出处决那姑娘时的复杂心态，那内心里的震荡与挣扎？而且，导演说了，那一段戏里，要出乎一些观众、也许是大多数观众、甚至于所有观众的意料，不安排那一男一女革命者之间的分歧、争议与冲撞，他们是一致同意根据上级指示的精神枪毙掉那姑娘的，并且互相配合着做这件事的……

情人：高！那才更好看！更惊心动魄！

女明星：并且导演说，也将不安排那姑娘同他们的外在对抗，我将分工直接去跟姑娘把话讲清楚，就是要明明白白地告诉她我们要根据革命事业的整体需要枪毙她，但我该怎么把握内心的尺度呢？我是把她完全视为敌人，还是把她视为一个无辜的但必须为革命捐躯的人，还是内心里充满了迷惑？……最要命的是，导演说那姑娘将并不逃跑，并不呼天抢地地喊冤叫屈，也并不歇斯底里大错乱，而只是对于被枪毙这一事实本身充满了全身心的惊恐，而我和那个男的所不能统一的，也仅是究竟让那姑娘从背后吃一枪还是迎面吃一枪的方式之争……

情人：太棒了！这才是好构思！好导演！拍出来一定是好片子！威尼斯金狮，戛纳金棕榈枝，柏林金熊，奥斯卡最佳外语片奖，我看怎么着也能捞上一个了！

女明星：真的吗？洋人能理解吗？

情人:怎么不能!故事是一个中国故事,甚至是一个中国革命的故事,但落点却是全人类的,一个人类的生存困境问题,一个个体生命和群体生存之间的矛盾问题,一个杀人和被杀的问题,生与死的问题,假定与判定的问题,生理人心理人与社会人政治人的矛盾问题……总之,是直逼人性深处!

女明星:我真怕拿不下这一角!我还……我又怕他找的那挨枪崩的一角太不称职,那我铆足了劲儿也没有用;当然我翻过来也怕他找的那家伙太来事儿,把我给压过去!

情人:他跟你说了吗?他究竟选定了谁?小报上吹出来的那两个候选的主儿可都不怎么样,闹不好真不能跟你旗鼓相当,结果两败俱伤!

女明星:他漏出口风,说可能找港台的新星,找真是只有十八岁的姑娘,可我想港台的丫头怎么可能理解这个故事那个角色?

情人:他真有那个打算?太离谱……

女明星:那也许是出片人的意思,你得知道这是人家独立投资的,你考虑的是艺术,人家考虑的也不光是国际上拿奖出名,考虑的主要恐怕也还是票房,这三个主要角色他大陆、香港和台湾各找一个明星来"联袂主演",倒也不失为一个好的生意经,至少在华人圈子里,票房肯定不错!

情人:你估计拍成了这边能公演吗?

女明星:我想那么多干什么?我现在只是……想你!几点了?啊,真恨不得跟你挤在一起,借你点灵气儿!

情人:挤在一起？为什么不搂在一起？滚在一起？……你这破戏还有几个镜头？管它红蛙哩！你先回到北京来,咱们滚一滚再说别的！……

两个中年作家的通话

一个:……干吗呢？还敲啦？

另一个:正敲呢。嘿,你也快买吧,这玩意儿真让人着迷,我现在是一天不敲就浑身痒痒……

一个:成了你的情人啦！那我这电话是不是成了棒打鸳鸯两分离啦？你们正亲热着……

另一个:快买吧！七八千块买个绝代佳人,不算贵！瞧着吧,你迎进了屋,说不定比我还得黏糊！

一个:那也得看缘分！昨晚饭局上遇上了正写《红蛙》的那坏小子,我以为他那么新潮,必是早用上了电脑,说不定还已经喜新厌旧地几离几娶,谁知道他说他还是摇笔杆子;他票子大把的,置备一套桌面办公系统,包括碎纸机在内,都不成问题,可他说他就用不来计算机,对着显示屏立马灵感全无……

另一个:你听他的！……昨晚谁做东？

一个:还不是台湾那边来的,约稿,自然还是坏小子们的货最抢手,他那《红蛙》小说还没脱稿,人家就约定了连载,拍下了定金,生意真火红！

另一个:咱们是卖文为生,他们是卖文致富了！

一个:世道已然如此……

另一个:这世道并不坏啊!

一个:当然! ……是这么回事儿,有个杂志,想热闹热闹,找十来个作家,大家围绕着一个内容,各人写上一篇……

另一个:同题小说?那不早有搞过的?

一个:不是同题。是同题材。具体说吧,那《红蛙》的故事梗概不是已经登出来了吗?当然是关于拍电影的报道里透的。其实本来并没有这么一部小说,也没么一个现成的本子,只有一个梗概,又是导演自己提供的……

另一个:那大家都拿那梗概写小说,岂不有侵权的问题?

一个:据杂志方面说已经同那导演联系了,导演在影视、戏剧、连环画一类品种上那是寸土不让,绝不转让梗概使用权,但对文学品类,无论小说、长诗,他都表示好商量,甚至表示他巴不得在片子拍成之前,已有一些小说上市,那不等于给他的片子做广告吗?

另一个:那坏小子能答应?

一个:梗概不属于他,已经登在报纸上,公有化了。坏小子他们那一辈也不都像咱们常说的那样,狼似的,昨天饭局上我跟他提起这事儿,他说那杂志是拉他稿子拉得最紧最勤的一家,而且把那创意也跟他说了,说分三期发,头一期就把他的登在最前头,稿费不封顶,他倒嘻嘻哈哈的,说那是"红蛙拳击赛",把他先吊起来当沙袋练,听他口气,似乎并不反对,他还说,让我来篇绝活,看能不能跟他抗衡……实在话,坏小子他们那种幽默、洒脱、不在乎,无所谓,我挺喜欢,说明他们生命力旺盛,创造力强,自信,不怕竞争,心理健康程度大大地超过我们这一辈……

另一个：都能像你这么看待他们就好了！听你口气，你是打算跟着起哄了？

一个：你也凑个份子吧！杂志说了，小说题目自拟，不一定非《红蛙》，里头也不一定使用红蛙的细节，但大体上是讲一男一女的革命者处决了一个还没查清楚的姑娘，各人把自己的人生体验熔铸进去……

另一个：很有点当年苏联拉甫列涅夫那个《第四十一》的味道……

一个：比那个棒！《第四十一》人物黑白分明，革命者爱上了反革命，后来又毙了他，哪有这个故事惨烈、悲壮！

另一个：倒是。我那天一看那报道心里头也一动。当时有位老兄正跟我这儿喝咖啡，他就说：这帮导演，就知道拍这号电影，明摆着是专拍给洋人看的，专门展示咱们中国最落后的一面，什么野合啦，剥人皮啦，乱伦啦，小脚呀，辫子呀，黄包车呀，鸦片烟呀，小老婆呀，小痞子呀，烟花巷呀，男妓呀，男旦呀，阴司报应呀，跳大神盗古墓呀……现在可好，又来个枪毙好人，这么拍下去得了吗？我知道他没恶意，就那么个美学观念，那么个批评视角，所以也没怎么跟他争论，可我总觉得我们没能真正理解那拨比我们小个十几二十岁的艺术家，他们当中大多数起码是在认真严肃地进行探索，也许拍片子因为有个谁投资谁有左右权的因素，有个瞄准国际影展和海外市场的因素，因而确有审美视角偏斜，偏向洋人一边的问题，但就他们的创作动机而言，我以为大体是纯洁的,比如那《红蛙》,光总体构想,就使我感到那导演的一颗心,实在并不是飘浮的,而是沉甸甸的,他确实想严肃而冷峻地探讨一个起码是世纪性的问题,一个说实在人类所不能规避的问题……

一个:好呀好呀,那你也来一篇呀!你参加吧?我让他们直接跟你约稿啦?……

另一个:也许我真能写。我就想到1959年在北大荒,戴着帽子改造的时候,有一天下完地排队往回走,我旁边的那位老兄就忽然歇斯底里大发作,是突然的,他一贯不仅寡言,连眼光也总是盯着地下,不跟别人对接的。他忽然转身一把揪着我衣领下边,用蛮力摇晃着我身子,两只眼睛像火球一样,正对着我双眼,像要弹出来把我烧毁似的,他大声吼:"为什么?!为什么?!这究竟是为什么啊?!"吼完忽然蹲到地下,抱头痛哭……我理解,他转身扑向我纯粹是因为我在队列里恰在他身边,他并不是冲着我来的……他1948年加入的地下党,是个红小鬼,他其实不但没做过一桩对不起党的事,也并没说过一句对不起党的话,他纯粹是因为老上级被划了"右",他被打入了一个"小集团",被牵进去的……后来有一天他渴得不行,蹲到地下捧起车辙沟里的脏水喝,很快染上急性痢疾,死了。他的遭遇就很类似于那个姑娘。那姑娘"砰"的一声,干脆死掉,倒也痛快,你想我那位"改友",他的政治生命由他所自愿投奔并热情献身的那个团体枪决了,而他的肉体还必须存在,而这肉体不仅有骨头有肉,还有神经系统,有中枢神经,有大脑细胞,那绵绵不绝并且是不断升级的痛苦,他必得敏锐地承受着,该是多么大的一个悲剧!当然他死得也还及时,总算躲过了"文化大革命"……

一个:"文化大革命"不就包含着一个最大的"红蛙"吗?我虽然只是一个渺小得不值一提的角色,但也构成了那狂热的打倒"叛徒、工贼、内奸"的旋涡里的一滴浑水,结果不等于也参与了对他的处决吗?当时除了伟大领袖、亲密战友和"中央文革"点名保下来的极少数人物,再大的干部也是先炮轰了再说,先揪斗了再算……所以这里面确实有一个沉甸甸的问题……

另一个:但是对于艺术来说,提出问题已非明智之举,试图回答问题那更是刻舟求剑。

一个:但是艺术作为个体生命之间的沟通方式,可以唤起良知,不是吗?

另一个:你总是太耽于理性。其实艺术主要恐怕还是唤起一种美感,不仅是形式美,而且是生命美……

一个:太好了!怎么样,你答应加入啦?

另一个:我可以敲一个。不过我还是要对你的"恐电脑症"下一针,下在人中穴上!到头来你对电脑的这个看法那个顾虑,不是听来的就是自己凭空想象出来的,根本没有实践过,体验过,这跟世纪初一些中国人害怕照相,说照相机能把人的魂儿给摄走,有什么区别?又跟当年恐惧铁路,说火车一过,鸡都不会下蛋了,有什么区别?……

一个:哈……其实也真的没多大区别!

另一个:知道这一点就好!

一个:行,我也下决心买一台电脑敲敲试试,说不定我这一篇就是敲出来的……

副导演和作曲家的通话

作曲家:……怎么,他还没工夫跟我直接详谈?

副导演:他让我跟你道歉!下星期三以后他一定跟你直接谈,他飞到你那儿也行,你飞到这儿来也行……实在是,你哪能知道,一般人也是,认为有了人投资就行了,没那么简单,中国的事儿……为外景地的事儿,为租直升飞机的事儿,导演亲自出马,几个搞制片剧务的整天坐着包车满世界找"托儿"……

作曲家:好,那下星期三我飞过去吧,你说吧,导演想跟我先说点什么?

副导演:他不是让您先设计个"红蛙主题"吗?您不是告诉他打算用童声吗?他说不要!前一阵,好几个叫得响的电视剧主题曲都用了童声,用滥了!再说他不想用童声把观众的思绪引向一种单纯的、透明的境界,他说不要单纯要复杂,不要透明要浑厚……

作曲家:他原来拍片子对音乐也要求得这么细吗?

副导演:他一贯抠得比别人细,起码在中国导演里头;他不能理解以前一些老导演怎么可以直到合成的时候才头一回听配乐……对了,他还让我告诉您,他不希望用民乐……

作曲家:为什么?我本来也没打算全用民乐啊,我是想用琵琶,琵琶协奏曲,交响乐队全用洋的,怎么,他连琵琶也不要？

副导演: 他说不要琵琶……

作曲家: 他懂琵琶吗？他听过经过改良的琵琶弹奏吗？你告诉他不要想当然！我可以先给他两盘现成的琵琶协奏曲带子听听,让他先感受一下……

副导演: 他跟我很肯定地说他这部片子不用琵琶……

作曲家: 哼……岂有此理！……不要以为你们给的报酬多,就可以瞎指挥！哼！……

副导演: 唉哟,您别生气！怪我没传达好,没传达好导演的意思,我们导演要不是敬重您,信任您,能巴巴地亲自上门请您给作曲吗？……

作曲家: 可是那天在我家,我提出童声无伴奏合唱转琵琶协奏曲的设想,他没有异议嘛！他点头认可了嘛！

副导演: 那天他不是还没开始分镜头吗？这些天他进入了正式的银幕思维。他肯定试着用童声和琵琶声思维过,但是不能跟他的其他银幕造型匹配,所以他改主意了,他让我及早转告您也是这么个意思:希望最后能达成默契,劲使到一处……

作曲家: 虽说电影是导演的艺术,但作曲家不是导演手里的玩物,起码我不是！

副导演: 您千万别生气,别误会,您先听我把导演的设想说全说完,您不同意,下星期三以后您不是还可以跟导演面对面讨论吗？您放开了跟他吵,怎么样？

作曲家: 肯定要吵！好吧,你先把他的屁替他放出来我听……

副导演:他想来想去决定,一,不用童声;二,不搞插曲,不搞主题歌;三,不用民乐;四,用大配置的交响乐队;五,关于《红蛙》的音乐主题要贯穿始终,旋律风格由你怎么着都行,但要有史诗感……

作曲家:史诗感?基本上是两女一男,三个人的戏,诗倒有,史在哪儿?

副导演:导演说跟投资人讲了,虽说主要的戏只在三个人之间,场面单纯,但要有大场面,该花钱的地方要舍得花……比如那个深秋野地里的场面,那三个人之间的戏,将会有从空中鸟瞰下来的超全景镜头,展示以他们为圆心以一公里为半径的旷野,敌人对他们的搜捕圈正在步步紧缩……除此以外,他说至少还有几十个需要用十部报话机联络指挥多机拍摄的大场面,因为这片子要探索的是群体生存与个体生命之间的关系,所以……我想导演的意图正在于不能只是三个人的一段故事,一首悲情诗,而恰恰也要是一页历史,所以,他说音乐绝不能小气,而要史诗般的……

作曲家:哦,是这样……

副导演:您别见怪,导演他哪儿是拍片子,完全是燃烧生命!玩命儿!跟他合作吧!他跟我说过,真的,还指望着您夺个最佳音乐奖哩!

作曲家:我这些天也确实一直在酝酿《红蛙》主题,你们大概难以想象,我还真到老远老远的野地里,逮来了一只青蛙,还真给它身上泼上了一碗热鸡血,然后观察它的爬劲……因为依然捕捉不到那瞬间的心灵悸动,我就干脆用烫过的针刺破了自己的手指,把自己的血,真正的人血,一滴滴挤到它的眼睛上……你猜怎么着,当那红蛙不知所措地把它那凸出的让人血给浇花了的眼珠痛苦地滚动时,我脑子里像有闪电呼啦一亮,我赶忙跑到钢琴的前头,弹出了一个让我自己也浑身发抖的旋律……结果我的血迹留在了键盘上,到现在干了,变乌了,我也还没有擦……

副导演:太感谢您了!真是太谢谢了!我先替导演,替整个剧组,给您鞠一大躬!有您这样的作曲,这片子要再不成功,那可真是老天没眼了!……

作曲家:可是我直到刚才,满脑子还是琵琶的声音,而且我那红蛙旋律充其量还只是交响诗的格调,还不是史诗,不是交响大曲……

副导演:调整一下对您并不困难,不是吗?导演说了,这片子要有古希腊悲剧的气派,古希腊悲剧不是净表现母杀子、子杀父、兄弟相残的大悲剧吗?人类的这种认认真真的大义相残,何时方能结束?也许不需要结束,也不能结束?……

作曲家:是呀,这非大曲不能倾诉!小子,好!你告诉他,我正消化他的想法哩!不过……也许下星期我们还是得吵!

副导演:也许你往钢琴前头那么一坐,把你的乐思那么一弹,就谁也吵不起来,光剩下眼睛潮湿的份儿了!……

编剧打给朋友的电话

编剧:……没想到,我这本子拉得这么漂亮!

朋友:你什么时候自我感觉不是优秀?我给你当镜子,你照照,有那么漂亮吗?

编剧:嘿!绝对的,韵味十足!

朋友:你小说动笔了吗?

编剧:没哪!说实在的,我原想划拉划拉就把剧本甩给他,没想到这回我掉进剧本的坑儿里头去了!越写他妈的越投入!

朋友:有什么惊人之笔?

编剧:你想那一男一女押着那姑娘跟大部队失散了,自那以后到那姑娘被枪毙,有三天两夜,我就想,夜里他们怎么睡觉?总不能不睡觉吧?那姑娘为什么不在他们俩睡着了的时候逃跑?他们又怎么能放心睡觉,不防那姑娘逃跑?……

朋友:嗨,拿绳子绑起来呗!绳子一头握在押解人手里呗,这算什么难题!以前的电影里有过,多了!你丫有什么新鲜点子?

编剧:头一夜,那一男一女决定轮流值班,可那姑娘不安心了,在那女的来换男的班的时候,那姑娘就说,这样不好,这样我倒比你们都睡得长了,你们的精神就亏了……所以她就自己建议,让他们把她绑起来;可全身都绑起来太难受,光绑手和脚她可以弯腰蜷着睡,可以翻身,但那又不保险,万一她真有逃跑之心,她可以用手去够脚或用脚去救手,所以,最后是她自己做出了一种巧妙的设计,用一个空干粮袋套住她的双手再用绳系紧,再用另一条绳系住她双脚,再用一个布条套住她的嘴——

朋友:那干吗?

编剧:防止她用牙把绳子咬开呀!……这样,他们三个就都可以睡觉了。但是头一夜他们都没能睡踏实,因为后半夜附近有枪声,惊醒后来不及给那姑娘松绑,那男的扛起她就像扛起一袋粮食,赶紧转移——

朋友:你这不成闹剧了吗?

编剧:导演处理好了,演员演好了,就算观众"哄"地笑起来,笑完了心里头准定沉甸甸的……

朋友:我听着不觉得高明!

编剧:……白天的戏,有一场是他们用一只破船过河,船到河中间沉了,三人全掉在了水里,那女的不会游泳,本能地呼救,那男的却并不马上去救她,反而去救那个姑娘,但那个姑娘其实并不需要救,因为她会游泳……观众当然明白,那是因为那个男的觉得那个女同志如果淹死了,革命事业所损失的无非是一个同志,但如果那个姑娘没有淹死而是游走逃跑了,或冲而下游被敌人截获了,那革命事业所损失的就可能很多很大,因而他必须奋力抓到那姑娘,甚而不惜跟她一起淹死在河里,但那姑娘再一次企图以自己的实际行动证明自己对革命事业对同志的忠诚,她就主动去救那不会游水的女同志,而那女同志对她心存戒心,虽然濒临淹死却坚决不要她的援救……这样三个人在激流里就有一场微妙而惊险的戏,我想导演一定喜欢,因为这完全是电影的活计,舞台上你就没法儿表现,小说写起来也啰唆,银幕上却可以表现得很鲜明,很强烈……

朋友:嗯,这个点子还行。

编剧:可是第二天他们再去找大部队时,在秋后的田野里,当那男的搬动地里的秫秸垛,想摞起来靠着歇歇脚,却突然被垛底下趴着的毒蛇咬了脚脖子——

朋友:瞎编!

编剧:我插队的时候,就遇上过,秫秸垛底下,趴着蝮蛇,三角脑袋,秋蛇,正肥,积蓄着脂肪,打算入洞冬眠,你惊了它,它是非咬你不可——那回倒是没让它咬上,我们队长赶过来一锄头锄死了它,锄成两截还扭咕了半天,特瘆人……所以我就把这段生活积累挪到这儿了,让那男的挨了毒蛇一口,毒蛇游走了,那男的马上自我处理伤口,他用绳子先绑住伤口以上,不让毒液顺血往上流,又用手挤毒液,但不得劲,那女的就要用嘴去给他往外嘬,他发现那女的嘴唇有干裂的血口子,不让,因为毒液如果光吸进消化道不入血管,那不打紧,如果一进入血管参加了血液循环,那就会使心脏麻痹,人就得死……这时那姑娘就自愿要给那男的嘬出伤口里的毒液,她说自己嘴里嘴外没有伤口,也确实没有……那男的为保住革命的本钱,没有坚拒,那姑娘就趴下给他嘬出了有毒液的血,啐了,那男的又掏出小刀,干脆把那创口周围的肉都剜了出来……那男的没有死,但那一夜,也就是他们跟大部队走散了以后的第二夜,那个女的和那个姑娘一齐照顾那男的,都没有睡……我在本子里把那男的写成一条不动声色的硬汉,不知道导演找来的那主儿能不能称职,我有一场戏写月光下那女的和那姑娘都不由得朝那男的望去——那男的为了清醒自己,刚用古井水浇了身子,他那健壮的身板像青铜一般坚硬而冷峻,不动感情,不苟言笑,体现着不可撼动的原则和坚如磐石的信仰,那女的对他是崇拜,那姑娘对他是惊奇,但我不用弗洛伊德那一套,导演用不用我不管,估计丫的这一回也不用,这个戏最好偏不用,观念愿意用由他们用,反正那男的一角将体现出一种超人的品格,他的没有人性或不讲人道或绝无温情绝不通融,要表现为一种青铜般的超人之美……

朋友: 你使我想到尼采……

编剧: 玩去！我也不用尼采,谁的形而上也不用,我自己也不提出来,反正我要写出那个男主角的一身冷如刀、硬如铁的品格来……最后那女的跟他有一点争论,那女的说干脆让那姑娘背过身去挨一枪算了,他却坚持要迎面开枪,而那姑娘最后自愿面对着他,让他开枪,他也就毫不犹豫地开了枪……

朋友: 你怎么处理那红蛙的细节?

编剧: 点到为止。我想导演一定有他的玩法,剧本怎么写他才不管哩。这个戏是那个女的后来老了回忆这段事的框架,红蛙自然要作为一个象征性的符号出现多次。

朋友: 其实何必要这么个回忆的框框,直接写那段事不结了？更干净利索。

编剧：导演定的货是要这么个框框。咱们是来料加工。

朋友：本子整个完啦？能甩出去了吗？

编剧：他那边一天十二道金牌，明天我就特快专递邮给他。

朋友：小说什么时候开笔？

编剧：倒二乎了！

朋友：为什么？

编剧：说不清！只是觉得这一回不能开篇就一顿瞎贫瞎逗……

两个男演员的通话

一个：……你怎么还犹豫呢？这么好的戏这么出彩的角色……这么好的机会，说不定夺来个国际性的最佳男主角奖，当一回影帝，那不过足了瘾？再说，你给国内拍多少部片子，也捞不着这么高的片酬呀！名利双收的事儿，你倒犹豫了！你真犹豫假犹豫？别捏酸假醋的！

另一个：我犹豫，倒不是怕自己拿不下来，我是怕观众不接受这个角色……

一个：怎么叫不接受？不喜欢？那有什么！干吗非得演让观众喜欢的形象？你还没让观众喜欢够吗？……

另一个：不是喜欢不喜欢的问题，是可信性的问题。或者，就算这人物是可信的吧，但依我想，观众宁愿看到另外的更可信的形象，现在生活里多得很——他们的所谓原则性，其实剥开皮儿一看,露出来的全是私心私利……所以我看了本子以后,就更担心了,现在这么个时候提供给观众这么一个冷铁般的皮儿馅儿都是原则的人物,恐怕费力不讨好……

一个:你糊涂!可气的是导演偏死拽着你上这个戏演这个角儿!我跟他求好几次都让他给撅了回来,末了只答应我给你们配个只十来个镜头的扫边角色,其实就对角色的理解而言,我才是无可争议的第一人选!唉!说我形象气质不够,我就不服,咱俩站一处,亮出块儿比比,我哪点比你软?比你衰?……算了!事已如此,我不拆你台,我扶你当天子,当影帝!……打这儿说起吧,今天我在街上,看见个小伙子骑着自行车,打我身边蹭过去,他穿着个文化衫,就是带字画的圆领衫,你猜那上头画着什么写着什么?

另一个:画着户口本什么的,写着"拉家带口"?要不就是"烦着呢,别理我"?

一个:那是去年前年的行市!早没人穿了!昨天我看见的那位,他那圆领衫前头印的是毛主席像,背后写着三个字:再回首。

另一个:啊,那也不稀奇。大小汽车,那前窗里头如今不都挂着领袖像吗?一面是毛主席,一面是周总理,早有了,流行得很嘛……

一个:是呀!报上好像有过这样的文章,分析说,挂这个像并没有什么深刻的社会心理背景,因为问过一些司机,他们说不过是借伟人的福分,取个吉利,保佑行车安全而已!这当然算是一个心理层次,但哪里这么简单,依我说,是有着相当深刻的社会心理背景……

另一个:对现实困惑,甚至不满,因而回头看,缅怀以往的某种状态和秩序?

一个:倒也不一定那么去看。我只是从这儿引出我想说的一个意思,就是在这个世纪的末尾,人类回过头来看这个世纪里发生的大事,出现的大人物,那就不能不承认有过一个甚至连毕加索那样的艺术家也倾心投入的伟大社会运动,蓬勃地发生,形成过高潮,而且,也确实出现过一大批确实表里基本如一的钢铁般坚硬也钢铁般冷峻的革命信徒,《红蛙》里你要扮演的那条汉子,就是这样的一个人物,可以称之为"世纪英雄"。一个伟大的社会运动有高潮也有低潮,一种英雄人物有时髦期也有不时髦期,艺术作品比如电影不必去评价这样的运动和这样的人物,却可以从精彩的展现中唤起观众高层次的再回首思绪引出一种对整个世纪人类命运的慨叹……我觉得那真是非常有意义也非常有意思的!

另一个:嗬,老兄真行!我都听呆了!这一角真该让你来演!

一个:问题是九牛难换导演心,你去找他让贤也没用,他死活瞧不上我!

另一个:你还真给我开了点窍!……不过,我不明白,导演他这一回怎么把性给干净彻底地排除在外,他上一个片子、上上个片子,全把性搁到戏眼上,从性苦闷,性无能,性饥渴,性焦虑,一直表现到性放纵,性快乐,性癫狂,性倒错,性报复,性绝望,性消退,性罪感,性超脱……让观众看得死去活来,活来又死去,最后评论家们还都赞好,并不认为是宣淫导邪,倒都说是深刻地揭示了东方人特有的性文化内涵。可这回拍《红蛙》,故事里的这一男二女,个个都正在春情发动期,我这一角从剧本规定情境上看,应该也就二十七八岁,就以我本色而论吧,四十啷当岁,按那里头描写又雄狮般强壮,怎么会一点儿没有性心理性冲动性行为,或至少是性幻想呢?即便我在那严酷的斗争环境中只把那姑娘看成是一个画了大问号的阶级人而非肉体人,但那位女同志总应该对我有吸引力吧?我为什么不可以爱她?甚至对她产生性爱,产生性冲动?再说她也该爱我呀,难道我这么个银幕造型,不该唤起银幕上的她和银幕下的无数女子,发狂地来爱吗?时下不是从观众到评论家都在呼唤银幕上中国汉子的出现吗?现在我给他们出现了,却是一个全然不仅无情而且也无性欲的家伙!搞不好有人看了会问:丫的是不是那玩意儿不灵,有他妈毛病啊……

一个:你跟导演讨论这个问题了吗?

另一个:还没逮着机会。他也还没给我导演阐述。现在光是看本子。我知道这本子这角色对我来说是个不能轻易错过的机会,可是实话实说,直到今天我也还没喜欢上这个本子这个角色!

一个:就因为没有性?你就那么喜欢演床上戏?对,这里头没什么床,你大概是喜欢演野合,更刺激,对吧?

另一个:你他妈的!我这正儿八经跟你讨教哩!你听说了吗?那女主角他又换了个人,因为人家不是像我这样要跟他讨论,而是直截了当地对他说,只能按被虐狂的路子演,就是那姑娘内心里爱他爱得发狂,所以他怎么审查、押解、处置那姑娘,那姑娘都当作一种痛苦的甜蜜,直到撕开衣服露出胸膛让他枪崩……

一个:那倒也挺好看,不过,落套了不是?整个儿一个翻了案的潘金莲,当年欧阳予倩写的那个话剧本子,就那么处理潘金莲跟武松的关系……看来导演是想奋力出新,别人嚼过的馍一口不吃,自己蒸过的馒头也一个不留,他要玩全新的花样,所以让你演成一个青铜汉子,什么都汉子,就那一箍截儿忽略不计……

另一个:这青铜汉子真不如你来演吧……

一个:你当真要让给我?咱们真一块儿去跟导演说去?——不过那也没有用,他死活看不上我,闹不好倒让第三者插足了!傻哥儿们,你演吧!你怎么还不明白,如今电影也有个寓言化的潮流,这《红蛙》整个儿就是一个大寓言,你演的就是个寓言人物,所以不必从生活中找细微的依据,而要从总体上把握寓言的内涵,这内涵可是覆盖着整个世纪的,在这世纪末,导演引着我们引着观众掠回首……就是这么回事儿!你多从大处品味吧!

两个女留学生在美国的通话

(表姐是导演姑妈的女儿,她称导演哥;表妹是导演姑妈妹妹的女儿,她称导演表哥)

表妹:嗨!……说中国话中国话!唉呀好多天找不着个

人痛痛快快地说说中国话了!

表姐:我这儿倒还有个说中国话的小圈子,不过说实话,洋人的中国话怪腔怪调也还罢了,几位台湾人的中国话……咬字比咱们还清楚,可就是对面交谈总像隔着一层什么似的……

表妹:我这儿总算还有几份中文报纸,中午喝咖啡的时候我就大声念,自己听着怪好听的!

表姐:你看见关于哥的消息了吗?他又拍个新片子《红蛙》……

表妹:我一看就知道他是拿什么当素材……

表姐:上星期我给妈打过一个电话,她为这事挺生气,弄得我也心烦意乱,你知道我没有超过一刻钟的付款能力,草草劝了几句只好挂掉……

表妹:真遗憾,不过,这是创作自由,艺术家往往是六亲不认的……

表姐:我理解哥,倒不一定像妈跟你想的那样,他是有意用妈跟爸的那段事情,出谁的丑……他喜欢残忍,他天性当中有这个东西,我知道,我早就朦朦胧胧觉得他一旦有了机会,早晚会肆无忌惮地表现这个……小时候,逮着一只蚂蚱,他总是先揪断它的前腿,再掰断它的后腿,再扭断它的头……逮着蜻蜓也是这样,他总要扯断它们的翅膀……要是遇见树上掉下的大青虫,那他就高兴了,他总是要把脚抬得高高的,再使劲踩下去,那让人恶心的绿汁子滋出老远,他就仰着脖子大笑……他好多次把我气哭了吓哭了……他说他插队的时候,没肉吃了,就逮田鼠,活活的田鼠,用稀泥糊上,搁野火上烤,烤得泥巴干了硬了,就掰开,肉还半生不熟的,他就吃,还说香得很……我飞来以前,他已经出名了,摆阔气,在一家别墅式的饭店里给我饯行,他让人家端上来一条鱼,中段已经炸焦了,还浇上了红红绿绿的东西,可尾巴还在拍盘子,鱼头更可怕,眼珠子凸着,嘴巴大开大合的,喘气儿……当时我就尖叫了起来,他却呵呵呵地乐,说那是那个饭店的绝活,很贵的,他让我下筷子,我捂着脸跑开了……

表妹:啊呜!亏得我不在,我在我会翻江倒海把胃里肠子里的东西全呕出来的!太可怕了!

表姐:所以我想他拍《红蛙》,主要是他喜欢红蛙那样的怪物,喜欢把一个美丽的姑娘枪毙给观众看,就像他喜欢那条端上餐桌的烧活鱼一样!

表妹:你说得太绝对了吧……

表姐:其实,妈妈说起当年那回事的时候,我也在场,她一共没有几句话,淡淡的……我想那以后妈妈也并没有再跟他详细讲过那回事,他好像也没有缠着妈妈再讲那回事,尤其是细节……他拍这《红蛙》一定全凭想象,他的想象力倒是一贯挺丰富的……

表妹:从报上介绍的梗概上,倒是看不出来他对姨父姨妈有什么丑化的意图批判的用意……

表姐:他从小就到了我们家,可他根本不了解爸爸妈妈……其实,我也不了解,比如说,我也问过妈妈:你跟爸爸究竟怎么回事儿?在那件事情发生之前,你们是不是就是一对恋人？要不，你们就是在那一回的共同遭遇里，爱上的？她说在那之前，她就只知道学习、整风、清查、改造、大生产、扭秧歌、排节目……她说他们那时候队伍里也有乱搞的，可她跟好多人一样，看不起，恨，她绝不乱搞，也没想着要爱谁……后来就有那段遭遇，爸爸是她领导，他们一块押着那嫌疑犯，事情很单纯，也很干脆，完全是万不得已，又有更上级事先的明确指示，所以他们就把那姑娘枪毙了，当然是爸爸开的枪，因为他们统共只有那一把枪，而且一共也才只有二十多发子弹……当然搬动尸体的时候确实有一只红蛙，淋着热血，黏黏糊糊，不会蹦，只会爬，她当时没说什么，后来好多好多年里她都没说什么，只是从那以后她避开一切类似那红蛙的东西，尤其是不能吃像那红蛙的食物……她跟我们流露出这一点也就那么一回……她说她也弄不清她跟爸爸怎么有那个运气，他们竟突围成功，终于找到了大部队，他们汇报了所做的事，得到了认可，好像还受到了表扬……她说那几天里光想着怎么别让那姑娘跑了，别让敌人逮着那姑娘，开头也一直是希望能把那姑娘押回大部队，交给组织，也许最后能查清，是个冤案，可以平反，她巴不得那样，爸也巴不得那样，可当时条件不许可了，所以就……"砰"的一枪解决了问题。她说那时候只是更佩服爸了，却也还不是爱，后来回到大部队，后来改组文工团，后来全国解放，他们还在一起，就有首长出来给他们介绍，她说确实是有人出面介绍，我就很奇怪，你们出生入死地在一起摸爬滚打过，怎么还要人介绍？她说就是那样，有人出面介绍，他们才正式成为了对象,后来才结了婚……爸爸病故以后我问过她,他们常说起那个姑娘的事吗?她说结婚以后十几年里简直一个字没提过,她心头倒回想起来过,因为有那么只红蛙总梗在心里,可她说爸爸心里连那只红蛙也好像没了,爸爸从不提起,所以她也就从不提起……她说唯有一回提起来了,那是"文化大革命"初期,"造反派"来冲击他们,批斗了他们,开始他们挨完斗还能回家,有一晚爸爸就主动跟她提起来了,只是两句很简单的话:"轮到我们挨一枪了吗?还是迎面吃一枪好啊!"妈妈没接他的话茬,但妈妈永远忘不了,事情都过去以后,爸爸病故以后,妈妈才告诉我……

表妹:表哥知道这个话吗?

表姐:我想他未必知道。那时候他已经学导演去了,一年回不了三趟家,跟妈跟我的共同语言越来越少。说实在的,他根本不理解妈,他更不理解爸……爸,我也并不理解,真的,我从小到大,就从来没见爸跟妈亲热过,不仅他们从来没当着我亲过嘴挨过脸相互拥抱或抚摸,就连他们手拉手一块儿散步的镜头也没有过,当然他们跳过交谊舞,可那完全是中规中矩的跳法,一点儿没有特殊的亲密姿态……可是爸为了买到一套那时候只供应部级以上干部的《金瓶梅》,倒是非常使劲,他打了好多电话,又托人,甚至托了哥,让哥找了文化界的一位大权威,最后总算弄到了一套,他锁在柜子里,不让我看,自己看的时候,连我从他肩膀后头探头也要把我轰开……可他看了又骂,骂那本子是个删节本,"此处删去一百二十三字","他妈的删个屁!"我觉得他心里头又实在是挺黄的,可我能保证他除了跟妈妈做爱,没跟别的女人上过床……

表妹:也许我们中国的男人和女人都是这么怪怪的……我周围的人眼睛里好像都有这么个评价……

表姐:是,我在这儿常常感到深深的寂寞,是那种又黑又浓又稠又厚的寂寞……

表妹:你还有个说中国话的小圈子!我这儿呢?

表姐:……忽然又想到了阿黄的死……

表妹:就是那个从上海来的硕士生?

表姐:不知道为什么让人想到红蛙。跟那个姑娘一样,他也是跟原来的一切彻底决裂,去投奔去拥抱他所向往的世界、所认同的群体,可这个世界和这个群体却并不溶解他,他拼命地想把自己化进去,却怎么也不成功,他遇到的情况,跟当年我爸我妈押解的那个姑娘惊人相似……

表妹:可这儿并没有人枪毙他啊!

表姐:是另一种死刑宣告。他万没有想到拒绝接受他当博士候选人的恰恰是他倾全身心崇拜和追随的那位教授!

表妹:是的,正是那位教授几年前在中国讲学的时候激赏了他,而他也正是因为全盘接受了那教授的观点,用那观点写了几篇文章在国内发表,才引来了对他的批判,在校园里引出了一场风波……

表姐:他刚飞抵这儿的时候,简直像个逃出囚笼的英雄……

表妹:我也还记得那一回的茶会,那教授跟他并肩站在一起,接受人们的举杯赞扬……

表姐:……可是那教授并没有做错什么事。这个世界就是这样,这地方有这地方的游戏规则。飞过来的英雄好像是多了一点。多了就要贬值。再说人们总是喜欢更新的,更富刺激性的……我想教授没有选中他做博士候选人对于教授来说实在不算是怎样严重的一件事,可他就不一样了,他认为那是天塌地陷!

表妹:可是这跟《红蛙》里的那个姑娘联系得上吗?

表姐:你怎么见得那姑娘心里就没有深深的寂寞,没有沉重的失落感?但她却不能后悔,没有后悔的余地,因为她退不回去了,我想她一定知道,她没有脸再回到原来的那个世界那个人生里去……

表妹:真的!是这样!阿黄一定是觉得不仅不能让国内的亲人知道教授淘汰了他,而且甚至都不愿意让我们这样的人知道这一点……

表姐:我们呢?我呢?说实在的,我在电话里怎么能跟妈说清楚,我在这儿住的虽然是拍出照片来相当漂亮的住宅,虽然开着辆汽车跑来跑去,可是在周围真正的美国人眼里,我却是个地地道道的穷鬼,而且说白了是一个东方来的难民!

表妹:我去年寒假飞回去神气活现的,那气派就好像我是这边一座古堡住宅的主人……可是他们谁又知道有两张债务传票正等着我去出庭呢?为了省钱我总是想方设法搜集超级市场的优待券……

表姐：我们可以在这儿这么样地亮出底儿，可我们谁也不愿意跟国内的亲友暴露……

表妹：我去年寒假回去，我们中学同学里轰传我在郊区华侨村买了房子了，我当然并不予以证实，但我也绝不辟谣，我若无其事地微笑着，跟他们解释美国住宅后院的游泳池里的电动除秽机是怎么一回事儿……

表姐：人真是怪物。到头来总往自己反面运动……你看爸，对把我送到美国这件事，比我妈还急……仔细想这事很怪，当年他为什么毫不犹豫地枪毙那姑娘？就是因为那姑娘有跟美国这种反动东西相联系的嫌疑……你知道我爸后来是跨过了鸭绿江的，再后来还是一个大型的反美的歌舞剧的编导组的头儿，他主要是负责政治思想工作，并不承担多少艺术上的事儿，他对美帝本是有刻骨仇恨的……可在他病故之前，他最大的心愿就是把我送往美国，我终于在他神志还清醒的时候飞来了这儿，还给他往病床边打去了长途，他的声音里充满了满足感，他是死而瞑目的！这不怪吗？

表妹：……是呀！红蛙！表哥拍这片子原来竟是非常高明的想法！一下子说不清，可我感觉到心跳加速了！

表姐：那可不是好事，你要小心！

表妹：啊呜——

表姐：别！你别这么惊惊咋咋的，行不行？

表妹：啊，惊惊咋咋，好久没听见这么地道的北京话了！

表姐：是呀！记得早先我们住的那条胡同吗？胡同有个小院，小院里住着几户典型的北京市民，那住在门洞边的一户,有个老大妈……

表妹:记得记得,一到夏天,天最热的时候,她就坐到院门口,光着上身,顶多只穿个兜兜,摇着把旧蒲扇……她吆喝儿子、孙子的时候,最爱说的一句就是:"别那么惊惊咋咋的!"

表姐:胡同里的人都叫她祖奶奶,她是世纪同龄人,八国联军进北京那年生的,可她几十年一直住在那个胡同那个院子那个门洞旁边的屋子里,听说早年她丈夫是炸油饼的,她跟她丈夫一块儿摆过炸油饼的小摊儿,她丈夫炸,她用铁钩子捞炸得了的油饼,后来她丈夫死了,她大儿子炸油饼,还有一些儿子闺女后来有的离开家干了别的,后来她大儿子退休了。她孙子接班,也是在早点铺炸油饼,她就那么一直活到今天……听说她还活着,还能嚼得动油饼……她最后一次走出胡同走出好几条大街以外逛庙会,起码是半个世纪以前的事了,她一生的最大活动范围大概不超过五华里,记得我坐在她对面,大槐树底下,跟她聊过,她知道梅兰芳,可她一直没进过戏园子,她熟悉王府井、大栅栏的那些老字号,可是她一双棕子似的小脚,却从来没亲自去逛过,她没进过北海公园,更没游览过颐和园……她没革过别人的命,别人也没革过她的命,就连似乎把蚂蚁也卷进去了的"文化大革命",对她也没什么大影响,没有人斗她,她也从不出席斗别人的会,最近十几年她家有了电视机、洗衣机,算是比较重大的变化吧,但她好像也并不喜欢看电视,晚上吃完饭,只要天不是特别冷,不是刮大风下大雨,你就总能看见她还是跟从前一样地坐在院门口的大槐树底下,如果不摇蒲扇,不纳鞋底,那她就眯着眼待着……我们搬走好久了,生活早发生不知道多少变化了,偶尔回那条胡同,一看见祖奶奶坐在那儿,我心里就"咯噔"一下,仿佛猛地被人从背后拍了一巴掌,感觉到这世界原来居然一点儿也没有变,感觉到自己一天忙忙碌碌、哭哭笑笑的也真不知道为了个什么……

表妹: 唉呀! 可不是,有时候我也有这种感觉!

表姐: 所以,这么着一想,就觉得红蛙那类的事儿,也只是这世界这人生的一面,其实对于最大多数的俗人来说,是既没有枪毙别人也没被别人枪毙,没什么轰轰烈烈,没什么惊心动魄,根本用不着哥那么疯疯癫癫地拍什么电影,也根本犯不上像你那么样惊惊咋咋……当然,也许因为我们中国人太多了,历史太悠久了,所以才有连时间也消化不掉的祖奶奶……

表妹: NO! 不不不,坚持说咱们的话——不,你细想想,美国就没有吗? 也许少点儿,也许不那么明显,也许咱们毕竟是外来人看不大透,可至少我们镇子上有个老头就足能跟北京胡同里的那个祖奶奶媲美,我们谁也说不清他有多大岁数,在我们这儿住了多久,因为我们跟他一比,全是后搬来的,而且没有住满十年的……他那栋房子至少有四十年的历史了,起码有二十年再没大修过,他也早退休了,他每天一早就坐在廊子上一个人喝咖啡,看一份当地的报纸,可是他似乎没有亲戚朋友,也没有别的消遣,他似乎也从不旅游,记得有一回我偶然在食品店外面遇上他,因为避雨都待在廊檐下面,就说上了话,也不知怎么的我提到了纽约,他就说纽约那真是个奇妙的地方,我问他最后一次去纽约是什么时候,他说他从来没有去过,这真让我吃惊,更让我吃惊的是他跟我一样没有汽车,他说他不喜欢汽车,而且也用不着汽车……后来我听邻居说,他曾在镇里邮政局做过事,也曾结过婚,也有子女,但妻子去世后便没有再娶,也没见过子女来看望他,他的活动范围似乎一直只在我们那个镇子一带,他总是步行,偶尔乘"灰狗"长途汽车去趟城里,办点非办不可的事……也许他跟咱们北京胡同里的那个祖奶奶的区别,只是他养着一条狗,看得出他特别喜欢他那条狗罢了……我敢打赌他就从来没参加过游行示威一类的活动,也没遭受过偷窃抢劫,也没有桃色事件,他就那么平淡到极点地度过他的一生……对于他来说,红蛙一类的事只是电视上胡乱演出来的罢了,与他全无关系……

表姐:是呀,你更不必为红蛙惊惊咋咋了,这世界上,人类的生存里,有时候细想起来,什么事也没发生,什么事也没挨上,整个儿没有一只红蛙,可能比有一只红蛙更让人恐惧!记得前两年我们紧紧张张地往家里打电话吗?谁死了?谁伤了?谁被抓起来了?谁失踪了?商店里还买不买得到东西?家里还有没有吃的用的?……结果亲戚朋友里并没有死的伤的被抓的失踪的……

表妹:我一回去就更吃惊了,到处是卡拉OK歌厅,肯德基炸鸡照卖不误,这个亲戚到桂林看甲天下的山水去了,那个朋友租下了商场的柜台卖皮鞋发了财,人们照样过着标准的世俗生活……

表姐: 是这样,一个再惊天动地的大事件,其实也并不能覆盖所有人的生活……洛杉矶大骚乱刚平息,我就接到了妈妈电话,问我好不好的话都带着哭音,哥也万年难得地用"大哥大"给我挂了个电话,说从电视上看见了那些个场面,真怕我怎么样了,可是我这个小区确实并没有怎么骚乱,我没有被打被抢,我住的屋子没有被烧我也没有被迫向别人开枪。我当然紧张过害怕过,从电视上看见那些场景那些画面我确实惊惊咋咋,也应该惊惊咋咋,就像我们担心他们的时候,他们也必然惊惊咋咋一样……可是并没有到处出现红蛙,我这儿就没有。所以回答完他们的问候以后我忽然又有一种失落感,觉得我不该安全,不该一点儿事也没有似的……

表妹: 是这样,有时我们其实是希望别人成为烈士,我们好竭诚地哀悼,有时别人其实又是暗中希望我们成为烈士,他们好诚挚地奉献一份哀思……

表姐: 太尖刻,也不合乎事实,难道妈妈是希望我成为烈士?

表妹: 但表哥他那心里就难说没有至少一分两分……

表姐: 你怎么可以——

表妹: 我还可以反过来说,你打听他的安危的时候,心理上也总至少有一分两分是希望他被抓进去了,当然不是幸灾乐祸,而是你就有了一分可营救可挂念的充实,至少你会觉得一个大的社会事件和你有了一种切近感,然而结果却非常令人失落:表哥他虽然明明有所卷入,却没有多久又拍他的片子去了!

表姐:我们呢?我呢?我没有在洛杉矶骚乱中成为种族主义的牺牲品,今后几年我也不会像国内一些报纸杂志登的警世文章里所描写的那样,在这异邦异国堕落成比如说暗娼、吸毒者、艾滋病患者……或者一天到晚只是想着嫁个有钱的洋人,国内关心我的人将会发现,我没有堕落,没有自杀,没有暴发,也没有杀人,我读完硕士读博士,读完博士读博士后,我慢慢得到绿卡,我有比较像样的住宅,我有新的私家车,我混到一份不错的职业,我成为一个这里的白领丽人,我终于嫁了人,然而并非金发碧眼,我那丈夫也许完全说不来中国话,他也许是个第三代、第四代的华裔移民,但我们在一起过的中西合璧的生活,详细描述出来将并不会令国内亲友惊奇,是的,将并没有红蛙出现,平淡,平庸,平凡……

表妹:下一个世纪的人类很可能大体上就是这么一种状况。再没有激动人心的东西,没有伟大的人物,没有崇高,没有牺牲,是的,没有红蛙……

表姐:我们,人类,真的就这么堕落吗?

表妹:人类没有堕落,我们呢?至少你,我,姨妈,还有表哥,也都没有堕落。人类就是这么回事儿。我们都是正常人。

表姐:哦,你升华了……

表妹:多好呀!咱们聊得这么痛快!好久没这么泼洒地痛聊过了!

表姐:这笔电话费够你再挣一气的!

表妹:下一回你给我打过来!

表姐:给哥打一个吧!看起来,给现在的人类拍一部《红蛙》并不多余!祝他的《红蛙》成功!

表妹:好,我们分别给他打一个,祝——我们的《红蛙》成功!

1992年6月12日于北京绿叶居

人 面 鱼

她一眼认出来,是他。

他也一定认出了她,在一瞥之间。

那是在昆仑饭店大堂外的风雨廊中。出租车排着队,等待饭店门口行李生的召唤。他的那辆旧丰田平稳地滑了过来。行李生帮她把旅行拉箱装进了自动弹开厢盖的后备厢里,盖好,又忙给她打开后车门,她坐了进去;就在她一弯腰坐进车里时,司机很自然地扭头朝她瞥了一眼,那大约不足一秒钟,然而足够了……

她告诉他,去机场。

他把车开动起来,不一会儿,车子已经驶上了通往机场的高速公路。

会不会是……一种错误联想?

她仔细推敲他的侧影。不会错。二十几年过去……他的脖颈还那么强劲有力,那从衣领里傲然挺拔的脖颈,略显粗糙的皮肤上,还显现着那几条让她难忘的纹路……那肥厚的耳廓,线条刚硬的腭骨,特别是,那右颊上的一粒绿豆大的扁痣……当然是他!……头发还是那么浓密蓬乱,鬓角长长的……并没有发胖,肩膀还是那么宽阔厚实……

他也在后视镜里,偷窥自己吗?

也许,他认不出自己了。毕竟,自己有时对镜,思绪里猛然掠过往昔的雨丝风片,只觉得如梦如幻,连自己都会望着镜中人发愣:那是我吗?……是谁?哪一位?……

她要不要开口?……不一定马上唐突地发问,可以闲闲引入,谨慎试探……现在北京的出租汽车司机一般都很愿意跟搭客聊天……她从哪儿跟他聊起?今天的天气?这机场路的国际水平?……可他为什么一声不吭呢?仅仅因为她是一位女客,还是因为……他知道她是谁了,因而,在等待她首先开口?……

她的身上,氤氲出丝丝缕缕法国香水的气息……她自己本是对之已无嗅感的了,此时却忽然觉得有大量的气味回送过来,刺鼻,令她难堪,甚至于心中惶悚,仿佛犯了什么错误……她下意识地并拢双腿,抚平紧绷在腿上的短裙,那是一条价格不菲的意大利名牌短裙,与她上面的无领长袖外套同属当季的最新款式……她又下意识地看了一下腕上的手表,那是一块外表古朴,却属于极品级的瑞士百达翡丽表……表盘为她显示的似乎并不是此刻的时间,而是一种钻心镂肺的荒谬感……

是的,也许,他的不敢确认,恰恰就是这香水的气息,以及这一身包装……然而,我依然是我呀,我也不仅并没有发胖,而且,难道我显老了吗?……是的,女人一过四十,那就连那曾经跟她那么样那么样亲近过的人,都会认不出来了!……天哪!……

……那是个多么古怪的傍晚啊!……人们都说夕阳是玫瑰色,或类似那一类的颜色,然而那个傍晚的夕阳却分明是绿色的,淡绿色,嫩嫩的淡绿,就像初春从树皮里蹿出来,并且颤巍巍地绽开的小叶芽儿,充满着透明感的那么一种淡绿色……

他们去插队的那个村子,在那个深秋,本来已然整个儿没有了绿颜色,庄稼地里是一派深褐,稀稀拉拉的树木上,要么已然只剩枝丫,要么那些没落下的叶片都仿佛是薄薄的铜片,风一吹过,便发出令人心里只有黑灰两色的寒音……

……她朝村边那座茅屋走去,那一刻,她觉得夕阳是绿色的,它给万事万物,都沐浴着淡绿,不,嫩绿,不,像透明的叶芽儿似的,那么一种绿雾,绿霰……

……那是一个猪场。茅屋是猪倌熬猪食的地方。老远,从那茅屋里就发散出浓烈的猪食气味,那气味无法形容,全凭每一个吸入者的主观感受,而大体上可以归纳为,比如说催人呕吐的秽气,比如说令人觉得是正常发酵的气味,再比如说是联想到圈满年丰的愉悦气息……那一晚,那扑鼻的猪食气味,于她而言,仿佛是树上无数新芽溢出的,绿色汁液的味道……

……他被派作猪倌。他在那茅屋里,站在土灶边,面对着奇大无比的一口边沿有裂缺的铁锅,用一把大铁锹,搅拌着锅里的猪食……

……她走进去,他一时没看见她。她在门边望着他,他赤裸着上身,把本来穿在身上的一件又旧又破的枣红色绒衣,两条袖子紧紧地系在腰上,起劲地,甚至于可以说是极其快乐地,两只脚一颠一颠地,用大铁锹在锅里搅和着……灶眼里,发射出夕阳般的光芒,然而,奇怪吗?那一晚,连那灶眼里的光芒,竟也是绿色的!浓稠,鲜嫩,透明而抖动的淡绿色啊!……

……他发现了他。两眼闪出惊奇的强光:"你没去?!"

她没有去。几乎是,村里所有走得动的人,当然首先是他们"知青户"的其他成员,都赶到镇上去了,那里晚上有县里"样板团"的演出,而且演出后还要放映电影,是关于西哈努克访问的彩色纪录片……她知道他任务在身,今晚不去,于是,她推说实在不舒服,发烧了,也没去……她的确发烧,她自己能感觉到,她鬓前的发绺在走动中撞击着她的面颊,不知是发绺的感觉还是面颊的感觉,总之,那感觉传递到她心尖上,有些个烫……

……其间的过程很简捷……为什么会那样简捷?……真不可思议,却又值得在整整一生中时不时地反刍,不断苦苦地,不,甜甜地,思之,议之……

……是的,那是千真万确的,是她,而不是他,十二万分地主动……她一下子扑到他身上,紧紧地搂住了他……她能够非常精确地,把正在沸腾的猪食的气息,与他的体臭,严格地区别开来……那是一种她渴望已久的气息,她把自己的脸庞拼命地挤靠在他那似乎失去边际的强韧而汗渍的胸膛上,摩擦着,同时感觉到他的双臂,如同巨藤般缠箍住她的脊背,并且一次次地收紧,使她体验到一种新奇的痛楚……

……他把她抱到了茅屋中的大炕上。那是滚烫的一张炕。满屋弥漫着嫩绿……他们无师自通。为什么无师自通?……其实,有许许多多隐蔽的"师",比如人们的脏骂中,比如"破四旧"没破尽的那些缺皮少页的卷角旧书的文字中,比如《赤脚医生手册》里的插图,比如拷贝已然放烂的《列宁在1918》里的某几个一闪即逝的过渡性镜头里……而最好的老师,是他们自己身体上那逐渐膨胀的部分,是他们在开始时可以说只是不经意地朝对方一瞥,后来是说不清有心还是无心,在远处,或稍近一点的地方,对方没跟自己对眼,甚或全然没有注意到自己时,自己却下死眼把对方的一脱衣、一挽袖、一弯腰、一扭身……乃至于做某件事的全过程,呆呆地看了好一阵子……再后来,便是双方眼波的撞击,从一撞即移,到撞而移后复撞,到撞后竟胶着在那里,难解难摘……生而为人的那个位居首席的"师",正在自己的肉中灵内啊……

车过四元桥了。她定神再往前左方细加端详……当然,绝不会错,是他。

她都几乎要呼出他的名字了……却终于还是没有呼出。

……在那个淡绿色的傍晚,以及紧随之的那个充满叶汁气息的夜晚过后,第二天一大早,忽然村里响起了不寻常的声音,那是一辆小轿车,具体来说,是一辆奶白色的苏产伏尔加牌小轿车,开进村来的喇叭声,以及驶过坑洼不平的村道时车轮摩擦出的怪声,还有村里孩子们跟着那车后面乱跑的叫嚷声……

事情可谓"意料之外,情理之中"……她披着衣服从宿舍里跑出来,脸还没洗,头还没拢,脑子里还储留着斑斑绿影……妈妈从那车里出来,犹如一粒豌豆从熟透的豆荚里迫不及待地跳出……她听见妈妈大声地跟她,同时也跟拥簇在她身边的村干部和"插友"们朗声宣布:"你爸解放啦,结合啦!……我们昨天下午就出发了,往这儿赶,通宵马不停蹄……走,跟我回城!……"

"插友"们的反应是多种多样的,或含蓄或强烈,她却一律顾不得观察回应,她只是倏地感到,有一种东西飞走了……啊,是飞走了绿色,一丁点绿色也没有了,深秋的太阳从东边送来一片光芒,是啊,可以说是玫瑰色的,然而为什么是这种颜色?难道该是这么样的一种颜色吗?那心爱的颜色,那些本来布满心臆的嫩绿,透明,并且流动着的,青芽汁液般的可以抓挠的活生生的存在,怎么一下子荡然无存?……

她慌乱。一定是有许多幼稚可笑的肢体语言,"文法不通""佶屈聱牙",因此引得"插友"们窃笑……她听见妈妈用亲昵的语气在斥责自己:"还收拾什么!都留下、留下……你爸爸这一结合,什么又都会有的!走,跟我走……"

她稀里糊涂地已经坐进了车里,妈妈紧紧抓住她的手,仿佛她还是个上幼儿园的小姑娘……汽车开始移动,车窗外晃过一些各不相同的目光……她不在乎任何目光,只是,她的心紧缩起来,他,他呢?……她对司机说:"往那边,那边……"她心里指的是那座茅屋,村边那个小湖边上的茅屋,那儿有个猪场,茅屋是猪倌住的地方……司机不明所以,妈妈问她:"你说什么?你还有什么事要办?"她嗓音干涩地说:"那边,那边……湖那边,猪场……"她给司机指点着,司机便把车往那边开,车外有人在大声地说:"错啦错啦,反啦反啦……"司机还是把车开到了湖边,离茅屋和猪场很近的地方,她紧张地朝茅屋望去,那门根本没有关紧,露着一条明显的缝,然而,门没被拉开,里头没人出来……她有一种要下车去的冲动,妈妈把她抓得紧紧的,她听见妈妈在跟司机解释:"……孩子锻炼得不错,对这劳动过的猪场恋恋不舍呢……好,再看一眼吧……"前面没有路了,司机倒车,离开了那湖边……她没有再回头张望,只是忽然掩面而泣,妈妈赶忙把她往怀里揽,她挣脱了……车子又开过知青们的宿舍,朝村外的公路驶去,有小石子打在小轿车的后玻璃窗上,不知是小孩子们扔的,还是从车轱辘下蹦溅起来的……

……后来,大家都回城了,她得知,他也终于回城。

又是一个傍晚,一个有些绿意的傍晚,她往他家住的地方去,找他。

他家住在这个城市的西北角。那里有一条比一般大街窄、比一般胡同宽的穷街。他家住的地方,院子不是院子,排房不是排房,在她眼中,那是很古怪的,具体来说,是街边有一个简陋的公厕,公厕一侧,有一个歪歪扭扭的通道,往那通道里走,两边是些歪歪扭扭的古旧平房,那些平房里,密密匝匝地住着些芸芸众生。

她走近那地方时,恰巧他从通道里走出来,上厕所。他没有看见她。她移到街对面一个小商店门外的布篷下,呆立着。尽管他是去往一个不雅的地方,可是,他的身姿步履,依然令她心醉,陡然间,天光绿润润的了……后来,她看见他走出厕所,回到那通道深处去了……

……移时,她鼓起勇气,过马路,走进那通道……她四顾着,不知他该在哪扇门里……忽然,她惊喜不止,因为她隔着一扇镶着死玻璃的老式平房窗户,看到他就坐在窗边,侧着身子……啊,他是在看电视……在屋子尽里边的柜子上,有个黑白电视机,正放映着某种节目……依稀可以看到另外几个人的身影,是他家什么人?……

她找不准那屋子的门,于是她呼唤他的名字,呼到第二遍时,他在窗里扭过了脖颈,满目惊奇……她还没定住神,他已经出现在她身前,并且立即把她引开……

他们来到那条给排水系统都还很不完善的穷街上。

她问:"你干吗不让我……进你们家?"

他说:"那不是我家。"

她问:"那么,是谁家呢?"

他说:"邻居家。"不等她再问,又补充说:"我家没电视。"

停了停,她说:"带我去你家吧。"

他想了想说:"以后吧。"又反过来问:"你找我干吗?"

她抬眼,责备地望着他。

于是他说:"我猜过,你也许要来。"

她移得离得更近些。

"咱们走走吧。"他说。

于是她跟着他走。

他们走到一处僻静的地方。那里有一个杂乱的小树林,还有一个早该清除,却一直没人来清除的垃圾堆。

天光暗了下来。她心里漾着绿。她主动。她移得离他只差一指。他们的体味互相准确无误地进入了对方的鼻腔。

她责备他说:"你都忘了。"

他回答:"那怎么会?"

她问:"我走那天,你怎么不出来?"

他坦白:"我睡得死死的,没醒呢。"

她再问:"为什么不给我回信?"

他说:"回过……"

她问:"回过?!我怎么没收到过?"

他说:"写了,没寄……"不等她翕动的唇里再吐追问,忙补充:"也都没留……都扯了,扔那湖里……让人面鱼吃啦……"

人面鱼!……

汽车开过温榆河了。温榆河里泛着的波光,令人想起那个小湖……

他写过信,没有寄,大概自己反复地读过,然后扯碎,扯得很碎很碎吧,扔进那个小湖,像一片银闪闪的浮萍,然后,陆陆续续地沉落下去……那条人面鱼,真的会吞咽那些浮萍般的纸屑吗?……

……还记得,那个晚上,在那个小树林里,离那个垃圾堆不远的地方,当他们又紧紧地拥在一起的时候,他忽然说:

"……插队的时候,我们毕竟是平等的……"

她试图反驳他。然而十分无力。实际上,无法反驳。

……后来,出了小树林,他终于带她去了他家。在那个公厕后面,那个歪歪扭扭的通道的顶头上,一间只有十来平方米的小屋里……他父亲,一个拉排子车的搬运工,为了他"顶替",提前退休了;确实说什么也该提前退休了,因为患着肺气肿,不仅说话,连喘气都透着痛苦。他母亲,年岁并不算太老,脸部却已然皱缩成了核桃般模样……真是家徒四壁,竟看不到一件稍微亮堂点的器物……这还都算不得什么,最令她震惊的是,因为屋子太小,只能放一张大床父母来睡,他呢,每晚便只能在屋尽头的一个农村式的大躺柜上,挪开了什物,铺上褥子睡……

把她送出来,往公共汽车站走的时候,他对她说:"对你们家来说,'文化大革命'是一场大灾;对我们家来说,却并无所谓……你下乡,是受苦;回城,是苦尽甘来;我回城,是随大溜;其实,我下乡,倒是给家里减轻了负担……对于我来说,下乡起码有了自己的一个固定的铺位……现在你该明白,我为什么要主动当猪倌了吧?那座茅屋里,我一个人霸占着好大的一铺火炕啊!在那上头滚来滚去,多痛快!……"

是啊……滚来滚去……那一晚,他们曾尽情尽兴、尽力尽时地在那铺大火炕上滚来滚去!……

那是美好的,极其美好的,因为都是发自内心的,偏又极和谐、极默契、极自然、极圆满……高潮渐来,层叠起伏……终于波涛汹涌,天摇地撼……并不是每个生命个体,都能有这样的一次初夜……

……可是,当她在快到车站时,逼问他:"……难道你……不想……再……吗?"

他满脸的痛苦,那是一目了然的,但嘴里吐出的话语,却坚硬而冰冷:"……地方呢?我们现在能在哪儿?……"

是的,在哪儿?在他家?……那么,在自己家?自己家现在虽然占有一个独门小院,有十多间屋子,可哪间也不可能像那座猪场前的茅屋般,令他们可以便宜行事……那还是二十几年前,到饭店宾馆开房间,或租买房屋,是连其概念也没有的……小树林里吗?怎能冒那个险?……其实,就连靠得那么样近地走到公共汽车站,也足够让人指斥为"臭流氓"的了……

"我们……结婚以后……总有地方了吧?"她说。

"我们?……结婚?……"他停住脚步,惊异地望着她。

她忽然觉得消失了所有的绿色。一下子心里堵满沉甸甸而搬移不开的,晦暗东西。她无言以对。不要往任何别的人别的因素上去推诿。最最要命的是,她明白自己,到头来,她是不会坚定这个信念——跟他结婚的。

……他们在那个车站分手。

她告诉他,恢复高考了,正复习,准备考北大西语系。他为什么不考?

他说他不考。他要做的是,捡些砖头、木料,或者说偷些砖头、木料,紧贴着他家的小屋,再盖出一间小屋来。那必要性和紧迫性是不言而喻的。当然,这是违章的。居委会的老娘儿们几回到他家来,威胁他父母,说是盖起来也得给拆了,并且还要罚款。可是居委会的娘儿们却不敢当面跟他说。这就说明,只要他坚持盖,居委会,乃至派出所,谁也不能把他家怎么样。他盖那间小屋,会很省料;因为有一面可以借那公共厕所的后墙……

她想问他,他父母可还健在?那条穷街的住户,应该早已都拆迁了吧?他现在迁住何处了?他该早已经结婚,并且有孩子了吧?男孩女孩?上中学了吧?说不定都已经上大学了!……

可是,想到一直会有另外的女人,特别是作为他妻子的女人,合法地享受着他那……确实非常……怎么说呢……为什么说不出口?有什么说不出口?……起码,说不出,可以想象出……那并不一定是每个男人,每个丈夫,都能具有,并焕发出的……她竟油然生妒。她愣愣地望着前排司机座上的他。这辆车虽然像北京市许多的出租车那样,前后排之间也装了隔离栅,然而今天他却偏偏把那隔离栅取掉了,也许他很多天前便取掉了……确实,像他这样的一个男子汉,一望而知是勇武有力,并且饱经锤炼的,何需用一道金属栅来防范不轨之徒……拆掉了隔离栅,她在后排把他看得很清楚,不仅他的右侧面历历在目,从前窗内上方的后视镜中,也能看清他的眉与目……这样一个男人,曾与她在那个湖边,那个猪场的茅屋里,那铺大火炕上,那样销魂地互相享用过……而现在,比如今晚,当她在所乘坐的美国西北航空公司的班机上迷迷糊糊时,他呢,却会在北京某处的一张床上,与另一个女人,他的妻子,合理合法地,如此那般……他能得到畅快的满足吗?……

现在她是一个美国公民。

那是一条可以说相当顺遂,却也堪称艰辛的路途。一路披荆斩棘、过关降将,常常是峰回路转,也往往柳暗花明,既殚精竭虑,也担惊受怕,不过总算天道酬勤,也真是吉人天相……从踏进未名湖畔,到接着来自美国常春藤学院的录取通知;从找定经济担保,到在秀水东街的领事馆拿到赴美签证;从在纽约肯尼迪国际机场受困,到终于开着二手车在高速公路上疾驶;从面试败退后一筹莫展,到加盟大公司后步步高升;从接到汤尼的第一枝红玫瑰,到终于跟他到祖传的别墅中共度良宵……在时间的流逝中,那村落,那茅屋,那小湖,那些曾充盈着嫩绿色,仿佛初春枝条上叶芽的那种近乎纯透明的淡绿色,那样的空间,仿佛被推到了极远极远的地方,成为一个缥缈的存在,或简直并不曾存在过……

……那个傍晚,她和汤尼建立了那样至为密切的关系后,汤尼请她坐上一辆豪华的加长林肯,把她带到了那个有名的湖边,湖边有个格调极其优雅的俱乐部,他们并坐在一把油红色的日本式大伞下的座席上,每个座席都离得颇远,他们点了不同的鸡尾酒,先是默默地啜着杯中酒,把肩膀靠得越来越紧,聆听湖边的一个小乐队奏着旋律美如珠帘徐垂的乐曲……后来,汤尼搂住她的裸膊,轻轻吻着她的香鬓,对她说:"……本来,那是你个人的隐私,我不该问的……可是,亲爱的,我既然决定向你正式求婚,那么……可以告诉我吗?……你……那先于我的……第一个……在什么时候?他是谁?……"

这是她早料到的。也早准备了答词。然而……她虽然自以为已经极其的西方化了,事到临头,却还是有些个慌乱……她被一口酒噎住了……略咳了几下,她想妩媚地一笑,却不承想鼻子一酸,眼圈儿发热。汤尼即刻怜惜地将她搂紧,吻过她的两个眼窝后,试探地,也很自信地,在她耳边说:"是……'文化大革命'?……下乡插队的时候?……理解,可以理解的……好好好,你不要说了,我不要你说了……好,让我们说些别的、别的……"

竟如此轻松地渡过了那一关。她曾在常春藤学院里,读过原文的《苔丝》,托马斯·哈代笔下那位英国姑娘的遭遇,曾令她心中发紧……一般中国人总以为美国人人都钟情于"性解放",其实,像汤尼这样的家族,他们在婚外性关系上是持保守观点的,倘是考虑到结婚,那么,他们更极慎重,一般来说,新娘子是必得为处女的!……

那个有小乐队伴奏的夏夜,星星在夜空闪烁,而且也在湖水里闪烁,汤尼不仅没有对她紧追穷问,还柔柔地说:"我的……受了苦的小姑娘……好,跟我讲讲你那苦难历程里,比较不那么沉重的故事吧……甚至于,趣事,对,趣事……你知道,即使在莎士比亚的悲剧里,也穿插着一串串的趣事呢!……"

她便给他讲趣事。是的,趣事是有的。即使在最荒芜的岁月、最贫困的地方,也有趣事呢。她告诉汤尼,在当年他们插队的那个村子旁,有一个小湖,湖里有很多的鱼,真的很多,你往湖边一站,鱼儿便往你脚底下游过来,它们不怕人,不怕人的倒影。那个村子很穷,人们"糠菜半年粮",平时根本吃不上荤的东西。那他们为什么不捞鱼吃？那是因为，在那个小湖里，在那些鱼当中，有一条最大的鱼，一条年龄据说比村里的寿星还要大的鱼，是人面鱼。怎么讲？人面鱼？什么意思？那是因为，那条鱼如果游过来，你可以清清楚楚地看到，它长着一张人脸。也就是说，你能从它的头部，看出来那上面有人一样的眉眼、鼻子和嘴巴！这很奇怪，是吧？它怎么会是这样？按你们西方科学的分析，这也许是一种遗传变异中产生的怪胎，是一条畸形鱼罢了。可是那村里的人，把那条人面鱼看成是一条仙鱼。他们崇拜它，惧怕它，因此不但不敢捞上它来，把它吃掉，也连带不敢捞那湖里别的鱼吃。据说曾有人偷偷地捞那湖里的鱼吃，结果，吃了肚子剧疼，疼得在地上打滚，滚了一阵，很快地，就死掉了。按说，"文化大革命"要"破四旧"，"四旧"之一便是"旧风俗"，插队的"知识青年"们刚进村时，也有人试图破这个"旧风俗"，从那湖里捞鱼吃，结果有一个"插友"就在捞鱼时滑进了湖里，差一点给淹死……后来也就都不再去惹那些鱼了，当然，更不敢惹那条人面鱼。湖里那么多鱼，总没人捞，它们岂不是越长越多，淤得满满的，那还了得吗？可是，很奇怪的是，那湖里的鱼，仿佛总是固定的那么个数目，从来没觉得太多，当然也从来没觉得减少……

是的，这真有趣。汤尼听了，非常开心。汤尼把她搂得很紧，仿佛她便是那条人面鱼，生怕她会从他胳膊里滑出去，游走似的……

教堂的管风琴发出《婚礼进行曲》的轰鸣，她身披白婚纱,那裙裾拖在身后,在通向祭坛的台阶上,铺伸了好几级……汤尼把结婚戒指轻轻地套入她左手的无名指……在那大得令她感到有些个恐怖的宫殿式卧室里,特别是在那张大得惊人的、有古典式幕罩的婚床上,她与汤尼的新婚之夜,并没能使她感到满足,其快感远小于她抛出关于人面鱼的故事的那个傍晚,在那个别墅中的那次尝试……

那实在不是偶然的。汤尼比她小三岁,属于苗条、白皙型的绅士。汤尼绝对没有毛病,然而汤尼却注定不能令她销魂。这也许并不是什么糟糕的事。中国俗谚:"女大三,抱金砖。"这话应在了她的身上,不过,不是因为有了她,汤尼抱了金砖,而是她因为有了汤尼,而抱上了金砖……他们过得富足、体面,先有了汉克,后有了露茜……

汤尼没有绯闻,她也确信他没有外遇,然而汤尼越来越多地出差,越来越多地一个人在书房里睡……

婚后不久,甚至在与汤尼同床共枕时,她的思绪里就曾经飘飞过这样的丝缕:要是,汤尼能和他一样……要是,换成了他……宁愿这下面是那张茅屋里的大炕……宁愿那边就咕嘟着一锅猪食……而且,甚至于,她切盼那体臭,那种勇猛的进入,还有那一份强悍,都是他的,她闭上眼,在幻觉中努力提升自己的兴奋……而往往是,不那么和谐,不那么对劲儿……特别是,眼里呼啦一下是歪着嘴在努力的汤尼,便一下子有浓酽的的罪感、耻感,翻肠倒胃地直奔心头,令她立刻汗流浃背,并顿时索然、悚然……

天哪,天哪,我的上帝……常常地,在她独处,并且心头浮起那座遥远的,并且不知是否还存在的茅屋,以及种种不堪聚焦般呈现的镜头时,她便频频地在胸前画着十字……而她又深切地自知,她并不能真正成为一个基督教徒,因为,她虽然极虔诚地读过《圣经》,却始终不能在心底里相信,耶稣基督死后复活这一关键性记载……她在胸前画十字,只是因为她的肢体语言,已然进入了该种文化的系列,并且,无论如何,这总能让她多多少少减少些罪感……

出租车开到了高速公路收费站。他伸出手臂交费。那手臂还像当年一样,溢出充沛的阳刚之气。

出租车过了那彩绘牌楼的收费站,向天竺机场飙去。很接近了……这段行程即将结束……她若再不跟他对话,那这次的邂逅,岂不白白地……白白地怎么样?……唉唉,无论捅不捅破这层窗户纸,二十几年过去了,又能怎么样呢?……

她从价格极昂的路易·威登手袋里,掏出妆盒,打开,匆匆地朝小镜子里瞥了自己一眼,居然绿雾升腾……她心旌摇曳,难以自制……

……倘若那时候,她真的破釜沉舟,跟他结婚,会怎么样?……她是单纯地追求肉欲吗?不不不,那将是一条极其艰辛的生活之路,却并不是一条只等着晚上绿光流溢,叶芽胀破茸壳,欣然挺伸的浅薄之路……事实上他们会有很多很多心灵的撞击与融合……是的,那条人面鱼知道,他曾给她写过好多封信,那上面有很多很多的方块字,每一个方块字里,都包含着丰富的意蕴,那是由二十六个字母无论如何地拼合,也难以企及的……当然,他到头来没把那些方块字寄给她,而是,几乎一字一字地分裂开,让那人面鱼吞吃掉了……汤尼给她写过信吗?细想起来,这真古怪,汤尼给她打过不计其数的电话,却从来没有给她写过一封真正的信函,当然,那种算不得真正信函的卡,就是已经印好了一定套路的简单话语,配有图画或照片的卡,只需在上面潦草地签个名,便可寄发的卡,汤尼是给她寄过的,然而那算得了什么呢?这样的卡,就是碎成很小的香屑,抛到那个小湖里喂人面鱼,人面鱼也一定不吃吧……

……当然,那种情况并不多见,然而,即使是偶一出现,她心里也总是非常地别扭,需要拼命地克制、克制,才能保持住脸上那据说是"极其迷人的东方式微笑"……

……在长条餐桌边,汤尼,还有汤尼的父母,有时还有汤尼的兄嫂什么的……黑人女佣苏珊端着硕大的银托盘,里面是一条完整的加拿大式烟熏三文鱼,或一只法式红酒焖羊腿,轮流走到每一位的右侧,微屈腰身,于是每一位都斯文至极地,用那托盘中的银叉银刀,切下薄薄的一片,放入自己面前的餐盘中……轮到她,她也只切薄薄一片,甚至比其他人所切的更薄;可是,往往就在这时,汤尼的父母,有时还要加上汤尼的兄嫂什么的,便都把目光集注到她的脸上,显现出无比怜惜的情愫。他们并不说什么,餐室里静寂无声,餐桌上的大花钵里,满钵的大百合都散发着淡雅的幽香,然而她明白无误地懂得,他们那一刻都不约而同地在心里感叹:"啧啧啧……这从'文化大革命'里逃出命来的,在穷乡僻壤里受过苦的……小美人儿……汤尼给了她什么样的幸福啊!……"

这还算不了什么,可是,他们很显然接着还要在心里自言自语:"……可怜的小美人儿……在那种可怕的地方……该受到过什么样的蹂躏啊!……"一瞥之中,甚至于连苏珊,在似乎不动声色的面具下,也附和着汤尼一家的思维……

你不能说汤尼,以及他汤尼的父母,还有汤尼的兄嫂什么的,包括那个黑人女佣,有什么恶意;你更不能否定,中国的"文化大革命",还有"插队落户",确实给中国,给包括她这代人在内的几代中国人,造成了许多的烦难痛苦与遗患隐忧,然而,实际上一切都并不那么简单,比如,她在那个小村,那个小湖,那座茅屋,那口煮猪食的大锅,那张热腾腾的大土炕,那样的一处空间中,就曾经享受过绿色的阳光,绿色的火苗,青春的热欲就曾极其酣畅淋漓地得到过满足,仿佛早春的叶芽,痛快地蹿破树皮,顶穿绒样的薄壳,裂开,舒展,任透明的汁液循环,乃至渗出……

而汤尼,在那样的场合,曾自以为高明,完全不知她内心里是极度的尴尬,建议说:"……讲讲那条人面鱼……那一定会令他们吃惊……"她呢,便只好压下心头的不快,强颜欢笑,讲述起来,那回送到她自己耳中的声音,令她觉得诧异,她的灵魂在羞赧中涨红了脸,可是她在收住讲述,并听到汤尼一家极有礼貌也极为节制地轻轻鼓掌,并发出叹息声时,外表上却显得极为愉快,并且,仿佛很为自己能用他们的那种语言,娴熟地把人面鱼的故事讲述得那么样的生动活泼,而欣慰,而自豪……

为什么,这一切究竟都是为了什么?她的人生道路,为什么非得这样地走?这样的幸福,曾是她切盼,并为之奋斗,得来不易的;也是令她父母引以为荣,并被众多的亲友,乃至并不怎么相干的邻居们,所艳羡的……可是,有时候,当她一个人静下心来,面对灵魂时,便幻想到,故土上一张简单的餐桌,对,无妨就是那种廉价的,可以折叠的,蓝色烤漆腿的折叠桌,桌边坐的不是汤尼,而是他……她把煮好的面条,从热锅里捞出来,盛在大碗里,就是那种最普通的大瓷碗,递给他,而他,接过去,从餐桌上的另一只大碗里,舀出好大一勺现成的炸酱,用筷子搅拌着……她把洗净的黄瓜递过去,他边吸着面条边接过去,一筷子面,一口脆黄瓜……于是,她也盛一碗吃……他们也许会说起那条人面鱼,那该是怎么样的一种交谈啊!……他吃着炸酱面,喉结一上一下,额上沁出豆粒大的汗珠……他才是令她心醉的唯一存在……

不过,个体生命的存活,实在不是那么简单……倘若,她当年真的义无反顾,那么,很可能,不是他被引进她家的那个小院,而是她把自己送进他盖起的那个小棚屋,那个借用公共厕所一面墙的违章建筑里……她真的吃得消吗?……就算她与他能始终极其的和谐,可她能与他的父亲和母亲和谐吗?尤其是,在那么一个狭窄的空间里……

当然,他们可以联手奋斗……事态的发展证明,这个都市里的大多数人,后来都提升了他们的生活品质……他现在开上了这种一公里两元钱的出租车,主要到大宾馆门口等客,这已经算是这个都市里收入较丰的职业了……倘若他们联手,也许他现在从事的职业会比这个更好……

她觉得眼睛发痒。她找出揩面纸,揩眼窝。她承接到一粒泪珠。

她现在已是有夫之妇。意识到这一点,她悚然,罪感又迅即弥散开,充满她的胸臆。然而尽管她拼命地压抑、压抑……那些罪罪过过的碎思裂绪,依然玻璃碴子般地划着她的心尖……如果汤尼突然消失——这在车祸乃至空难频仍的美国,实在算得不是一种玄想——而他,居然还并没有结婚,或已然是个鳏夫,那么,难道她不可以找到他跟前,与他鸳梦重温、花开并蒂吗?……或者,她竟在某一天,走进汤尼的书房,跟汤尼和盘托出:她并非什么"文革"中"插队"时"失身"的"可怜姑娘",恰恰相反,在那诡谲的时代里,她偏偏主动出击,获得了生命历程中最隐秘而甜蜜的极乐……她坦然地提出离婚,而吓晕了的汤尼,出于自尊,加上被那种文化熏陶出的一些个思维杂碎,居然爽快地应允了,于是,她不仅重获自由,并且依然会富有,她会骇人听闻地飞回这个城市,追到他的身边,让他清醒:唯有他们才相谐相配,他们本是上帝专门制作的一对啊,他呢,也便惊世骇俗地,割弃现有的,与她重辟新境,构筑一个绿茵茵的,再不云散的两人世界……可是,天哪,她猛然想起,汉克和露茜,那可是她的生命中已然不可舍弃的东西,他们怎么办?……

她身子瑟瑟发抖。她本无辜,而且她的这些思绪并无他人知晓,然而,她却在心底里自己告发了自己……她自己既是上帝,也是罪人,她自己执鞭笞挞自己……

出租车越来越接近机场了。透过车窗可以看到正在升空爬高的巨型喷气客机。

她瘫靠在后座椅背上,两眼如醉如痴地盯住他的脖颈。现在他们又一次离得这样的近……他既然也认出了她来,为什么这样的残忍,竟一声不吭?为什么非得她先开口?是因为,那个绿色夕阳映照的傍晚,那个绿波叶汁般流溢弥散的晚上,是她冲过去,主动搂定了他吗?……

其实,为什么他们不能,就在这个时候,互相招呼,并且勇敢地做出决定,暂时把他人,乃至整个世界,都抛到一边……在今天的北京,驶到任何一座星级饭店,开一个房间都是很便当的事,只要你有钱……更何况,她持有美国护照,她是外宾,是到处抢手的投资者……他们为什么不趁彼此都还不老,都还有火力,在绿色夕阳的映照中,重新体验那销魂熔魄的颠鸾倒凤?……

……可是,此时的他,会有着同样的想法吗?……

她脸上火烧火燎的。不仅是罪感,而且,耻感也火星似的炙烫着她的心。她用上帝之鞭,更严厉地笞挞自己那被热欲炙烤得吱吱冒油的灵魂……为什么啊为什么,越笞挞,那欲望却越如滚刀筋般顽犟?人,究竟是一种什么东西?……

生命啊……悲苦!

她号啕大哭——在饱受煎熬的灵魂深处——却无一丝声息。

出租车掠过一排巨大的广告,机场近在眼前了。

1997 年 11 月 14 日于绿叶居

护城河边的灰姑娘

把化验单递给了大夫。大夫看了一眼,说:"住院检查吧!"

彩妹还没回过神来,太太已然惊呼:"什么?为什么?……门诊手术不行吗?"

大夫眼也没抬,只是说:"不住院细查,怎么能断定是良性?门诊手术怎么能乱做?出了问题谁负责?"

彩妹问:"住院……多少钱?"

大夫答:"先放一万押金吧!"

太太再次惊呼:"一万!"

大夫这回抬起眼睛,看了太太一眼:"你女儿……她的单位参加大病统筹了吧?"

彩妹说:"她不是我妈……她是太太……"

大夫再抬眼,这回眼光停在太太的胖脸上没马上挪开:"太太?!"

太太便解释说:"彩妹是我家的小保姆……她叫我太

太……不是'老爷太太'的那个太太,是……她今年十八,她妈十六岁生的她,今年才三十四……她奶奶今年才五十一……我是个退休的教书匠,今年六十七了,按辈分算,我比她奶奶还高一辈……有的地方叫祖祖,有的地方叫太太……她愿意叫我太太……"

大夫垂下眼帘:"原来这样……那你们自己合计吧……反正现在不敢给她做手术……我这也是为了负责……"

……出了医院,太太和彩妹一时都没说话。两人若即若离地走出了医院所在的那条小街,来到了热闹的大街上。

太太很为难。脚下再挪不动,嘴更张不开。

彩妹明白太太在想什么。她说:"太太,您别为我担心……我就先辞了工……回老家去……再想办法……"

太太松了口气,爱怜地望着彩妹,说:"一万!连我们也住不起!……你脸上的这瘤子,总不管它也不是个事儿!……怎么这几个月里头,眼看着它在往大里鼓呢!……实在不是我嫌厌你……拖下去,我们也负不起责……"

彩妹坦然地说:"闹不好,能传染给你们。"

太太脸红了,摇头,说:"不不不……这东西恐怕是不传染人的……我是为你想,也许,回到小地方,镇上卫生院什么的……一样有不错的负责任的医生……那收费会少得多的……"

彩妹低着头:"嗯……"

马路对面,过了人行天桥,有一家"麦当劳"。太太说:"彩妹,走,我们去一回'麦当劳'……"那口气,有点像共约赴汤蹈火似的:"……我请客!"

"麦当劳"的这家分店开业有半年了,太太并没进去过。彩妹连进去一趟的想法也没产生过。太太既下决心,彩妹当然不拒绝。

……下午三点多钟,按说大人多在上班,小孩都在上学,可"麦当劳"里还是有不少食客。

太太给自己只要了一只麦香鸡汉堡包,一杯红茶;却给彩妹要了一份包括巨无霸汉堡包、大号炸薯条和大杯可乐的套餐。彩妹道了声谢,先是尽量小口,后来便禁不住狼吞虎咽起来。太太望着彩妹左脸颊上那触目惊心的瘤子,反胃,叹息,想再说点什么,说不出来,心想:瘤子边缘还算齐整,该还是个良性的血管瘤……常规检查得不出恶性的结论……可大夫也有他的道理,不住院细检观察,怎好贸然割掉!……这彩妹本来就不水灵,一米五出头的小个子,体形还有点横胖,五官原来勉强过得去,左颊那儿原只不过是豌豆大的一个红痣,现在……像飞来个紫红的知了,趴在她脸上再不想走……唉唉……这餐"麦当劳"只当是跟她道声"对不起"……实在是爱莫能助了啊!……

彩妹把套餐吃得星渣不剩,可乐也喝得干干的,满足地舔着嘴角。

"还……再来点吗?"

"不不……谢谢您啦……真的……您待我太好啦……"

太太便从钱包里掏出一张百元一张五十的票子,递给彩妹:"……收好!……你要是……实在需要我们帮助……你就再来按我家门铃……"

彩妹这一年多,每天下午五点去太太家,为太太和太太老伴老两口做一顿晚饭,也兼干点别的家务活;晚饭当然一起吃;工钱是每月一百五。到这天,这个月并没满,太太仍给彩妹一百五,再说,到医院看病,挂号、化验全由太太花费,对此彩妹确实感谢。这天太太让她早来,一起去医院,彩妹就猜出来,有辞工的可能;但没想到会在"麦当劳"里"两清"……

"你在别家的工……我不便干涉……可我真是希望,你先回家去……"

彩妹忘记了先前安慰太太的说法,挺直腰,抹抹嘴,坦然地说:"……还剩两家没辞我呢……能干什么先干什么吧!……回老家我能有什么办法?在这儿……也许我能挣出住院做手术的钱呢!"

太太张开了嘴,可顿了一下,把蹿到喉咙的话又吞了进去。彩妹不住她家,跟同乡的姑娘合租着城里人盖的"小厨房",虽然那"床份儿"钱一月好几十,可彩妹这样的农村姑娘进了城,一般并不愿意住到一个雇主家里,只挣一家的钱——再给的多,能多到哪儿去?——她们大多愿意以一家为主,然后用剩余的时间,再找一些雇主做钟点工,按小时算,行情到目前大约是每小时两元左右,这部分收入加起来,往往超过了比如说在太太家固定做事的数目——不过,当然,这部分的工作时有时丢,不稳定。太太细想了一下,自己只是想辞掉彩妹,以卸可能会派生出的莫名责任;彩妹还想继续在北京奋斗,且由她好自为之……

两人在"麦当劳"门口分手。太太没朝自己家的方向走。她是去街道办事处的家庭劳务介绍所,以求再物色到一位保姆。这彩妹并不是从那介绍所来的;彩妹是辗转由私人推荐来的;如今从农村流入城市的劳动力,约有一半是并不靠职业介绍所一类机构,而是靠先来一步的老乡,利用他们与受雇单位或单独雇主的关系,推荐试用,获得工作的。太太这回决定不再靠亲友邻居推荐,而是从"正规"渠道去雇一个新保姆。她边走边想回头望一下,可终于没有回头望。她想到,彩妹在她家厨房里,甚至当着她的面也会把锅铲什么的落到地上,"咣当"一声吓她一跳……"彩妹是个漏手!……是个漏手!……"把思维烙实在这一点上,她心里松快了一些,也就再不想回头了。

彩妹却朝太太家所在的那个方向走去。那是位于护城河边的一片居民区。彩妹在那个居民区现在还剩有两家"钟点工"雇主。所约定的时间,都不在每周的这一天这下午时刻,可彩妹还是往那边走。

到了护城河边。这是古老都城仅存无多的护城河残段。十来年前有过一番疏浚修整,现在河道两岸有水泥墙的护壁,沿河两岸各有一条绿化带,再往上,高处,马路边,又有一条绿化带;绿化带中的树种主要是垂柳,灌木则主要是单瓣月季。这护城河应当说基本上是个美丽宜人的所在,可惜的是其中的河水还是免不了被污染,除了从泄水管中冒出的脏水,路人抛入其中的种种废弃包装物,更是刺目的"痈疽"……不过彩妹虽常在这护城河边走来走去,却从无什么欣赏其景色的心情,她那故乡的小河,还有那些树林、田原,比这护城河漂亮多了……

护城河边的马路与人行道上,车辆行人都不多。初秋时节,下午的阳光暖意十足,却并不灼人,彩妹身上笼着酥软的热气,脸上的那个瘤子,痒痒的。

护城河边等距地排列着十座居民楼,两端是十八层的"大裤衩"形状的塔楼,当中是十二层的"大板楼"。彩妹朝其中一座"大板楼"走去。她乘电梯到了十层,按响了一家的门铃。

里面门铃的响声,彩妹听得很真切。可好一阵都没人来开门。彩妹懂得,这些个雇主都不喜欢你连续地按他们家的门铃。她重按一次时总是非常谨慎。她估计到门上的窥视镜那头,已经有雇主的一只眼睛在朝外勘察,她便顺下眼帘,身体一动不动。

她等着防盗门上的拉锁响。果然响了。门开了约三分之一,里面是雇主,也是一位相当于太太的退休妇女,可是这位瘦小的女士不让她称太太,而坚持要她称阿姨。彩妹几个月来,每周三上午八点半至十点半到她家来干活,内容包括洗衣服(该家虽有洗衣机,但需先用人工将衣服的领、袖及其他脏处搓一遍,再放入洗衣机处理)、收拾卫生,以及将主人家买来的鸡、鱼收拾清爽,等等。

"孟阿姨!……"她主动招呼着。

孟阿姨满脸不想掩饰的不高兴,被皱纹裹得紧紧的小眼睛瞪成两个正三角形,不仅没往里面让她,握着门锁拉环的手还把门的开放度缩小了一些,愠怒地说:"你怎么现在来这儿?我不是跟你说过多次吗,除了我们商定的时间,你不要来按门铃!……其实这也不是光针对你……我们家对未经事先约定的来访者,是概不接待的!……"

彩妹抬眼望着孟阿姨,并不怎么吃惊。这位孟阿姨从未对她笑过,不过工钱倒是严格地按钟点算给她。比如说,她某一天十一点才把活干完,那孟阿姨便会按两个半小时,给她五块钱。有时候她干到十点钟便把孟阿姨交代的工作干完了,那孟阿姨便会搓着手,想出一种可做的事来,让她干,以使她能做满两小时。有一回加了一件事,还剩十多分钟,孟阿姨便又让她擦皮鞋,她觉得还可以再擦时,孟阿姨却坚决要她停止,说:"我不能让你白干,我也不愿花更多的钱来让你干,所以你到此——Stop!"Stop是彩妹在孟阿姨这儿学会的一句英文。孟阿姨说得最多的一个词儿是"市场经济"。彩妹从未听懂过孟阿姨的那些"咱们按市场经济规律办事"的逻辑,但她却从中意会到不少的东西。

"……你来有什么事?"孟阿姨脸上的两个等边三角形抖动着。

彩妹便把一经太太辞退时便产生的想法吐了出来:"阿姨,我是想问问,您能不能……以后……多让我干点活儿……上回我听您跟孟伯伯说,想找个每天到早市给买菜来的人……我能起得老早,能买来最便宜的菜……我是不会贪污菜钱的……"

孟阿姨一眼将她觑破:"别家把你辞得差不多了吧?你

想从我这儿把损失掉的找补回来？……可你脸上的瘤子眼看着在膨胀！这叫作'进行性血管瘤'！……从市场经济的供求关系上说，你这样一种状况，当然会失掉卖方市场……而从买方市场来说，既然可以从容挑选，那为什么非要选取这样一个不健全的劳动力呢？……你懂吗？"

彩妹忽然感到脸上的瘤子火烧火燎的。

"……我不能雇你每天一早买菜……不过，我暂且还保留你每周两小时的钟点工……市场经济是既要讲……又要讲……的！……我们虽然并没签约，更没公证……可我不想轻易改变原来说好的半年为期……这也是出于人道的考虑吧……"孟阿姨这些话钻进彩妹耳朵眼里，蠕动着，往她脑袋里爬，但很难爬进去……彩妹只觉得心头有个大虫子在拱，那是她自己的虫儿！

彩妹猛地抬起下巴，朝着孟阿姨脸上的那两个等边三角形，说："按市场经济……我不想在您这儿干了！我不会再来了！您也别什么……道……什么考虑……了！"

说完，彩妹转身就走。彩妹自己吃了自己一惊。她也不知道自己怎么会忽然这样。孟阿姨的这一惊更非同小可；这戏剧性的转折太匪夷所思，她不禁对着彩妹脊背大喊："彩妹！你等等！"

彩妹没去坐电梯，从楼梯往下跑，就像有只可以伸得无限长并且能拐弯的手，在她身后追着抓她后脖领子似的……

喘吁吁地冲出了楼门，楼外的光线刺得她睁不开眼，她把右手遮在额头上。

心里很乱。她茫然地顺着河沿走,猛然看到一个人,就在眼前。

那是蚓蚓。脏兮兮的。一条腿歪着。

怎么会撞到了他跟前?

蚓蚓是同乡。两家所在的村子只隔着一条小河。那河里总有成群的鸭子和狮头鹅在游动觅食。她满十六岁那年,听见爷爷和爹爹在议论她的婚事,奶奶妈妈也在一旁,他们想把她嫁给谁呢?就是这个蚓蚓。妈妈没吱声,看样子虽不满意,也不想阻拦。只有奶奶高声抗议:"蚓蚓?他那条腿啊,胎里就歪啦!彩妹嫁谁不行,嫁他?!"

她当时心里也没怎么太难过。因为她知道只要她敢犟到底,爹爹到头来也不至于牛不吃水强按头。

她听见爹爹大声地跟奶奶说:"娘,哪天您去看看他家给蚓蚓盖起的楼!不是随便哪个腿直的后生都能有那么个楼的!"

她过河去看过蚓蚓的那栋楼,耸起来了,完工了,可是还没粉刷装修,确实挺气派。

后来她来了北京。再后来蚓蚓也来了。蚓蚓家出了祸事,他那楼顶给别人家了。蚓蚓来北京,在护城河边拾上了破烂。拾破烂,主要是拾废纸和能回收的瓶罐什么的,居然可以挣到比当保姆还多的钱。彩妹知道这情况后,心里很不平。然而她可绝对不愿意拾破烂。

护城河边有一列垃圾桶。蚓蚓每天下午都赶在垃圾车来敛垃圾之前,翻腾这些个垃圾桶。河边楼里人家大都小康,经常会购进些用大小纸箱纸盒包装的东西,那些不想保留的纸制品便当作垃圾扔掉,而且瓶罐也多,因此"含金量"颇高。这里已成蚓蚓的"势力范围",为此他付出过旁人难以想象的代价,可谓得来不易。

蚓蚓拥有了一个平板三轮车,就好比出租汽车司机拥有自己的"的"一样。

此刻蚓蚓的车上已堆积着不少的"战利品"。他隔老远便看见了彩妹。和以往看见彩妹一样,他脸便发热,心里有蚂蚁在爬。他常和彩妹在这护城河边邂逅,但以往彩妹要么真是看不见他,要么即便瞄见了他,也赶紧把眼光移开,从他身旁过时脚步必走成一个大弧线。他曾喊过:"彩妹!老乡啊!"彩妹头也不歪,嘴角也不歪,竟置若罔闻。蚓蚓便下了决心,要发个大财,先给这彩妹看。

彩妹这回不知怎的,没老远就走弧线,并且及至走拢,猛然刹住脚,瞄了一眼,发现是蚓蚓后,没有不屑地将眼光一移便再不回顾,而是一瞄之后,眼光闪开,复又回转,并从上往下扫了一遍……蚓蚓正惊诧间,只听彩妹说了句:"该打气了!"

彩妹不知怎么消失的。蚓蚓沉浸在她那句话里,好久好久,仿佛醉了似的。一辆大巴从路上开过,庞然身影掠过蚓蚓,他才回过神来。细一寻思,才知彩妹是说他那三轮车的一只轱辘瘪了。闭眼一回味,彩妹的整个人形没出现,只觉得有一瓣西红柿模样的东西悬着……她出血了吗?……快去打气!

彩妹走得离蚓蚓老远了,头一回,思维里还牵着点蚓蚓。蚓蚓的一张脸没毛病啊。虽说身上脏兮兮,那脸上眉毛倒肥肥的黑黑的,腮帮子硬硬的光光的……他一月能捡出多少钱来?几个月的钱才够住院检查开刀的?……

彩妹看看腕上的电子表,往日这时候该在太太家厨房里了!……也没怎么太留恋太太家的厨房,她从覆盖着青草的斜坡来到了紧挨河边的甬路上,这一段甬路绿化得最好,一株垂柳一棵塔柏交替地排列着,都发育得很高大壮实了,沿河岸还有些朝水上俯生的灌木……她走过了一对躲在大柏树裂缺里搂抱的情侣,无动于衷。那显然是一对城里长大的时髦青年,她对城里的同辈人还没有什么强烈的了解欲与对比的习惯,她大体还是更关心属于跟她一类的外来农工的种种情况,并且大体上只是习惯于拿自己的情况,跟特别是同乡中的同辈人来做对比,从而派生出她的爱恨羡妒……

她想尿尿。四面望望,都不见人影。她蹲在两丛灌木间尿了尿。尿完她赶紧离开。她在一处有阶梯通向河面的地方,走下去,坐在了最靠下的台阶上。她双手搂住双膝,享受着初秋快要收敛的阳光。她盘算着。不能说是非常地焦虑。当然不回老家去。这个城市也是她的。保姆干不了了,干什么?……总还能找到事的。住院?手术?一万元?……她当然不能让这个什么"进行性血管瘤"在她脸上进行!她早晚是真能揣着一万块钱住进医院里的!不光做手术拿掉它,她还要美容呢!……不过,她也不急……她现在有多少钱?……她忽然想点一下钱。她先朝岸上望,左右都不见有过来的人……

她和三个姑娘合租一间屋住着。她们都不把钱留在那屋里。她总是把钱放在睡觉时也不脱掉的那件妈妈亲手给她缝的内衣的暗兜里。那些钱用三根橡皮筋箍得紧紧的,总是带着她的体温,浸着她的汗水。当然,一般每过两三个月,她便去邮局给爹爹寄一回钱。爹爹要加上她寄的钱,给家里盖新房。虽然她知道新房是为弟弟盖的,却从未觉得自己寄钱是吃亏。世世代代,他们那样的农家,没出阁的姑娘都是要为兄弟的新房出力的,那是天经地义的事。嫁出去以后,当然再有兄弟要盖房,也就可以不管了。想一想,如果在老家嫁出去,所住的新房,也一定会有大姑小姑出的力。所以心平气和。这两年来,她一个月差不多能挣到四五百块钱,她每次给家里寄钱,最多的时候达到过一千,最少也有三百。最近她快三个月没给家里寄钱了……脸上鼓出来的地方痒痒的,她想,这回写信告诉爹爹吧,要治病,少寄些,别生气……现在一共是多少?寄多少,留多少呢?一时没处吃不收钱的晚饭了,还得留出饭钱来呀!……她怀念起太太家的晚餐来……

在太太家吃晚餐时,她基本上也不花什么吃早饭和午饭的钱,因为早上所去的干钟点工的人家,有时会给她一个馒头,甚至面包;而中午结束了钟点工活路的人家,有的也会给她一点吃的。当然,偶尔,她实在饿了,或馋了,也会买一个煎饼,甚至坐进小饭铺吃一碗兰州拉面,当早点或中饭……太太家的晚餐,在失去后更显出对她的重要性,平日她的热能、营养,其实主要是靠这一餐饭撑着的啊!……现在她不能不先留出足够的钱来,代替太太家的这一餐饭……她掏出那一扎用橡皮筋箍着的钱,贴着心窝清点……虽然她实际上十分清楚那个数目,可她还是想在这儿再清点一下,何况,她外衣胸兜里还有太太在"麦当劳"给她的一百五十元,那是该也归到这一扎里的啊……

"彩妹!"

这声叫唤扎扎实实吓得她全身一抖。

一抬眼,才发现有条小木船划到了她跟前。船上是董大大。

董大大是捞河脏的工人,来自河北农村,虽算不上同乡,可在这护城河边挣钱的农工们无论男女老少,大体上都认识。他们不会使用"社会族群"一类的"文明词儿"来思维,但他们的思维里,大体上彼此引为同类,也就是互相多少有些个认同感。这董大大住在绿化队给临时工用的工棚里,离彩妹她们租的民房很近,所以更熟一些。董大大,按岁数彩妹该叫他祖祖,可是别的姑娘都叫他董爷或董大大,所以彩妹也叫他董大大。

董大大手里拿着个抄网。他那船里有些个抄上来的塑料袋、易拉罐、软包装盒什么的。董大大瘦高个儿,脑袋像个足球般大的核桃。

董大大笑着说:"彩妹,亏得遇上的是我,要不,非把你当成个刚扒了人家钱包的小贼了!……你怎么闲得这么自在?自顾自地显摆上你的财了!……"

彩妹从领口把钱放回内衣暗兜。她忽然哭了。董大大是个她可以放心地当着面放钱和哭泣的人。

"你怎么回事儿？你有那么多钱，还哭！"

是的。她的钱很可能比董大大多。董大大当这临时工，一个月才三百块钱的工资，绿化队只管给张床住，不管饭，更不管别的什么。她听董大大说过，每天光是吃馒头，他早上三个，中午晚上各五个，每个三毛钱，一个月下来就得一百多块；总还得吃点菜吧，他又还忍不住要喝点酒，就算只吃咸菜、熬白菜，只喝最便宜的红星白酒，一个月又得一百多……你说还能剩多少？听说董大大这么大岁数，还没娶过老婆，老家也没最贴近的亲人了，又没什么文化、手艺，所以在这城里也始终不可能找到再好的工作。新来的绿化队头头对他很不感冒，想辞掉他，又不好明辞，便专找他的碴儿，比如说检查他清过的河段，说没把河脏捞净，罚他钱，最多的一回，罚了他一百块！意思是让他自己赌气，走人；可董大大硬是宁愿受罚也不走。是呀，他可走到哪儿去呢？他老家连间自己的房都没有，回去谁收容他？

"怎么回事？还是为你脸上那个东西？"董大大直来直去地说，"又不碍着你吃饭、干活！愁那个干什么？"

"都把我辞啦！……要住院动手术去了它，先要放一万块押金！……"

"为这个就辞人？他们雇的是你的脸还是你的手？……住什么院？一万？买条命也用不了这么多！……我在老家给铁匠拉过风箱，那王铁匠腿上也是鼓起了这么个东西，比你这个大多了,他就拿烧红的通条猛地那么一烙……没过两月,好啦!也就留下一块平平的疤瘌……我不是说你也那么烙一下……我是说,在这世界上,不当美人儿,照样能活!你还年轻,日子长呢,谁说得准谁今后一定怎么着?依我说,你挺起腰杆儿,再找你的辙!……"

彩妹不哭了。可心里还是发堵。

"……你就再试试别的……给人家当保姆也算不上多美的差事!……要不,先到我们这儿来,听说还缺给沿河花池子捞脏的人手……工钱是低,先拿点也总比没有强是不?……你别伤心了,这么大个京城,没有饿死你我的道理!……我知道你那些个钱轻易不能动,你爹妈还等着你寄呢……这些天你实在没的饭吃,你就先来跟我搭伙!我不再买他们食堂的馒头熬菜了,不合算;如今我自己煮面条吃,我在德胜门早市那儿买了几十斤干挂面,比别处都便宜,才一块二一斤;我又炼了一坛子大油,撒上了盐粒和花椒;每顿煮点儿,搭点食堂择下不要了白给的菜叶子,吃着挺香!好在食堂的灶火他们让我白用,有时候剩的折箩也给我……你不乐意?不落忍吃我的?你能多大胃口?下面时候添一把就够啦!"

彩妹站起来,愣愣地望着董大大。只感觉脸上不那么刺痒了,心上像有个暖而不烫的熨斗熨过。她没说什么。董大大也不期待她说什么。

董大大看见那边有人在往河里扔喝光的矿泉水瓶子,伸长脖子朝那边吼起来:"怎么回事儿?没看见刚捞净那边吗?

什么毛病!改改吧你们!"吼完,放下抄子,划桨,船就离开彩妹而去了。

彩妹回到坡上路边。夕阳西下了,残阳的光芒给护城河抹上了胭脂。近旁居民楼的底层是家装修得颇为豪华的海鲜酒家,一面大玻璃窗显露出三层水族箱,里面的游水海鲜确实生猛;酒家门外已经停了些小轿车;有的食客衣衫时髦,从车里钻出来时,还把"大哥大"贴在腮帮上,不知在跟哪儿的什么人说着什么样的话。彩妹经常从这酒家路过,她从未对它产生过兴趣,不仅从未有过进去吃那些海鲜的幻想,而且连走进去张望一下的欲望也不曾有过。没有艳羡,也没有比如拿董大大的伙食与之对比从而生出的愤懑不平。这类事物近在身旁,但跟她又是在两个世界里。她知道,连太太,还有孟阿姨什么的,能雇她的人,也没怎么进过这种酒家。

然而彩妹也不是全然无视这酒家。在她眼里,酒家的种种景象几乎都被删却,只有那在酒家门口立着的迎宾小姐,凸现在她的眼里。唯有酒家的这一部分多少牵动着她的心。那立在门口的小姐大体上还属于她的同类,也是从农村来的姑娘。彩妹刚到京城时也试着去应过招聘,别的先不说,她的身高就不合格。按说站在门口迎宾,或在门内等着领座,或在包间大堂端菜布菜,你要个身高还说得通;可彩妹只求在厨房里洗碗打杂,老板却也还嫌她个头太矮,这就让她和跟她一样的矮个子姑娘不明白了!

现在立在酒家门口的小姐穿着个旗袍,身上还斜背着个宽宽的绲着金边的艳红披带,那带子上写的金字彩妹认不出,可她懂得一定是讨顾客喜欢的话。那小姐跟彩妹对了个眼,脸上便出来个跟迎宾无关的表情。彩妹也就还了她一个表情。不过那小姐没接彩妹的这个表情。彩妹带着那表情离开了酒家门口,直到走拢桥边才抖掉了那表情。

护城河上的这桥,从沿河的马路与河道上跨过去,与环路上的立体交叉桥连为一体。桥下马路两边的人行道光线很暗。在靠河的人行道上,有几个人席地而坐,在那里有说有笑地啃西瓜。彩妹离两丈远就认出来,那是在立交桥一带活动的乞丐帮的几个头头。他们的下属这时候正在各自的规定地点卖劲地讨钱,因为正当工薪族下班时间,"油水"正肥。干哪一行也是当头头的活得自在。丐帮头头聚在桥底下啃的西瓜当然不是讨来的,更不是偷来的,而是他们堂堂皇皇拿钱买来的。彩妹还遇见过他们聚一起啃"和路雪"冰糕。刚进城时彩妹也不懂得丐帮的事,后来董大大指教了她,意在让她千万离他们远些个,切莫入了那个圈子。

丐帮的总头儿是个老太婆。为什么是她?连董大大也说不出个道理。老太婆一身脏兮兮的中式粗布衣裤,扎着裤脚,一双大脚这季节便穿着毡子鞋;头上裹块蓝头巾,脑门那儿勒得紧紧的;身上斜背着一个老式的打补丁的黑色人造革包。她身材矮小,满脸褶子,然而一双眼睛滴溜溜的,又尖又锐。彩妹知道,认识她的人都管她叫万吐。为什么这么叫?据说她亲自上阵乞讨时,从洋人手里讨到过美元,那洋人给她钱时,说了声"万",递了她一张票子,又说了声"吐",再给了一张。很长一段时间,她每晚点钱时,都要专门把那两张洋钱蘸着唾沫,一声"万",一声"吐",清点好几遍。据说是三美元,合人民币差不多三十块钱。后来不见她那么点了,有的说是她手里的洋钱已经不止"万""吐""吹""佛"那些个小数目了,也有的说是她在"差那搬克"(就是中国银行)里有了外币折子……不管怎么说吧,人们就都叫她万吐,都服了她了。她每年秋后便回老家去,来年开春再带些个人来。

彩妹想穿过桥底下。她没想到万吐会招呼她。她不记得万吐什么时候认得她的。万吐是招呼她坐一处吃西瓜。

万吐他们是四个人,两男两女,两个老的,两个不算老也算不得年轻的。彩妹眼睛只对着万吐。在"麦当劳"里吃的套餐早已离开了她的胃,她不仅饿了,也渴。万吐举到她面前的那块西瓜红得厚实,显得滋润,她实在不能拒绝。于是她道了声谢,蹲在万吐跟前,接过那块西瓜啃起来。

"丫头,给人辞了吧?这时候闲逛荡!……呦,你这脸上!……哎呀!你脸上有真瘤子,你要到那过街天桥上一卧,保准哗哗哗地来钱,我敢说还不是那听着脆响其实没啥味儿的钢镚儿……说不定有好些个整张的大票子!……丫头,别愁,跟我们一块儿挣吧!……"万吐盯着她,兴奋地议论,动员着。

彩妹噎住了。她咳嗽中吞进了两枚瓜子。

一个比彩妹小些的脏丫头,手里拿着个脏兮兮的搪瓷缸,风风火火跑了过来。跑拢叫了声奶奶,便伸手要瓜。

万吐抓过丫头手里的搪瓷缸,放鼻尖底下看看,便说:"就这几张毛票?我不信!"

丫头嚷:"不信,您自己去试试!这些城里人,全是磁耗子!"

万吐教训那丫头说:"你是怎么趴在那天桥上头的?跟你说了多少回,你这人不残,要趴得让人看着比残还残,就得这个样……"说着身体力行,做了个样子:先跪正,然后撇开双腿,下身缩得让人看不见,整个上身紧贴着地面,再把脸歪贴在地上,屁股尽量往下压,双臂双手则尽量藏在身子底下,眼睛半睁,乜斜着收钱的搪瓷缸子,嘴里发出奄奄一息的呻吟声……

那丫头说:"我比您还卖力啦!累死我了!"

万吐恢复原状,眼睛不看那丫头倒看着彩妹,说:"干哪行不累?不过,真有瘤子,那倒用不着这么费劲儿了!"

那丫头便盯着彩妹问:"她哪儿来的?先给她瓜吃!"

旁边几个人嘻嘻哈哈地乱说什么。万吐递给那丫头一块瓜。彩妹趁这时候,站起来,拍拍屁股,走了。

万吐在跟她喊什么。那几个人和那丫头也发出一些怪声。正好有辆大面包车从桥下马路开过去,行驶声在桥洞下发出混浊的回响,还掀起些灰尘。彩妹小跑着离开了那些她不想为伍的人。

跑到了桥那边的河沿。那边的一片楼盖的年头久了,布局很不规范,还有一片平房区,彩妹跟人合租的小房子就在那平房区里。

天还没黑。彩妹从小跑变成快走,又变成常速,再变成慢踱,最后她停了下来。

难道这就回住处去？那住处只有六平方米，里面除了一张她和别人合睡的铺板床，便只有一摞原来装饮料瓶的纸板箱——那分别是她们放日用品的地方。她有个大蛇皮口袋，装衣服的，搁在了铺板底下；脸盆什么也都只好塞在床底下；剩下的地方只够三个人转身。以往她都是天黑以后，才从太太那儿回住处，回来洗把脸也就睡了。现在她回那儿干什么？

彩妹正站那儿发愣，忽然听见一个熟悉的声音在招呼，不是招呼她，是在招呼一只狗："霍克斯！……乖乖！……"

迎面来了个遛狗的姑娘。她老家跟彩妹属于一个专区。头回来北京，她们在火车上正好坐在一处。到北京以后，她们又都在这护城河一带当保姆。那姑娘比彩妹大两岁，她叫银娣。银娣运气好，三个月以前到现在这家当了整日工。雇主是从国外回来定居的，在河沿尽头的商品楼里，买下两个单元，打通了住。银娣在他们家有自己的房间，房间里还有专给她看的电视呢！虽说是台主人换下来的旧彩电，尺寸小，颜色也不那么鲜丽了，可究竟是专给她一人看的，想想那是什么条件！这家主人养了条蝴蝶犬，一年光交养犬费就好几千！这蝴蝶犬天天都要带下楼来，在河边遛弯儿，主人没工夫，这任务便由银娣来完成；光是为这么个活计，每月主人便多给银娣好几十！……银娣在这家当保姆，挣得多吃得好住得宽倒还算不得什么，难得的是没过多久，她就不仅穿着打扮越来越像城里人，那做派更渐渐比一般的城里人都洋气，比如现在牵着蝴蝶犬霍克斯遛弯儿，她穿着女主人给她的长袖T恤和牛仔裤,头发剪成个男孩子似的"运动式"——这也不算多神气,可她会把一件毛线衣不是穿在身上,而是搭在腰后,两只袖子再系拢在身前,你说这算什么档次的做派了?彩妹讲不出来,心里模模糊糊知道,这是很"那个"的了呀!……

霍克斯奔彩妹脚下来了,摇来摆去确实像只黑黄红的三彩大蝴蝶。

"霍克斯!……"银娣眼睛望着彩妹,眼里装着好多"那个",比那边海鲜酒家门口迎宾小姐眼里的"那个"更多,都快满出来了!彩妹只觉得心里有个小拳头在捏得越来越紧。

"Stop!"彩妹猛然大叫一声。胆小的霍克斯马上退后,咳嗽似的吠着。

彩妹的这一声"Stop",让银娣着实吃了一惊。原来眼里的"那个",顿时消掉不少。

"彩妹!你怎么在这儿?"银娣问。

彩妹脱口而出:"我……取飞机票去!"

"飞机票?!"银娣一双眉毛飞起老高。

"嗯……"彩妹说,"我要回去啦!这回不想坐火车,要坐回飞机呢!"

"你怎么这时候回去?你家里……?"

"谁家里都挺好!我……不为什么,想回去呗!"

"真坐飞机?"

"你以为……就你……真的!"

彩妹说完这句,转身就走。

霍克斯缩到银娣脚边,咻咻地吠着。银娣呆呆地望着彩妹走远的背影。银娣撇撇嘴,忽然拍了一下自己脑袋,喃喃自语:"她脸上……怎么搞的……啊……"

彩妹往回走,就又回到了桥边。万吐他们都不在桥底下了,剩下一堆瓜皮和瓜子。

彩妹登上桥边阶梯,上到与护城河垂直的大马路上。这可是车水马龙的繁华大街。天刚麻黑,一些商家的霓虹灯已经闪动上了。人行道上来往的人,有时得侧身而过,因为有些下岗职工和本来就没职业的人,在人行道上摆小摊叫卖东西,占据了一些空间,所卖的东西有拖鞋、发卡、松紧带、梳子、恭桶坐垫套子、BP机套子、指甲刀、耳挖勺、弹簧秤、拖把头夹子、过期杂志……还有卖鲜花的和卖自制糖葫芦的……也还真有不少路人停住脚挑选购买这些东西。

彩妹在稠密的人群里看见了顺顺。

她跟顺顺在一个村里长大。顺顺家算是村里最穷的了。顺顺爹死得早,寡母带着他三个姐姐和他,很艰难地过日子。前些年,村里差不多家家都陆陆续续地盖了新房,只有顺顺家还住着茅草顶的房子。可是他妈和他姐姐拼着命地供他上学,一直读完第八册,实在撑不住了,才辍了学。辍学以后,有一回北京来了几个拍电影的,说是来选景,一家伙看上了顺顺家的茅屋,搓着手赞:"哎呀呀,现成的呀,多有味道啊!"……电影拍完,作为条件,那些人把顺顺带到了北京,开头让他帮着搭布景,后来,那电影厂不景气,顺顺就自己转到了建筑公司。几年过去,顺顺已经盖过了四座楼,现在他在这离护城河不远的一座商厦工地上干活,他已经是个熟练工、小领班了。年初彩妹在护城河边遇上了顺顺,从此有了些联系。

"顺顺!"彩妹主动叫他。

顺顺大概刚下工,还戴着个奶黄色的安全帽。他一见彩妹很高兴,问:"你也去邮局吗?"

那前面是有个邮局,也是彩妹和顺顺,以及其他一些同乡,经常会碰到的地方。可是此刻彩妹并无那个计划。不去邮局,她又是去哪儿呢?她自己也糊涂了。

可顺顺只当彩妹是去邮局,不作他想。顺顺说:"我帮你填单子……我连带着给你办了……你放心!……"

彩妹只上过一年半学,第三册还没学完就辍学了,所以每次给家里写信、寄钱都很费劲,填好的汇款单经常让邮局营业员掷回来:"你这是些什么字呀?……这也是对你负责……你愿意寄丢了吗?……改清楚!……"顺顺曾帮她填过汇款单的,她怎会不放心?可是今天……

彩妹此刻愿意跟顺顺在一起。她和顺顺去了邮局。

邮局里人很多。汇兑窗口外排着不短的队。晃动着不少的黄帽子,显然,都是顺顺他们那个工地上的民工。这天工地开支。许多民工习惯于开支后只留下必要的生活费,其余的马上寄回家;这是可以理解的——他们那几十个人合住的工棚,无论现金还是存折,都很难收藏保管。

进了邮局,顺顺先买来两个空白汇款单,问彩妹:"这回你寄多少?"

彩妹说不出这回不寄的话,她嗫嚅地说:"……嗯……三百吧……这回……不多……"

别的顺顺用不着再问,他让彩妹先去窗口排队,便埋头填单子。

彩妹刚过去,还没站稳,里面的女营业员就站起来大声地吆喝:"嗨,别排了别排了!明天再来明天再来!"

可是彩妹后面又有三个人排上了。

女营业员确也有她的苦衷。这些民工填写的汇款单字难认,有时你退回让他重写,递过来反倒更难认了;你替他描改吧,问一句:"你这是什么乡,是'童河'还是'董河'?"他答出来的更让你莫名其妙……因此给这样的农村人办一个单子,往往得费给城里人办两个以上的工夫!……快到下班时间了,窗口外面的队还在增长,她能不急吗?

女营业员的吆喝这回没能奏效。好几个"黄帽子"在跟她嚷:"我们就要今天办!"又因为正在办着的那位民工递进去是一把小票,女营业员更是心烦,她也嚷了起来:"这是些什么呀?你干脆寄一笸箩钢镚儿算了!……"于是窗外的人便说她态度不好,排在后面的有的给她提意见,有的嫌提意见的耽搁工夫,又"内讧"起来,一时乱作一团……

可能是有个民工说了她一句:"你别端城里人的臭架子!"女营业员便站起来,挥着手,激动地说:"废话!你们别没良心!我们城里人帮助你们还少吗?……我不光在这儿给你们服务,上个月给河北灾民捐东西,我连去年才买的衣服都捐了!……没有我们城里人扶贫,你们能富裕起来?……"

女营业员的话激起了更大的波澜。彩妹也被她的话激怒了,不由得嚷起来:"你才废话!……"

这时顺顺挤到了窗口前,大声地说:"现在才六点十分,你们六点半关门,在六点半以前进来的人,都该得到服务嘛!……我们也知道,您这工作挺辛苦……可您今天的话实在得罪我们了!是呀,城里人帮了我们,我们谢谢啦!……现在不说我们在城里盖了多少楼,给城里人干了多少活……您自己算算看:我们进城的民工,每月给农村寄回了多少钱去?那肯定比你们城里人捐的多了不知道几百几千倍!农村扶贫,我们自己扶的这一把,才是最有劲的一把呀!……"

……顺顺的话不但震住了女营业员,更令窗口外的民工们大佩服……彩妹一时忘记了自己的不幸,只觉得胸舒气畅……

出了邮局,彩妹跟顺顺一起往回走。顺顺这才问:"你脸上……要紧吗?"

彩妹这才又感到脸上痒痒的。不过她不愿意把自己的不幸在这个时候告诉顺顺。她在邮局见顺顺寄回了两千元,才知道顺顺如今挣得真不少了。她问:"你家盖新房了吧?是起的楼吧?"顺顺告诉她:"今年春节你没回去……我亲自指挥,上的梁……是个小楼吧!我大姐、二姐也都嫁出去啦……三姐,打算招进个姐夫,还没定呢……"彩妹便问:"你不回去啦?"顺顺坦率地说:"是。我妈他们都愿意我留在城里……他们都过得不错呢……以后我也就不用再寄那么多钱回去了……我想把钱用在念书上……我还想学电脑呢……"见彩妹低着头,只顾走,顺顺问:"你呢?你什么时候回去?还是……也留下……发展?……"

彩妹忽然悲从中来,鼻子一酸,眼睛便潮了。

顺顺停住脚问:"你怎么啦?"

彩妹便跟他说:"我脸上这个瘤子……也不知道怎么搞的……越来越……说是什么进行性的……人家都把我辞啦……要想住进医院,开刀……先要交一万押金!……我哪儿来的一万?……我可怎么办呀?……"

顺顺吃了一惊。他原来并不觉得彩妹脸上那块东西有什么了不起的。他望着彩妹,一时说不出话来。天黑了,路人也稀少起来。身后一家日用品超市的霓虹灯绿光罩住了他们。顺顺十分同情彩妹。他该怎么帮助她呢?给她筹措一万块钱?那不是件简单的事。心里乱乱的,他用右手摩挲着下巴上的胡子楂。

彩妹抬起下巴,反过来安慰顺顺:"瞧我……不该这么吓唬你……其实也没什么了不起……会有办法的……我能想出办法来……"

顺顺说:"让我替你想想,替你想想……我们一起来想办法……你现在完全失业了吗?你还有钱吗?我先给你一点?你手头紧就别客气!……"

彩妹说:"我还有,还有!……我实在不行了,再来找你!"

顺顺说:"那当然!我们这楼今年完不了,我们那工棚,你还记得吧?你从有丝瓜架的那个门口喊我,我的床正对着那门……我不在,你就留下话……我会去找你!……"

他们分手了。彩妹心里不那么空落落的了。

彩妹回到护城河边。河边路灯光影朦胧,车少人稀。被污染了的河水散发出阵阵浊气。河边,隔不远,便有耐心的钓鱼者坐在小马扎上,静静地垂钓;他们很难钓到鱼,哪怕是指头长的"柳条儿";显然这些钓鱼者的乐趣主要不在鱼,而在钓。

彩妹朝所租住的小屋走去。那小屋在一片亟待改造的危房区里。那里曾是某撤销单位的宿舍,一排排的平房原先还算整齐,相互的距离也算合理,后来各家都往房前屋后搭建起了小房子,这些小房子规格、用料五花八门,乱糟糟地挤在一起,弄得房屋之间只剩下窄窄的通道。这几年,有的人家便将自盖的小屋租给了外地来京的各色人等。彩妹是和同乡阿吉与水水合租着一间小屋。

彩妹不打算把自己遭太太辞退的事告诉阿吉和水水。她在走拢那小屋之前便尽量把表情调整得仿佛什么事也没有发生一样。

可是她刚望见小屋的小窗那昏黄的灯光,便发现水水迎着她小跑过来,并且跟她说:"躲着点吧!他们姐弟俩吵得好凶!……"

彩妹愣住了。她听到从她们合租的小屋那边确实传来尖厉的吵骂声。

水水把她拉到巷子外头,在一株大槐树下,把怎么一回事大概其地告诉了她。

原来,阿吉的弟弟阿祥这一阵的营生是蹬着平板三轮车给几家小饭铺送啤酒。啤酒是批发商的，阿祥每次从批发商那儿装上一车啤酒，然而给饭铺分送。送去的同时，换回成箱的空瓶，同时领取应得的现金；阿祥再到批发商那儿用空瓶换来等量的瓶啤，并将应付的现金交讫。虽说阿祥挣的只是个大批发和小批发间的差价，可是因为流量大，所以一个月算下来，也有好几百的赚头。今天却撞上了怪！阿祥去要啤酒量最大的那家饭铺，车蹬到门前，发现竟关门停业；进去找人也找不到；昨天还不见迹象，怎么一夜过去居然"和尚"跑光！那家饭铺前两回该给钱的时候没给钱，本来说好今天一准付他六百块钱，现在可跟谁要去？阿祥跑进去，只在空荡荡的厨房里扭住了个老头儿，阿祥逼他说出饭铺老板去向，又逼他说出房东在哪儿，老头说自己只是个临时看房的人，其余一概不知道，阿祥急了，便要老头儿拿钱赔他，老头儿当然不干，阿祥一时怒起，便砸了那厨房……哪知道阿祥再跑出来时，他放在门外的三轮车，连同二十箱啤酒，全不见了踪影！……阿祥急得抓头发……后来阿祥反被老头儿叫来的"联防"队拘了去，为砸厨房的事挨了训不算，还被罚了款……阿祥要人家给他找回三轮车来，人家说可以找，但他车放门外不上锁，自己有责任；阿祥要人家给他找到那卷逃的饭铺老板，讨回啤酒钱，人家要他拿出凭证来，他又拿不出……晚上阿祥来找他姐姐，说自己还该着批发商五百块钱，非要阿吉先拿几百块钱救急，阿吉骂他笨蛋，说他是自作自受，阿祥便回骂，说了好些个不堪入耳的话，甚至说他姐姐跟做工那家的男主人"不干不净""别以为我不知道！"阿吉气急了,便打了阿祥一耳光,阿祥虽没回手打他姐姐,却似乎得了个大理,非要翻出阿吉的钱来,让她"赔偿"不可……水水开头还在一旁劝,后来见闹到这番地步,屋子又小,便只好逃出……

彩妹听了,还没来得及多想,就听那边一阵咚咚咚好重的脚步声,是阿祥大步冲了出来,后面阿吉在哭喊着追赶他……彩妹和水水都不敢阻拦阿祥,阿祥冲到她们身边时还扭头跟阿吉暴嚷了句什么,她们急急地闪开……阿吉追到大槐树下,脚下一绊,摔了一跤,彩妹和水水赶紧去扶她,阿吉猛挣着,哭着,喊着,还要去追已不见踪影的阿祥,彩妹紧紧地拽住她的胳臂,一刹那间,彩妹意识到,还有别的人,比自己更加不幸!

……彩妹和水水好不容易才把阿吉劝回了小屋。

小屋里一派狼藉景象。原来,阿祥狂怒中竟把她们三个摞放在一起的放日用品的纸箱,不分青红皂白地给搬了下来,也不弄清哪一个才是他姐姐的,蛮横地薅了个乱七八糟,大概是想找出阿吉的钱来……水水一见这情形先生起气来,一边忙着收拣自己的东西,一边大声埋怨:"这算怎么回事?你们姐弟吵架,也不兴抄别人的东西呀!"阿吉只是坐在床上,哭倒不哭了,愣愣地,大喘气。

彩妹心里也发堵。她收拣自己的东西,忽然看到,自己的一面小圆镜子,是初来北京的时候,妈妈给她的,虽不是什么好东西,可她总是珍藏在纸箱子里,没怎么照过;现在镜面却给跌得裂了一条罅!镜子背面的玻璃更跌得一拾起便掉下玻璃碴……那背面,镶着一个印着古装美人儿的圆纸片,那古装美人虽然印制粗糙,颜色也不正,可是每回彩妹凝望时,总觉得有说不出的一种快意;现在这美人儿却在她拾起镜子后,便飘落在地,并被水水一脚踩上了!彩妹心里一痛,也便大嚷起来:"作孽啊!哪兴这么胡来啊!杀人啦!"

彩妹那声"杀人啦!"其实是由古装美人被踩而发的,阿吉听了,却不能忍受。阿吉被蛮横的弟弟弄得心肺欲裂,正需要别人的安慰与帮助,没想到水水和彩妹都埋怨起她来,一声比一声难听,尤其彩妹,竟喊出"杀人啦!"来。阿吉不禁狂怒,她一下子蹦起来,指着彩妹脸上说:"谁杀人?谁杀了谁?你这瘤子是我杀出来的吗?你才杀人呢!你长的是毒瘤子!你传染我们!你杀我呢!你别在这儿住!你滚!不许你在这儿杀人!听见吗?你滚!杀人犯!"

彩妹自己本遭不幸,心里淤的浊气尚未煞尽,阿吉这么不管不顾地一顿恶骂,且正磕在她最痛心之处,怎么忍得,便伸手要打阿吉,水水连忙拦开,小屋里乱作一团……

水水把彩妹暂且劝出小屋,好让阿吉冷静冷静。这时有另一个人闻声来到她们屋外,见状便且把彩妹让到了几米外他那屋里。

那人这一带的人都管他叫马靴。他确实常穿着一双这城里少见的旧马靴。他也租了一间小屋住着。彩妹被他带进了他那间小屋,他请彩妹坐在椅子上,又倒了杯白开水给彩妹,劝彩妹说:"在家靠父母,在外靠朋友……你们仨离乡背井,同住一屋,同眠一床,便比朋友还亲,可以说形同亲姐妹了!……不管发生了什么磕碰,总是尽量谦让着的好!……你且平平气……那阿吉她此刻心里头恐怕正后悔呢……都平平气,过一会儿还是亲姐妹,大家抱成团继续过日子!……"

彩妹喝着白开水,气渐渐平了些。

忽然有人在巷子里问:"哪儿是甲三十五号?"

其实巷子里的这些乱盖的小屋子并没什么编号。但马靴在自己租的小屋门楣上却钉了个甲三十五号的牌子。

马靴迎声出去,招呼着:"这儿这儿!……您请进请进!"

进来了一个男人。瘦瘦的,高高的,衣装干干净净的,戴着顶宽檐旅游帽,大晚上的,还戴着个墨镜。

彩妹站起来,一时出不去,便站到椅子后面。

来人张望着,问马靴:"你是大夫?"

马靴点头。

来人又问:"不是说老军医吗?"

马靴笑了:"不像吗?"他跺跺脚,说:"老,不是说年纪一定多么的老……我打十六岁就进部队……从卫生员干起……后来经过培训……别的不敢说……治治您这样的毛病……那真算不了什么本事!……现在复员了,这也算一技之长嘛……"

来人用下巴点点彩妹:"她是谁?"

马靴不眨眼地说:"我的护士!"

马靴请来人坐在椅子上,自己穿上一件白大褂,又递了一件白大褂给彩妹,使眼色求彩妹成全,彩妹便接过穿上。

马靴坐到来人对面的椅子上,隔着一张旧书桌,亲切地说:"我先不问您……我知道,您的这毛病,其实去正规医院看,那条件好得没法儿比了……如今社会开放,正规医院的大夫不会大惊小怪,您自费,他也不至于去跟您单位反映……可您还是有心理障碍不是?……来我这儿,您心里也不会太踏实,对不?我不问您的名和姓,您对我姓甚名谁也不感兴趣……您想的是:第一,这家伙究竟会不会治?其实,一般来说,您自己也能治……主要的办法,无非就是注射青霉素嘛!好,第二,这家伙的青霉素是真的假的?第三,是不是用的一次性针管?干净不干净?第四,收费,宰人不宰人?……好,我来告诉您吧,一句话:放心!……我要真处理不了,我也不敢瞎糊弄,我还得劝您去正规医院呢!……怎么样?您想好了没有?您要信得过我,那咱们就……先到帘子后头,让我查查!……"

那人犹豫了一下,便跟马靴到小屋一角的白布帘后头去了。临进去以前,马靴还煞有介事地对彩妹说:"你准备一下……消毒……"

…………

彩妹还是头回进到马靴屋里,并目睹了他这位"老军医"的医疗过程。马靴没费什么力气就挣了五十块钱。根据马靴的说法,那男子至少还需要来十次。那光这一个患者,就要付他五百元。

戴墨镜的男子走后,马靴盛赞彩妹,说她真像个护士。又说他其实真的很需要一个护士,问彩妹现在在哪儿挣钱,愿不愿意来给他当护士。彩妹想了想,就说还在太太家做晚饭,另外还到好几家去做钟点工。

彩妹问:"打这个针……能治好我脸上……这个瘤子吗?"

马靴逼近了看,看完说:"其实,无非都是个用抗生素抑制其生长的问题!有什么难的!"

彩妹便说:"医院大夫说,麻烦着呢!要我住院仔细检查……然后动手术拉掉它……一进去就得先放一万块钱……"

马靴吹了声口哨,说:"真敢要价!你打算给他们一万吗?……你要信得过我,我给你打针化掉它!我优惠你,每针我只收个成本费,二十块钱……不过你这瘤子起码得打一百针……一天两针……"

彩妹动了心:"准能化掉吗?"她算了一下,这样治,也才两千块钱便解决问题了。可是,需要……差不多两个月的时间啊,这两个月里,她又怎么挣钱呢?

马靴搓着手说:"这样吧,今天,我就先给你试一针……你要明天有不良反应,咱们就停……这一针我也不要你付钱……你得便时,帮我去各处电线杆上,贴点这样的招贴就行了……"他从书桌抽屉里拿出一张来,递给彩妹看,那上头有个红十字,还有些个大大小小的字……想必头一行便写着"老军医……"什么的……

彩妹打了一针,谢了马靴,出了那"甲三十五号",往自己住的小屋去,隔着小玻璃窗,她看见屋里只有阿吉一个人,躺在床上,睁着眼,脸上还淤着怨怒……水水到哪儿去了呢?……便且不进屋,而是走出了巷子,走过了大槐树,又走到了护城河边。

夜晚的风,小跑到彩妹脸上,好像也觉得绊脚。彩妹拢住袖管,心里堆积着一窝灰。

胳膊上的针眼,隐隐作痛。马靴的针,还要不要打下去呢?

彩妹不知不觉,又在护城河边走了好远。

忽然,一辆三轮车在她身后刹住,只听有人惊喜地在叫:"乡亲啊!"

彩妹闪身、扭头、一望,光凭那两只眼、一嘴牙,便认出是蚓蚓。

"你!……你吓死我呀!"

蚓蚓跳下车,指指车辘轳说:"我打了气……"

彩妹听不懂这是什么意思。她质问:"你想干什么?做坏事吗?"

蚓蚓委屈得不得了:"你乱想!我……我刚去洗了澡、理了发……特意去找你……你不在……水水说,到处找不见你,她还着急哩……"

彩妹打断他说:"扯谎!我还找不见水水了哩!……"

蚓蚓说:"那我们一起回去,对对嘛!……水水说你在马靴那儿……她方便回来,屋里没你,马靴那儿也不见……她让我骑车到河边找找……离老远,我就认出是你……"

彩妹说:"你找什么?我就是走走……我一会儿就回去!……没你什么事儿!……"

蚓蚓说:"……我,我……我就那么讨人嫌么?……"

蚓蚓的声调,在寂静的护城河边,伴着昏暗的路灯光,摆动的垂柳丝,还有河里闪闪的碎月亮,让彩妹的耳朵和心眼都软了下来。

"你找我干什么?"这一回口气大不一样了。

"……我,我……我晓得……你,你还没吃晚饭呢!……"

"……没吃,又怎么样?"

"我,我……请你吃……我也没吃……我们一起去……那边……东坡楼……吃夜宵……"

"咦……你怎么晓得……我没吃?我在太太家吃得饱饱的!……"

"……我知道了……太太把你辞了……董大大说的……"

"她辞了,我就饿死了?我下了馆子,吃的涮羊肉!"

"……你没吃,你饿了……我不愿意你饿……我也饿啊……"

彩妹忽然感到很饿、很饿。她站在那里,犹豫着。

"来,你上车……乡亲嘛……我们去东坡楼!"

彩妹皱皱鼻子:"我又不是垃圾!"

"你看!我洗过……还铺了干干净净的塑料布哩!……"

彩妹仔细看,果然。

"上吧!乡亲!"

彩妹便耸身坐了上去。蚓蚓心里原来猫爪子挠般难过,一下子变得猫舌头舔般舒服……

……他们到了河那头的一家饭馆东坡楼,那里的夜宵卖四川小吃。坐到一处角落,蚓蚓让彩妹敞开胃口点。彩妹只点了碗担担面。蚓蚓便又为她点了珍珠丸子、叶儿粑、赖汤元。蚓蚓很内行的样子,说自己一点不怕辣,点了担担面、钟水饺、红油抄手,全是辣的。彩妹说:"你想喝酒,尽管喝!不要因为我不喝,就不好意思!"这话让蚓蚓心里比喝了酒还暖。蚓蚓说:"你还不知道吗,我从来不吃酒,也不吃烟哩!"彩妹望着他,只是撇嘴,不信,说:"男子汉,吃点烟酒才硬气,只别过分就行……"蚓蚓便要了一听罐啤。

担担面上来了。彩妹拿起筷子,说:"不要你请。我们各人管各人的。"

蚓蚓说:"那哪儿行?这没几个钱。"

彩妹说:"你发了多大财?什么口气!"

蚓蚓说:"实话:还没发大财。不过……先吃,先吃……"

两人便吃那担担面,都觉得格外好吃。

吃完面,别的几样也上了桌,蚓蚓且不吃,跟彩妹说:"……我都知道了……你脸上……医院要你放一万,才许你住进去……"

彩妹埋怨说:"又是董大大告诉你的?这个糟老头儿,以后我再不能跟他说什么!"

蚓蚓说:"他是好意哩!他知道我们是乡亲……他也想帮你哩……"

彩妹说:"帮什么?不用帮……我自己……能解决……"

蚓蚓说:"你哪儿拿得出一万块?"

彩妹说:"谁说非用一万块?我打针消掉它,两千足够!发发狠,两千我还拿得出……"于是讲了马靴给打针的事。

蚓蚓叫了起来："哎呀！你信他的！我早认识他！他在每个地方，从来住不满一个月……他那叫无照行医，查出来就要取缔的！他除了给人打针，什么也不会！他那些针药，全是些过了期的！他那些针管，说是一次性使用，其实每管起码要用上十几回！……他总是不等上当的打完他说的那个针数，捞了些个钱，就跑了……当然啦，他跑，更是为了躲查抄的……他上个月还在阜成门那边嘛……现在又到这儿招摇撞骗！……你快别让他给你乱治了！……正经医院收费是高，那它真能给你治好呀！……"

蚓蚓说得彩妹心里又乱乱的，仿佛撒上了花椒。胳膊上的针眼又隐隐作痛。

蚓蚓又说："我就不信马靴这些个狗屁大夫！……我信大医院，信正经大夫……我这条腿，你知道的吧？我妈生我的时候，让接生婆生给扯断的，后来又长起来，长歪了……我爹怕我活不了，所以给我取名叫蚓蚓，那蚯蚓命大啊，锄成两段，它还活，两段都活！……我家前年连死了两口人，你是知道的，弄得把盖好的楼都顶了债……我在这儿奋斗了这么久，总算把家里的债都帮着还清了！……你说我现在想的是什么？……盖房？……不！我也是要挣钱进医院哩！……我挂专家号，看过这腿……大夫说，我这腿能治……就是把长得不正的地方，弄开，重接……你这毛病，人家只问你要一万，我这毛病，人家说，住进去要先交两万哩！……"

"你挣够两万啦？"

"不到。不过……呀，都冷了……先吃！吃吧！"

两人便再吃。暂时无话。都在边吃边想,心里都绕着好些个圈圈。

吃得差不多,蚓蚓抹抹嘴说:"……我……两万是没有……原来一万也不到……可是,告诉你吧,就是上星期,我真运气!……你猜也猜不到!……告诉你吧,巧了!……"

于是蚓蚓告诉彩妹,他上星期有天捡垃圾时,捡到个圆圆的蛋糕盒子,里头还剩得有好大一牙蛋糕,看看并没发霉长毛,闻闻也还很香……当然,他没吃那牙蛋糕,他扔了它……他把盒子拆了——他总是要把捡的纸盒子拆成纸板,归拢一处的——结果,他发现那盒子里放蛋糕的那层垫纸底下,有一沓钞票!多少钱一张的票子?开头,他不是太兴奋,因为那票子看着小,显然不是常见的一百块或五十块的,甚至不像十块的……仔细看,才发现,都是洋票子,是哪国票子呢?一时弄不清;那是多少钱呢?他看来看去,那一沓洋票子十张,张张上头印着一样的人头,还印着1,后面两个0,呀,张张都是一百块,一共是一千块呀!……这可把他高兴坏了!他原来已经存下了六千块钱,这么说,一家伙就变成七千了!……前两天,他到银行去,把那张票子拿出来给人家看,才知道,那是美国钱,每张都合人民币八百多!……呀!加上这摞美国钱,现在他蚓蚓有一万五千块啦!"你说这运气不运气!……"

彩妹听呆了。听完,她不信:"蛋糕盒子里哪儿来的大洋钱?做蛋糕的都是些跟我们差不多的人,装蛋糕的也一样,谁得了疯病,往里头放钱?就是得了疯病,往里放钱,又哪儿来的洋钱?……"

"我想过了……钱是买蛋糕来送礼的人放的……他原以为人家吃完那蛋糕,就能见着那钱……"

"他想送人钱,送就是了!放在蛋糕底下做什么?……就为了让你捡破烂的发财?"

蚓蚓不想再讨论这个问题,他从胸兜里掏出一张美元来,递到彩妹眼前,说:"看呀!……上面那个人头,是美国总统哩!……你看这儿,是不是1后头两个0?……"

彩妹接过,细看,心想:"这么一张小纸头,怎么会就是八百多块人民币呢?"看完,她把那美元递还蚓蚓,蚓蚓接过去,却又掏出另外九张,都塞到她手里,说:"你留下。给你。不是借……是……我送给你了!你再添一千多,就能住进医院了!"

"不不不,不不不……"彩妹觉得那美元烫手,拼命往蚓蚓手里回送,蚓蚓躲闪,把没喝完的啤酒杯都碰倒了……

"蚓蚓,拿去!你先用来治腿!"彩妹把那沓美元搁回到蚓蚓那边。

蚓蚓把那沓票子又搁回彩妹这边,说:"我不忙!……我这腿又没让我失业!……你动手术要紧!……"

彩妹便拿起那沓票子,做出一种夸张的样子:"你不要,那我……全撕了!"

蚓蚓这才从她手里取回那沓票子,脸涨得红红的,牙筋不住抖动,垂下眼帘说:"就因为……是我的……你才不要!……我没坏心……你别以为,我是总想着……我爹你爹的那个想法……我不会强迫你的……我是个歪腿,我懂……其实……刚才我是骗你!……医院大夫跟我说的是,像我这么个情况……没法子动手术正过来了……"蚂蚁吸了下鼻子,挺挺胸,好忍住眼泪。

彩妹心软了。她说:"蚂蚁,谁疑你不是好心?……我是……我不能随便拿别人这么多钱啊!……再说,这钱……太怪……不能算挣来的啊……蚂蚁,我谢你了!……这钱,你先留着……你容我想想啊……我真需要的时候,再来问你借!……"

蚂蚁抬起眼睛,望着彩妹:"……你快想好!……好,你借!……我一不要利息,二不定还期……什么时候你在这京城里闯出了一番事业,想还的时候,你就还!……"

彩妹嘴角透出笑了:"闯出一番事业?我?"

蚂蚁肯定地说:"就是!……这城里立一番事业的人,都是爹妈把他生在这儿、传给他家业的吗?……我就不信!"

彩妹笑出了声来。蚂蚁望着那笑容,听见那声音,心里像有鸭子在春水里嬉……

他们出了东坡楼。

蚂蚁走到自己的三轮车边,刚开了锁,便发现前轱辘瘪得没有一口气了。他惊呼起来。下午刚打的气啊!再细看,气门芯被拔了。"准是那些坏孩子干的!"蚂蚁骂出粗话。河沿上确实有些个顽皮的孩子,不仅专爱拔停放的自行车、三轮车的气门芯,还专爱抠掉汽车上的商标饰件。

蚂蚁本来是要蹬三轮车驮彩妹回去。驮不成了,蚂蚁便执意要推着三轮车护送彩妹回去。彩妹坚拒。彩妹说:"不要!……不能这么来往!……你以后别再这么找我!……我要你帮忙的时候,我会找你的!……"说完,扭头便走,走出几步,回过头,补充说:"蚓蚓,我谢你!……真的!……我有事会找你!……"再扭过头去,便一溜烟地消失在夜色中了。蚓蚓用拳头捶捶自己的歪腿,大声叹气……

……护城河边好冷清。夜气带来丝丝凉意,往衣领衣袖里钻。彩妹缩起脔子,双手拢在袖子里,往住处小跑。

忽然,一只大手按住了彩妹肩膀,她还没来得及做出反应,另一只大手用一张胶纸猛地拍在了她嘴上,使她呼唤不得;紧跟着,一个比她高更比她宽的肉体将她挟持到了路灯光区外的阴暗处……彩妹从烟气酒气和体臭中意识到那是一个强悍的男性……她拼命挣扎,然而那人的胳膊和手就像铁杠和钢扳子,令她难以反抗……她被那人拖到了护城河边大柳树下的灌木丛里……

……那人撕彩妹的衣裤,彩妹再次拼力反抗……当彩妹感觉到那人的大手将她内衣暗兜中的那一扎钞票扯走时,她的愤懑达于极点……那人万没想到,彩妹会忽然爆发出那么强大的力量!她的全身:四肢,肩,腰,腹……乃至脖颈、头颅,都仿佛炸开了似的,排拒着那人的强暴……结果,竟一下子让那人滚到了一边……彩妹不失时机地,鱼儿般地挺蹦而起,并立刻向光亮处跑去……她的喉咙一直在猛抖……她意识到了那封嘴的胶条,于是边跑边用力撕扯……

……那人没有追赶彩妹……跨护城河的桥上有巡逻的

警车驶过……同时有几个在迪斯科舞厅蹦跳完的年轻人嘻嘻哈哈地骑着自行车冲过来了……

……彩妹狂跑了好一阵,终于跑到了桥边,她本能地跑上了桥——桥上的马路要亮得多……她直到跑上了桥,倚在桥栏上,才终于站住,用力地扯下了那封嘴的胶纸……她觉得嘴唇和嘴唇周围火烧火燎的……低头一看手里揭下的那块胶纸,寸多宽,巴掌长,上头挂着湿淋淋的血丝……她不懂得保留罪证,她怕那胶纸上的血丝,便像抛掉毒蛇般地将它抛到了桥栏外……

……彩妹本是想喊,想叫,想骂,想哭……可是扯掉了那胶纸以后,她只顾大喘气,却一时喊不出,哭不出……她整理衣裤……当她摸到那藏钱的地方,一把抓空时,她觉得天在转、地在旋……可是她的意识里还能抽出这样的丝缕:幸亏没拿蚓蚓的那一千块美元……万幸!……

……桥上和街上这时没什么行人了,一些载着客和亮着"空车"红灯的出租车从桥上穿梭而过……前面大街上有一家豪华俱乐部,门面上的霓虹灯滚动扫描出来回变幻的图案……几辆只有晚上才许驶进城的运水泥车轰隆隆地开过去,驾驶舱后的巨大水泥罐还在转动搅拌着……一对情侣满不在乎地勾肩搭背并行骑车而过……

……彩妹想哭,那悲苦都蹿到喉咙口了,却冲不出来……她俯身看河水……河水里浮动着的幽幽光影,让她忽然觉得,只要朝下一跳,那么就什么都会变得很简单了!……

……一腔幽怨,没能化为长号哀哭,却使彩妹翻肠倒肚地朝河里呕吐起来……她觉得自己的一颗心,就快要呕出体外了……

……呕得什么也呕不出来了,彩妹深呼吸着,抚着自己的胸口。这一天的种种遭遇,虽然在意识中成为了碎片,却汇聚飞舞在她的心头,冲撞得更加细小尖利,使她的心流血……

有个在桥那边绿地中练完气功的离休干部,回桥这边时,发现了桥栏边神色异常的彩妹,便走近她问:"小妹妹……你不舒服吗?要我帮忙吗?……"

彩妹的视觉从朦胧中聚焦,当她发现面前有一张陌生的脸时,不禁畏惧地后退一步,然后便跑开了……那人望着她的背影,缓缓地摇头……

彩妹往前小跑……开始,她也不知道自己要跑到哪儿去;后来,她心头只存有一个想法,那就是,她要跑到能给她温暖,给她安慰,给她帮助,特别是能赋予她安全感的地方去……那个地方在哪儿呢?在哪儿呢?……

……彩妹跑动的轨迹不是一条直线,也不是一条方向大体不变的曲线……她忽然又改变方向,甚至扭回头,往回跑……但在潜意识的驱使下,她终于认定了一个目标……那目标是一袭瓜棚,是散发着家乡气息的丝瓜……

……彩妹深一脚浅一脚地跑到了一座工棚前,那工棚的窗户里已经没有了亮光……彩妹只听见自己急促的喘息声……她慌慌张张地伸手摸索着,睁眼搜寻着,并且用一颗狂跳的心祈盼着……

……啊！是这儿，这儿！……彩妹的手触到了工棚外的一个瓜棚，几根上身细细、下身胖胖的老丝瓜模模糊糊地映入了她的眼帘，她的心被一阵狂喜包裹住了……她穿过那瓜棚，对着瓜棚后的窗户，大声地呼唤起来："顺顺！顺顺！……顺顺啊！……我是彩妹！……顺顺，我是彩妹！……顺顺顺顺顺顺！……"

……工棚的窗户亮了，不止一盏灯，盏盏灯都亮了……工棚里不少小伙子从被窝里坐了起来……顺顺惊醒过来，听真切了，大喊："是我老家的姑娘……她叫彩妹……她准是遇上什么事了！……大家帮个忙！我要把她迎进来！……"

……顺顺麻利地穿上衣服，跟他挨着的哥们儿也都穿衣下床……离得远些的，有的仍然坐在床上，披上衣服，把铺盖拉到胸脯……

……顺顺把彩妹迎进了工棚，让她坐在仅有的一张小桌边，仅有的一把破椅子上……彩妹看清眼前站着的确是顺顺，便"哇"地放声痛哭起来……

顺顺和几个小伙子围住彩妹，有的给她递开水，有的给她递毛巾……有的急着问她究竟怎么回事……顺顺对小伙子们说："让她哭透……"

彩妹痛痛快快地哭，哭得就像唱歌一样……这哭声使围在她身旁，以及那些被惊醒还坐在床上的建筑工人们——也不完全是小伙子，其中也有已经过四十的壮年人——心弦全都不同程度地颤动起来……这是进城的乡下人的哭声，是无数难言的艰辛、复杂的况味、坚韧的奋斗、屡屡的挫折、层出的惶惑、叠加的疑问、无尽的期盼、不屈的情愫……汇聚交织成的汩汩心音！……

……彩妹哭够了，这才把她所经历的事，尤其是那最恐怖的一幕，讲了出来……

顺顺会怎样地安慰她？顺顺和他的伙伴们会怎样地帮助她？……在这京城的秋夜，这其貌不扬，矮个子，并且脸上膨胀着一个瘤子，更在遭遇暴徒踩躏的过程中，致使那瘤子边缘渗出了血水，并且嘴唇也挂着血丝的，来自遥远的村庄，尚未与这大都会融为一体的姑娘，她将怎样地在这里继续生存、发展？……

难以叙说清楚。

但非常清楚的是，在北京火车站，在这秋风吹拂的夜晚，又有若干从到站列车上下来的农民，包括年龄在彩妹上下的农村姑娘，扛着被卧卷，挎着提包，怀着巨大的希望，从检票口拥了出来……

1996年11月24日
午夜写完

尘 与 汗

——民工老何

上午

老何难得睡回懒觉。正梦见老婆的时候,忽然被一声巨响惊醒。

老何睁开眼,一张鬼脸逼在他鼻子上,那鬼脸张开嘴巴,露出一嘴黄黑交错的牙齿,吼出一口劣质烧酒拌合着的秽气:"你喝!"

老何就知道是老严。鬼脸闪开,鬼爪子举着个破茶缸,逼到老何鼻子上。老何顺从地张开嘴,老严便将半缸浊酒都倾入了老何嘴里。

老何嗓子里像有铁丝刮过,他呛咳着坐起来,穿衣服。这才看见,他床旁的窗台下,散落着破碎的酒瓶子。

屋里其他睡觉的人也都被闹醒。纷纷坐起来穿衣。老何拿着自己的茶缸子,到院子当中唯一的自来水龙头那儿,准备漱口。这时老潘已经漱完口了,对老何说:"他喝了一夜的酒。我刚起来他就邀我一起喝,我略迟答应了一会儿,他就往我脸上泼酒,又摔瓶子!"老何说:"老脾气嘛。"老潘皱皱鼻子说:"只怕是……这回的脾气,要闹出大事故!"老何跟老潘都朝屋里望,只听里头小疙瘩在大声地嚷:"你甭冲着我来!我可不怕你!你离我远点!你嘴里的味儿比放屁还臭!……"

大芝麻从屋里出来,手里捏着张纸,摇摇晃晃地往铁栅栏门外跑,老潘对他喊:"天都大亮了,你还河边露腚去!"老何摇头,叹气,接水,漱口。

老何他们绿化队,一周只休星期天一回。这一天的休息,因此显得非常金贵。老何一边刷牙,一边盘算,应该做些什么,可以做些什么;应该做的,比如,去滨河路十号楼一〇三室,那里一个肖先生,私下贩大米,一斤能比粮店便宜一毛钱,比农贸市场的也要便宜个七八分钱,这样算下来,买他一口袋,五十斤就能省下差不多四五块钱;上回买的米眼看要吃完了,应该去那肖先生家买米了。可以做的,是到文化宫门外抓福利彩票去,但一张彩票就得两块钱哪,大奖小汽车,想都别去想,可是那回老潘手气好,两块钱摸了一套玻璃酒具,他也不贪,在那现场就三块钱卖了出去,倘若我老何摸了那么一套,我就留着,带回家去,自己家里摆着也体面,亲朋好友家办喜事,拿去当个礼品,也保管晃花众人的眼睛……

老何还没抹干净嘴边的牙膏沫,铁栅栏门外忽然走进来大女婿德光。

德光满头大汗,走近他跟前就要讲话。老何打个手势把德光止住了。

搁回牙具,老何把德光引到那院子尽东头的花棚外头,僻静处,问他:"你被裁减了吗?"

德光摇头。老何松了口气,说:"是呀,你年纪轻轻的,咋能裁减你这样的呢?昨天我们绿化队魏科长也给我们传达了,那精神是,城里下岗的职工越来越多,所以,像我们干的这些个活路,外地民工只能留三分之一,裁减下的名额,要留给城里下岗的……"德光问:"爹,你给裁减啦?"老何挺直腰板,生气了:"我一不老二不懒,凭什么裁减我?"德光低下头,老何叹口气说:"是呀,我们这儿裁减,恐怕是从年岁大的裁起……要论年岁,我怕也玄……那个老严,你见过的,他比我大四五岁,又懒,科长老早想轰他走,那回他没等到下班时间,就跑回来,在这外头护城河边钓鱼,让骑车路过的科长逮个正着,一罚就罚他一百块,一百呀!就是想把他罚得没饭吃,让他自己滚蛋……那老严也可怜,跟你我不一样,他农村里已经没亲人了,听说十年没回去,家里那老屋都塌了一半了……他算是这绿化队的元老啦,所以他占着我们那宿舍里头的小套间,破烂塞了一屋子,就把这儿当成家啦……这回科长手里有圣旨,不再留一点情面,昨天会上,当着我们大家宣布,把他裁了,让他尽快搬走!他就喝了一夜的闷酒,我还没睡醒,他就撒开酒疯了……唉,唉,造孽哟!……"

小疙瘩跑了过来,也不管德光在那儿,只冲老何喊:"何大爷,走,去滨河公园看摔跤去!"

老何现在很不愿意人家叫他大爷,大爷,那不就是老头子的意思吗?老头子,那不是就该被裁减吗?老何很不耐烦地回应说:"谁是你大爷?看什么摔跤?一边去!"

小疙瘩被激怒了:"咦,大爷都不爱听,想我叫你什么?叫爷爷吗?"

老何一听更不入耳,把手使劲一挥;小疙瘩平时本是常跟老何耍戏的,以为老何的意思是要跟他比试比试;嘀,这个老菜帮子,原来是不服老啊,怎么着,那咱可就不客气了!小疙瘩揪过老何的胳臂,想把老何扳倒,老何从容应战,两个人扭在一起,僵持了数秒,忽然老何一个巧劲,把小疙瘩放倒在了地下;小疙瘩拍着屁股站起来,水龙头那边几个人为老何喝彩,也有嘲笑小疙瘩的。小疙瘩倒不恋战,嘴里嚷着:"咱们以后再来!"一溜烟地奔滨河公园去了。

老何这才问德光:"你来,什么事?"

德光说:"长颈鹿,把我告啦!"

老何问:"你咋晓得的?"

德光说:"莲芳把电话打到德祥那儿,德祥昨晚来跟我说的。长颈鹿告我拐带妇女儿童……说镇上派出所放了话,要把我捉去归案呢!"

老何说:"你看你看,果不其然吧!我早跟你说过,不能那么样嘛!"心里一烦,就蹲了下来。德光也蹲下。翁婿二人脸对脸蹲着。德光掏出香烟,递了岳父一支,又用打火机给点了火,自己再点燃一支,猛抽一口;老何手里夹着烟,无心抽,训斥说:"闯出祸来了不是?那长颈鹿是好惹的吗?那婆娘也太浪荡!……德祥他什么态度?依我说,让那婆娘抱着那丫头,回长颈鹿身边,事情不就了了嘛!"德光只是低头猛往肚子里吸烟,老何就知道德光和德祥两兄弟是一样的心思。

不用德光开口,老何就知道他所来为何了。老何吸了口烟,叹口气说:"我眼看也要被裁了。留下点钱,是要带回家的。我可不能帮你往那无底洞里填!"

德光说:"不是无底洞。莲芳电话里说,人家打招呼了,请一桌席,再拿三千,就保证不抓我。"

老何说:"保证?谁给你下保证?这事,长颈鹿占理。与其拿钱给抓人的,莫若拿钱给告人的。长颈鹿他开口多少?"

德光把烟往地上狠蹀,骂道:"狗日的!他要两万!"

老何不说话了。扭头望着花棚里那些从街心花坛撤回来不久的残菊,心里发堵。

德光说:"抓我,他们哪儿抓去?大不了我几年不回家。只是,这事不及时了断,莲芳在他们眼皮底下,那日子可就难过了……"嗫嚅了一阵,接着说:"我手头有一千五,德祥有八百,再有一千足够了……凑齐,赶快给莲芳兑去……"

老何眼睛还盯着残菊。有朵枯黄的残菊仿佛在跳,要跳进他眼里去了。

听见德光站了起来,并且说:"我来,说一声,让爹知道罢了……不是为了……我再找别人去……爹,我走了!"眼睛的余光里,少了黑乎乎的一团,并且听见脚步声渐远。

老何蹲不住了。他掐灭香烟,把剩下的半截烟搁到上衣胸兜里,站起来,朝铁栅栏门那儿望。已经没有德光的身影。他突然像子弹一般地追出那铁栅栏门去,德光的背影在护城河边晃动,离那门已经有几十米远。他吼了一声:"德光!"那吼声令路过的人们惊诧地朝他张望,他全不在意,只是朝回过身来、站在那里发愣的德光,快步走去。走拢,他从别在腰带上的一个油光光的黑钱包里,掏出一沓对折好、并且用一根橡皮筋箍紧的钞票,递给德光。他从牙缝里挤出这样的话来:"龟儿子!这正好一千。你就往那无底洞里扔吧!……"德光接过收起,只是说:"我下个月就还。"老何牙筋乱蹦一阵,说:"你还!你不再给我惹事,我就阿弥陀佛了!我只是想起莲芳,还有她带的那两个娃儿,可怜啊!……"说完,扭身就往回走。

天光大亮。护城河边的垂柳下,已经有三三两两持竿钓鱼的人。老严也坐在岸边钓鱼。那老严醉醺醺的,蓬头垢面,衣服皱皱巴巴,而且不知道多少天没洗过,浑身散发出酒气恶臭,可是,他手里所拿的那根又长又粗又亮又光的鱼竿,却是很高档的,连同附带的渔具,比河边其余那些衣冠楚楚的钓鱼者们,都要胜过一筹。

老严居然没有醉眼昏花,招呼老何:"伙计,一会儿我炖鱼汤,就咱俩喝,他们都他妈的滚一边去!"

老何没理他,只管往回走。那护城河边,有规律地交错栽种着垂柳和桧柏,垂柳已然相当粗大,垂枝如巨伞,桧柏也已高大如塔;有的桧柏那朝河的一面,底部不知怎么豁露出一大块,形成龛状;老何快走拢绿化队宿舍时,忽然看到一株桧柏的"龛"里,有一泡新鲜的粪便,赶紧挪开脚步,捂着鼻子离开了。那肯定是大芝麻清早的"杰作"。

老何回到了铁栅栏门里。那里面是绿化队的地盘。这一带的绿化队有两种。一种是园林局的绿化队,负责管理护城河两岸和马路两侧的绿化带,以及街头的花坛绿地;一种是街道办事处的绿化队,负责居民楼前后的绿地花坛;老何他们属于后者雇用的外地民工。街道办事处的这个绿化队,占有的一块地盘不算小,然而里面的设施却极为简陋。有一座花棚,里面勉强能养些个常见的花卉,以供节日在护城河桥头摆放出一个立体花坛;此外就是一排平房,其中一大间套一小间是民工宿舍,另一间是厨房,还有一小间是堆放工具杂物的。院子里有个唯一的自来水龙头,饮水、盥洗都靠它。搭了一个简易的厕所,因为粪便并无清洁队的人来清除,只能是民工们自己每过一段时间自己淘出,和上土拌为有机肥,拿到绿地花坛去施用。民工流动性大,特别是年轻的民工,没人留恋这份工作,所以他们特别不喜欢淘厕所,而且特别不能忍受那简易厕所的肮脏不便,因此,像大芝麻那样跑到护城河边的桧柏底下大行方便的情况,屡见不鲜。

老何回到院子里,老潘从厨房里端着一只冒着热气的大碗出来,问他:"你怎么还不做饭?灶火正旺呢!"因为是绿化队,四季都有很多剪下的枝条可充柴火,所以他们很少烧煤做饭。这种生活状态,跟农村相差无几;甚至于,还不如——现在不少农村里,也兴烧煤了。老何对老潘说:"不饿。"

老何进了屋。别的人都走光了。老何坐到自己的床上,闷闷的。老潘跟进来,坐到唯一的一张破桌子边,喝他那一大碗热粥,粥里只有几根咸菜丝。

窄长的屋里,两边靠墙一共立着六架上下铺,只有迎门的地方,老何睡的,是一张单人铺。老何坐了几分钟,便上床,倚着被子垛。

老潘呼噜呼噜喝完粥,既是自慰,也是劝说老何:"裁减就裁减吧。你看,这是个什么窝儿啊,咱们农村来的,哪个家里不比这儿宽敞?就是他们那住高楼里的,说是什么这个长那个官的,屋里东西可能值钱得多,可论住的间数,比得了咱们吗?咱们哪家不得六间八间的?……"见老何不搭话,又说:"是呀,图的就是每月拿点现钱罢咧……可是,这一个月三百块的工资,连小疙瘩、大芝麻他们,都嫌少,要不是一时找不到别的活儿,他们才不愿意在这儿混呢!把我裁了,我一时也不走,我倒想看看,究竟哪个城里下了岗的职工,给这么点钱,能来干这些个活儿……"老何还是不搭理,闭上眼,养神的模样。老潘叹口气说:"你也活动活动。不愿去滨河公园看摔跤,那文化宫门前有福利彩票,拿两块钱试试手气,保不定就蒙上个大奖……嘿,那时候,你裁减我?我还先把你裁减了哩!……"说着,出屋到水龙头那儿洗碗去了。

老潘哪知道老何的心思。老何脑子里,转悠着的,全是大女婿德光惹出大麻烦的事。德光好比是个车轴儿,一转悠起来,那车辐竟伸伸缩缩的,越转越长,勾出远远近近无数的人和事来……

大女儿莲芳,怎么就给了德光的?媒人不是别人,就是德光他妈。

德光妈,想起来,也着实可怜。1958年,搞"伙食团",一开头,大家敞起肚皮吃,盛饭都盛个"帽儿头",上头还要堆菜放肉,浇油辣子,一碗吃完,又盛一碗,吃不完,就往食堂外头水渠里倒,大热天,惹得苍蝇搅作团地飞。现在城里不少人也都知道,那以后,先是没了肉、菜、油,后来,渐渐地,把留种的粮食都差不多吃光了,结果到那年入冬,就大家饿肚皮,有人浮肿。第二年,就接二连三地饿死人。德光妈,她的爹,死得最早,不过不是饿死的——那还是"伙食团"最红火的时候,省城报社的记者来照相,"伙食团"主副食花样多达三十多种,真是比共产主义还共产主义,赛过天堂里的天堂,坐下来随便吃,只别往家里拿,吃进多少都由你!那德光妈的爹,记者说他形象好,是共产主义新农民的标准模样,大概是要把他照下来,印个成千上万的,好拿来当新门神,换下那秦叔宝和尉迟恭吧。记者让他吃这个,拍一张;吃那个,拍一张;记者走了,他还吃个没完,整个人,成了个无底筐了;结果,他吃完,差点站不起来,好容易挪动了脚步,摇摇晃晃的,走出没多远,就在田坎上,大吼了一声,两只胳臂伸出去,像落水的人想拼命抓住根稻草,訇的一声,栽到水田里去了……公社卫生院后来给他检查了,说他死的那个原因,文明词儿,叫"胃崩溃"。德光妈的娘生她的时候,就得产后风死了,爹再一死,孤女一个,谁照应她?亏得还有个叔叔,那叔叔,村里人众口一词,都说是个老实磨盘,任人推,不惜力;那婶子也憨,有人说两口子,恰好比一个是磨底,一个是磨扇;可是这么一对石磨夫妻,到众人都没的吃的时候,也难帮衬德光妈一把米半把豆——那时候自然还没有德光,他妈那时候十五六岁,还是个黄花闺女。那大饥荒的日子里,能活下来的,要么是能偷吃食的人,要么是老天爷不想把他收走的人;白天,大家装模作样地集合上工,天一黑,绝大多数的人,就都往田里跑,才拳头那么大的瓜,埋下当种的红苕块,才灌上浆的青苗……凡能填进肚子的东西,找到什么偷什么。那德光妈的婶子,干活路得行,偷吃的外行,千不该万不该,偷到公社撑面子的"试验田"里头去了!这还得了!公社的干部,他们家里都有吃的,知道底下的农民没的吃,偷吃的,本是睁一只眼、闭一只眼,不怎么管;可你偷到"试验田"里了,那还能饶吗?就召集了大会,批斗了德光妈的婶子,那妇人也是,肚子都保不住了,还顾什么面子?可她就是想不开,当天晚上,一根绳子,吊死在村头的苦楝树上了——那树上的苦楝子早被采光,连树皮都被剥去了一半,半死不活的——村里的干部也不往上报告,匆匆忙忙地,用席子卷了,给埋了;只当是又饿死了一个吧!老何家乡的村子,是丘陵地带,各家各户守着一笼竹子,互相隔着水田旱地,那么样的一种自然村;也有好多户人家,聚在一起住的,不过再多,也还是比北方村落那种聚居的人户,要少。1958年入冬,不光是缺吃的,因为大炼钢铁,竹子都砍去充作燃料了,村子就更显得冷清清、光秃秃了……到夜晚,谁还舍得点灯用油?一片黑暗,比锅底还黑得沉,黑得酽……德光他妈,那一天,正一个人坐在冰锅冷灶的破屋里,饿得发呆,忽然有人推门进来,模模糊糊,认出来,是她叔,往她屋里饭桌上放了个坛子,瓮声瓮气地说:"你吃。"说完就转身走了……那坛子里,是煮熟的肉……对,后来满村人都知道,那是人肉,是德光妈她叔叔,去埋人的地方,把她婶子刨出来,扛回家去了……后来从他家里,查出了十多个坛子……最后,也没把德光他妈的叔叔怎么样,那人一直活到如今,吃得胖胖的,像只大坛子……

这样的叔叔,怎么还能理?那时候,村里有个女子,七转八转的关系,嫁到新疆去了,几年以后,竟牵着白胖的娃娃,扬眉吐气地回娘家来了!于是满村的人,都知道新疆原来不错;于是她回新疆的时候,就带走了两个女子;于是人们都说,这两个苦女子,要去那地方生甜瓜了。所带走的女子,一个是老何的妹子,一个就是德光他妈。她们后来,果然在那遥远的地方,生下了甜瓜。德光他妈不光生下了他,还生下了他弟弟德祥。忽然有一年,德光他妈,带着他和他弟弟,回村里来了。那当妈的脸色蜡黄,两个娃娃却白白实实的。德光他妈死了丈夫,回到村里,回到原属于她的那间几乎倾倒的茅草屋,村里人重新接纳了她。村里的妇女们在池塘边洗衣物时,议论的话题之一,就是德光他妈,这个并不算老,又很能干的寡妇,会让谁再醮呢?有说合的,有猜测的,都没成,都不对。几年以后,村里有个女子,七转八转的关系,嫁到黄河边的平原上去了,没多久,她也是扬眉吐气地回娘家来了,转回去的时候,也带走了几个女子,其中就有德光他妈,德光和弟弟那时候还小,就都随她去了那边。

二十多年前,世道往好里变。老何他们村,吃粮不再犯难,像德光他妈那个叔叔当年那一排坛子的故事,年轻人或许已经不太清楚,或许偶尔听老辈"说古"时提及,会摆摆手说:"那是饿疯了。莫讲了莫讲了,听了作呕。"日头晒着,大雾罩着,稻谷割了熟的,再插新秧,不知不觉地,老何的大女儿莲芳,该找婆家了;可巧德光他妈,又回村来了,东家坐坐,西家望望,一天,主动找上老何,爽快地说:"你不缺粮,我家有米,也算是门当户对!莲芳不消说是好女子,我那两个你是见过的,如今都比你还高大壮实,你愿莲芳随哪个,尽你挑!"老何说:"你我清楚,德光德祥也清楚,只是还有不清楚的……"德光他妈就一拍大腿:"你带上莲芳,去亲眼看看,那还有不清楚的吗?"

老何早有心,走出巴掌地,见识大世界,于是,居然就带着莲芳,去了那黄河边上的平原。那边的田地,哪儿像自己乡里,东一角西一拐,到处鼓出丘陵包,真是一望无际,没个遮拦。那边的村子,屋子连屋子,见不到一笼竹子,欠绿欠池欠水汽,老何很不以为然,可是走近德光他们家,没见着人呢,先听见锯子斧子锤子一片的响声,啊,正盖新房哩!在这一片的响声里,老何把莲芳嫁给德光的决心,便坚定起来。

两年以后,老何他们村正式实行分田到户,德光妈祖传的那栋老屋,顶子上已经覆盖着厚厚的一层绿苔,梁柱都明显歪斜了,却一直还没有倾倒,这就意味着,那还是村里的一户人家。德光和莲芳回到了村里,住进了那栋祖屋,于是他们也就分到了自己的份额,种起了责任田。老何帮助女婿,先是修整了老屋,后来又盖起了新房,并先后有了一个外孙女一个外孙子,两家就近有个照应,从此粮囤不见底,人脸有笑纹,算是比上不足,比下有余了吧。

乡里人,一辈子,也就是三桩大事:盖房子,娶媳妇,生娃儿。东西南北,乡村的面貌可能相差很大,人的心思,不出这三件事的圈儿。德光大体上完成了三件事儿,只是房子落伍,还得再努把力,挣钱盖起两层的小楼,这辈子才算圆满。为了挣钱,他来了北京,在市政工程队当临时工,给铺管道、线路什么的挖沟开槽,工资不算低,每天十五块,管住不管吃。德光虽说离开了那黄河边上的村子,可是对他妈,还有弟弟,很是顾念;后爹得了肺气肿的病,家里艰难起来,弟弟德祥老大不小,娶不上媳妇,德光竟比他妈还着急,头年春节回家过年,便去找了那长颈鹿。

长颈鹿是个什么人?脖颈比常人长好大一截,那是不消说了;这人在镇子上,明面上,开着个杂货铺,其实,左近的人无人不知,他那铺面后头,天天设着赌局,他坐庄抽头儿,稳稳地发着财,要不是他随来随花,手头散漫,怕是一方的首富了;据说跟镇上管治安的什么人有勾结,所以他那赌场,"严打"的风声紧时,或许停上几天,甚或不巧被上头来的检查团什么的,突然堵上,给带走拘押,但到头来,也无非罚点款子,依然放回,那赌局照开不误,而向检查团告发的某某人,可能家里会失火,或娃儿会掉进池塘……

老何现在被唤作老何,其实新社会起算时,还不足十岁,对旧社会的印象,并不深刻。听老辈子说,那时候镇上有赌场,有烟馆,有妓女,乌七八糟。老何在被人唤成老何之前,虽说也经历过些个糟心的事,像"伙食团"散了不久,父母就都相继得浮肿病死去;也目睹过,比如说德光他妈的叔叔,家里忽然十来个坛子里都腌满了肉,还有"文革"当中,把镇上村里一大串干部,头上戴上纸糊的高帽子,用一根长绳子捆在一起,牵着到田里"游垄"……可是,总体而言,这以前,离村十八里的镇子虽然很大,是县里数一数二的大镇,却并没有什么复杂奇怪的人和事,没有过长颈鹿这种人存在,那时候镇上也没有电视,谁看过《动物世界》的电视节目?谁知道世界上还有长颈鹿那么一种活物?也就谁都不会得到个长颈鹿的绰号,对不?粮多米不缺了,必生粮蠹米虫,是不?这些年,镇上变成了花花世界,长颈鹿似的蚰蜒蛾子,也就多了起来。老何是不跟这样的家伙来往的。德光却去找了长颈鹿,不是去赌,是去跟长颈鹿,更准确地说,是跟长颈鹿的老婆眯眼儿,谈给德祥介绍对象的事儿。

长颈鹿明里开杂货铺,暗里开赌场,那半明半暗的生意呢,就是婚姻介绍。一般来说,花个五百元介绍费,他就能让光棍娶上个头嫁的女子,花三百元的介绍费,则能落实一个再醮的寡妇,在那撮合的成功率上,居然远近口碑相传。这项业务,后来主要由眯眼儿来做。眯眼儿之所以叫眯眼儿,倒不是眼睛小成一条缝,而是她总像是在眯着眼儿笑,又无时无刻地,总在嗑瓜子儿,嗑的还都是杂货铺进的好瓜子儿,常常是所谓的阿里山瓜子,台湾风味。德光找到她,说是要给德祥找媳妇,眯眼儿嘴里啐着瓜子皮,一双眯笑的眼睛只是上下打量德光,问:"你那兄弟,也有你这般高?这般壮?"德光说:"新疆生的,咋个不高,咋个不壮?比我还能做活路呢!"眯眼儿嘴里不停地嗑着台湾风味瓜子,命令说:"吃完晚饭,把他带到镇东竹林子那儿等我!"德光也不细想,为什么要约在那么个地方,吃完晚饭,把回乡暂住的德祥带去了。眯眼儿果然一路嗑着瓜子儿来到了竹林边,下死眼把德祥盯了个透,问:"没病吧?"原以为要先问财,没想到只关心身体,兄弟二人忙一齐回答:"没得没得……"眯眯儿啐出一口瓜子皮,拉起德祥手说:"跟我来,我要检查的!"又命令德光说:"你莫动,在这外头守着!不许惊动了我!"说完,竟把德祥牵进了那竹林深处。那时候,夕阳西下,竹林被照成一派棕红,风不大,竹叶却簌簌地响个不停……过了好一阵,眯眼儿先出来,又摸出瓜子嗑着;德祥出来时,还在系腰带,脸比那落山的太阳还艳。德光问:"咋个样?"眯眼儿说:"明天,还是这个时候,不来这儿,到镇西汽车站那边的老桑树底下,给你们带个美人儿来。"德光心下疑惑,有这么简便的事儿吗,问:"准备多少钱呀?"眯眯儿把瓜子皮啐到他脸上,笑道:"有多少,都拿来!嚙嚙,还怕人财两空呢!"说完,扭着屁股走了,一路把瓜子皮啐成一道线。

第二天,哥俩来到老桑树下,左等不来,右等无影,心想眯眯儿戏弄人呢,却忽然那边要开往县里的长途汽车上,一个女子伸出头来招呼:"来呀来呀,还等什么呀?"那时汽车已经坐满了人,就要关门启动了。哥俩跑过去,跑到车门口,德光在前头,要上去问话,被眯眯儿轰开了,只一叠声地叫德祥上去,德祥刚踏上去,眯眯儿就嚷:"关门呀!开车呀!"司机也就关门、开车,把车屁股对着德光,喷出好大一股黑油烟,德光呛得猛咳一番,咳完了,还没明白那算怎么一回事儿。

就这么着,眯眼儿那婆娘,叫上德祥,私奔了。她还带走了跟长颈鹿生下的,三岁的一个闺女。这算怎么个婚姻介绍啊?她竟把自己,白送给了德祥!还不仅是白送,搭上的也不仅是一个闺女,还有她的私房钱、金银首饰什么的!德光明白过来以后,赶紧也离开了村子,没直接回北京打工的地方,去了他妈那儿,果然,德祥跟眯眼儿早到一步,眯眼儿还是不住地嗑瓜子儿,但是追着公婆喊爹叫妈,顶头见了德光,嘻开嘴便叫哥哥,倒好像嫁给德祥多少年了似的。德光把德祥拉到一边,问他究竟怎么一回事儿,德祥脸又比落山的太阳还艳,吭吭哧哧地,却也道出了所以然——眯眼儿说,那长颈鹿,两三年了,要么那玩意儿硬不起来,要么没等她得着快活,先就泄了;她可不愿意再守活寡,而德祥呢,她那天竹林里一试,真是英勇善战!少有的能让她尽兴的豪杰!……德光听了目瞪口呆,问:"那长颈鹿早晚知道,能把你们放过?"德祥说:"眯眼儿说,她不是我们那县的人,跟长颈鹿,并没扯过结婚证,不过是住在一处,生过一个女娃罢咧……她说就是长颈鹿追过来,也不怕……还说让我跟你先去北京,我找到活路,马上把她接去,女娃留给咱妈带,她随后到了北京,要跟我,有个大发展呢!"德光听了,倒也是个办法,于是乎,就那么真的实行起来……结果,惹出了官司。若非这样一环环一步步地了解下来,判德光、德祥两兄弟拐卖妇女儿童罪,那真是万人称快,无人同情哩……

老何在绿化队宿舍的床铺上,倚着被子垛,把这无数的往忧近愁,都勾起于心头,煮成了一锅酸辣汤。最后,他迷迷糊糊地,一会儿仿佛莲芳在跟前哭诉,长颈鹿如何到家里跟她要人索钱;一会儿仿佛德光戴着脚镣手铐,被押往什么地方,说是要枪毙;一会儿仿佛他用手死死地抱住刽子手手里的枪管,苦苦哀求他们;一会儿又仿佛镇上管治保的官儿,一手用牙签剔牙,一手拍着鼓鼓的衣兜,笑着说:"没事了没事了……"后来,眼前只觉得有好多蛾子在飞,又觉得自己撇开手脚成了一个"大"字,在凌空飘落,轻轻地飘,缓缓地落,一点不难受,一点不害怕,忽然一阵风,自己竟"大"得往上翻转起来,真痛快,真好耍……

中午

老何闭眼想心事,想着想着睡着了,身子本来倚着被子垛,后来不知不觉往墙边歪,歪到米口袋上了。那米口袋已经快空了,他身子顺势一滑,滑成个平躺的姿势,米口袋恰成了枕头,他就枕在上头,居然打起鼾来。

他们绿化队的民工们,约定俗成,都把自己的米粮搁在自己的床上,一般都搁在枕头边,白天叠好被子,就把被子摞在枕头上,挡住装米粮的家伙——多半是尼龙编织袋,也有用厚纸匣子的。他们每月三百元的基本工资,全勤者可多得五十元的奖金,逢年过节则有二十或三十块的福利;住宿不收床位费,烧柴火也不算钱,但三顿饭自己负责,为节约计,他们都想方设法一次买几十斤乃至上百斤米面,存起来吃;宿舍里曾发生过偷钱的事,但从未发生过偷拿别人粮食的事,而且,互相借钱的事常有,而借粮的事始终没出现过。绿化队的临时工是一池活水,尤其二三十岁的小伙子们,一旦找到更好的工作,马上跳槽,因此对于不能染指他人粮食这一戒律,从不曾"约法三章",更不可能每次新来了人,由谁出面"统一思想",完全是自然而然地,形成了那么个格局——但又不曾发展到大家把粮食集中一处存放的局面,总是各自放在枕边。

老何梦来梦去,到头来又梦见了老婆。小青年老何老何地叫着,其实他属蛇,只有五十七岁,火力还旺。这些年来,老何从电视里,看到了不少亲嘴乃至床上翻腾的镜头,看多了,也就见怪不怪,只是想到自己,还是觉得不能那么样做;干那事,怎么能点着灯呢?又怎么能让女子马到自己身上呢?正经人,还是该摸黑做,在上头做。城里人,往往把农村人,想得很蛮,其实哪里的人,都有正经的,有蛮的,老何自己的见闻里,倒是城里人蛮的多,比如那东滨河路的什么俱乐部,连个窗户都没有,两扇大门总是关得紧紧的,据说里头有人造气候,进去的人洗一种澡,叫什么桑拿;偶尔能看见,从漆黑锃亮的小轿车里,跳出腆着肚皮的大款,往那门里去。门扇开启时,能望见那里头,黑幽幽的,有浓妆艳抹的,什么"三陪小姐",在那儿迎接,裙子长长的,却裂开大缝儿,露着大腿;跟老潘讨论过,啥子叫"三陪",据说"三陪"里没有"陪睡",可是,有时就看见,闪来闪去的霓虹灯光底下,有那样的小姐,随着大款出来,上了大款的车,他们总不是去扯结婚证吧?……老何在这绿化队三年了,宿舍里,荤话不少,可是行为上,并没一个出格的,就拿那老严来说吧,奔六十了,还没娶过媳妇,有时候,喝醉了,心里难熬,半夜里,会坐起来,骂自己:"他妈的!你给我滋出来呗!"听见他扯些个纸,哧啦哧啦地响,就知道他在挤擦什么,被他吵醒的,都不笑,平时最看不起他,最讨厌他的,却可能在黑暗里,联想到关于自己的什么,为他轻轻地叹气;年轻点的,还没娶上媳妇的,打牌斗嘴之余,说起这事,都是想着,怎么能多挣些钱,回家盖起房子,准备好聘金,求做媒的牵线,正经娶个媳妇。城里人或许会说,这是不懂爱情;可老何周围的民工,没一个乱来的。你或许说,那是因为穷,没钱,自然没法子嫖,没法子"包二奶",没法子找私密的处所会情人……实说吧,你是不是觉得农村里来的,多半会铤而走险?老何可以做证,他的这些守着粮食睡觉的同类,不管火旺了多难熬,没人想去强奸妇女!老何自己,就总是"精满自流"地妥善处理此事。当然啦,依城里人的看法,像长颈鹿、眯眼儿他们那种"中介",把更穷的人家的女子,嫁到穷得除了花钱托他们牵线,莫得别的法子的光棍家里,不仅是不懂爱情,还根本是不道德的事情;可是,老何有他的道德观,那也是很多很多像他那样的,老实巴交的农民的,共同的道德观,那就是,只要那女子不是拐骗来的,来了以后睡觉时做那事虽说不主动,却到头来并不抗拒,然后能一起过起日子的,而且男方买婚的钱又是辛辛苦苦,用汗水挣出来攒起来的,那么,就合情理、符道德,不该对其说三道四,更不要去把人家拆散……

　　老何的白日梦,被一阵扳动肩膀的摇动给击成了碎片,他一惊醒,猛地坐起,只听见一个最悦耳的声音在说:"爹呀,你啷个不盖上点呀!秋凉了,你莫冻出病来啊!"

睁圆眼睛细看,是三女儿莲弟站在了床边。老何脸上的笑纹立即涟漪般荡漾不止,忙招呼:"你哪会儿到的?我说略靠一会儿,养养神,谁知就睡过去了!"

"爹,还有我呢!"听见这一声,老何的眼睛里,才收进了三女婿建煌。"啊,啊,好,好好好。"

老何满心欢喜。

老何生了五个闺女,如今大闺女莲芳就在本村;二闺女莲蓉嫁到了四十里外的村子;五闺女莲锦就唤作幺女,招赘了个女婿,在家跟老婆一起过;三闺女既然取名叫莲弟,自然是盼望她下一个是弟弟,谁知还是个女娃;一连生了五胎,胎胎无男,老何心里自然异常苦恼,尤其是,他本身已是单传,现在竟传不下去,他这一房,难道命该灭绝无人了吗!老何盖起的新屋子里,堂屋正中墙壁,和别家一样,上方特意砌了块凸出的石板,上面贴着写有"祖德流芳"的红纸,下面条案上供着"天地君亲师"的牌位,牌位两边,是每年一换的对联,那红纸匾上"祖德流芳"四个字年年重写,多年不变,对联却年年换词儿,而且里头总嵌着"设计师""领路人""改革开放""跨越世纪"等最贴近时事政治的词语,都是书写者从报纸上提供的新春联里选出来的,极富时代气息;但条案下边,正中却又供着土地菩萨,两边一侧是招财童子,一侧原来是送子郎君,自从老何被做了结扎手术后,就改成了送宝郎君。如今老何不在家,老婆每天清早,在案上香炉里替他燃一炷香。他虽说没生儿子,苦恼难消,但老何从不怪罪老婆,对落生的闺女们,也很疼爱,三闺女没能招来弟弟,他也并不因此迁怒于她,四闺女三岁上得急病坏掉了,他落泪不止;招赘了女婿后,他也就觉得,自己算是续上了香烟。像老何这样的农民,其实很多,他们内心里固然重男轻女,却并不像某些城里人所想象的那样,对亲生的闺女,会失却父爱。就老何而言,他对三闺女莲弟,不仅绝不嫌弃,竟还颇为偏爱。长大成人的四个闺女里面,唯独三闺女莲弟,他一直供她念完了小学,而莲芳只念到第四册,莲蓉和莲锦也只念到第八册;这还不算,莲弟五年前和建煌闯北京来了,老何送他们到镇上长途汽车站,在车站旁那株老桑树下,老何把一沓带着他身上汗气的钱,塞到莲弟手里,跟她说:"你去了,趁年轻,学门手艺,这是我给你备的学费——连你妈她也不晓得呢,你莫吵出去……"莲弟揣进怀里时,喉头热了,心想爹辛苦一年,打下的棉花,扣去成本,统共才赚得六百来块钱,这一沓钱,是爹多少个日夜的血汗?这个从来少抽烟、无客不喝酒,闲下来就两手操起竹篾编筲箕的,头发花白的亲爹啊,可怎么能辜负你的嘱咐呢?……莲弟到了北京,果然用那份学费,上了个培训班,后来进了一家合资服装厂,当了技术性很强的烫衣工,工资比一般进城打工的农民,高一大块。

莲弟的婚事,老何也最满意。人家小两口,是自由恋爱呢!那建煌,主动追求莲弟,学着电视连续剧里的套路,搞了不少的名堂,比如那镇子上刚出现冰激凌那玩意儿,有什么"鸳鸯双杯"的品种,贵得吓人,好像是,两块八毛钱一份,他就买来,跟莲弟在集上,当着无数的人,紧靠在一起,用小木片儿,揸着那"双杯",吃得嘴角都粉红粉红的……

按说,老何家,跟建煌家,门不太当,户不太对,怎么讲?要知道,建煌他爷爷,是个道士;这在二十多年前,可不是个体面的身份,而老何家,是贫农,很体面的啊;这十几年来呢,建煌他爹,从他爷爷那儿,彻底接过了道士的衣钵,几乎整天地戴着"四块瓦"的济公帽,穿着法衣大袍——那帽儿上和法衣领口上,都绣着绿颜色为主的龙纹草叶——手里还总拿着个牛尾拂尘,以镇子为中心,方圆四十里左右的地面上,今天这个请,明天那个迎,有时用客货两用车载,有时就坐在摩托车后座上,搂着个穿牛仔裤的新农民的腰,往请他的地方去……他主要是替人家看风水,还有就是主持白喜事的超度仪式,连镇上的官儿们,家里有了相应的事情,都恭恭敬敬地请他呢,他倒是不分高低贵贱,童叟无欺,看一次风水三百元,行一次超度五百元,收费标准一律取齐,其实有的主家为了讨个吉利,还非要多给,更别说主动往他家送实物了,由此你说他该有多富?老何家呢,如今跟他家一比,那真是名副其实的贫农了!虽说门户不那么对榫,但一来孩子们自己愿意,二来老何对建煌爹所干的这一行,很是敬服,加上老何的老婆,是如今那一带农村里,所剩不多的,会唱十三套"丧歌"的女子,常被建煌爹约去,参与白喜事的仪式,每回也能挣个百八十块的,两家的关系,由此近了一层。而建煌他爹呢,常赞老何是个难得的本分人,说是倘若天下揉泥巴的农人都能像他那么憨厚老实,就是天塌下来,这个国家也能撑住不倒;至于为什么偏老何这一支绝了后,他解释说那是因为何家祖坟未曾选好坟址,而公社化时期,坟已平了,如今也莫奈何了!总之,莲弟和建煌的亲事,二人既是自由恋爱,两家大人又都拍手称快,当然办得顺顺遂遂,真是皆大欢喜。送陪嫁那天,大姐大姐夫,二姐二姐夫,两家的娃儿,以及当时还没招女婿的幺妹子,还有岳母家的亲戚,齐上阵,排长龙,抬着各色嫁妆,基本上按着当年游斗镇上"走资派"的路线,游垄展示,轰动一时,因为其中有老何亲手打制的红漆鹅脚盆,那是几乎已经失传的式样,在金黄的油菜花映衬下,格外鲜艳夺目,引得老辈子们话旧喟叹,也引得新派农民后生们拍掌称奇……

莲弟和建煌把一双儿女留给妈照看,闯到北京后,落脚在天竺镇。天竺国际机场世界闻名。进出天竺国际机场的中外旅客们,一般并不会路过天竺镇;这个镇子呈现着城乡接合部的混乱面貌,一些新的建筑物很洋气,但大片的民居却又很乡村味;莲弟所在的合资服装厂的门面镶着玻璃幕墙,墙上凸出的厂名除了中文还有英文,莲弟每天进进出出很是得意;但莲弟和建煌所租住的民房非常简陋,实际上是镇边农民户原来用以堆放杂物的,就这么一间小屋,月租也要七十元,而且随着越来越多的外地民工拥入,房东不断声言要提高租金,新来的民工甚至想高价租赁还不易寻到空房呢。每当盛夏,老何便去天竺看望小两口,小两口热情招待,往往是,在屋外的小厨房里红烧出一大盘鸡腿,又拿出一笸箩花生,建煌开了一瓶二锅头,翁婿二人对坐小酌,莲弟打横相陪,倒也其乐融融,只是到了晚上,三个人如何睡觉,成了问题;建煌便在屋外两棵杨树间,绑了个麻绳编的吊床——那是他从镇上外资员工宿舍后门外捡来的,那里时常能捡到些可用的东西,甚至有人捡到过图像还很清晰的黑白电视机——开头莲弟说她睡吊床,老何哪肯?结果是老何盖着绒毯睡吊床,虽说身子放不直,却也能酣然一觉,清早醒来,树上雀儿叫得好欢,倒也别有风味。但是入秋以后,吊床不能睡了,老何也就不再去天竺,改由小两口进城探望他,当天来,当天回。

好久不见,老何有无数话要说,无数事要问,小俩口也一样,尤其莲弟,未等爹爹开口,先就不住地嘘寒问暖,又喋喋不休地报告消息。因为老何识字有限,所以说好家里人来信都寄天竺,莲弟报告说,二姐莲蓉和二姐夫志雄也打算到北京来找事做,老何忙说:"快写信去,劝他们莫来,这里正裁农工哩!"建煌却不以为然,道:"今年春节后,志雄跑到成都,火车站挤得巴巴实实,像块大年糕,等了几天都弄不到来北京的票,只好拐回去了;那时爹听说了,还说志雄太没耐心,很盼着他来。其实那时候来,不如这时候来……"老何反驳说:"那时候没裁农工,我们这儿就还缺人;如今我们魏科长说了,就是有了空缺,也留给城里下岗工人,志雄来了,他怎么过?吊到屋檐下,变块腊肉吗?"建煌只是笑:"来了自有办法。什么城里人乡下人,谁限制得了谁?那头一家城里人,他是怎么冒出来的?天上掉下来的?还不是乡下来的!依我说,你也不用限制,谁爱进城,谁进城;谁有本事,谁站得住脚,谁就留城里;谁站不住脚,或者到头来不喜欢城里,谁就离开……"老何训他说:"你总这么大模大样地说话!哪儿懂得世道艰难!我们这小小的绿化队,这些天尚且惊惊惶惶的呢,那河北来的老严,他就给裁了,喝了闷酒发酒疯,也不知道下一步怎么办!你反正在机场有事做,每月四五百地挣着,说些个便宜话来让人夸你腰粗!"这时建煌便和莲弟交换眼色,莲弟还眨眼,阻止建煌说出什么,建煌却偏对岳父说:"爹,我们一起去下小馆子,边喝边摆龙门阵,要搬杠,搬个透,岂不痛快!"老何道:"下什么小馆?这会儿我们灶上没别人争火,去买些鸡腿,打些烧酒,蒸点米饭,就在这里聚,不是又省钱又方便吗?"谁知莲弟也说:"今天就让建煌孝敬爹吧!"老何问:"怎么?建煌的季度奖大涨了吗?"小两口又对了次眼,这回莲弟抢先把事情点破:"爹,什么季度奖啊,建煌他前个月就给裁啦!"老何一听,直发愣。

建煌落脚天竺镇后,先是在一家旅店烧锅炉,活路既累,工资又低,后来正赶上北京国际机场扩建新候机楼,破土开工,先搞基础工程,需要大量挖土方运沙石的小工,建煌很顺利地被招聘为了临时工;但随着工程进展,粗工需求量锐减,技术工需求增大,像建煌这样农村来的粗工,便陆续被裁减。但建煌是个有心机的青年,他在饱时便盘算着饥时的对策。在镇上过来过去的,他发现那些放了学的小学生,没多少可玩的,有一天他遇上一座新居民楼正往里搬入住户,一户人家那厚厚的弹簧床垫不知怎么暂时搁在了地下,结果便有几个小学生跑上去颠着玩,那户主发现后,一顿吆喝,孩子们才一哄而散,这给了建煌很大的启发。从机场新候机楼工地裁减下来以后,建煌就捡来些废钢筋,求在工地上结识的电焊工给焊了个两米宽三米长,能拆能装的架子,又从附近屠宰场弄来了几十条牛筋,把那架子支上,把那些两端编出套环的牛筋经纬交错地固定在钢筋架子上,再蒙牢蛇皮布,便构成了一个"蹦蹦床"。每天下午,建煌在小学校与居民区之间的一处街角,摆设他那"蹦蹦床",小孩子们上床蹦跳,每三分钟,收费两角钱,如连续玩,还可优惠;就这么简单的一个装置,居然大受欢迎,几天下来,就赚了一百来块!当然啦,他那是非法经营,很快有关部门的人就来罚他的款,也曾明令禁止他使用那未经检验批准的游艺器械来赚钱;但是,和镇上许许多多类似的个体经营者一样,建煌和那些有关部门的管理者达成了某种默契,他们会在某些特别的日子里自动收敛暂不露面,而后者则睁一只眼闭一只眼,时不时地从他们那里获取一定数量的罚款,以为其奖金的来源,双方渐渐地磨合成了朋友般的关系。

建煌经营"蹦蹦床",一个月下来,刨去所交纳的罚款,竟还赚了一千多块,远比在机场新候机楼工地当小工挣得多,且轻松自如!难怪这回进城,他执意要请岳父下小馆子。还声称,要换租个有里外间的住处,以后爹无论哪季去了,都可留宿在稳当的床铺上。

老何听了半天,也弄不清建煌现在的营生究竟是怎么回事。只是联想起建煌他老子,整日穿着那道士服,跑来跑去给人看风水、理白事,分明是搞迷信活动,按说属于非法经营,可连镇上的大小官儿,逢盖房、死人等事也都花钱请他,谁也不以为奇,可见只要是有买方,就必有卖方,而所卖的只要不是白粉人肉,甚或还于人虽无大益却有小益,也就自有个存在的天理吧!真是有其父必有其子,建煌他老子既然可以欢欢快快地在家乡当道士挣钱养家,建煌也就可以高高兴兴地在北京天竺支上他的"蹦蹦床"赚钱积财,对不?

老何随着小两口,行进在护城河边。建煌说来时注意到,滨河路尽东头,有家新开张的小馆子,门口支着告示,说是八折酬宾,上头还开列着菜价,确实不贵,无妨到那儿打回牙祭。半路上,莲弟试着用柔和的口气报告福多来信的内容。福多是幺妹莲锦的丈夫,因为是招赘到家里的,算是爹妈的儿子,姐姐们的弟娃,可是莲弟实在不喜欢他,他这回来信,又是要钱,不仅问爹要,也问姐姐姐夫借,开口就是三千块;要钱的理由,一个是打算跟别人合伙买个二手中巴,做来往于镇上和成都的客运生意,另一个呢,则是打算再生一胎,准备好足够的罚款。这两个理由,听来都很堂皇。福多父母和他自己之所以愿来老何家,是因为他们村在山上,那山村比老何他们丘陵地的村子穷多了,而福多家在那山村又是最穷的;议婚时提了条件:福多入赘后,轻易不能离家,要种好责任田,照顾好老人媳妇;当时答应得好好的,但入赘过来以后,初时还好,日子稍久,那福多便渐渐不安分起来,唠叨说他为什么就不能进城谋事?在城里赚了大钱,兑回家里,责任田雇人种,日子说不定会更富裕。老何多次耐心地跟他说:"你妈腿脚有残疾,你媳妇生来体弱,所以招赘你来照顾,这都是事先说好的啊,你怎能反悔呢?你要留在山村里,只怕再过几年,也讨不上老婆!"虽说几年过下来,福多大体上还过得去,老何却寒了心,之所以跑进北京当了绿化工,一大半就是为了给自己储下笔养老的钱,以防将来自己动弹不得时,倘若福多不能供自己吃饱饭,还可以自己拿出钱,托人买些东西来吃饱肚皮。说是为养老挣钱,其实,福多和莲锦每有信来,说起家里开支不够,又一直筹备着往房上起楼,老何没少往家里兑钱;现在福多又要钱,跟人合伙买车搞客运,也没说清是跟哪一家合伙,怎么个三一三十一地分利,咋能答应他?不过,福多和莲锦头胎生了个女娃,这想主动交上超生费,生个二胎,抱个男娃的想法,倒顺理成章,只是还需算笔细账——如按明面上的规定,超生罚款是三千元,但如果在镇上饭馆请管事的干部吃上一顿,再送上两瓶酒两条烟,大概拢共花个三百来块吧,那超生罚款也许一千块也就了事了,这是头年的"行情",不知时下如何。所以,倘若给福多兑钱,恐怕兑上一千,也就足够了……这个福多啊,真不知招来他后,究竟是福多还是祸多!……

想起这些个儿女的事,老何心里苦胜黄连。大女儿那边,德光德祥惹下官司,他刚忍痛拿出一千块;福多不管怎么说,算是儿子,想再生一胎,给他传宗接代,更该拿钱,但他在这绿化队一月顶多开上不足四百的工资,每天三顿,只是煮白饭,用些拾来的白菜帮、萝卜皮,盐水里腌成一大罐,每餐搛出些下饭,就这么俭省,也还是存不下多少钱,如何支应这许多的需求?……

莲弟和爹议论福多的事时,建煌且不开腔。待爹议论到后来,叹出一大口气时,建煌一旁很有针对性地说:"哪个女婿不是儿?招赘招赘,说不定招来个累赘!歪儿不如贤婿,我现在诚心诚意地请爹下馆子,我比爹的亲儿如何?"莲弟一听这话过了限度,忙用别话岔开。当时他们已经走拢三号楼下的小花园,那正是老何平日的责任区之一,那小花园里有雪松、梧桐、元宝枫、金合欢等乔木,还有一丛竹子,更有许多种灌木,以及月季等花卉,还有成片的草坪,除了靠着区文化宫那边的滨河公园,是滨河居民区里难得的一处美丽的休憩地,附近的居民常在其中流连自不必说,也时有偶然路经此处的人士在此逗留。老何在这小花园里浇水、松土、施肥、剪枝、捡垃圾、扫甬路的过程里,经常会捡拾到一些料想不到的物品,比如说他曾拾到一个精巧的三角形小包,里面是几支笔,好像有铅笔也有毛笔,原以为是哪个秀才弄丢的文具包,拿回宿舍,小疙瘩头一个认出来,那是姑娘用来画眉净面的化妆用品!后来他把那小包给了莲弟。又曾捡到过很漂亮的打火机,给了建煌。还曾捡到过一块电子表,自己戴着用到现在,走得很准。不过也捡到些不想要的东西,像半盒避孕套、全是洋文的书、缺Q少K的一摞扑克牌什么的。凡捡到的都归己吗?当然不。良心上有个界限。比如,暑天里曾在竹丛里发现了个乌黑的高级皮包,拉锁开着,掏出里头东西一看,有像证件的东西,上头贴的照片,是外国人的模样儿,还有钱包,里头没钱,却夹着些卡片儿,还有钥匙什么的……

老何便马上拿着那皮包,找到楼里居委会,居委会的人又从那包里发现了一个电话本,找到了失主的电话,试着打那电话,那边一个老外惊呼起来……居委会的人跟老何一起分析,是有贼偷了那老外,掏走了现金,扔掉了这皮包;于是又通知了派出所,民警及时地赶到;后来那失窃的老外坐着出租车来了,领回护照、信用卡、汽车钥匙时,激动得不得了!原来对于他来说,窃贼拿走的那些现金实在算不得什么损失,如果这些证件什么的丢失了,他的麻烦可就大了!他听说是老何捡到皮包并及时送到居委会的,连连跟老何握手,又拿出一张一百元的美金,说是作为酬劳,老何躲开那张陌生的钞票,推让不要,旁边的民警和居委会的人也帮着说:"这是应该做的……"可是,那老外后来又掏出一张一百元的人民币,执意要老何收下,民警和居委会的人继续帮他辞谢,老何却觉得那张百元的人民币很亲切,而且自己收下它也问心无愧,便道声谢接了过去……后来在宿舍里大家议论这事,小疙瘩和大芝麻都讥笑他"冒傻气":"反正你也拿了他的钱,为什么不要美元?一百美元,官价也等于八九百人民币哩!"这事后来自然也讲给了莲弟和建煌听,两个人倒是看法相同:"一百人民币也就够了!"现在老何和莲弟、建煌恰好走过那个小花园,眼光又都恰好晃过那丛有些个枯黄的竹子,莲弟为转移话题,想起这档子事,顺口说:"爹,你这些天又在这里头捡到些什么宝贝?建煌现在做这'蹦蹦床'的生意,需要一块计算时间的秒表,爹要能捡到一块就好了!"建煌眼尖,发现那竹丛里不对劲儿,说:"什么东西白生生的?有那么大的秒表吗?怕是兔儿吧?"老何定睛一看,加上一股秽气朝鼻孔袭来,怒从中来,忍不住冲进花园,拨开竹丛,当即把在那竹丛里大便的家伙揪了出来,那家伙边系裤带边嚷:"你揪什么你!"那家伙一瞬间认出了老何,老何也一瞬间认出,那是园林局绿化队的,也是农工,平日脸熟得很的。那人不等老何责备,先声夺人地嚷:"怎么着?我就是故意的!谁让你们净在我们地面上大便?我就要报复!……"嚷完,一溜烟跑了。老何只望着他背影咬牙。倒是建煌一旁排解说:"爹,莫怄。我知道,你们这护城河边,风景虽好,却没一座公共厕所,怪不得屙野屎的多。"老何深深地叹气。到小馆子打牙祭的兴致,顿时全消。

在那小饭馆里,直到热腾腾的鱼香肉丝,还有两扎冒着白泡泡的生啤金晃晃地端上了桌,老何的情绪才有所好转。建煌还要了一大碗辣乎乎的水煮牛肉,老何说够了够了,莲弟却说不行不行,在北京住久了,她吃不得那么辣了,遂做主点了一砂锅的东北乱炖。莲弟用小玻璃杯,从建煌的大扎里倒出些个生啤,父女翁婿三个人,就着热菜对饮起来。建煌知道岳父一定在心里计算花费,就说:"这算俭省的吃法了。按城里人的规矩,喝酒是要点几道凉菜的。"莲弟为让爹从种种烦恼里摆脱出来,带头讲起了笑话,说起大姐那个小叔子德祥,运气蛮不错,一来北京,就找到个看传达室的工作,可他头一回接电话,把那听音的一头,搁嘴巴边,把传音的那一头,放耳朵边了,结果误了人家的事儿。可那老板却并没有开除他,倒说他这人憨实可靠,一直留用到如今,可见傻人自有傻福气!莲弟等着爹笑,老何并没笑,建煌就说:"这事爹早知道,你净是些陈芝麻烂谷子!"于是讲起自己所经所见的好笑事来,头几桩,老何听了也没笑,后来讲起,那天忽然有个花白头发的瘦小老太婆,要来跳他的"蹦蹦床",倒把他吓了一大跳,他不敢让那老太婆跳,劝说的话没说完,老太婆竟自己登上了那"蹦蹦床",跟几个小娃娃一起,足足跳满了三分钟,边跳还边拍巴掌,还尖叫……建煌挤眉弄眼地学那老太婆跳"蹦蹦床"的表情,这下老何呵呵地笑了,说:"她怕是个疯子吧?"建煌说:"她不疯。跳完了,非给我十块钱。起初我不敢收,后来望望她,真是很高兴的模样,就收了。后来有人告诉我,她是个退休的工程师哩。你信不信?"老何心头一动,饮一大口生啤,竟反转给小两口讲起他遇上的怪人来。

那人是个又瘦又矮的老头,住三号楼,常到楼下小花园来活动。老何在小花园里做活路时,总会有人在小花园里活动,但那些人,无论大人小孩,多半都不注意老何,有的青年男女,躲到竹丛里去搂着亲嘴儿,显然是怕有人看见,可是老何分明就在他们身边用竹耙子耙落叶,他们却一点感觉都没有,就仿佛老何不过是竿大竹子;小学生放学后到小花园里踢皮球,皮球砸到了正拖着长蛇般的黑胶皮水管浇花木的老何身上,他们也不道声对不起,只当是皮球被树干反弹回去,继续地跑跳嚷叫着抢球;有的人倒像是感觉到了老何的存在,但那反应只是快接近他时,赶紧绕过他的身子,再接着往前散步,这也难怪,干活的老何一身尘土,暑天里更是一身的汗腥味;只有那个老头,有一天,老何往大竹篾筐里捡花园里散落的塑料口袋、废纸片儿,捡完了正站在雪松底下歇息时,他走近老何身旁,客客气气地问:"老弟,你两边肩膀,怎么不一边高啊?"老何就跟他说:"怕是这右边肩膀,让挑稻谷的扁担,成年累月的,压高了!"那老头就笑,说:"压,该是越压越低,怎么倒越压越高呢?"没等老何答言,又笑,点着下巴说:"是了是了,扁担越是狠压,你这边肩膀上的肉坨就越狠长……你该常常换肩膀挑才对啊!"就这么样,两人认识了,后来每在那小花园里遇上,他们就聊上一会儿,老头是个教授,姓曹,让老何叫他曹老师;教授该是在大学里教书的吧,可老何觉得那曹老师除了下楼到小花园里转转,整天只是待在那楼里头,也没见他有什么学生,问他是不是退休了,又说没退,很让老何纳闷。

开头,曹老师跟老何聊,主要是指点着小花园里的那些花木,讲它们的习性,曹老师书本上的根据多,老何实际伺弄它们的心得多,比如那株金合欢,周围别的树早已青青翠翠,它却直到谷雨逼近,还是光秃秃的,老何头次遇上那么个情况,以为那树死了,要伐它,谁知谷雨一过,它一夜间却枝枝蹿出了嫩芽,一周过去,羽叶肥大,立夏时,就盛开了马缨似的红花,香得怪怪的……两个人说起那合欢树来,都赞叹说真是晚发有晚发的好处——它叶黄飘落也就比周围的树晚。老何在聊花木的过程里,也就问到曹老师多大年纪,老伴什么属相,一月能拿多少薪水,儿女几个,工作想必都不错,能挣多少,孙儿孙女又一共几个,等等;既问到,曹老师也就简略回答;曹老师说出的那个薪水数目,实在并不令人羡慕,可是,他一个儿子在美国,一个闺女在日本,这就让老何觉得,今生今世,没办法去比了。两个人认识好久了,有一天,又在小花园里遇上,又一处说话,老何忍不住了,跟曹老师说:"你怎么总不问我?"曹老师不明白:"问你什么?"老何说:"问我老伴儿的事,我女儿女婿的事,我干这份工,挣多少钱,我能存下多少,什么的。"曹老师望着老何,半天没吱声,忽然摘下眼镜,掏出个手帕,擦了擦眼睛,戴上眼镜后,说:"何师傅何师傅,我问我问,你说你说……"老何于是跟他聊起了自己的种种情况;当然啦,老何毕竟还得干活,只能是断断续续地,小歇时,聊那么一点。曹老师跟老何聊天略久,便总用右手掌,在鼻子底下遮着,有一回老何就问他:"是不是怕我身上的气味?"曹老师吃了一惊,回答说:"不。是怕我自己嘴里的气味不雅。"后来老何发现,曹老师跟楼里的邻居说话,也么个做派,可见一个人有一个人的习惯……

老何喝着扎啤,自己也不知道为什么,讲起了这么个曹老师的事情来。莲弟、建煌听不出个兴致,可是觉得爹能把别的事情暂撇一边,没烦没恼地拿不相干的人和事来当下酒菜,是桩好事,于是都专注地听着。莲弟问:"爹,你说他怪,究竟怎么个怪法?"

老何呷一大口酒,说,怪在有一天,天阴阴的,我做完活路,正要撤,他来了;那时候小花园里已经没别的人,他快步走到我跟前,我发现他那天跟平日比很不一样,平日他衣服总穿得规规矩矩、平平整整的,头发虽不多,也总梳得巴巴实实的,那天他身上套个对襟的毛线衣,却扣错了纽扣,头发也乱竖着,到我跟前,也没把右手掌挡到鼻子下头,劈面就跟我说:"何师傅何师傅,你帮帮我!"我马上应答他说:"我帮我帮!"我心想,一定是他家有什么力气活,想让我上楼帮忙,就问他:"要我怎么帮?"他说:"你要告诉我,告诉我……"我问:"告诉什么?"那时候我愿意把什么都告诉他,就连你们妈的腿脚怎么落下残疾的事,德祥怎么娶上眯眼儿的事,长颈鹿怎么告德光要把他送进大牢的事,统统都愿意告诉他……可是,他问我的,你们猜,是什么呀?

莲弟和建煌对望,都在猜,一时都没说出所猜的,老何已经把那曹教授那天问他的问题道出来了,原来那曹教授急急迫迫所问的是:"何师傅,你告诉我:人活着,为的什么?"

莲弟听到这个谜底,扑哧吐出嘴里的酒,纵声大笑起来。建煌本也觉得可笑,因为莲弟一旁露丑,笑上加笑,使劲用手里筷子连连敲桌子。饭馆里别的人都扭头朝他们望。

孩子们的畅怀大笑,使老何也禁不住呵呵地笑了起来。莲弟笑够了,说:"姜是老的辣,一点不错。爹的这个笑话,前头好淡,最后好酽!"建煌说:"跳我'蹦蹦床'的那个老太婆没疯,我看这个曹老头子怕真是犯疯病了!"小两口又都劝老何吃菜,建煌让上米饭,莲弟让把东北乱炖拿回去再炖热,就都没再问老何,当时是怎么回答那曹老头的。

当时,老何怎么答的?他想也没想,就说:"曹老师,你要是好人,问这个干什么?不活,随便死了不成?"记得那曹教授先是一愣,后来就抓过他一双手,握了又握,一连串地说:"对对对对……谢谢谢谢……"后来天上掉雨点,他们就各自走散了;后来好多天没见到曹教授,再后来,听楼里人说,他去美国,儿子那儿去了。

孩子们既然笑过了,不再往下问,米饭也上来了,于是老何也就津津有味地就菜吃饭。不一会儿,一砂锅东北乱炖热好重上,确实是乱炖,里头肉呀下水呀骨头呀土豆呀白菜呀豆腐泡呀粗粉条呀乱七八糟什么都有,很香,很下饭。

吃饭间,再闲聊,建煌提起,在天竺镇上,跟丢丢打过一个照面。老何听了,不以为然,说:"他怎么会跑到北京?不是一直在广州吗?"莲弟也说:"我早说了,一定是你看岔了眼!"

丢丢是村里纪家养的娃儿,纪家在那之前生过两个娃儿,都没带到四岁,便一场暴病死了,所以丢丢爹妈在丢丢三岁的时候,就牵着他来拜老何做保保。所谓"保保",有干爹的意思,但使命大过干爹,是保佑娃儿平安长大的特殊人物。拜保保的风俗,在老何他们家乡源远流长;当然,和别的一些风俗一样,一度禁绝,近二十年来,才渐渐恢复。纪家为什么特别选老何来做丢丢的保保,第一自然是因为老何是村里公认的最本分的老好人,另外,老何自己无儿,这样似乎他就能更专心地保佑干儿子。纪家把娃儿叫作丢丢,也有刻意向神灵表白,他们家的风水既然不宜养大贵男,那就宁愿把他丢出去,丢出去了也许就反而能让孩子顺遂地长大成人了。纪家夫妇牵着丢丢来拜老何做保保时,要送上一方腊肉、两只狮头鹅、三瓶酒,燃四炷香,在老何家的"天地君亲师"牌位前,让丢丢给老何磕五个响头;老何呢,则要给丢丢一套新衣、两双新鞋、三块新蒸出的叶儿粑,摸四下丢丢的后脑勺,给他五块钱的利市——别家拜保保也大体如是,略为变通的,只是狮头鹅或者换成绿头鸭,叶儿粑或者换成大红橘而已(无论哪样,都要由娃儿及其爹妈当场吃掉)。拜保保,被认为是桩重大的事情,所拜下的保保,要终生尊敬,礼节上,甚或还要胜过亲爹,不仅年节时要提着礼物上门磕头,就是平日见到,也要一丈外就并足垂手侍立,恭呼"保保",但与保保的关系,却并不类推,比如丢丢认了老何为保保,视老何为至亲,却仍把老何的妻子当作一般的邻里,见了随便唤声"伯妈"而已,甚或不怎么尊敬,也与俗定的礼法无碍;至于老何的女儿女婿们,那就简直可以不理。从何时,由何人,兴起这么个拜保保的风俗,约定俗成为这样,即使是村里的老辈子,也说不透个所以然来。

丢丢跟老何幺女莲锦,同年生而略小,到这个秋天,才二十出头。丢丢拜了保保,果然病不袭身,生龙活虎地发育起来,十四五岁时,已有五尺多高,肩膀宽宽,人中两边滋出了些似是而非的胡须。丢丢不好好上学,开始逃学,还只是从课堂里逃到村里玩,后来逃到镇上,再后来,几天不回家,回来时满身汗渍,说是去逛了趟成都。纪家夫妇为此伤透脑筋,软的,硬的,什么法子都想到了,当爹的急了,脱下草鞋,用那鞋底猛抽丢丢嘴巴;当妈的急了,竟至于跪到儿子面前,给他磕响头,哭着求他读书争气。哪有半点用处?后来有一天,丢丢远走高飞,四处寻觅,久等归来,竟无影无踪,真是丢了!老何既是丢丢的保保,是不是负有教导他好好读书、认真做人的责任呢?根据传下来的风俗,他只起保丢丢祛病发育的作用,其他的事则与他无关,所以他对丢丢的不落教、不争气乃至于离家失踪,只是微微叹息而已。丢丢的爹妈,也绝无企盼保保参与教导、寻觅丢丢的想法;但保保的尊严,又并不因此降低。比如,有一回丢丢他爹举着撑晒箩的竹棍,追着训斥丢丢,丢丢一直跑到村里大水塘边,迎面见了老何,立刻本能地刹住脚步,并足垂手,恭恭敬敬地大声唤他:"保保!"唤完,才接着逃;而丢丢他爹,在丢丢唤"保保"时,也本能地停下,待丢丢完成礼仪,再接着追他。旁边的人们见到这种情景,也都觉得中规中矩,无人发笑。老何家乡的人们,就这么个活法。

丢丢失踪半年多以后,春节前忽然回来,不是一个人,还跟来五六个朋友,衣装都光光鲜鲜,提着大包小包的年货,莲锦去纪家门前看完热闹,跑回来跟家里人形容,丢丢他爹惊奇得嘴巴半晌合不拢,他妈喜欢得把一笸箩红苕干打翻得撒了一地……莲锦她妈拍着大腿感叹:"哪世积下的福?丢丢发财了哟……"福多追着问:"那跟来的人里,可有女的?"只有老何,依旧照常坐在小竹椅上,沉稳地继续用竹篾编筲箕,一言不发。

丢丢带来的朋友里,没有女的,都是跟他岁数相差不大的小伙子,而且口音很杂,他们只在丢丢家挤住了一夜,后来就都移到镇上,住进了长颈鹿杂货铺隔壁的那家个体旅店中。大年初二,丢丢提着年货来敬保保,请老何站在"祖德流芳"的匾额下,认认真真地跪下,双掌贴地,给他磕了四个响头;丢丢站起来以后,再唤"保保",垂手侍立,老何便说了几句吉利话,丢丢略坐了坐,吃了莲锦妈端上的叶儿粑,也说了几句吉利话,告辞走了。丢丢走了,福多和莲锦才从里屋出来,福多说丢丢一身西装好气派,那领带也不知道是丝的还是缎的;莲锦说爹你怎么就不细问问丢丢在外头究竟是做的什么生意,怎么能发那么大的财,你是他保保,他不跟别人说,还能不跟你说吗?老何只说:"我管他那么多呢!"

十五吃完元宵,十六丢丢就跟他那伙朋友走了。几个月后,丢丢给爹妈一次汇来两张汇票,每张汇票上都是六千六百六十六元。外来的邮件,包括汇票、包裹单,都是一总送到村民委员会办公室,村里人去取,取一封信收一毛钱,取一张汇票或包裹单两毛钱,说是保管费;没有哪个抗拒过,或许会暂时拖欠,到凑足一元、两元时再交,却没有任何一位质问过:这收费合理吗?有什么根据?这回丢丢的汇票,却是村里管治保的干部,主动送到他爹妈家里去的,而且没有收钱。丢丢爹妈去镇上邮电局取那钱时,在门口犹豫了好久,到柜台前涨红了脸,倒好像他们是去抢劫、来行骗似的,取出来,也不敢细点,梦游般,走回了村里。回村的第一桩事,就是请那管治保的干部到家里,煮肉打酒,请吃饭,其他几个干部,一起作陪;干部们都夸丢丢能干,贺丢丢爹妈福气。

渐渐的,关于丢丢的闲言碎语,好比仲春的柳絮,在村里浮动、飘游,成团成球,越滚越大。说是丢丢一伙,是个盲流集团,不仅偷,而且抢;丢丢开头腰里别的是匕首,如今揣的是手枪;局子班房,他已经几出几进;"严打"时,进去了,待的时间多些,平时进去了,顶多两三个晚上,他的哥们儿必能使钱让他出来。有人问到村里的干部,回答说:"信那些个谣言!"但德光来岳父家,在福多、莲锦跟前讲过,他从镇上听来的,镇上派出所接到过广东那边公安部门的电话查寻,查的时候当然不是说的丢丢,而是丢丢身份证上的那个大名,那大名村里人一般几乎都不记得。镇派出所跟村里管治保的干部联系过,但不得要领;丢丢在那边犯了事,就让那边处置吧,这边谁清楚他是怎么回事?连收到过他高额汇款的爹妈,也确实弄不清。

丢丢几年没有消息,也不再给爹妈寄钱,却忽然在去年春节,又回到村里。这回是一个人回来的,穿了一身牛仔装,拖着一只下面有小轱辘的旅行箱,也是在大池塘边,顶头遇上从北京回来过春节的老何,也是在一丈以外,就立刻并足,放下拖箱把手,将双手都垂在腰旁,恭恭敬敬地唤:"保保!"这次回来,出了件谁事先也没想到的事,就是到初六的时候,纪家宣布,丢丢娶媳妇,媳妇不是生人,就是村里管治保的干部那三闺女!婚事初八就办,学城里人那一套,在镇上照相馆拍的西洋婚纱礼服照,在一家叫"巴黎春"的饭馆里摆宴席,席间唱卡拉OK,丢丢唇上留了黑乎乎的小胡子,大声武气地唱了一曲《爱江山也爱美人》。老何以保保的身份,宴席上坐主桌,一边挨着当岳父的治保干部,一边挨着大媒长颈鹿。长颈鹿喝醉了,忘记为眯眼儿私奔的事跟老何间接地有过节儿,附到他耳边说:"我做他鬼的媒啊!人家丢丢早就时不时地给她寄款子了!是自己做媒啊!丢丢鬼机灵啊!只可怜这新娘子,过几天丢丢拍屁股走,才不带她呢,也不知什么时候,多久,才回来……守活寡啊!"老何只默默喝酒,不应答,更不多探问。回到家,福多、莲锦等围着问新闻,他也不说。保保只不过是保保罢了,管得那许多!

可是,在这个秋日的中午,建煌报告说,曾在天竺镇见到过丢丢。丢丢真的窜到北京来了吗?

下午

区文化宫北门外,福利彩票的销售达到了最高潮。临时搭建的木台上,凸显着最后三个大奖——三辆富康牌小轿车。从这个大奖的得主中,还将通过摸数字球的方式,产生出最后一个特等奖——在拿走一辆富康车的同时,还可以同时拿走十五万元现金。

一字排开的售卖桌前,购买者挤得密不透风。桌后的售卖者都是胸前别着校徽的大学生,他们一律把装钱的书包挂在脖子上,置于胸前。买彩票的人把钱交给他们,说出要买的张数,他们把钱点清,搁进书包,便从装彩票的大纸匣里,麻利地取出相应数目的彩票,迅速递过去;时时有人整包地买,一包两百张,四百元;偶尔也有人整盒地买,一盒十包,四千元;他们每卖出一张彩票,可以获得三分钱的劳务费,一天下来,平均每人差不多能卖五盒,挣出三百元是平常的事。参加这项活动不仅经济效益丰厚,售卖过程中还能目睹身受鲜活生猛的社会众生相,所以他们个个乐此不疲。

买到彩票的人们,绝大多数挤出人丛后,便迫不及待地站住,用手指甲刮开彩票上挡住对奖符号的那层黑膜,盯住看是否幸运降临。多半是刮完最后一张,也依然毫无斩获,于是或笑骂一声或自嘲几句,便把手里的废票随手一扔。到这下午时分,在售卖处与二等奖以下的奖品颁发处之间的场地上,已经撒满了花花绿绿的废彩票,人们来往其间,踏着那些落花似的废纸,熙熙攘攘,倒像是游春的行列。

四等以下的奖,倒也有不少人获得。有的人只买了十来块钱的彩票,刮出个玻璃酒具的小奖,也高兴得不行,兴致勃勃地去领奖;有的人发狠买了整盒的彩票,结果却只刮出几套玻璃酒具和不锈钢餐具,或者顶多有个电动洗碗机,很是懊丧,便把所得的奖品码成一摞,搁在进口处,试图把它们兜售给刚走过来的人。

人头攒动,摩肩接踵。高音喇叭里传来组织者鼓动宣传的声音:"……欢迎欢迎,欢迎您来奉献爱心!……您问,什么人能得奖?一句话,没爱心的他就得不了奖!您有爱心,您就有机会得奖!您问:机会有多大?区公证处的公证员端端正正坐在这儿呢,几天以来,光是头等奖富康轿车,他们就公证出了三十三辆!特等奖十一位,每位人民币十五万元!……您刮彩票啦,哟,您说,我怎么哪张都没奖呀?可是您笑了,为什么笑呀?您的爱心,千千万万的残疾人,灾区的灾民们,诚挚地领受啦,爱心开出了香喷喷的花朵,伴您这个好人一生平安,您得的精神奖励还小吗?……当然啦,您再试试,我们设的物质奖很多,光是六等奖电动洗碗机,就有两千台!您得上一台,到家里厨房一放,您的生活,不就更现代化了吗?……哎哟,这位小朋友上台来了,你得了个什么奖呀？二等奖,家庭影院一套？祝贺祝贺!请问你跟谁来的呀？啊,跟爷爷!买了多少钱彩票得的呀？十二张？啊,二十四块钱,就得了这么大一套家庭影院呀？……这家庭影院安置好了以后,先请谁看呀？爷爷？好个孝顺孙子!不过,家庭影院,全家一起看,还可以请朋友一起看,舒服着啦……好,现在大奖台上还有三辆富康车,在等着三位献爱心的朋友,驾着它奔小康呢……咱们加把油,让它们今天下午都开走……"

来买彩票的人,大多数,抱着试试运气的心理,志在必得的,毕竟是少数;不仅是志在必得,而且是处心积虑奔着大奖去的,这天下午现场也许只有一位,那就是住在滨河路十号楼的肖先生,他是个退休的办事员,近来通过贩大米的生意,很赚了些钱;邻里们都弄不清他哪儿进的那一口袋一口袋的大米,也闹不明白如今这温饱无虞的世道里,他倒腾这些个大米能有多大的利;可是肖先生瞄准了外地自炊民工这个潜在的市场,在邻里们不经意的情况下,发展着他的生意。当然,他也在琢磨着如何开辟新的财源。连续几年,春秋两季,区文化宫北门都搞福利彩票发售活动,他回回去细心观察,又在家里反复研究,到这一回,终于策划出了他的夺奖计划。他耐心地等到了这只剩最后三辆车的下午,根据他摸清的规律,彩票是一组一组地往外发售,如果某一组里出现了一个大奖,那么,你就千万别再去买那一组的彩票了;尽管组委会和公证处会为得奖彩票的分组号保密,但你不难从现场新撒得满地都是的废彩票上做出相应的判断。当判断出余下的某一组里，肯定会有大奖时，先要沉住气，如果发现有人从某个发售位获得了比如说家庭影院那样的二等奖，那么就立刻将那发售位的剩余彩票一概排除，因为想必设奖时不会把大奖和二奖密集配置……总之，肖先生决定在关键时刻，看准组别，排除或然率低的出票位，用三万元，将他判定必含大奖的彩票，全部吃下！他自信必能用三万元，换来一辆起码能以八万元转手的富康车！为了这关键的一搏，他已把全家人都动员到了现场，只等他一个手势，便卷毯式上前收购彩票。彩票买到要迅速刮开，一刮出汽车，其余彩票立刻再以一块五或一块钱转手；转手不利也罢，因为一万五千张彩票里，怎么着也还会遇上洗衣机、山地车，以及电饭煲和电动洗碗机什么的……关键是，刮出了汽车，要好好摸那从一到九的数字球，倘若摸出的三个球竟是七、八、九，那时满身怕都罩上金光了！前头得特等奖的还没听说有手气好到这个份儿上的呢，一般是，三个球上的数字加起来过了二十，比如摸出的是六、七、八或五、七、九——那特等奖也就拿定了！哎，摸不上特定奖，那就赶紧把所得的车转卖给约定的买主，大财发不成，小财总是要发的嘛……

且莫管那肖先生如何运筹他的策划。且说老何跟爱女莲弟和贤婿分手后，一时酒足饭饱、心旷神怡，信步走到了福利彩票的发售现场。那小饭馆里的一餐，结账是四十八元，老何听了，心里折算，合多少斤大米，够平时吃多少天，不禁心痛，建煌却还说便宜。莲弟和建煌说，还想去逛逛新开张的隆福寺百货商场，不买什么，亮亮眼睛也好，然后就从那里再到东直门,乘车转回天竺。临分手,莲弟拿出二十块钱,塞到老何布茄克的胸兜里,老何推让,莲弟说:"爹,你不是说这里不远,卖彩票吗,你拿去试试手气嘛!"老何虽走到了卖彩票的地方,哪舍得花那钱,不过是转一转,看看热闹罢了。

老何顶头遇上了小疙瘩。小疙瘩一把抓住他胳膊,嚷:"来得好来得好,快去救救大芝麻吧,他都快急疯啦!"老何问:"急什么疯什么?难道是刮出辆轿子车,不会开,急疯了?"小疙瘩说:"轿子车没刮出来,可他刮出辆山地车!"老何说:"这小子,好手气!俗话说,喜伤心,他是高兴疯了?你打他一巴掌,他就回过神来了嘛,可还急个什么?"小疙瘩只是拉着老何往里走,说:"他在公证处那儿又哭又闹,说是若不给他车,他就跳河去!"老何不明白,疑疑惑惑地随着小疙瘩去了。

原来,大芝麻先头捏着五张两块钱的钞票,转悠来,转悠去,割心头肉似的,买下一张,刮开看,猪丁,什么奖也没有;嘴里念佛,心里打鼓,再买一张,鸡丙,还是什么奖也没有;接下来,跺着脚买的三张,也都落空;顿时骂起街来。那时小疙瘩已经买过两张,也什么都没有,只是跑来跑去地看热闹,看见有一对穿得挺时髦的情侣,因为刮出一摞彩票也没见奖,互相埋怨,竟至涨红了脸,吵起架来。又看见一个小老头,刮一张,往衣服口袋里揣一张,一连揣了好多张,旁边有人问他:"都有奖?"小老头说:"都没奖,都拿回去做个纪念!"还有一个人,弯腰移动着捡别人扔到地下的废彩票,也不是都要,有的捡起一看又扔掉,有的就留下来,先还以为他是想从那里头捞出张别人扔错的有奖票来,后来听见指点着议论的人说,那是想把彩票上的十二生肖凑全呢,虽说不可能捡到虎甲、兔乙什么的,但丙丁戊己的十二生肖肯定能凑全,那也成了个乐子……小疙瘩看饱了热闹,去叫大芝麻,说咱们撤了算了,大芝麻都跟他往外走了几十步了,忽然又扭身跑过去,掏出张十块钱的钞票,买五张彩票,人家大学生给他五张连着的,他不要,非要隔三岔五地挑,挑到手里,又要换,人家直笑,却也依着他;大芝麻买定那五张彩票,挤出人堆,急着要刮,见小疙瘩伸长脖子一边望着,连说:"别挡亮别挡亮……"转过身子,刮起来,忽然双脚一跳,一声大叫:"龙乙!"龙乙就能得辆山地车!兴冲冲地跑到兑奖处去领山地车,小疙瘩后头跟着……可是,兑奖的却没给他山地车,因为,刮奖的时候,急切中,大芝麻把明写着"保安区刮开无效"的那一小条也给刮开了!……于是闹到了组委会和公证处,人家翻来覆去地跟他讲,违规刮坏的彩票只能作为废票处理,可大芝麻无论如何不能接受眼前的事实……

老何随小疙瘩往组委会那儿去,大芝麻还在那里面赤眼潮地吵嚷,可是已经没什么人理他,这时播音员朗声宣布:"……丰台区来的李先生,得富康车一辆!让我们向他热烈祝贺!这是爱心的回报,是奉献的收获!……现在还剩最后两辆富康车,我们的彩票也所剩不多了,现在奉献爱心,获得精神、物质双丰收的机会最高!各位女士各位先生,各位心怀爱意的朋友,让我们一起加把劲,为这次的福利彩票销售活动,画上一个圆满的句号!好,大家看,一批新的彩票盒又搬上了销售台,我们的特约销售员——勤工俭学的大学生们,他们在这个下午已经连续站立工作两个多小时了,可是他们依然春风满面,只等着您像燕子一般光临!啊啊啊,看哪,那边有人跳跃,是不是又一辆富康车有了爱心主人?……"播音员富于煽动性的声浪,使整个福利彩票的发售场地顿时沸腾起来……

只剩两辆车了!箭已在弦,弯弓待发的肖先生,已知丰台李先生的那张虎甲的彩票是 K 组的了,又早注意到,仍在发售剩余额度的 W 组与 S 组——那是更不可能有戏的"臭票",而一位女士分明是刮出了一套家庭影院——他那埋伏一边的太太立即打探出是 U 组的彩票,来给他打暗号,这时他女婿又发现 B 组彩票开始初露,很显然,W、S、K、U 各组的彩票都不能买,要当机立断地扑购 B 组彩票!但三万元的本钱毕竟不能囊括所有 B 组彩票,而且,你也无法阻止其他人购进 B 组彩票,因此,又必须沉住气……据他多次核验,一组含有大奖的彩票,几乎都是在投售二十分钟以后,才会有人刮出汽车,所以,少安毋躁……五分钟,七分种,十分钟了!……此时分布在售票桌前的几位家庭成员都在各自的位置上,睁圆眼睛盯着他,只等他把双臂向上举成 V 状,便马上扭身扑购 B 组彩票……

事到临头,肖先生犹豫起来。尽管一再掐算过,策划得一粒米上雕唐诗般精微,但依然存在着三万元打个水漂的风险……三万元啊,他出两万,女婿出一万,如果投机成功,分利时大概不至于发生纠纷;倘若打了水漂,那女婿真能像约定的那样,跟他共同承受损失吗?

就在肖先生心旌摇曳不定时,他下意识地后退一步,不想撞到一个人身上,那人无意中站在他身后有好一会儿了,俩人撞到后,都扭头互望,一望间,发现原来认识——那被他撞了一下的,鼻子两边有些个浅麻子的壮年汉子,不是绿化队到他那儿买过整袋大米的农民工老潘吗?老潘也认出了肖先生。老潘是个节俭的人,只做了花两块钱买一张彩票的预算,他上午就来过一趟,看见满地是没刮出奖的废彩票,心里发虚,就没买,又转到不收门票的滨河公园里去了……下午忍不住又来转,也没遇上小疙瘩大芝麻他们,东张张,西望望,掂掇来掂掇去,心想若能像上回那样,刮出一套玻璃酒具也不错……要是两块钱白扔了,唉,那可是一顿饭的钱啊!转悠到刚才,又想开了,不就是两块钱嘛!这两天,他和老何在那三号楼下的小花园里干活,楼里的好心人送了他俩好多件衣裳,说是秋凉了,转眼冬天也就到了,让他们拿去穿着御寒。那些衣裳好着呢,老何一件夹克衫,他一件短风衣,今天都上了身,体体面面,哪件是两块钱买得来的?这福利彩票,那广播里说得也对,是献爱心嘛……就在这么个心情下,老潘下定决心,去买来一张,也没忙着刮,走到人稍稀些的地方,站着吁了吁肚里的浊气,才从容地刮开了黑膜。他眼神不好,把那张刮开的彩票放近挪远地仔细查看,那刮开的框子里,画着一个张着大嘴的虎头,虎头边写着"虎甲"。"虎甲"能得个什么奖呢?他竟好半天憷憷懂懂的,头脑里一片空白……后来忽然想起,"虎甲"是头奖,是富康车!真是买来头奖了吗？他并没激动，而是怀疑，正在那儿发愣呢，猛地被人撞了一下，定睛一看，啊，肖先生！正好正好！他便把那张彩票递给肖先生，憨憨地问："肖先生肖先生，您给看看，我是不是中了奖？"

那肖先生接过那彩票，不看则已，一看不禁魂飞魄散，几乎当场栽倒地上，三魂七魄滴溜溜旋风般狂转了一阵，好不容易才附身归窍，他把那张彩票捏得紧紧的，瞪着老潘，喘吁吁地问："你、你、你……你这彩票哪儿来的？"

老潘指着一个方向说："那边刚买来的呀！"

肖先生晃晃头，再细看那张彩票，当然是张真彩票，确实是虎甲，是得大奖富康车的彩票，彩票的保安区没有误刮，是张马上就能去领车，并参加摸数字球，争取十五万元现金特等奖的，他期盼已久的彩票！他进一步细查细看，呀，竟是张U组的彩票！刹那间，他费尽心思、精密策划的扑奖行动，被轰然击为了碎片……

正在犹如万箭穿心、痛不欲生时，他太太急匆匆跑拢他身边，质问说："你怎么回事？干什么呢？发什么呆？……咱们买不买呀？"

肖先生如梦初醒，赶紧抖擞精神，指挥他太太说："别买了别买了！快跟他们几个说，都别买了！你们也别走，都先到那边润肤膏广告牌底下集中，我一会儿找你们去！"他太太小跑着去了，他伸直腰板，清了清嗓子，搂住老潘肩膀，亲切地说："潘师傅啊，恭喜恭喜……来来来，咱们到那边僻静处，合计合计……"

俩人走到一个略微僻静点的地方,肖先生已然完全恢复了经营大米生意时的那股子精明劲儿。他拍着老潘肩膀说:"好呀好呀,好手气呀!怎么样,去登台领奖吧!准备好两万八千块钱了吗?"老潘听不懂:"什么?不是得了辆车吗?怎么,它值两万八?"肖先生微笑着说:"是呀是呀,是得了辆富康车啊,那车,在汽车市场,卖十四万呢!你这张彩票,得了辆价值十四万的车,按照国家规定,超过一万元的奖品,要交百分二十的税,可不正好两万八吗?你交两万八,汽车开回家,那汽车就按出厂价,八万五算,你还净赚了六万多呢!真是可喜可贺啊!"老潘还是糊涂:"我得大奖,怎么还要交钱?两万八?笑话!我有两万八,我还买什么彩票?"肖先生笑着说:"你哪里知道,我们城里多少人,都做着拿着两万八换辆富康车的美梦哩!这大奖车,光交这份税钱就行了,其余的这个附加费那个附加费,全可以免了!啊,只是上牌照,还得花上万把块……"老潘一听傻了,摸着后脑勺说:"呀,是这么回事哟……唉,我还不如刮出辆山地车哩!……我哪儿有钱交那个税!还有什么牌照……你说的可是真的?"肖先生这才把那张彩票交回老潘手里,说:"我骗你做什么?你去吧,去呀,领奖去吧!我等着大喇叭里播你的大名哩!"老潘接过那张彩票,一时竟觉得是捧着了一只刺猬。

肖先生看老潘愁得厉害,简直忘记了或者根本就不知道,得了这彩票,还可以去摸数字球,有三分之一的另得十五万特等奖的机会;他望着老潘,不提这个茬儿,猜测老潘的心理活动;倘若老潘猛然想起,还说不定另得十五万呢,交那税钱算个什么问题呀？他就再用别的逻辑,来说动老潘转让那张彩票;可是老潘显然并没有更多的欲求,看样子心里掂掇的,只是能以多少钱转让,遂更凑拢他些说:"为难了吗？是呀,你付不出税金,你也不会开车吧？什么上牌照呀,上保险呀,通过年检呀……手续麻烦着呢！要不,这样吧,你把这张彩票卖给我吧,实话实说,我喜欢车,会开车,我那楼下也有停车的车位……潘师傅,你开个价吧……"老潘一听,先是一阵高兴,因为对他来说,那倒是个省事的法子;可让他开价,心里却又嘀咕起来了,他还真算不过账来,既怕说出的钱数让人耻笑他贪心,更怕说少了自己吃亏……这时广播喇叭里又在哇哇地叫,肖先生模模糊糊感觉到是在宣布又有人刮出了大奖,老潘只以为是宣布这发奖的活动就要收摊,两个人都紧张起来,也顾不上细辨说的究竟是些什么,只感到耳朵里轰隆轰隆地响,仿佛有火车朝自己心口奔了过来。肖先生催他:"快决定吧,多少钱出手？……这车其实是厂家捐出来的处理品,说是值十四万,故意要那么说就是了！就是上好的新车,出厂价也不过七八万罢了……可手里拿着七八万的人,他用得着到这儿弄车？直接到厂里找关系买下不就结了？……我知道这里的行情,买到你这样彩票,又不想麻烦自己的主儿,转手让出去,五万到头,四万的也有,三万的也有……待到所有彩票卖完,人一散,那就想转让也没人理了,只好自己去领那个累赘,求亲告友借钱交税的也有,不会开车雇司机开车,白费好些钱财的也有……最后收下两万让人快把车开走的,也有……你快拿主意呀！要不,你就快上台,戴那献爱心的大红花去!……"老潘咬着嘴唇,也没听全肖先生的话,心里头转悠着的念头是,绿化队要裁外来工,这城里怕是待不下去了,一早还跟老何说过,若是刮出个大奖,就爽性发财还乡!家里房子该翻盖了,怎么也得两万块钱,老伴身上那瘤子,早该动手术,缺的就是那万把块的手术费吗,归里包堆,若一下子能有三万块钱,也算得一笔横财,家里的难题一次全解决了!……想到这儿,他挺挺脖子说:"那,我也不多要,三万块,三万块我卖你这彩票……可你得给我现钱,不能给我假钱,要一次给足……"肖先生一听,如闻仙乐,喜得满脸漾着笑纹,忙说:"好好好,潘师傅真是个爽快人!我就爱跟你这样的爽快人打交道!一言为定,三万!到我家,如数给你,你细细地点,一张张验——我家有红外线防伪验钞灯,我做生意,对假钞比你怕得厉害……我坑你干什么?咱们就此交个朋友嘛!我那儿的大米,你赶明儿个想要就来白拿!……"

肖先生和老潘谈妥彩票转让条件,立即付诸实施。他去把那彩票交给女婿,让他上台通过公证,并准备摸那数字球,搏取那十五万特等奖;自己和太太提回三万块钱,把老潘领回不远的家中,让老潘细细地清点,并让他一一在红外线验钞灯下检验。老潘头一回一次摸点到这么多钞票,而且都是百元大钞,其中不少还是新钞,心里高兴得发起紧来,不住地大口吁气;肖先生肖太太茶水糖果招待,又耐心地教他使用那验钞灯,还送他一个很漂亮的,说是用什么"太空布"做的,刀子割不破的,可提可挎的男用随身包,以便他把那些钱拿走。老潘非常感动,觉得自己真是遇上了好人。

当老潘去往肖先生家时,老何已经把大芝麻劝了过来,跟小疙瘩一起,撤离发售福利彩票的场地。当时那地方的人群正蜂飞蚁聚般涌动,抢购最后几组彩票的,领取二等以下各类奖品的,连连降价出让小奖的,低头忙着刮奖票的,等着看最后两辆车落于谁手、摸数字球拼特等奖热闹的,拿着"大哥大"通话的,还有除了他们自己谁也弄不明白为什么在那里游来逛去的……老何和大芝麻、小疙瘩好不容易才摆脱了过江鲫鱼般的人流,离开那里,待走到护城河边,周围才清净起来。老何跟大芝麻说:"凡事都是命里该着,本以为归了你的,又从手指头缝溜了,命里常有这样的事,不稀奇,经惯了,也就看淡了,该怎么过,接着往下过吧……"大芝麻不吭声,一脚把路人乱扔在河岸边的易拉罐,狠狠地踢进了河里。小疙瘩在马路上走,一辆凯迪拉克加长豪华车从他身边嗖地飙了过去,把他惊得一跳,小疙瘩朝那远去的汽车屁股啐口痰,骂道:"你他妈的暴死的命!"

三个人溜溜达达,顺着护城河走,前面那个俱乐部,天还没黑,门面上的霓虹灯便桃红柳绿地闪烁,还有蓝白的电光来回滚动扫描。这时门口已经停着些小轿车,到天黑以后,有时候那门前停车场不够用,豪客们的泊车就一直延伸到河边马路的人行道上。小疙瘩问:"究竟那桑拿,是怎么个洗法?"老何从没想象过,大芝麻从来没能想象出来,都不理他。

三个人又在河边看了一阵钓鱼。河水很浑,发出的气味有些个像放馊了的稀粥,但每天还是有些人耐心地在河边钓鱼。他们看了几位放鱼的小桶,有的还空着,有的里头只有手指头那么大的一两条柳叶鲗。小疙瘩说:"不知道老严在咱们门外钓着什么了。"大芝麻说:"他呀,至多还不是这么几条鼻涕虫。一毛钱卖人喂猫,也没人要。"大芝麻能这么答话,说明他心里已经彻底告别那辆山地车了。

街道办事处的魏科长,管他们绿化队的,这天在办事处值班,提前撤了,骑个自行车回家,路上顺便到民工宿舍去看了看,里头空无一人,因此遇上了在河边溜达的老何等,就下车批评他们说:"你们也该改改那农民的自由散漫劲儿!星期天休息,就一窝蜂地都出来逛啦,连个留下值班的人毛都没有!那不仅是宿舍,也还有花窖库房什么的,公共财物丢失了是个事儿,你们自己的那些个粮食,就那么搁在床头,屋门也不锁,院门也不关严,若是有人去给你们放个毒,出来事儿,我可是不管!"见三个人木木愣愣地站在那儿,没个回应,就又说:"你们哪里知道,上头通知了,现在是第四次犯罪高潮,各单位都要特别加强治安保卫工作!看你们这模样,是刚从卖福利彩票那地方过来吧?手气怎么样?一个个闷闷的,空着手,可见都没运气。有运气又怎么样?跟你们说吧,就有那犯罪团伙,本地的也有,外地流窜来的更多,专盯着那些个得大奖的,抓出十五万特别奖的主儿,他们若是没个警惕性,一个不留神,说不定就乐极生悲!那些个心狠手辣的家伙,发了横财的他们要谋害,一般的人,甚至你们这样的,他们搂草稍带着打兔子,赶上了也不放过呢!你们就大大咧咧地空着屋子院子闲逛荡吧,不出事则已,出了事,哪儿哭天抹泪去？唉,你们这些人呀,早知道你们这么散漫,我都该换成城里的下岗职工!"老何他们都怕被他裁减辞退,就都一副驯驯服服的表情。其实,前些天,也是在那文化宫里,举办大型的人才交流供需见面活动,他们街道办事处也摆了个摊位,挂着大告示招聘下岗职工来绿化队,结果竟连一个来问两句咨询咨询的都没有。魏科长当然不能让老何他们知道这个底,挺胸脯肚地只是数落他们,见他们还真有些个发怵,心中颇为得意。

等魏科长骑车走远了,小疙瘩撇嘴说:"值班？值什么班？人家哪儿不是双休？就咱们,只休一个星期日!听说有那么个法,劳动法,人人都该双休,魏科长他不让咱们双休,他犯法!"大芝麻说:"我要捞了辆山地车,兴许会有贼偷去,现在贼去偷什么？偷老严里屋那些个破烂?"老何说:"算了算了,舌头不累？他魏科长也是好意嘛。"

三个人就往宿舍走。走过那霓虹灯闪烁的俱乐部时,小疙瘩和大芝麻走到前头去了,老何脚上鸡眼作怪,落在后头,他眼睛随便一晃,看到一个人,西服革履的,头面光光,好像是刚从一辆出租车里下来,手里握着个看不真的"大哥大",在继续跟什么人说话,那身材,那眉眼……该不是丢丢吧？偏那打电话的青年,也往他这边一望,结果那青年就想也没想地,两脚一并,电话离了耳朵,对着他,嘴巴张了两张,虽说听不见,但分明是吐出了一声呼唤:"保保!"老何站定,眯起眼再认,那青年却又恢复了打电话的姿势,而且,很快地,消失在了俱乐部那两扇厚厚的大门里。老何呆呆地望着那两扇门,脑子里飘过一串子想法,足有两分钟之久。

傍晚

老何中午油水足,晚上不想再做饭,老严煮好一锅鱼汤,端来非要老何尝尝,那鱼是从护城河里钓来的,正如小疙瘩所说,不过是些个"鼻涕虫"罢了,能熬出个什么味儿来? 老何实在不想喝,不过他知道老严的脾气,倘若他请了你,你不喝,他能不管不顾地把汤泼到你身上,所以犹豫了一下,就取过自己的碗,让老严给他倒了大半碗,喝时不由得使劲闭了闭了眼睛。老严看到老何那副表情,并没发火,只是转身进了里屋,把汤搁到床边一个破木箱子上,抱过蜷缩在床上的一只小猫——那是他下午在河边捡到的一只花狸猫,显然已经流浪了很久,浑身脏得可以跟他媲美——就一屁股坐到床上,一手搂着那只饿猫,一手端起那外壳黑乎乎的独把汤锅,自己喝一口,喂狸猫一口;又拣出小鱼,送进狸猫嘴里。老何走进他那屋,跟他说:"味道不错。"他也不理。老何就又回到外间,自己的床边。

老何见老潘在收拾他那床铺——他俩的床挨着,每晚俩人头对头地睡,入睡后,往往一起打鼾,你嘶我吼,此起彼伏,为此常遭到同屋民工的抗议与嘲笑。有一回,被他们鼾声吵得无法入睡的伙伴,气愤地往他们床铺上扔破炕笤帚和臭袜子,他俩居然只是翻了个身,照打不误。俩人如此贴近地相处,日子久了,往往是,一个动作,一个眼神,便能猜准对方的心思——老何觉着老潘这天下午不大对劲,心事重重,盘算着什么,却又总拿不定主意,但似乎又不是遇上了什么糟心事,偷偷地,还抿嘴一笑……他也不烧晚饭,此刻收拾床铺,不像是要早睡,倒像是要卷铺盖整理行装一般。当然,老何早注意到,老潘回宿舍时多了个装满东西的、时下城里男人使用的那种随身包,那包被他搁到枕头边的粮食口袋下压着后,老潘就始终没离开过他那铺位左右。那时宿舍外屋里没有别的人,老潘心神不定中,跟老何对了个眼,又越过老何肩膀,朝里屋老严那儿望了望,再转身隔着窗玻璃望望外面——当时大芝麻在灶房里,还有些民工吃完了在花窖边打扑克玩拱猪,小疙瘩则又跑到外头闲逛去了——便凑拢老何耳边,把他买到头奖彩票,以三万元转让给了肖先生的事,大略地跟老何讲了一遍,并说,现在心里有点乱,定不下来,是明天一早回家呢,还是今晚就走。他记得晚上九点二十八分有趟火车,坐一晚,明天一早就到县城,中午稳到家了;明天一早走,这边比较方便,可到县城时该是晚上了,回家很不方便,闹不好,得在县城里住店……他委托老何,他走后,再替他跟魏科长说一声,就说家里老婆急病,赶着回去了;过些天他主动打电话来问,倘若这绿化队还要他,他就回来接着干,若裁了他,他就回来拿趟行李。

老何听到老潘发了横财,心里既不羡慕,也不嫉妒,也谈不到为老潘高兴,那毕竟是老潘的事,与己无关。他从回到宿舍后,心里头,就只转悠着他自己一家骨肉的事情,莲芳天天下田种地,还要拉扯两个娃儿,已经够苦了,那德光却惹下大麻烦,倘长颈鹿真是非把德光送进监狱,莲芳的日子怎么过?拿三千块打点镇上管事的,设若那些管事儿的胃口太大,怕还了不了事啊!莲蓉和志雄这时候往城里跑什么?也难怪,他们欠的那笔化肥钱,人家追得紧啊!莲弟和建煌虽说局面不错,总用那"蹦蹦床"挣钱恐怕也不是个常法……唉,最让人灰心的是福多,看来幺妹仔和我们老两口福气都不多!当时怎么就偏入赘了他!弄个中巴跑长途客运,那是个简单的事吗?跟什么人合伙?村里歪人不少,福多偏会跟他们称兄道弟,弄不好,本钱收不回,还会被人坑!交超生费么,倒是应该的,只是他定能让莲锦怀上男娃儿吗?……老潘的坦白和交代,和老严的那锅鱼汤一样,打断了老何的心思,不过,对老潘信得过自己这一点,老何还是满意的……

忽然,有刺耳的警笛声,呜哇呜哇地,由远而近,越来越近,并且那警车像是沿着护城河,打从绿化队门前经过,凄厉的警笛声非常强烈,连宿舍的窗玻璃似乎都随之嘎啦嘎啦震动起来;转瞬,警笛声渐渐转弱,警车一定是飞快地驶往哪个出事的地点去了……

听到那警笛声后,老潘不禁把那藏在粮食口袋下的随身包,取出抱在胸前。他对老何说:"不行,不能明天走……我这就走吧!……晚上他们问起,你就说你也不知道……不,你就说我家里有急事,赶回去了……"老何望着他,且不发表意见。但警笛的呜哇呜叫,让老何想起了下午魏科长说的那些,什么第几次犯罪高潮,犯罪团伙,外地流窜来的更多,他们会搂草稍带打兔子什么的……他就朝老潘点了点头,并且多余地问了一句:"你买票的钱够吗?"

老潘还在做最后的盘算,这时只听院里传来小疙瘩急急切切、惊惊咋咋,大声散布消息的声音,老何先走出去,老潘随着也出去,只有里间的老严,就着煮鱼,喝着烧酒,抱着那在他怀里打呼噜的脏猫,不闻不问。

院子里,大芝麻等,七八个民工,都围着小疙瘩,只听小疙瘩手舞足蹈,嘴里溅出唾沫星子,在那里散布马路新闻,其实他也是刚从河边听来,却讲得绘声绘色,就仿佛那事情发生时,他就在跟前一样:"……哎呀呀,不得了……是个穿皮夹克的,男的,矮胖子,三十多岁……身上让那些人扎了好几个窟窿呀!幸亏他油厚,没死,给送医院抢救去了……为什么?那还用问吗!是在银行门口,也不是紧挨着银行,差不多还有几十步路吧……哪个银行?还能是哪个,就是这护城河尽头,咱们都有折子的那家呀!……那还不明白吗?他是得了特等奖,交完税,去银行存那钱啊……你以为那彩票财就那么好发呀!听说他是花了好几万,才刮出一张虎甲啊,又去摸那球,运气贼好,摸出了七、八、九三个球,就赢下那十五万啦!……是呀是呀,人也别太得意了,嘿嘿,原来有那厉害的,早盯着他啦,人家有在现场的,有用那'大哥大',如今叫'掌中宝',巴掌那么大,在远处指挥的,那叫遥控啊!……对对对,他哪儿想得到啊!就在他都快走拢银行了,忽然前头冒出两个,后头堵着两个,二话没说,四个人配合着,抢他那装钱的包,说是什么'太空布'做的包,不怕刀割的,嘿,人家不割那包,割他的肉,当时他就给放倒在那儿了,滋出一地的血!……有没有人管?那儿僻静,过来过去的人少……当然,好人还是有的,有的发现了,去报案,有的叫上出租车,把他送医院……能不能活?那你问老天爷去吧!……有人远远看见,那几个抢他的,跑过桥,也是叫的出租车,坐着走了……都坐出租车呢,出租车见人招手,就得停,就得拉啊,不拉,叫拒载,人家告了,要倒霉的!……什么,别扯远了?你要我扯什么?扯布给你妈做棉袄?……当然啦,刚才不是警车刚追过去吗?北京呀,容得了这么张狂吗?天还没黑呢,二环路边上,就敢这么抢劫!都是些不要命的家伙?……哪儿来的?我要知道,警车先把我装走啰!……"

小疙瘩还在那里眉飞色舞、高谈阔论,老潘已经返回了屋里,那装钱的"太空布"包,抱着也不是,挎着也不是,提着更别扭……心里只叨咕着:走,走,快走,快走……

老何听了小疙瘩的报道,心里顿时响起"保保"的唤声……他把种种关于自己一家的念头都抛到了一边,转身折回屋里,一见老潘那副模样,就窥透了老潘的心思;他略一思索,就从自己床底下,掏出一个皱巴巴、脏兮兮的旧旅行袋来,且不跟老潘过话,从老潘手里,有点强夺似的,把那"太空布"做的包,装进了那旧旅行袋里,拉拢拉锁,再递给老潘,老潘立刻明白了他的用意,眼睛里喷出许多的谢意。老何跟老潘使个眼色,俩人便一前一后出了屋,那时众人还都围站在小疙瘩周围,听他演说解闷,谁也没注意到他们的离去。

出了绿化队的院子,走出一百多米了,老潘跟老何说:"你回吧。后会有期,我也不多说谢字了。"

那时候天开始暗下来,但河边遛弯的人三三两两,马路上也时有骑车的人和小汽车驶过,风把还没褪绿的垂柳丝吹得轻轻摇摆,近处的花丛旁有青年男女搂搂抱抱,远一点的地方有老年秧歌队在敲着锣鼓点扭动,一派太平景象。可是,老何却对老潘说:"我送你去车站。你上了车,我再回来。"老潘听了,心里不是感动,而是微微有些诧异。这何必呢?……他站在那儿,不挪脚,坚决要老何回去。

老何心里,只想着,保保,保保……我是要保一保老潘啊,要保一保……他回到家里,我保不起,可这离开北京的一路,万一……看见是我跟他在一起,必不动他……保保,保保……

老潘不明白,老何为什么非要这么彻底地送他,难道是想,谋点酬劳?自己既然有了那么多张百元大钞,是不是拿出一张两张的,送给了老何呢?可那是不是,对他自己,对老何,都太过分了呢?

夕阳的余光中,老潘望着老何的眼睛,那眼神他猜不太透,但充盈着善意,没有可以挑剔的成分……他于是挪动了脚步,算是应允了老何的陪送。

老何脚底板的鸡眼又作起怪来,但他努力跟上老潘急匆的步伐,肩并肩地朝通往火车站的那路公共汽车站的站牌下走去。

1999 年 3 月 24 日,写毕于绿叶居

站　　冰

开头,那经理不接受薛冰。先是嫌他瘦。薛冰就脱光上身,跟经理显示自己那没有脂肪只有筋腱的结实身躯。后来经理看他身份证,皱眉头,薛冰知道又是因为河南人的缘故,怎么连这么个临时的把戏也排斥河南人?但人家没明说,你也只能暗受。薛冰就说:"瞧我大名,爹妈就说我跟冰有缘分哩!"那经理再抬头望望他,点下头,摆下手,勉强把他接受了。

这公园南门外搭了个巨大的棚屋,屋外竖着好大的广告。这里正在举办冰雕展。我们的城市毕竟比不了哈尔滨,可以在露天举办冰雕展。也唯其如此,这里的冰雕展才具有特别的吸引力。其实也算不得什么高科技,只要舍得耗电制冷,就是在大夏天,也可以在这密封大棚里营造出冰雕。但天气还不冷的时候,参观者进入大棚后会耐不住那个低温。因此这里的冰雕展一般在人们刚刚换上冬衣的时候开张。春节前后生意最好,那时不必再采取任何促销手段,青年恋人手拉手络绎不绝,小孩子拽着大人衣角闹着要进,最高潮时经理会亲自往售票处贴告示,还拿着电喇叭得意地宣布实行限时参观、限量进入。但刚开张的时候容易被游客冷落,于是必须采取种种新奇的促销手段,"站冰比赛"便是花样之一。规则是泳装上阵,在冰雕前站立,显示自己的耐冷力。参赛者必须签下协议书保证自己身体健康,如有意外自负全责。参与后只要坚持过二十分钟,就能获得一百元奖金。众参与者中坚持到最后的,则可获得一千元大奖。

期望获得一千元大奖,并被经理接受的第二位是本市居民龙大援。对于薛冰,经理是嫌瘦;对于龙大援,经理却嫌他胖。胖还不好吗?脂肪层赛过羽绒服,肯定冻不坏呀!经理说人家观众不仅看你耐力,还要看健美。龙大援也就脱光膀子显示,把胸脯挺得鼓鼓的,告诉经理北京人管爷们儿的胸大肌叫块儿,大块儿有两种,一种是见棱见角的钢筋块儿,一种就是他这样浑浑厚厚的琉璃块儿,都透着男子汉大丈夫的阳刚之气,各具其美,各有人赏。经理心想前几场参加的全是清一色的外地民工,现在有本市户口的主儿参与总是好事,便点头。但一看身份证,经理说过五十的可不敢要,万一出了问题那不得了,龙大援就解释身份证上的出生年写早了两年,为的是应付那时候的一个什么土政策。经理说你算了,带抗字的援字的名字,一看就能猜出今年有多大,谁没看过《英雄儿女》那电影?什么时候的故事,你蒙得了我?龙大援就说不才刚过一两岁吗?再说这年龄限制还不是你一拍脑瓜自己定的,你这算什么王法?你这整个儿把戏就未见得符合法律,你跟我较真儿,嘿,我也跟你较真儿,别以为咱们什么人都不认识,找几个拆你台的有什么难的?经理见他身体确实壮实,就摆手叫停,让他在协议书上签名,到里间屋去更衣,准备上场。

经理万没想到来了个娘儿们,声称也要参加站冰比赛。那女的看模样听口气都和地道的本地人一样,而且见多识广,非一般俗人。经理就跟她作揖,说姑奶奶,您就饶了我成不成?您这么一掺和,就把我这活动给复杂化了,其实我也不过是为了挣回每天维持这些个冰疙瘩的费用,熬过这段淡季罢了,就这么着全是男子汉,还有人说我的搞法太残忍,您这么一朵花儿,我把您往冰上放,这不是招人来封我的门吗?那女子却振振有词地跟经理大谈什么男女平等,以至女权主义,云山雾罩的,晕晕乎乎之间,经理大体上弄明白,今天她这冰还是站定了,而且,她这么一站,不仅不会让这冰雕展塌台,让媒体那么一报道,嘿,还会把这站冰比赛的意义提升一步,今后到这儿来看冰雕兼耐寒美人的游客,只能是越来越多!女子亮出身份证,要求签协议,且表示已带来了连体泳衣,不戴泳帽,因为身体露出部分较男士少,为公平起见,她认为自己必须站过三十分钟才能拿那一百元奖金;经理说我这就奖您一百元,您免站得了!女子瞪圆杏眼,说你怎么见得坚持到最后的不是我呢?经理很无奈,看那女子身份证,女子提醒她要对其年龄保密,那好说,但身份证显示,该女子籍贯是南方某小城,她来此地有多久了?怎么那声口派头已经完全本地化了?看来此女不仅耐冰雪之寒,也耐人情之寒,实非寻常之辈!经理就跟她签了协议,心想今天站到最后的竟是她,爆个大冷门,说不定倒真能起到淡季变旺季的作用呢!

前面这三位被接受的站冰者,都是路过冰雕展门口多次,看见关于每周六下午举行"站冰比赛"的广告,也耳闻了前几场确实都兑现了小奖和大奖的消息,琢磨一番后才有备而来的。后面两位参与者却都是偶然即兴参与的。

一位是家住远郊的潘全清,他是出租汽车司机,也就是所谓"的哥"。十来天以前他开的车被劫匪抢了。这种事公司有前例,如何处理有一套程序,公司给车上过保险,保险公司理赔后公司基本上没有什么损失,遭劫"的哥"只要能证明自己清白无辜,理论上也不必赔上什么,但完成一套程序十分烦琐,这期间虽然可以不交车份,却不能再开出租,因此也就没有了收入,还得耗费许多精力搭上一定钱钞去求得问题尽快解决,一个原本快乐的"的哥",也就变得没头苍蝇般失去了正常表情,只是一顿机械地乱跑。这天虽是周六,出租汽车公司还有人值班办事,他去继续交涉有关事宜出来,坐公共汽车回家,在那公园南门外的车站换乘,偶然瞥见了"站冰比赛"的告示,便灵机一动地跑去报名。经理一见他那个头和一脸的络腮胡子,二话没说就接受了他。

另一位是附近一家饭馆的杂工。经理常去那家饭馆吃便餐,听见人家叫他小螺丝。经理问他怎么得空来站冰。他说饭馆又换老板,把他给辞了,"一朝天子一朝臣"嘛。经理听了就抿嘴笑,杂工算哪门子"臣"呢,也值当"天子"换来换去体现"天威"？小螺丝准备明天去另一区的一家饭馆投奔他二叔,二叔在那家饭馆当二厨,已经通过电话,经二叔美言,那边饭馆老板答应他去了当洗碗工,"朝中有人好做官",小螺丝笑嘻嘻地说出这句俗语,经理笑得手指头点着他胸脯打战,洗碗工也是"官"啊！经理让他拿出身份证来登记一下,他说没带,是遛弯儿路过这里看见告示才来报名的。好,反正算知根底的,不看身份证也罢,那么,大名叫什么？咳,小螺丝说站你个冰还用什么大名,经理就在协议书上填上小螺丝,写完让小螺丝按手印,小螺丝说咦我会写字呀,看了看,笑,说我不是小螺丝钉,是小螺蛳,就是能吃的那种……经理就拍他后脑勺一下,说行啦行啦,我也不再接受别的人啦,时间马上到啦,快脱衣服去吧,记住往左,右边可是女宾的地方,瞎胡钻我让联防的把你当小流氓抓起来……

"站冰大拼比"还真有点号召力。经理估计进场的观看者至少有六成是因为附加了这么个节目才下决心买的票。"在哪儿呢？哪儿？"一拐进展厅就有人一叠声地问。"嘿,还有大美妞啦！"这天还增加了夹带着口哨的惊呼声。有对中年夫妇被后面往前瞎拱抢着去看站冰的年轻人撞了一下,很不满意地议论说："这些人呀,究竟是看人体来了还是看冰雕来了？""是呀,这算什么经营方式？眼下不管推销什么,总免不了色字当头,唉唉唉唉……"他们不去寻站冰的,只站在那里指点欣赏冰雕作品,可那些冰雕题材里不乏维纳斯、掷铁饼者什么的,要是有个年轻人跟他们抬杠："这些不也是女色男体吗？怎么人家去看真的你们就痛心疾首,自己看着这个心里头暗想那个就心安理得啦?"不知他们会怎么支应?

展厅中心是高大的凯旋门,还有观音立像,以及嵌有滑梯可以让儿童从这边走上去从那边滑下来的金字塔,更有一组标题叫"奔小康"的独创性作品,真是体现出了"后现代主义"那"同一空间中不同时间的并置"这一原则,但经理其实并没有什么"后现代主义"的理念,这样杂错排列纯粹是为的讨好各种不同的观赏口味。几乎所有冰雕作品都用彩灯打了光,而且过多地使用了红色和绿色,有些地方还拉了些瀑布灯,不少冰雕的肚子里装有一闪一闪的灯泡,让一些观众大惊小怪觉得是"高科技"。音响设备里传出往往分贝值过高的流行音乐,但有时会停下来报告一下站冰比赛的进展情况。

"现在五位高手都已经各就各位,看他们个个飒爽英姿,气概非凡,究竟他们能不能都站足二十分钟,如果都超过了二十分钟又能坚持多久,究竟哪一位能坚持到最后,又究竟能不能打破上周由王英宾先生创造的六十八分钟的站冰纪录,请大家一起关注……"经理自己广播,声音像蟒蛇般在冰雕间游走……

小螺蛳今年刚二十,可是已经有了五年的打工史。五年里他换过多少地方,让多少老板接收过表扬过又让多少老板斥骂过炒过鱿鱼,连他自己都算不清了,但他干的工种很单一,就是杂工,不管是在广东顺德的玩具厂、厦门开发区的食品厂,还是天津的一家招待所,以及这边的几家饭馆,他的活计无非是打扫卫生,处理垃圾,以及被老板甚至仅仅比他地位高一级的比如说修理工、二厨什么的吆喝来支使去地干最脏最累最麻烦最琐碎的那些个活儿。他和许多农工一样,从第一份工作开始,就是不断地去投奔家乡先去一步的人,这里工厂倒闭了,那里老板翻脸了,或者白干几个月硬是不发工资乃至供不上饭了,还有时候是忽然听说哪里能住得好工资高,自己辞工乃至不辞而别地跑掉,所投奔的新处所,一定是有个家乡先去的,诸如四舅、八姨、阿旺哥、潘七爷……叫得很亲,其实未必真有多少血缘关系,即如明天将去投奔的那个二叔,也并非他父亲的胞弟或堂弟,不过是邻村的一位曾跟他父亲一起合伙种过卖过西瓜的乡亲罢了。这种蛛网般的勾连关系,在很大程度上决定着中国农村民工的流动规律,更完全决定着小螺蛳这类存在的生命轨迹。

  小螺蛳怕热不怕冷。在南方打工的那些记忆里,酷热难熬的种种细节锥心刺骨,到了北方以后,有时候还会在冬夜里被热梦惊醒。所以小螺蛳开始站冰时表现得非常轻松。他站在一只巨大的冰象前面,按规定,脚踩一块冰地板上的三合板,这块木板大约一平方米,既起着不至于冻到站冰者脚心的作用,也限定了站冰者的移动范围。按经理宣布的游戏规则,站冰者可以在木板上略微改换些姿势,比如立正变稍息,稍息重心左右转换,身体轮换朝向左右,单手或双手可以叉腰,有时双臂也可以抱在胸前以凸显胸肌,但不许屈蹲摆臂尤其不允许做操。小螺蛳身高虽然只有一米六七,发育还不甚充分,但自成比例,看上去有小白杨挺拔朝天的感觉,那背后的大冰象跟他组合在一起,又让人觉得他是个印度的驯象少年。有几个比他还大几岁的白领女士站在他前面的冰台下指指点点，很大方地评论他的体态，有的还说希望他能成为今晚的大奖获得者。小螺蛳一手叉腰，耳朵里依稀听到些美誉，眼睛不敢跟发出声音的人交流，只望着对面顶棚的冷气管道，这样扬起下巴的他便显得添了几分傲气，欣赏他的观众有的就对他喊："小伙子，加油！坚持！"

其实小螺蛳只想坚持过二十分钟得到一百元。一百元对他是个很大的数字。他各处当杂工，管吃管住外，月工资基本上都是三百五十元，没有带薪休息日，如果请一天假，那要扣十二元工资，如果连请两天假，老板准不耐烦，那就等于自动辞工了。他每月发了工资都及时给他爸寄回二百五十元。一百元对他来说意味着八天多的工资，现在却只需要站足二十分钟就能获得，这真是天上掉馅饼的事，要是每星期都来站二十分钟，那一个月下来就比天天干十来个钟头杂活还挣得多哩，但这冰灯展经理说了，一个展期里，一个参赛者只能参加一次。行呀，一次就一次，今天能这么轻省地挣个一百元，美事儿！

他听见观众里有人说到上电视什么的，那声调里很有些讽刺的味道，意思是瞧这些个站冰的那副神气样，以为自己能上电视还是怎么着？小螺蛳心里一阵酸楚。他是真的上过电视镜头的啊，信不信由你……

小螺蛳最不愿意人家问他家里的事，尤其不愿意人家哪怕是好意地问到他的父母。他爸是个三世单传，他爷爷奶奶早就过世，孤苦的他爸一度是村里最穷的人，周围各家陆陆续续全变成一水的新砖瓦房了,他爸却还住在歪歪扭扭的草顶土屋里,三十好几了还娶不上媳妇。但二十一年前终于娶上了他妈,据说夫妻挺恩爱,家里的景况也开始好转。谁知十七年前,他三岁的时候,忽然来了一群穿制服的人,宣布他妈是被人贩子拐骗来卖给他爸的,人家费了好大劲,才把那属于团伙的人贩子抓获,证据确凿,顺藤摸瓜,摸到他家,来解救他妈,要护送回几千里外的一个山村去。他爸吓蒙了,说不出话,他妈紧抱着他,也不说话,只是哭,意思是并不愿意回去。当时跟来了电视台的记者,打开强光灯,录下解救被卖妇女的一幕,那一幕里就有小螺蛳,缩在他妈怀里哇哇大哭。据说电视台播那纪实节目时,还特邀了几位嘉宾发表意见,一位省妇联的女士,很富态,很斯文,但发言很尖锐,她说不能只是惩治拐卖妇女的人贩子,更该惩治购买媳妇的人,没有买方,卖方才能绝迹。她那义正词严的发言影响很大,流传久远。但节目播过了也就算了。无论是村里、乡里、镇上还是县城,都没有任何机构或个人来起诉他爸。他爸当时给过号称媒人的人贩子一千块钱,其中八百多元是借的债,直到他妈被解救走还剩下个尾巴没还完,人们都说他爸闹了个人财两空,是个可怜虫,难道还需要把这样的可怜虫抓进监狱关起来吗?连一位副县长也不跟那位妇联女士同仇敌忾,他说:"该惩治的是咱们这里的穷根子。"当然这都是小螺蛳上了镇上中学才断断续续听说的。他爸在他妈被护送回乡以后,没多久也就平静下来,后来种瓜赚到些钱,把土草屋也改造成了砖瓦房,虽说周围有的人家又把砖瓦房改造成水泥预制件盖成的外头贴白瓷砖有大玻璃窗的小楼,他爸却并不眼红,只是一心一意地供他上学,说一定要把他送进大学里去。但是小螺蛳没上完初二上学期就辍学了。那是因为有一天,他爸酒后开着拖拉机运瓜进城,半路上出了车祸。当人们把他爸从血泊里扶起来时,他爸竟还哼着那边地方戏里的唱段,推开扶他的人,扭扭绊绊地朝医院方向走,再次摔倒后,人家去救他,他晕过去前吐出的一句话是:"别跟小螺蛳说……"万幸的是他爸没死。但他爸伤残后只能在家编点草帽什么的换点小钱,于是小螺蛳就开始了外出打工的生涯。他爸每回到乡干部办公的地方取小螺蛳寄来的汇款单,总要自豪地说:"养儿得靠啊!"村里的人们见了他爸,也往往会主动跟他爸说:"真真是养儿得靠啊!"但有时也会在他爸走远后,望着他爸背影,感慨地议论:"小螺蛳他妈该还在吧?又嫁了谁呢?又生了几胎?还记得小螺蛳吗?"

小螺蛳对自己母亲的秘密,主要得知于中学教他们班语文的那位老师,那是个瘦高的女子,她的一个姨嫁给了小螺蛳他们家的邻居,她常去他们村串门,见过他妈,老师说他妈个子矮,皮肤黑,但是眉眼挺清秀,喜欢用梳子蘸着花露水梳头发。小螺蛳不得不辍学外出打工,去跟那老师告别,老师知道他别的功课平常,只喜欢语文,但作文水平也不敢恭维,唯独造句常能给人意外之喜,就送给他初二下学期和初三上下两学期的语文课本,让他自学,又送他好厚一本成语典故词典,小螺蛳外出打工一直带着,这样他就不用再准备枕头了,这几本书用衣服一包,就是他的枕头。去年小螺蛳回家探亲,又去见那老师,他说看了课本里鲁迅写的《祝福》,问:"贺老六是个好人还是个坏人?"老师一愣,回答他:"从来没人这么去考虑过啊,当然是好人啦!"小螺蛳就绷着脸说:"他购买媳妇,跟人贩子同罪。没有买的,哪有卖的?"说完,眼睛朝窗外望,脸上的神色难以形容。老师盯着他,心里滋味复杂,半晌说:"你长大了。真的长大了。"小螺蛳就说:"人长大了,该有理想对不? 您知道我的理想是什么?"老师望着他,心里替他盘算,他沉稳地说:"我的理想,一是好好赡养我爸。不,这是二。一是……我一定要找到我妈。"老师说:"如今找也不难。怕的是……你妈那个情况……复杂了。"小螺蛳说:"她复杂她的。我的理想很简单,就是到她跟前叫她妈,跟她合拍一张彩色照片,以后永远装在钱包里,时时能方便地看。"老师就再没搭腔,稍后,仿佛有虫子飞进了眼角,缓缓地伸出一根手指头去抹。

这个有着非常具体的理想的二十岁小伙子现在站在冰上。他渐渐感到寒冷像排排针尖在点击他的肌肤。他对自己说,你不该怕冷,你怕的是热啊。确实,不管哪个季节,在厨房里干活的那个热啊可真难熬。特别是大厨颠锅的时候,喷出的火不能叫火苗更不能叫火舌,那是地道的火妖精,蹿起老高,仿佛要往每个人肩膀上跳,每当那时候,他就觉得自己身体里又炸出汗来,可是毛孔已经被原来的汗水黏住堵塞了,整个人就仿佛先给闷到煲罐里,又给倒在了铁板烧上。最难忍耐的时候,趁老板不在,二厨带头,他们轮流去把大冰柜的柜门打开,把身子冲着那冒出来的冷气,先前面后背面,或者转圈儿,求个痛快……但现在怎么会并不痛快呢?多少分钟了?

小螺蛳就尽量去想他妈,仿佛他妈会在遥远的地方保佑他战胜这一阵阵袭来的裹住他整个身子的冷气似的……但他跟以往一样总不能把一团模糊的想象聚焦为一个清晰的形象。不过令他狂喜的是,他觉得鼻腔里忽然氤氲着花露水的气息……宿舍里的工友常问他,为什么别的洗漱用品都那么瞎凑合,却总要买瓶花露水,还用梳子蘸着花露水梳头,多娘儿们气呀!当然他从不回答……哎呀,不妙。

小螺蛳左边小腿的一根筋不争气,猛地一抖,仿佛就要挣蹦出来啦……

"邪门啊!那娘儿们有仨奶子!"有人粗鄙地大声嚷嚷,于是许多看客都往女站冰者那个方位跑。

她站立的方位跟四位男子所站的那道弧线离得较远,是在一个名为《母与子》的冰雕前方。那冰雕的造型是一个放大的半身母亲,平伸胳膊举着一个全身的娃娃。她就站在那平伸的胳臂前面。开头,人们对她的好奇只单纯出于她是女性,后来,有人发现她那鲜红的连体泳衣的开领下面,应该是乳沟的地方,居然也隆起一峰,于是惊诧莫名,骚动也因此产生。她呢,却不管人们如何在冰台下议论纷纷,只是微闭双眼,双臂下张呈对称的八字形,双手则掌心向下翘成水平,整个儿是一种既优雅又悲伤的姿势。

"呀,看呀,还动弹啦!"

确实,她那乳沟里的隆起物居然在活动。

看热闹的人们又发现有人在对着她录像。用的是很高档的数码摄像机。

原来那下面摄像的,还有若干围在前面的,都是跟她一伙的。他们预谋好,由她来这里站冰。

站在摄像者旁边的一个头发扎成马尾巴留山羊胡的男子跟周围看热闹的解释说:"她现在已经进入圣女贞德受审的境界……"有几个听得懂呢?他倒还不想脱离俗众,很耐心地打比方:"就跟白娘子被镇在了雷峰塔底下一样,还有,三圣母被镇在了华山底下,如果没有她儿子后来劈山救母,那就永远地沉沦了……惨啊,人间有许多的冤屈,许多的无辜,许多的艰辛,许多的无奈……"有个中年妇女似乎听懂了,问:"行为艺术吧?可是……那圣女贞德的胸脯怎么啦?"

有人尖叫了一声:"蛇!"吓得一些人赶忙往后退,却又跟急着赶过来凑热闹的相撞,埋怨,惊恐,引出了混乱。

经理闻讯赶了过来。扒开人群,首先对录像的嚷:"场内未经许可不准录像!"可是那扎马尾巴留山羊胡的男士却把右手食指竖在唇上,朝他和蔼地眨眼,仿佛他们本是一伙的,倒把经理给震住了。

"不是蛇!"

"那是什么东西呀?"

人们瞪圆了眼睛盯住看。只见她那乳沟里的活物的头部钻出了泳衣,猛看像蛇头,细看又不大像。

"蝎拉虎子吧?"经理不由得叫出了口。旁边的人笑了:"再猜。"

"啊,是蜥蜴……这玩意儿叫鬣蜥,现在有人宝贝似的,当宠物养……怎么站冰还带上这东西?"一位戴眼镜的先生终于给认了出来。

那绿色的鬣蜥渐渐露出了更多,除了头,还有颈子,很害怕的模样,似乎在紧张地喘气。

录像在继续。经理毫无办法。他明白了,这群人确实是到他这儿搞行为艺术来了。真策划得妙,一分钱场租不出,到头来展方还得至少付那娘儿们一百元。

"这是行为艺术。作品第039号。标题是《窒息还是寒冷——两难选择》。你们细品味吧。"还是马尾巴山羊胡在"礼贤下士"。

人群里有的感到被愚弄了。

"吃饱了撑的!"

这群搞行为艺术的,确实衣食无忧,胃袋常满,营养过剩,时常要持VIP卡到健身俱乐部去减肥瘦身。现在公园南门外的停车场上好些小轿车都是他们的。

"行啦,别现眼啦!"有人对站冰的她喊。她却置若罔闻,换了一只胳臂下垂,一只胳臂上弯,手掌贴到耳朵边,头微歪,仍眯着眼,似睡非睡,很难形容的那么个姿势。那鬣蜥则露出半个身子来了。

"你们到办公室来一趟!"经理气急败坏。他觉得实在难办。无论如何,他总不能去把那站冰的女人拉下来吧。

"您别生气。"马尾巴山羊胡子对经理说,"这场艺术创作一传布出去,您这里马上黄金万两。您该高兴得跳起来才对!"

经理愣神算计了一下。气消了些但不可能高兴。没跳起来,撂下句:"你们等着!"转身走了。

怪不得古时候有女人是祸水一说,真是撞入邪门了,这么乱哄哄的,我们站冰还算不算数?别他妈的站了半天白挨冻,锛子儿得不着了!龙大援抻长脖子朝女站冰的方向看,视线被一些冰雕隔断,只能透过那些冰雕作品的镂空部位望见部分场面,反正是不妙。他心里恨骂,想问问冰台下的观众,究竟怎么回事儿,让给叫叫经理,撂句明白话,至少告诉一下开站已经多少分钟了,但他面前几乎就没什么观众,而且,他想起来,经理宣布过,站冰时不仅不能戴手表,更绝不能开口出声,比赛的进程,会时不时通过广播报道,必要时经理会走到你面前跟你具体交代有关事宜,如果违反了规定,那就是站得再久也要被取消比赛资格。

本来,龙大援一站到冰上就开始暗中数数,数足一千二百那不就是二十分钟吗?看他们谁先下冰,看谁敢留下来跟自己较劲……但他数到五百以后就乱套了,那时候那娘儿们前头还没闹起来呢。唉,天下最难安静的是人心!尤其是头些年,他的心总跟沾满了草籽似的,刺痒,烦躁,胀得慌,却又不能发个芽开朵花,梦里头也没个舒坦的时候!

人家看他的名儿,就能测出他大约是哪年生人,还一定能跟着测出他属于"文革"中的"老三届",下乡插过队,二十几年前回的城……但那以后,就不那么好猜了,他们那一代人后来分流得很厉害,有的流入官场,电视新闻里会忽然出现,坐主席台,前头立个坡形长方牌子,冲外写着大名儿;有的流入商界,照片会印上杂志封面,里头会有捧臭脚的文人给写的什么报告文学,仿佛那主儿天生就是块发财享福的料;有的流入演艺圈,人模狗样到处抛头露脸,还时兴弄出些个绯闻来让人跟嗑瓜子似的得些个小痛快;有的流到海外,绿卡,入籍,说起洋文来满嘴滚珠,做派比洋人还洋,这几年却又争当"海龟"往回游……不过,那个词儿怎么说来着?对,凤毛麟角,人家是物以稀为贵。不稀罕的一撮一簸箕的,那就大掉价了!龙大援深知自己如今就属于这个大拨撮的群体。弱势?龙大援不认那个"弱"字。是运气不好吧!他四十六岁下了岗。那么大个工厂,原来觉得挺气派的,后来卖了地皮,开发商来了,看见什么都觉得是碍眼碍事的废物。原来的东西可以全当废物处理,原来的工人呢?谁敢废了他们呢?搞了再就业工程,其中一项是跟一家五星级大饭店挂钩,他跟老婆都参加了培训,开头无非是讲些大面上的道理规矩,大家都很兴奋,后来具体分工,人力资源部的干事领他去,穿过富丽堂皇的咖啡厅,经过翠竹拥阶的日本料理,绕过金光闪闪的观览电梯门,耳边还有大堂里真人吹萨克斯的优美乐曲声……往左一拐,一扇漂亮厚实的大门,门上钉着铜牌,牌上是个黑色的戴礼帽叼烟斗打领结的侧影,推门进去,深褐色镶黑边的大理石地面,藕荷色的大理石洗手池台面,水龙头闪着真银光泽,镜前的小花盅里插了枝南洋胡姬花,裱着精细淡花壁纸的墙面上挂着真迹绘画,满室飘着淡淡的甜香,还有不知是安装在哪儿的隐蔽音响里传出淡淡的轻音乐……"就这儿。"那干事跟他说,指点着,还告诉他会发给他雪白的西装工作服,扎银灰色领结,"除了不能坐,其实待在这儿就跟休养一样,进来的客人不会太多,你无非是笑笑,开开、关关水龙头,递递小手巾……最后拉开门,轻轻说句'走好再见'……""走好再见,拜拜吧您哪!"龙大援不接受这"休养"安排,转身拉门出去了。他要求另作安排,人力资源部说他过了四十五岁,又没什么技能,只能这样安排,于是他退出了再就业工程,选择了彻底退休。现在如果有人说他是下岗职工,他会生气,必得大声强调:"我是退休职工。"老婆接受了大饭店潮粤餐厅的传菜工安排,如今每月拿的钱大大超过他的退休金,回到家难免面有得意之色,埋怨他这个那个的,有天晚上他要跟老婆干那个,老婆说累了,不行,他央求,说耐不住了,老婆躲开他说:"我明天要是没精神,让饭店炒了鱿鱼,你能养活得了我吗?"这话像往他心窝里扔了把蒺藜,他就跳下床说:"行,你养活我吧!可你听明白了,打今儿个以后,我要再动你一下,我就不再姓龙!"那晚以后,他赌气只睡外间屋的长沙发,再不睡床……唉,那些日子真糟心啊,老婆不贤惠,儿子又不争气——念完职高也没找到什么合适的对口单位,就到什么香河跟人合伙做家具生意,好几年了,也始终没见混出个人样儿来!……

龙大援这几年死了再就业之心,每天跟上班一样,一大早就骑着自行车满城地遛,天擦黑才骑车回家,中午常常不吃东西,也不买水喝,遇到有自来水龙头的地方,对嘴灌些也就解了渴,他的营养完全来自老婆每天从饭店拿回来的折箩

(就是豪客们的唾余),晚上吃不完,早上再海塞一番,这么几年下来,他倒比以往更胖了。他自称还是个琉璃块儿,其实,这天底下看站冰的,就不乏指着他说"瞧那胖子"的。他的肌肉是变得更像戗面馒头了。他最爱到河湖里野泳,四季不辍,这大概是他体魄终究还能保持着大体雄健的主要原因吧。有回他在河里救出了一个溺水的少年,事迹上了晚报,两位家长还带着孩子找到他家流泪感谢,最后留下一个信封,人走后他打开看,里头是三千元。他把那些钱全上交了老婆,从那天起老婆对他恢复了笑脸,后来他也就重回床上去睡。这年春天一家新商厦开张,临时招了些男的女的,在前堂走T字台,推销几种国产内衣,龙大援也入选,走了两天挣了一千元,还白吃几餐盒饭,白拿回两套内衣,虽说懂行的告诉他商厦厂家如果请专业模特,那拿的至少会是他的三倍甚至十倍,他还是很开心,回到家老婆更眉眼含春,那晚他恢复了跟老婆干那事儿,大有久别胜新婚的销魂感。

这天来站冰,是龙大援进一步开发自己潜力的最新行动。他势在必胜。那个娘儿们虽说卷起了点浪头,想必也不过是咋呼一阵,怎可能坚持太久?朝另一边望,虽然冰台呈弧形,每个站冰的拉开了距离,但那三个哥儿们的身形毕竟都能望到眼里,那个络腮胡子的主儿看上去不善,也许跟自己有最后一拼,其余两个,一个瘦干条儿,一个简直还是个娃娃,都不是个儿,看吧,再过一小会儿,两位肯定都得歇菜!

"咦,这不是大援子吗?怎么,哥儿们,落魄到这地方卖块儿来啦!"

忽然,前头看客里有人发出亮脆的呼叫。龙大援定睛一看,脑壳里就嗡的一声,正在打叠的求胜心情被毁坏殆尽。真叫冤家路窄,怎么今儿个偏来了他!

龙大援那回走T字台,是在堂皇的商厦里头,虽说是推销内衣,毕竟不是这么光穿个裤衩儿,体面多了,就那样他还生怕被熟人看见,现在这么站冰,确实比那个下作多了……他咬咬牙,把眼光往上移,看棚顶,只当眼前面没那么个人!

但那人穿着高级羽绒服,紧贴到只有三十厘米高的冰台前,生怕他看不真也听不真,跟身边同来散闷的朋友一个劲地指点他:"……就是他,大援子,我们原来是同学,又是邻居,'文革'那阵他是'红卫兵',可神气啦……嘿,三十年河东,三十年河西,他如今在咱们眼皮底下练上天桥把式啦!……天桥素有'八大怪'啊,他今儿个算是哪一怪呀?……"

他不想听,偏那声气盖过那边音箱里传出的音乐声,句句字字锥进他耳朵眼,又扎到他心尖上。

因为那老同学、老邻居的起哄,龙大援前头聚集的人越来越多,赛过了刚才那边女站冰者跟前的热闹。有人就指点着他的裤腰,问是不是也要爬出什么小动物来。

"嘿,大援子,绷紧你那块儿!抖擞抖擞你那肱二头肌!大家伙花钱进场,瞅的就是你这么个人体艺术!害什么臊呀您的,怎么着,冻着啦?那你这不是自找的吗?……"

他真想就此冲下冰台,揪住那家伙脖领子先扇他俩耳茄子!

这是报复!阶级报复?啊,如今还真不好说他家算个什么阶级,说不好谁跟谁之间是阶级斗争的关系……不过,他逮着这机会,大肆报复,这是一清二楚的……他妈的,怎么就那么巧!

那家伙的父亲,是一个戏曲演员,他那行当也怪,是专演丑,不是一般的丑,是男扮女的丑,据说叫彩旦,演这个也能出名,现在想起来也觉得挺奇怪的。"文革"来了,那彩旦不仅在剧团里受冲击,回到家里也不得安生,街道上也揪出来斗。那罪名也真多,演坏戏腐蚀人民还是最轻的一桩,他又有历史问题,什么问题龙大援也记不清了,其实那时候他当"红卫兵"基本上是个凑数或者说凑热闹的角色,后来也很少到学校里去造反,只在街道上混,街道革委会派他个身份,算是个"红卫兵"方面的代表,所以有时也轮到他主持街道上的批斗会,开头那批斗还郑重其事地念批判稿,喊口号,后来就变成拿"牛鬼蛇神"开涮,涮那彩旦的方式,后来固定为"跑一圈",直到现在龙大援也不懂那是出什么戏,戏里那彩旦化了妆该是个什么模样,而且为什么在那出戏里要那么样地跑圆圈,那么跑圆圈怎么会叫作"跑圆场",反正斗人的积极分子里有懂的,他们就那么狂吼:"跑一圈!"这是不是就让批斗会走正题儿了呢?也没什么人去讨论这个问题,反正,在场的人都很愿意看那彩旦不化妆地跑圆场,跑动起来以后就公然哄笑乱嚷,这种"跑一圈"的吼声后来不仅出现在批斗会上,就是平时,比如说彩旦正在扫胡同,一群孩子围上了他,跟他吼:"跑一圈!"他若是觉得围的人少,也许会鬼混过去,免掉一跑,但往往是一有人吼就有人往他身边聚,于是他就立即放下手里东西,跑起圆场来……

那么多年过去,龙大援还生动地记得彩旦跑圆场的模样,原本是个灰头土脸的半老头子,忽然把头一甩,脸上是突如其来的假笑,嘴里发出"呀呀呀呀"的奇怪的娘娘腔,接着脑壳就跟拨浪鼓似的激烈晃动,双手翘起兰花指,交叠在胸前,身体则仿佛陀螺歪而不倒,随着两只脚快捷地捯换,迅速地跑上一个大圈,然后会忽然刹住脚,恢复到跑前的状态,这时候围观者就会公式化概念化地连吼几声:"丑不丑?""反动不反动?""以后还敢不敢?"彩旦则连连低头认罪:"丑死!""反动!""再不敢了!"那最后一问的意思是"以后还敢不敢拿这个腐蚀人民",但恰恰是这些"人民"在吼着逼着彩旦当众出丑时获得了极大的心理满足。当时龙大援没深想过,却也至少是浅浅地思忖过:这岂不是自相矛盾?他多次带头吼过"跑一圈",多次逼近看到过一个被侮辱被踩躏的人怎么忽然仿佛极快活地将自己丑成那副模样,说实在的,心底里也曾感受到一种难以言传的困惑与恐怖……

后来,斗争气氛开始缓解;再后来,开始落实政策;"四人帮"倒台以后,人家得到彻底平反,而且很快就全家搬走了。彩旦有好几个儿女,现在站在眼前的是跟龙大援同龄的一位,他们当时是怎么个心境,龙大援没有特别去注意过。万没想到事过这么多年,这位同窗还这么记仇,并不把那笔烂账都算到"四人帮"身上了事,狭路相逢,还要对他施加报复……

几年前,电视里播过一个节目,龙大援很偶然地看到,那种节目以往他绝对是一秒之后必定用遥控器点换的,但那回他却没点换,还一直看到结束。那是一个介绍那位彩旦的特别节目,他已经是高龄老人了,但模样轮廓还是马上让龙大援认出了他。原来他后来是戏校的老师,培养了许多戏曲人才,得到各方面尊敬,还有了好像是政协委员那类的身份。节目里记者问他:"您'文革'里饱受摧残,请问您是怎么挺过来的?"荧屏上那老人现出慈蔼的笑容,缓慢地做出了一个简洁的回答,这回答让龙大援刻骨铭心:"就是……不要脸呗。"那节目龙大援回味了很久。大约是去年,龙大援从晚报上看到一条消息,那老爷子去世了,享年八十出头,也够本儿了……

"嘿,哥儿们,冲着一千块去啦?为'一吨'就值当这么玩命呀?……你们看,他鼻头都冻红啦!……"那位同窗的报复心还在喷涌发泄,"别泄气呀,哥儿们!挺住!把你那块儿再绷紧点儿让大家伙好好欣赏……再绷一个!……绷一个!嘿,绷一个啊……"

龙大援身体里仿佛有两条龙纠缠在一起翻腾扭动,一条龙恨不得立即大吼一声扑过去缠在那家伙身上把他勒死,另一条龙却在阻挡那条发怒的龙,不断地把那回电视里那位老人的面容和那句对记者的回答在他脑子里回放……他都感觉到了自己上下牙床摩擦的声音,那不是由冰,而是由火激出来的……

身高一米七六,体重只有六十三公斤,二十八岁的薛冰站在冰上,稍远点望他,有的观众特别是老年人会情不自禁地埋怨冰雕展老板："怎么能让这样的小伙子站冰呢？也太狠点了！"但是走近了看他，观感就不大一样了。有个中年人就这么指点他："嘿，远看瘦干狼，近看钢筋桩！"确实，逼近了看，薛冰既不能叫瘦更不能称弱，他身上几乎没有脂肪，但贯穿全身的筋腱线条分明，把并不厚凸但线条分明的胸肌和臂肌、小腿肌等处勾连得充满活力。他双腿微开，稳稳地直立，双臂下垂，双手握拳，细长的脖颈强直，棱角分明的脸庞上鼻子和嘴巴都显得有些小，但一双眼睛很大、很亮，头发蓬蓬的，当中分缝，有几绺头发固执地往上冲，显得有点乱，也让人感觉到他有些个野气。他几乎一直保持着那么个姿势，但并不是静态地站立，他很有规律地每隔几分钟就双拳紧握一下，随之胳臂上的肌肉就铰链般地收缩，紧接着这收缩波推衍到他胸部、腹部，只见他胸肌妩媚地一挺，腹肌活泼地凸现出六小块，最后那绷紧的波浪传达到小腿，在抵达脚底后告退。有几个年轻女士在观看他时发出极开放的议论，其中一句是："这一个最性感！"

薛冰的思维和语言里，连对女人都从未使用过"性感"这个词，何况是针对男人。

不过薛冰确实早已达到性成熟了。这方面他的饥渴感天知地知自己知，还有谁知？原来，他以为毛妹是知的……

薛冰和其他打工仔一样，走南闯北经历多多。这两年找到的工作是工资最高的。这份工作是他一个表舅给介绍的。表舅进城务工多年，忽然发了，现在是经营建材的商人，两年前就在近郊买了复式单元房，置了"桑塔纳2000"自己开来开去,如今业务更加繁忙,前途更加看好。表舅的主要业务关系是市政工程的承包者,他不仅向他们提供一次性建材,也出租供反复使用的建筑器械,开头只是钢筋卡子、搭架钢管什么的,后来就置了铲车、叉车、搅拌车、吊车什么的出租,因此最近又买了栋湖景别墅就要搬过去,原来的复式单元则打算出租。表舅把薛冰介绍给了高经理,高经理也不过四十来岁,本地人,从事市政工程的承包已经好几年了,当然有了漂亮的住房、漂亮的车子,还有漂亮的媳妇、漂亮的儿子和漂亮的斑点狗。现在高经理所承包的是某道桥的改建工程,薛冰在工地上当看守。工地用大围障围了起来,出入口外面挂着大牌子,标明工程名称,责任单位,施工单位,项目经理,等等。附近居民楼里常有居民反映施工噪声太大,扰民,有的打电话写信向上反映,有的则亲自走过来找负责人提意见,哪里找得见?遇到的就是值班的看守。那天晚上,有个老头本是来提意见的,结果跟换下班来的薛冰聊了起来。薛冰有问必答,老头样样觉得稀奇。比如薛冰告诉他,外头牌子上写的那个人,其实是个挂名的,这工程实际上承包给高经理了,现在工人的工资都由姓高的发,工棚、食堂也是他搭建的,整个工程完了,验收的时候,外头牌子上写的那个人也许才陪着来一下,要么就是出事了,那人不得不来露一面,露了面,工人包括薛冰他们看守也不听他的,一切还是都得听姓高的,甚至姓高的也并不怎么听那人的,只是给那人个面子罢了,因为姓高的又是从别的人那里得到这个项目的,那别的人甚至还又是从另一个人那里,当然,这些人都有公司,都办了有关的手续,这么几层转手,剩下的工程款才到了姓高的手里。姓高的可是动真的,真来修建东西的人,所以才是这工地的真皇帝,他留谁是谁,让谁走谁就只得走,没别的路子,想跟这里挣钱的,都得看高经理的脸色说话行事……老头听呆了。薛冰又告诉老头,只有看守才在他看见的这片围障里住,住的就是那边的活动房,木板墙,铁皮顶,夏天太阳烤,冬天不挡风,好在夏天有台虽然破旧倒还能制冷的空调,冬天则给两台挺像样的电暖气。他们四个看守分两班,小屋里三架上下铺,两架睡人一架放东西,所以住得还是很不错的,旁边还有个柜式临时厕所,只是用水不方便,每天只有运水车来一次储下么一个大圆塑料桶的水,喝的,洗漱,包括洗衣服,全靠那么一桶水,冬天还好说,夏天根本不够用……老头问别的工人住哪儿呢?薛冰告诉他全住一站路远的那边绿化带的小树林里,食堂也在那边,那几座工棚老板说有树荫遮阳所以不安空调,冬天倒有土暖气,一屋八架上下铺,别的不说,臭脚丫子味儿就能把人熏晕!洗澡嘛,有个用太阳能热水的洗澡间,里头每回只能容一个人,那边用水因为可以接上水管供应充足,但你抢不上头几锅,后洗的时候,基本上就全是洗凉水澡了……老头听薛冰的口气,对自己的这份工作还是挺满意的,是的,薛冰讲起这些甚至还多少有些个得意,人家高经理是不用"后门兵"的,表舅好大的面子,高经理才不但接受了他,而且没让他在工地当小工,而是安排他当了这白班的看守,虽然要从早上七点守到晚上七点——中午夜班的会来稍替换一会儿,好让白班的去食堂吃个饭——但总归比干活轻省多了,工资呢,一天二十五块,一个月七百五十元,很不少了!那些在工地干活的,小工一天只有二十块,技术工有的能多到三十到四十块,可是阴天下雨或因什么事故停工,就只开饭不开工资了,而看守呢,什么情况下都有工上也就都有工资……老头问吃得怎么样?薛冰摇头,早上是黏粥和咸菜,中午晚上永远是米饭,管够,但菜每顿只给两锅勺,市场上什么菜快下市了熬什么,一个月里能在菜里见着两回肉片就算不错了……老头就说,你对那食堂最没感情吧?薛冰听了这一问就再没回答他,老头忙说你该休息了,打搅打搅,再见再见,薛冰心猿意马,含糊应对……

对食堂最没感情?嘿嘿,最有感情的,就是食堂啊,因为,食堂里有毛妹呀!

毛妹是他们民工群里唯一的女性。虽然在这城市里满大街有女人,而且不少是美女,他们也看得到,但那是些跟他们不相干的存在。毛妹在食堂工作,她一早来,晚上走,跟另几个给城里人当保姆的同乡妇女合租了间居民楼的地下室住。高经理为什么接受了她这么个女工,薛冰他们都不清楚,也用不着闹清楚,清清楚楚的是毛妹本人,每顿饭给他们发菜,在厨房内外活泼地大笑,有时为了哪个人一句什么话不中听,会一拳捶过来,捶得那人痒酥酥的,可是另外的人想也挨那么一拳,也故意说句逗她生气的话,她却又并无反应,也许倒转身跟没招惹她的人说笑去了。薛冰挨过她三次拳头呢,有次薛冰蹲着吃饭,毛妹弯腰捶他,一瞬间,薛冰清楚地看见了毛妹那圆领衫里露出的乳沟,仿佛一道奇异的闪电,熄灭许久之后,那亮光还让薛冰的眼睛刺痒,是甜到心窝里的那么一刺啊……

毛妹是不是美人?这个问题根本没必要提出。美人又怎么着?不止一个没娶媳妇的民工床头贴着免费弄来的商品广告,上头必有大美人,有的是比真人还大的美人头,有的穿又露又透的泳装,但那些美人你真够得着吗?毛妹可是三顿饭时必见的女子,有个家里有俊媳妇的大哥都这么说:"亏得有个毛妹!要不非把人闷死!"当然马上就有跟上去打趣的:"怎么?你揣上坏主意啦?"另一位就接过去说:"坏主意那是人人都有吧,可真干坏事,咱们这群里恐怕还找不出一个。"那先发话的大哥就说:"对啦。这么一群一年顶多回一趟家的寡男,整天扎堆儿干活、吃饭、睡觉,那是怎么着眼前也该晃着个雌的啊,就不是毛妹,是毛姐,毛嫂,毛婶,毛婆……哪怕毛夜叉,也好啊!"薛冰这时候眼睛就绿了,逼上去说:"不许污蔑毛妹!"大家就哄笑,有人就说:"嘿,光棍好苦,杜鹃鸟叫唤啦!"

薛冰二十八岁还没对上象结成婚,这是他的心病,更是他父母兄姊的心病。城里哪个女子愿意嫁给他呢?进城打工的譬如毛妹这样的,难道会嫁给他吗?去年回老家,全家支持,二嫂张罗,给他介绍了个邻村的寡妇,跟他同岁,大月份,两个闺女;她丈夫是得癌死的,治病拉的账现在只剩个小尾巴;好的是家里三年前起了小楼,一楼是铺面房,后院也整齐;他若肯,可以倒插门。于是见过两回面。那寡妇细高身条,比他只略矮一寸,虽然长脸庞上的颧骨高了些,眼睛细了些,皮肤倒还白净,说话举止大方得体。他心里并不愿意,无奈父母兄嫂都说你再耽误不得,再拖两年过了三十,怕连这样条件的也难找到了。他回城这十来个月,每月买IC卡到公用电话那儿跟家里通电话,家里总催他下决心,警告他若再含含混混的人家可不能再等,上门给说媒的多着啦。他也跟那位女子通过两回电话,双方说的全是淡话,但他感觉到,只要他愿意,那女子倒绝不会放弃他的。

但是眼前有个毛妹。什么可能不可能,见到毛妹他就觉得世界是只有这么一个女人。不可能又怎么着?他不能不采取行动。于是,就在一个多月以前,大概是爬山虎全变红了的时候,那晚吃完饭,他也不去抢着洗澡,始终不近不远地盯着毛妹在食堂里收拾。终于,毛妹下班,要回家了。但离开那小树林前,偏有别的民工凑上去打趣,毛妹也就站住笑骂。他在小树林外路灯下等呀等,觉得简直等了一百年。后来毛妹算是走在回她住处的路上了。他从后头叫,毛妹转回身,捂着胸口说:"哇呀怎么是你,吓我好一跳!"他走拢毛妹跟前,眼光忍不住很不老实地往毛妹微露的乳沟里钻,鼓足勇气说:"我要请你吃冰激凌!"毛妹开心地笑了:"好呀!你怎么现在才想起来请我!你早前都请谁去了?"

薛冰跟毛妹坐在一处公共绿地的凉亭里,吃薛冰买来的蛋卷冰激凌。

薛冰说:"毛妹,我想跟你好。"

毛妹说:"咦,我们不是一直挺好的吗?"

薛冰说:"想比一直更好。"

毛妹把舌头伸得长长的,大舔一口冰激凌,美美地吞了,才说:"原来你有这个心思。"

薛冰"啊"了一声。

"啊什么,"毛妹问,"你有多少钱?"

薛冰一听,心花怒放,只有愿意考虑,才会有这一问啊。他立刻汇报:"几年里我汇回家的,我妈都给我存着,一共有了两万零八百,再加上这回春节前能领到的九千六,那就过三万了……"

"九千六?你怎么算的?"

薛冰就细算给她听。他们工资是每年春节前才结算的。一项道桥工程往往要跨年度才能完成,承包人也不是马上能领到人家应允的全款,加上为防止打工的中途不辞而别,民工的工资是从这个春节到下个春节前才结算的,平时就是管吃管住,记工,当然,也可以预支零花钱,每月以五十元为限。薛冰这全年的工资是七百五十元乘十二共九千元,因为每月都支过五十元零花钱,剩八千四百元,但上年高经理少发了他一千二百元,也就是还欠他一千二百元,这回发的时候补足,那加起来不就是九千六百元吗?

"他欠你一千二百?给你开欠条啦?"

"他还能赖?他跟我表舅那个关系……"

"我可是听说,他常赖。柿子拣软的捏。有的老实巴交的,没老乡结伙撑腰的,几年欠的都讨不回来。"

"我知道。去年只有那几个四川帮的他发了全款,因为那几个人也不说什么,就在他还没觉出来的时候,把他围住了,全叉着腰,假咳嗽……他们也太过分了嘛!高经理去年确实也没拿到工程全款嘛,人家也欠着他的嘛……"

"好啦好啦,不说这个了……你有房了吗?"

"在老家盖房,两万就很体面……"

"你老家?哈,去你老家?"

"那就……在城里租……"

"租?租我现在住的那种地下室?"

薛冰不知该怎么说了。

"你也知道吧,你那点钱,要买这里正经的房,就是那经济适用的,怕也只够买个卫生间。"

薛冰手里没吃完的冰激凌化了他一手,他甩手全扔了。

"我还用得着问你有没有车吗?你该不会问我,说的什么车?自行车还是别样的车?"

薛冰的心凉了。

毛妹早连蛋卷壳也吃完了,拍手大笑:"你想跟我好!你又了解我多少呢?我结婚了没有?孩子多大了?"

薛冰知道她是故意那么说。

毛妹跳起来说:"累啦!我要回去睡啦!你也早歇吧!"

毛妹的身影像只肥猫,很快消失在夜色里……

于是,就到了那一天。离今天很近,甚至就像刚刚发生过的,又似乎很远,跟过了几辈子一样……那天下午接到高经理电话,让另外三个看守都先到工棚那边去,只留薛冰一个人守着。那天停工。实际上从前两天起就停了工,不是因为天气原因,工友里有窃窃私语的,说是高经理所承包的另一处工地上出了恶性事故,有关部门责令他那公司所有的工地全停工,接受安全大检查,也确实有一队人马,开着小轿车和小面包车,来过薛冰他们看守的那片工地,高经理陪着他们,转悠一阵走了,应该是没发现什么问题,起码没大问题,有工友说他们出来就去了海鲜楼,就是东边里头养着活海豹,还在玻璃地板底下卧着真鳄鱼的那家,另外的工友就问他:"你去过呀?你亲眼见啦?"大家就吵作一团,因为停工也就停工资,大家都盼早恢复开工,薛冰倒无所谓,甚至觉得不开工更好,更安静,更自在……

那天下午很静,出奇的静,薛冰正懒洋洋地坐在围障门里头的小板凳上发呆,忽然外头有汽车按喇叭,薛冰从门缝朝外一看,是高经理的别克车,忙把门打开,那门其实不过是安了滑轮和别杠的障板,刚开够车能进来的空当,别克就拱进来了。别克车进来,看没有别的车或人跟进,薛冰就又把那门掩了别紧。这是高经理的地盘,他爱什么时候来什么时候来,来干什么,轮不到看守问,他想跟看守说什么就说什么,不想说什么看守就别去打扰他,这规矩薛冰他们都一直遵守着。薛冰关好门转过身,看见别克车停在了大约三十米外,他们看守住的那间临建房门前。车门开了,高经理先从驾驶座那边出来。然后转到另一边,拉开车门,把另一个人拉出来……这本来也没什么稀奇,他们要进看守宿舍吗?更没什么稀奇,但……薛冰忽然仿佛被雷击了一下,使劲挣扎着才算没栽倒地下,因为,他看得分明,那另一个人,竟是毛妹！是的,确实是毛妹,高经理拉着她手,引她从车里出来,她一出来就仿佛有点犯晕,是喝了酒,醉了吗?一下子靠在了高经理身上……她的头发是什么时候变成那样的?一定是在很贵的发廊里做的,发型很潮,还染成了棕红色,她一身银闪闪的套装,一双金闪闪的高跟鞋……他们两个人很快进入了那间宿舍。

目瞪口呆的薛冰定在那里,大概很像一具冰雕,很久不能回过神来。高经理对他竟是那么样地置若罔闻,没有一句交代,一句命令,一句嘱咐,一句警告……那别克车前面的两扇门根本就不关,张开如黑蛾的翅膀。就不怕他跟随进去吗?不怕他趴窗张望吗?不怕他喊人来吗?不怕他发疯把他们杀了吗?嘿,人家就是不怕,门根本就没关紧,窗户更没另作处理……

静悄悄的。

回过神来,薛冰第一反应就是想冲过去。他身子都朝前倾了,脚底下却仿佛粘了胶,只略微移了下位。也许……高经理只不过是约毛妹到那屋里聊一聊?薛冰宁愿事情就是那样……

薛冰终于决定到窗户边张望。他都走到离窗户只有三四步的地方了,却又止住了步。他希望里面传出毛妹的呼救声,或者至少是挣扎声,但是没有,没有……

他又往前迈出一步,犹豫着。他不愿意看见最不愿意看见的情景。但是,不用去看了,他分明听见了毛妹毫不掩饰的,快活得发抖的叫床声……

高经理和毛妹完了事出来,上了车,两个人都没有张望别人的意识。高经理掉转车头后才发现门没打开,就自己下去开了那门,把车开出去以后,停下,出来推闭了那门,也没推闭严实,就又上车,车很快加速朝远处开去了……

不知道那天下午有没有人听见,那围障里忽然传出狼号般的声音,是哭？是骂？是悲？是愤？也许都是并且内涵更多……

薛冰冲进宿舍……就在他那张下铺！揉乱的枕头弄皱的床单甚至都没稍微拍平整理一下,床单上还分明有些潮湿黏稠的渍印……

另外三个看守吃过晚饭回来,没见到薛冰,第二天早晨也没见到。他们立即当作一桩大事打电话报告了高经理,高经理轻描淡写地说:"没事儿。马上会有新来的替他。"

人们在发现薛冰不见了的同时,也发现毛妹不再出现在食堂。有几个工友就说他们俩是一起私奔了。

薛冰当夜闯到表舅家。表舅不在。表舅妈吓了一跳。第二天表舅听说了这件事,淡然一笑:"人家两相情愿,关你屁事。"但是答应他跟高经理交涉,给他结清工钱,直接寄回他老家去。

薛冰说第二天下午就回老家去。表舅妈给了他二百块钱。其实他并没有马上走。他晚上到火车站过夜,白天疯子一样在城里乱转,饿极了才找个小馆子吃碗面。他自己也不清楚辞工后究竟滞留多久了。他越来越不想回老家。他试图另找份工作,难,只干过一天临时工,挣到二十块钱。他多次转悠到冰雕展这里。眼看他身上的钱就要耗光了。他决定来站冰,挣一千元。

也曾有人一看到潘全清的名字,就猜他是1964或1965年生人,因为那时候开展着一个叫"四清"的政治运动,想必他父亲是个村大队干部,生下孩子取这个名字以表白自己样样都清吧。他确实出生在1964年,但那名字却跟政治无关,"全"是排行,他大姐、大哥还有他小弟四个人名字最后一个字合起来是"水木清华"。他家在农村阶级成分好,是下中农。他父亲没多少文化,是个木工,后来有机会进城参加古建筑维修,又学会了在木梁上彩绘花样图形的手艺,肚子里由此多少灌进了些传统文化的水儿。潘全清没有什么苦难记忆。"文革"时候他整天跟一群小伙伴在河沟里光屁股摸虾逮鱼,记得的都是些玩闹的趣事。懂事以后,社会已经改革开放。他从小学顺利地上到高中,也参加了高考,落榜,他所在那个郊区县高考升学率一贯不高,具体到他们那所镇中学,也是考上的几个算铁树开花,大拨没考上的犹如满地的庄稼,平常景象,不丢人。他在乡镇企业里被培训为司机,开过几年大货车,后来乡镇企业因为污染环境陆续关闭,他父亲把他和他哥介绍到城里古建队,意思是让他们子承父业,但他只学会了一般木工活,对古建那一套特别是彩绘什么的实在没有兴趣,父亲退休的时候,他哥在古建队里代替了父亲的角色,他却随父亲回乡了。再后来村里出让土地搞开发,建了个不小的商品楼盘榆香园,他跟人合伙开车运瓜果细菜到榆香园外头卖,一度生意不错,但后来榆香园外头盖起来个大超市,什么都卖,他们那生意就淡了。这期间他娶妻生女,相差两岁的两个女儿渐渐长大,陆续上学读书,他决定找个相对稳定而又收入稍高的工作,最后选定了进出租汽车公司当一名"的哥"。这些个生活转折,他也不觉得有什么悲苦之处,"坎坷"那类的词儿,从未涌上过他的心头。

说潘全清生活在蜂蜜罐里,未必恰当,但若说他是生活在田园牧歌里,那就不能算夸张。他家所在那个小村,至今只有三十来户人家,行政归属上划归了北边一个大村,但大小村之间隔着一条还带有野味的小河,大村那边人烟稠密,又连着榆香园有了大超市,越来越像城里景象,他们这小村却安谧素净,保留下的树木也多,野生的灌木及野苇野蒲野草野花也多,野雀儿因此也多,甚至有时还能发现野鹌鹑野兔。小村居民约定俗成,没人盖小楼,家家还都是平房院,但院子一般都宽敞、整洁,还爱栽果树、种草花。其实平房里的生活因为通了电,用上了煤气罐,也相当的现代化,家家电视、冰箱、洗衣机什么的都有,差别只在尺寸和品牌。潘全清家近年还自己安置了夏季用的柜式空调和冬季用的取暖锅炉,修造了有抽水马桶和电热水器淋浴的卫生间。他认为自己的家比榆香园里那些住宅好得多,城里人家嘛,他可知道,无非是守着商厦公园什么的,好多都住得还挺狭窄憋气,更比不了他的温馨小巢。

潘全清媳妇虽是他姨从秦皇岛那边介绍来的,先结婚,后恋爱,但两口子越过越合意。潘家哥仨,全木个头不到一米七,发胖早。全华有一米七七,身量不错,脸庞却太方,双眼又分得过开。唯独全清一米八的高个头,浓眉大眼,婚后留络腮胡子,媳妇说好看,就一直只修理没刮除过,头发却有时理得很长有时候推成板寸乃至剃成光瓢,但无论怎么处理都跟那络腮胡般配;开出租车后肚子渐渐有点往外鼓,不过也只是"大校肚"没到"将军肚"那个程度,连大村的人也说,全清是整个行政村里数一数二的帅哥,而他那媳妇,则是没的挑剔的美人儿,一米七二的高挑身材,生育两胎以后也还那么不胖不瘦要腰有腰要样有样,皮肤总那么白里透红润润泽泽的,更难得的是脾性好,在家贤惠不必说,见了左邻右舍乃至大村的人们,礼数周全,总那么笑吟吟的,说话声脆而气软,讨人喜欢。两口子把小家营造成十足的安乐窝。也曾有人认为他们美中不足,就是两胎全是闺女。父母也曾提建议,就是再试一胎,反正罚款的数儿能承受。大哥一儿一女,小弟两胎全是小子,而且那小侄儿跟全清二闺女是前后脚落生的,父母,还有嫁到沧州回门探亲的大姐全水,都说干脆全清的闺女跟全华的小子对换,两家互抱,这样岂不四角周全?全华说那好,正愁跟前没个闺女呢,全华媳妇意见也不大,反正还在一个村里,又是至亲,哪个孩子也绝不会被亏待;但全清两口子坚决拒绝,全清说潘家已经有后,自己喜欢闺女,一连给俩是老天对自己的特别奖赏,媳妇则直说抱给至亲也舍不得,于是做了绝育手术。俩闺女就这么被他们浸泡在爱意里一天天长大。

　　两个闺女真是争气!尤其在念书方面,一个赛一个出色。妹妹玉菊从村小毕业,一家伙考上了一所最难进入的民办中学,人称"贵族"学校,基本上只收语文数学双百分生,入学费很贵,却真的不是你随便什么成绩只要拿钱就进得去的。让分只让到一百九十六,但家长要为每缺失的一分多付一万元的赞助费。另外还有一种特长考试,不是考钢琴、舞蹈、武术什么的,也是语文和数学,可选考一门,但难度超常,两种学科成绩达到前三十名的,学校免收一学期学费。那学费可是三千元啦!玉菊考的数学,居然名列第一!校方也很兴奋,说今后可成为参加国际奥林匹克数学竞赛的选手。送玉菊入学那天,全清还没参观到学校其余部分,光是那中心铺着绿草坪,整个四百米跑道全铺着酱红色合成材料的体育场,就让他眼亮心热。他决定发奋挣钱,供女儿在这样学校里一直上到进入大学!姐姐玉荷初中还是上的他的母校镇中学,在妹妹考入好学校一年以后,她初中毕业后也考上了县重点中学,那也是很不容易的,全村应届毕业生里只有她一人考取,全镇也只有九个考上。那学校设施也很不错,学生宿舍四人一屋,还有空调;学杂费比玉菊那学校低不少,但住宿、伙食费几乎一样高,也还得给些零花钱。算起来,培养两个闺女一年怎么也不能少于三万元。

　　玉菊都上中学了,回到家,有时候还会很自然地扑到他怀里,坐在他腿上撒娇,他几次想跟她说:"闺女,你不能再没大没小啦!"可到头来总是摩挲着她的头发,说不出口。他原来抽烟,瘾不大,一天也差不多要一包,玉菊上小学时候似乎没注意过他抽烟,上中学以后,两周回家一次,见他叼上烟,就跳到他身边,把烟从他嘴里拔出来,或者把打火机没收,还会剥好一粒糖果,硬塞到他嘴里,却从不跟他讲吸烟有害之类的话,就这么着,他把烟真的戒掉了。玉菊参加数学比赛,一级级拔尖,最后到了全市一级,却突然没通知她参赛,名额让一个男生占去了,据说那男生家长挺有势力,有说是大官,有说是大款,结果只得了个第四名,玉菊的数学老师说如果玉菊上,肯定夺魁,对那做手脚搞掉包的很不满意,倒是潘全清想得开,他说人家能拿第四,可见究竟也还有些本事,玉菊对这样的事嘻嘻哈哈不当回事,姐姐玉荷说些抱不平的恨话,她从身后搂住姐姐脖子,说我才不急着夺冠军啦,反正我以后有的是机会!玉菊就那么自信,尤其在数学上,但是玉荷英语好,天天用英语记日记,就把自己日记本递给妹妹说:"你看我怎么形容你的?"玉菊说:"看人家日记,没差!"玉荷就羞她:"怕看不懂,找台阶下!"玉菊就去抓挠玉荷胳肢窝,玉荷未痒先笑,倒退躲避,没想到正撞到端着红烧鱼进屋的妈妈手里的盘子上,哐当!真是一出闹剧!但全家谁也没生气埋怨,大家一起收拾好一切,最后姐妹俩自己罚自己再联合炒出了一盘蒿子秆,俩人边往屋里端菜边把一首流行歌曲改词瞎唱:"蒿子秆,长纤维,吃了吓得癌告退!"

榆香园里有个画家,姓陈,常用潘全清的车。有回让潘全清拉他到北京大学去参加一个活动,活动结束出来,找到潘全清那辆车,却见不着潘全清本人。没奈何等了好一阵,才见潘全清汗津津地跑过来。原来他是头一回进北大,忍不住在里头转悠,越转越想多看看,看来看去忘记了时间更迷糊了方向。回榆香园的路上,他兴奋地跟陈画家讲自己的感想,归里包堆一句话,他要把两个闺女全送进这样的校园!陈画家说,人家开出租车的,往往两个人包一辆,特别多的是夫妻店,一个白天开,一个夜里开,这样交了车份以后剩的就多,你怎么一个人开?也不在城里租间房,每天夜里还要回村子,赶上有顺路往这边的还好,恐怕那样的机会很少,车往往要放空回来,早上怕也是空跑进城的时候多,费时间也费油呀,何不跟你媳妇分两班开呢?他说行车素来三分险,我不让媳妇跟着受累担惊,再说我这样晚上回去,一进屋什么都是现成的,往往是坐在饭桌边,眼前揭开盖子就是热饭热菜,脚底下呢,鞋袜给你脱了,双脚被送进一盆恰可好觉得有点烫却又绝对能忍受的热水里,你说那是什么滋味儿?说得陈画家也羡慕起来,说真想画这么一幅画儿。车到榆香园门口,恰好有要出行的业主在等他那车,园门外有些个拉活的野车,谨慎的业主首选却还是正经的出租车。陈画家说你今天真有运气,往日这时候送客回来,哪有什么活儿,收车嘛早了点,再返回城里又空跑太多……他却对陈画家说,我真不愿意拉他啊,昨天把闺女们接回来的,今天还在家,我想这就回去跟她们多待会子呢,何况还憋着把北大的情况说道说道,只是我还从来没拒载过,只希望这位爷别让我蹽太远啰……

为了闺女们的教育费,当然还有家用,潘全清必须平均每天净挣一百五十元以上才成。车份一个月是四千八百元,平均每天一百六十元,加上每天的汽油费,以及其他必要的成本费,怎么也得二百五十元才够,也就是说,他每天一定要平均从乘客手里至少拿到四百元,才算完成任务,这对他来说并不是轻而易举的事,特别是遇到有的季节有的情况,最糟糕的时候甚至一天所进还不到一百五十元。他全年只有春节歇两整天,三十是自己小家团聚,初一是到父母那里,哥仨全举家而至,妯娌们操持酒席饭菜,大团圆,三代人同堂,热闹非凡,真是盛世农家乐,但初二一早他就照常出车。

玉菊对爸爸的辛劳,似乎还有点浑然不觉,回家说起同宿舍的一位,家长开着奥迪车接送,每回来总运两箱瓶装太空水存着,从来不喝自来水,只喝那个……玉荷就跟她使眼色,玉菊不知何意,玉荷就跟爸爸说您可别那么害自己女儿,从不喝自来水的人有一天不得不喝自来水了,准得病!玉菊这才明白,忙说:"爸,他们家多傻呀!"玉荷他们学校抓得紧,有时候两周也回不了家一次,她就往家打电话,总是她妈先接,她跟她妈有说有笑,家里使用的免提功能,为的是两口子能同时听闺女的声音,她妈聊一阵说行啦,跟你爸说两句吧,有回那边叫了声"爸",忽然没声音了,当妈的就说咦这电话怎么坏啦?当爸的却知道,玉荷在掉眼泪,她想到爸爸这么一天天早起晚归的,为的就是给她们两姐妹挣足教育费啊!起码还得苦挣八九年!

潘全清没想到自己竟然会被抢劫。劫匪按说该拣那望上去瘦弱的下手,他那模样,光满腮的胡子,就够让打劫者望而生畏的呀。他一点思想准备也没有。那晚三个人坐他的车,要去五环外一处地方,虽没去过那里,地图上见过,去就去吧。下了环路,拐到僻静的路段,坐后边的一个人说实在憋不住,要尿尿。路边大树下有沟,那就停边上吧。三个人都下了车,似乎都要方便一下,有一个还叫他,说大哥你也方便方便吧,他说不用,话音没落,忽然一个人弯腰冲过来,将一把匕首横到他喉结上头,跟着另一个人钻进副驾驶那个位置,虽然有隔离栅,却举着一把枪,枪管从栅缝里顶住他脑袋。第三个人估计是在车外望风。"把钱拿出来!"他听见吼声。他就把装钱的包拿出来,而且还把里头的钞票露出一些。"把手机留下!"他就把手机递过去,那拿刀的用左手接了。"出来!把手背到脑袋后头!"他就按那要求做了。他一出去一站直肯定把那三个人吓了一跳,他们都绝对没有他高。"蹲下!"他刚蹲下,那望风的已经飞快地钻进了驾驶座,那拿刀的则进了后面,门还来不及关拢,车就疯跑起来,很快没了影儿。他马上立起身来,等有车开过时试图拦车,求人帮助报案,过往的大都是些运货的卡车,偶尔有面包车,没一个停下,他就放弃了拦车,这时天已大黑,他就朝有灯光的地方大步走去……

也没什么后怕。他说他当时一瞬间就有个判断,这仨人目的是劫财要车,万不得已才害命,因此他就舍财保命。回到家,哥哥嫂子弟弟弟妹全来慰问,比他和他媳妇还反应强烈,甚至引出对世道的许多抨击感叹。他却只是细细品尝媳妇专为慰劳他下的一碗豆苗肉丝面,媳妇既无埋怨他的话也不去引申议论,只说人全须全尾地回来了这就比什么都好。几天后周末他借了同事的出租车去接两姐妹回家度假,玉菊没觉得蹊跷,玉荷到家悄悄问妈,妈跟她说了实话,但嘱咐她一定不要问爸爸什么,玉荷又悄悄告诉了玉菊,说咱们知道就行了,别问爸爸什么,甭说什么安慰的话,玉菊懂事地点头,头一回在想到爸爸的时候鼻子酸了。直到今天,潘全清和两个女儿之间心照不宣,都估计对方知道了,都绝不提这事儿,照常欢声笑语,追进跑出。

暂时没车开,没收入,处理善后事宜啰啰唆唆,费力烦心,潘全清是有些个不痛快,但他心里充溢着对家庭亲人的挚爱,特别是对一双闺女的浓酽父爱,这些朴素而坚实的感情,使他现在站在冰上,虽然早已超过二十分钟,却从心窝里朝外发热,居然一点没有觉得寒冷袭身。

不是所有进棚的人都对站冰比赛感兴趣,许多人还是把注意力集中到冰雕本身上。对站冰比赛感兴趣的呢,议论不少。有的说怎么不多招点人比赛?有的就说你也站去呀!愿意这么现眼的,一百个人里头能有几个?每回能找到五个就不错了。有的说怎么就一百元跟一千元两种奖金?最亏的是那倒数第二名,说不定都站了好几个二十分钟,到头来跟那站足二十分钟就退下的一样,也只拿个一百块!有的就说为什么不分档次给奖金,二十分钟以后头一个退下的,一百,第二个二百,第三个三百,第四个五百,最后那冠军再一千……有的就说人家开这买卖的精着啦,按你那规则,得多拿出好几百块钱,人家可是要谋求利益的最大化啊!有的却又把这观点驳了,说你细想想,如果那样,五个人商量好了,二十分钟一过,不到五分钟里他们全都退下,大家伙还没怎么看呢,后进来的还没见个影儿啦,全撤啦,可这儿的经理就得拿出两千一百块来,他们五个均分,每人四百二十块到手啦……啊,是呀,有人就恍然大悟地说,现在这比赛规则好啊,特别是最后剩下的两个,心理上一定特别较劲儿,好不容易坚持这么久,一撤就只拿一百,一咬牙只晚撤一分钟,那就是一千,嘿,真有点子"成则为王败则贼"的味道,好,刺激!……

后进来的,有的问在里头转悠比较久的,撤了几个啦?有热心的就介绍,原来还有个女的啦!把宠物揣怀里,不是小猫小狗,是麻绿色的大蜥蜴,叫作什么鬃蜥,瞧着让人起鸡皮疙瘩……说是搞什么"行为艺术",还有跟着她来的录像的,这儿的经理跟他们一伙争执起来啦,这不,刚没声息,也不知他们究竟是怎么摆平的……还有更热闹的啦,站的跟看的,俩哥们儿也不知道原先有什么过节儿,对骂起来了,还差点动起手来,亏得让大家伙劝开了,嘿,你说这站冰站的,站出邪火来啦!……现在怎么只剩俩啦?是呀,还有个小伙子,腿抽筋,早撤啦……剩下的这二位,看啦看啦,各不相让,都奔那一千块去啦!嘿,这才有看头呀!快过去,瞧瞧他们都冻成什么样了,看哪位能坚持到最后!……

广播里传来经理的报告声:"各位游客,各位观众,今天的站冰大拼比,真是异彩纷呈,更上层楼……告诉大家一个令人振奋的好消息:目前仍在冰上屹立的两位选手,薛冰先生,潘全清先生,他们已经双双打破了上周由王英宾先生创造的六十八分钟的纪录,现在他们的站冰时间都已经超过了七十分钟……"

在薛冰和潘全清站立的冰台前,各围着些人观看,还有人来回游动在他们俩的站位之间。有鼓掌的,喊加油的,也有说行啦行啦,人的耐寒力是有极限的,别冻出事故来啊;有一位大婶就轮流到他们跟前嚷:"行啦!你们俩一块撤,各拿五百五十块算啦!"……

薛冰已经度过了冰针刺肤沁骨的最难熬的生理感觉阶段。他坚持以他那双拳一紧握,然后让筋腱肌肉循序抖擞波动,把顽强的生命热力直传达到脚底的方式,来战胜八面袭来的冷气,只是频率渐渐放缓。他意识里已经没有观众,更听不见广播,甚至也没有了时间观念,但他却清楚一点:左边稍远的那位站冰者还没有撤。

薛冰的思绪随着时间流走渐渐也成了冰雕,只是难以形容那最后的形态,那是凝在核心里的,是恨。恨姓高的。恨毛妹。恨说得出来和说不出来的那些世道人心。甚至也恨自己。恨自己二十八岁了竟然还不能成家立业。恨自己没坚持该坚持的也没放弃该放弃的。恨自己现在有可能打退堂鼓败给那边的络腮胡子。最后他意识里迷迷糊糊地只有浓酽的恨。他以恨来支撑这最后的比拼……

双臂抱在胸前的潘全清,稍息的姿势,眯着眼,脸上现出隐隐的微笑。他越来越敏锐地感觉到包裹他全身的寒冷。那寒冷仿佛在收缩,像只大口袋就要把他装进去并且系上入口。真让那口袋系紧可不行。还要坚持。他已经忘记了一千元奖金。他的坚持是要体现出一种尊严。为什么坚持到最后的不能是他?他有足够的生命热力。他心中此时充满炽热的父爱。他怎么那样福气,有那样可爱的两个闺女?这真是命运的奇迹。她们知道了他现在的比拼会笑成什么样儿?玉菊一天天大了,该懂得不要再扑进父亲的怀里撒娇了,但她一定又会非常自然地,出乎天性地,以别的花样来充分宣泄她对父亲的那一份用不着理由的,永恒的爱意。玉荷你为什么哽咽呢,爸爸为你们所做的这一切,并不因为什么自己原来的大学梦破灭了要让你们给替代地去圆它,爸爸自己从没有过大学梦,爸爸有了你妈,有了你们,有了那叫作家的小院,院外不远还有那样的小河,河里还有那些个芦苇蒲草,有时还有野鸭到那河里叼鱼,在岸边草窠子里孵蛋……一家人有时能聚到一起,让晚风轻轻吹着,到河边遛弯,就挺好挺好……爸爸不是因为原来苦,所以要为你们去苦根,不是因为原来烦恼,所以要拼命让你们快乐,爸爸爱你们,为你们天天去挣教育费,不需要更多的理由,甚至完全可以无理……你们是我的女儿,这就够了!……潘全清最后意识也迷糊起来,也是只知道那边还有个小伙子没撤,所以他不能先撤,仿佛他先撤了,他心里那些爱就浪费了似的。他以爱来支撑这最后的比拼……

尽管入场券定价不菲,还是有不少人买票往里进。有的还没走进去就急切地问:"站冰结束了吗?还剩几个?究竟谁能坚持站到最后呀?"……

2003 年 8 月 19 日写完

本系列书目(第1辑)

《毕淑敏精选集》
《从维熙精选集》
《邱华栋精选集》
《刘心武精选集》
《徐坤精选集》

图书在版编目（CIP）数据

刘心武精选集 / 刘心武著. -- 北京：北京燕山出版社，2013.12

ISBN 978-7-5402-3408-9

Ⅰ.①刘… Ⅱ.①刘… Ⅲ.①中篇小说—小说集—中国—当代②短篇小说—小说集—中国—当代 Ⅳ.①I247.7

中国版本图书馆CIP数据核字（2013）第290039号

刘心武精选集

作　　者	刘心武
责任编辑	王梦楠　李满意
责任校对	张瑞武
封面设计	小　贾
出版发行	北京燕山出版社　　联系电话　010-65240430
	北京市西城区陶然亭路53号　　邮编100054
经　　销	新华书店
印　　刷	北京盛源印刷有限公司
开　　本	787×1092　　1/32
印　　张	15
字　　数	288千字
版次印次	2014年7月第1版　2014年7月第1次印刷
定　　价	36.00元

版权所有　盗版必究